金步摇 著

寇惟

（插图版）

陕西新华出版传媒集团
太白文艺出版社·西安

图书在版编目（CIP）数据

寇准 / 金步摇著. -- 西安：太白文艺出版社，2021.5(2022.11重印)
ISBN 978-7-5513-1909-6

Ⅰ.①寇… Ⅱ.①金… Ⅲ.①长篇历史小说－中国－当代 Ⅳ.①I247.5

中国版本图书馆CIP数据核字(2021)第067712号

寇准
KOU ZHUN

作　　者	金步摇
责任编辑	李　玫　张馨月
封面设计	郑江迪
版式设计	建明文化
出版发行	陕西新华出版传媒集团 太 白 文 艺 出 版 社
经　　销	新华书店
印　　刷	西安市建明工贸有限责任公司
开　　本	787mm×1092mm　1/16
字　　数	320千字
印　　张	20
版　　次	2021年5月第1版
印　　次	2022年11月第2次印刷
书　　号	ISBN 978-7-5513-1909-6
定　　价	58.00元

版权所有　翻印必究
如有印装质量问题，可寄出版社印制部调换
联系电话：029-81206800
出版社地址：西安市曲江新区登高路1388号（邮编：710061）
营销中心电话：029-87277748　029-87217872

目录

一　咏华山 / 001
二　中进士 / 012
三　巴东集 / 022
四　一文钱 / 032
五　知成安 / 041
六　一只靴 / 053
七　运军粮 / 061
八　簪花郎 / 072
九　被造反 / 082
十　贬青州 / 091
十一　立储君 / 101
十二　访罪属 / 112
十三　六悔铭 / 121
十四　新皇帝 / 132
十五　知邓州 / 141
十六　开封府 / 150
十七　颜如玉 / 159

十八　澶渊（上）／ 169

十九　澶渊（中）／ 181

二十　澶渊（下）／ 192

二十一　一身轻／ 204

二十二　大封禅／ 217

二十三　大名府／ 228

二十四　闹五鬼／ 238

二十五　灭蝗灾／ 251

二十六　恶势力／ 261

二十七　斗刘娥／ 271

二十八　贬三次／ 281

二十九　尚方剑／ 292

三十　死雷州／ 303

一 咏华山

五代时期，后晋开运二年（945）春。

汴京（今河南省开封市）城里，新一届科举贴出皇榜，陕西举子寇湘高中状元，蟾宫折桂，他的名字霎时间传遍京城。被人前呼后拥、披红挂彩的寇湘跨上高头大马奉旨游街示喜，好不风光。街道两旁站满想一睹状元郎风采的百姓们，有的人竟然爬上了屋顶。一位老学究立在个大汉身旁，只露出花白头发，却听他钦慕地叹息道："人生如此，夫复何求！"那些市井男女抻长脖子，纷纷品评着状元郎的俊朗相貌。这个道："状元郎眉清目秀，鼻头圆圆，一看就风度翩翩。"那个道："诸位看状元郎手背上的那颗黑痣，听说那可是文曲星下凡的标记呀！"人群一阵骚动，人们齐齐看向状元郎的双手。

寇湘骑在马上，面露僵硬微笑，眼睛尽量不看围观的人群，他还不习惯成为众人瞩目的焦点，难免有些怯场。状元郎尽量把上身挺得直直的，目不斜视，让自己看起来稳重些，向平日在街上见到的那些朝廷命官看齐。

路边出现了一家秦饼店，老掌柜曾无数次地递给寇湘炊饼和热汤，还时不时地用家乡的方言给他鼓劲儿。此刻老掌柜已经进入兴奋状态，他左手高举着装有硝磺的纸筒，右手拿着个火折子，店门口响起了阵阵爆竹声。寇湘骑在马上，正好和"秦府面饼"的招牌平视，他一下子想起家乡，想起父母，"爹、娘，儿子高中了，中状元了。爹、娘，儿子光宗耀祖了……"寇湘在心里狂呼着，眼里起了一层水雾，他对老掌柜一拱手，按辔缓缓向前行去。

突然，马蹄声骤起，一队黄骠骑兵从对面疾驰而来，马上的人全副盔甲，横冲直撞，全然不顾街头人群的安危。百姓们惊叫着左右避让不及，有的迎面跌倒在马蹄下，有的丢筐弃鞋，慌成一团。那队骑兵并不减速，不断用鞭子抽打坐骑，呼的一下就飘到寇湘马前。寇湘正在思乡，还没明白过来是怎么回事儿，胯下坐骑已经扬起前蹄，把他颠下马来。

"啊！"寇湘一声惊呼，一个小役赶忙扶起他拉到路旁。"状元郎，没摔着吧？这是铁骑军，一定是边关有了紧急军情了。"见他有些狼狈，小役赔笑道，"状元郎，莫皱眉，好事还在后头呢，接下来入宫面圣，百官朝贺，封官加爵，状元郎前程似锦啊！"

寇湘知道国事艰难，加上他对俗名不是很看重，也就没那么纠结了。正值天下大乱，中原大地处处是战场，很多地方白骨露于野，千里无鸡鸣。他一心想的，是凭平生所学安邦定国，让天下太平，百姓安居。

一等再等，所有仪式从简，寇湘并没有见到皇帝，朝廷的任命也迟迟不见到来。他以为自己被遗忘了，心情郁闷，不想出门，干脆窝在床上，整日研习兵书。这天，正当他又在心里排兵布阵，沉浸书中时，宫里的宦官来传旨了。寇湘赶忙跳下床整理衣冠，跪拜接旨。小宦官念道："……着新科状元寇湘任魏王记室参军，即刻赴任……"

魏王符彦卿，字冠侯，出身将门，为后唐宣武节度使符存审第四子，勇而有谋。此时，契丹大举南侵，他被封为忠武军节度使，正带领将士，在幽州与契丹对峙。寇湘奉旨赶到军中拜见魏王。这魏王身材中等，剑眉微翘，浓密胡须如大铲挺立胸前，很有威仪。魏王知道他是新科状元，对他倒是随和，见面就问起应战契丹之计。"宿营时应结成枪营，行军时结成方阵。对契丹骑兵，应有所阻障，这样步兵不至于怯阵……"寇湘侃侃而谈，魏王听了连连点头，当下安排他随伺左右，处理文书。

寇湘到军中没几日，后晋另一员大将杜重威在阳城被契丹五万大军重重包围，其他将领都观望着，没有一个敢去救援。魏王急召幕僚副将等商议，寇湘当即站出来献策，如此这般布置了一番。次日，魏王亲自带骁勇骑兵千骑冲入敌阵南方，一阵砍杀，然后有秩序地后撤，引敌人大军追来。契丹人仗着自己全是骑兵，善于马上作战，一向不把汉军，尤其是汉军的骑兵放在眼里，他们知道这是小部分骑兵，汉军的大部分军队是处于劣势的步兵，所以肆无忌惮地追了上来。

契丹人怎能料到，魏王军队早已做好准备，步兵依寇湘之计，用结实且韧性很好的绳索，把农民耕作用的牛车辕干连接起来，再把耕牛套在车上。步兵在心理上对骑兵有畏惧感，但是牛却没有，这样可以防止骑兵凭借强大的冲击力把步兵的战阵冲散。等到契丹骑兵进入步兵弓弩的射程后，凭借牛车作掩体的步兵马上万箭齐发，射向契丹骑兵。契丹骑兵纷纷中箭，人仰马翻，鬼哭狼嚎。魏王没有给他们喘息的机会，立刻出动所有骑兵，飞驰战场，对仓皇撤退的契丹军队穷追猛打，终于救出了杜重威。

没过几日，契丹军一面将魏王重重包围，一面派奇兵断其粮道。当时战场上风沙骤起，百步之内难以看到人影，契丹一面放火助威，一面以铁甲精骑骚扰汉军。魏王军师主张待风沙小了以后再去迎战，寇湘则认为与其束手待毙，不如趁风力莫测时奋力还击。于是汉军趁狂风大作、天昏地暗之际，以骑兵全部兵力冲向契丹军。契丹军对上次战斗心有余悸，再次大败而逃，势如土崩，丢弃的马匹铠甲遍野。后汉步、骑兵又并进追击了二十余里，契丹将军耶律德光撇了部下，只身逃跑了。

汉军大捷，符彦卿重赏了寇湘，又命他负责训练步兵，整顿军纪。军中众人都对寇湘刮目相看。一日，寇湘正在帐中读书，突然得报：魏王部下强抢民女。他疾驰来到民宅，果然看到副将段天信的下属几人在骚扰百姓。寇湘不由得怒火中烧，命人把这几个祸害抓回大营，等候魏王发落。

魏王此时正在赏玩一只海东青。据说，海东青是世界上飞得最高和最快的鸟，有"万鹰之神"之称。这种鹰身长四五尺，天性凶猛，以捕杀天鹅、狐狸等为生，传说十万只神鹰里才出一只"海东青"，然而，魏王却得到了这样一只极品。这只海东青是副将段天信在战场上得到后，快马加鞭送给魏王的。魏王正高兴得不知道如何赏赐段天信呢，寇湘却绑了他的下属，要求魏王军法处置。

魏王对寇湘挥挥手，示意他放了段天信的下属。寇湘急了，他刚刚受命整顿军纪，又亲眼看见这几个小卒祸害民女，怎能轻易放过他们？假使这么随意就放人，那自己以后威信何来？想到这里，寇湘上前一步，跪了下来："王

爷，军法其九：欺虐百姓，逼淫妇女，犯者斩之。这是兵家常法，治军通则。如果今日徇私枉法，视军令如儿戏，如何立威服众，克敌制胜？"

魏王是个易怒的人，加上刚刚打了几场胜仗，难免骄横。他提高声调，呵斥寇湘："大胆寇湘，怎能如此妄议军律！即便是契丹军法，不论触犯何条刑律，只要能捕捉到海东青呈献上来，即可赎罪，况我汉人？"寇湘还是不服："进献海东青的是副将段天信一人，难道他部下的三千士卒都能因此而免罪？王爷，玩人丧德，玩物丧志啊！"

魏王最恨人揭他的短，说他的不是，登时大怒，挥起了拿在手中的马鞭，抽向寇湘后背……

此后，魏王军中各副将更加肆意妄为，不守军纪的人越来越多。大家知道，即使犯事，只要立下战功或者送上好鹰名犬，便不会受到处罚。看到魏王如此骄横不知爱民，寇湘渐渐心灰意冷了。

宋太祖乾德五年（967），陕西华州（今陕西省渭南市）下邽镇寇家庄，田野漫绿，春意阑珊。一辆驴车停在一处村舍前，车上先是下来一个身着圆领长衫，文质彬彬的男人，接着是两个男孩子。最后下车的，是一个手提包袱，身着砖红色袄襦的端庄妇人。

大一点的男孩子眼睛咕噜咕噜地向四周转着，然后看向长袍男人："爹，这就是我们的家乡吗？"男人重重地点了点头，踏进家门。这个男人就是当年的状元郎寇湘，他在魏王麾下任职不久，就被发落到了大名府（今河北省大名县），安排了一个闲职。几年后魏王兵败，后汉亡国。因生逢乱世，时运不济，寇湘不得不带着妻儿回到了家乡，靠祖上留下的几亩薄地勉强维生。

这一日，寇湘的老师程先生得知他回乡，特意来探访这位昔日的得意门生。穿着丝绸大褂，留着山羊胡的先生到了寇家门前的小道上，碰到几个小孩垒小石桥玩儿，挡了他的去路。先生举步想从小石桥上跨过去，偏偏一个小孩喊了一声，先生一惊，不小心把小孩垒的石桥踢垮了。有一个浓眉大眼的男孩，双手叉腰，不依不饶地叫先生赔他的桥。先生笑着问："你叫什么名字呀？是谁家的小孩？"小男孩答道："我叫寇准，我父亲叫状元郎。"先生听

了，知道是寇湘之子，有意考考他，便对男孩道："我出个上联，你若对得出下联，我就赔你。"

"踢倒垒桥三块石。"男孩稍一思索，道："剪开出字两重山。"

先生一听，哈哈大笑："好，好，不愧是状元郎之子。不过，我要改两个字。"男孩问："改哪两个字呀？"先生道："劈开出路两重山！"男孩一听，佩服不已，马上拱手向先生一拜。

从此，六岁的寇准就拜博学多识的程先生为师了。

寇准家南面不远处有一座慧照寺，寺内有一座建于唐代的方形九级楼阁式砖塔。塔身中空，顶有铜刹，圆拱门楣刻有浮雕"二龙戏珠"，两侧有笔力圆润的对联一副，曰"云护诸天垂象教；虹盘万劫奠皇图"。据说常来绕塔，有消除一切灾难的无量功德，所以寺内香火不断。这地方每日晨钟暮鼓，对年少的寇准充满了吸引力，寇准的母亲心地善良，一心向佛，从不反对儿子去寺里。听母亲说，寇准刚生下时，两耳上垂有肉环，三岁左右时才渐渐合拢，父母都觉得儿子前世应该与佛有缘，难怪他喜欢寺院。程先生的私塾，就设在慧照寺的西廊里，寇准在琅琅的读书声和悠远平静的木鱼声中度过了快乐童年。

宋太祖开宝三年（970），阴历七月十四，三秦大地绿树浓荫，华州下邽小私塾里，孩童们琅琅的读书声划破了乡间宁静，传入正在锄地的寇湘耳中。他停下锄头，抬头向私塾的方向望去。九岁的寇准下学了，他蹦蹦跳跳地奔到父亲身前："爹，爹，你明天当真要带我去登华山吗？"寇湘含笑点点头，小寇准高兴极了，一下子抱住了爹爹。每天抬头都能看到云雾缭绕、高可齐天的华山，寇准对这座山充满了好奇，可爹总是说他还小，他还小，走不了那么多路。今天是他九岁生日，爹爹终于答应他，带他去登华山，寇准激动得夜里来回折腾，睡不安稳。

第二天一大早，父子俩赶着驴车上路了。刚开始，寇准东瞧西望，兴高采烈，走了不到两个时辰，他就蔫了下来，问父亲："爹，还有多远才能到华山呀？"寇湘指着前面："什么时候你看不到山顶了，就快到了。"寇准点了点头。又走了很久，太阳直上头顶，寇准满头大汗，他觉得山越来越远了。"爹，我们是不是走错路了。""朝着山的方向走，肯定不会错的。累了咱们就歇歇，吃点干粮。"临行前，母亲烙了很多厚厚的锅盔，给他们当干粮。锅盔因为又圆又厚、状如锅盖而得名，这种食物取麦面精粉，慢火烘烤，皮微焦黄而瓤干，即使在炎热的夏季，放上十天半个月也不会发霉变质，特别适合人们出门当干粮携带。寇准赶紧坐在一块石头上，一边吃一边看着若隐若现的华山顶峰，一脸的不服气。

又摇摇晃晃走了一个下午，寇准身上的衣衫全部湿透了。太阳渐渐跌落下去，父子俩来到了华山脚下，饮一捧清泉，在河道里歇息。寇准有气无力地道："爹，我们终于到了。"寇湘道："再吃块饼，一会儿就登山了。"寇准纳闷了："爹，天快黑了，怎么登山，我们已经走了一天了，应该是明早登山吧？"寇湘胸有成竹："今夜登山，明早刚好能看到华山日出的磅礴气势，夜里登山，也少了对悬崖峭壁的畏惧。"寇准实在困极了，他感觉浑身没劲，只想睡觉。父亲看他不起来，故意道："你如果想睡觉，我们今夜就在山下借住一宿，明早启程回家，也算你看到了华山，等你长大些，我们再来。"寇准摇着小胳膊，站了起来："爹，这么辛苦到了山下，我不回去。"

最后一缕霞光照着一大一小两个身影，父子俩一前一后，一会儿攀爬在如刀削般的峭壁间，一会儿行进在只有一条细缝宽的"一线天"。月光渐渐洒下来，累极了的寇准刚一坐下来歇息，就靠在父亲肩头，沉沉睡去。寇湘望着儿子稚嫩的面孔，心生怜意，他强撑着，背起寇准，继续向前。

寇准迷迷糊糊醒来，发现自己伏在父亲背上，他大吃一惊！要知道，在他有限的记忆里，父亲从来没有背过他和弟弟。寇准知道那并不是父亲不疼儿子，而是父亲背上有旧伤，时常疼痛的缘故。父亲为什么会受这么严重的伤，寇准听母亲偷偷跟舅舅谈过：父亲的伤，是魏王用鞭子抽的。懂事的寇准知道父亲的伤不能问，他也从来不吵闹着让父亲背。然而今夜，父亲竟然背起了他。山路陡峭，小寇准心疼父亲，他赶紧叫一声爹，跳下父亲后背。

父子俩在漫长的山道上咬着牙爬了一程又一程，每当儿子坚持不下去的时候，父亲就会用"会当凌绝顶""欲穷千里目"等诗句鼓励他。寇准仿佛与这山有了回应，突然生出很多豪气。

也不知爬了多久，终于到了顶峰。天际晕出一缕极淡的颜色，好像红白两色混合而成一样。父亲拉着儿子找一块平坦的地方坐下，远眺山崖，近听松涛，等待着日出。坐得久了，寇准觉得越来越冷，身子像要被吹上云层一般。眼前云色渐渐加重，黄色变得富有层次起来，自上而下排列成淡黄色、亮黄色和橙色。随着鲜嫩的金色光芒渐渐扩散，一轮红日缓缓上升，明丽的云霞映着绯红。当太阳完全出现在眼前时，云层不再是平直的，而是起伏成飞腾的两翼，将红日镶嵌在其中。寇准早就站了起来，他胸中荡起一种神圣纯净的感觉，身子也变得温热柔软。初升的太阳光芒柔和，看起来那么远，却又好像那么近，能触摸到一样，整个人如同被巨大的暖流包裹着。

一股冲动激涌着，寇准想呼叫，又想高叹，那些激情片刻化为诗情。"只有天在上，更无山与齐……"寇准随口吟了起来。好像情绪还不能平息，他又跳上一块巨石，吟道："举头红日见，回首白云低……"

寇湘顿时愣住了，他看着儿子清澈的眼睛，棱角渐渐分明的脸庞……虽说自己饱读诗书，也曾金榜夺魁，可他此时觉得自己特别渺小，彻底被这山本身所固有的强大气势震慑住，失去了言语。儿子却吟出这么大气磅礴的诗句，他有些怀疑，继而想到儿子这次登山的毅力和不达目的不罢休的执拗，他心里既激动，又欣慰。

父子俩回到家中的第二天，程先生就来拜访了。"爹爹，爹爹，先生来了，先生说我诗做得好，要亲自来家里告知爹爹。"寇湘知道寇准又在先生面前炫耀了，这是儿子的缺点，他正待训诫，程先生进了屋，对寇湘拱了拱手："状元郎好福气，恭喜状元郎了。"寇湘还礼，谦逊地回道："先生，别提什么状元郎了，我现在是一介布衣，谈什么福气呢。"

先生镇定自若地捋了一下胡须，吟道："只有天在上，更无山与齐。举头红日见，回首白云低。"先生吟罢，连连称赞："此诗包涵万千气象，颇有宰相风度！"先生再一次恭喜寇湘，并劝道："如今天下一统，百废待兴，正是读书人建功立业的好时机，你不如去京城寻寻出路，凭着状元郎的学识见地，怎么也能得个一官半职，日后也好给儿子们觅个好前程。"寇湘听了，觉得先生讲的不无道理。

寇湘和夫人商议，自己先去京城，拜访昔日同僚，看能不能为他举荐，让夫人在家好好督促孩子们读书，夫人一一答应下来。

俗话说，天有不测风云，正当寇湘被儿子的志向鼓舞，重新点燃斗志，打算重振祖业的时候，却突然生了一场大病。在病床上，寇湘想起自己短暂得像烟花一样的仕途，想起自己先祖的荣耀，想起儿子寇准的聪明才智，不禁泪流满面。寇湘对寇准更加严厉起来：文学诗赋、经义、策论等，悉心教导，样样都不放松，每三日必出一题，命寇准对答，如果寇准做的文章不能使他满意，便罚寇准连做三篇，直到这位状元郎出身的父亲点头为止。寇湘不止一次叮嘱夫人赵氏，一定要把儿子培养成才，让他光宗耀祖，光大门楣。如此熬到寇准十岁时，寇湘溘然辞世！十岁的寇准看过程先生惋惜父亲的文章："寇湘，华州下邽人。后晋开运二年状元，博古嗜学，有文章名，温厚谨孝……"这时的他，还不明白父亲的去世，对他和幼小的弟弟意味着什么。

没了父亲，母亲又为家事日夜操劳，缺少严厉管教，渐渐地，少年寇准贪玩起来。他喜欢满街乱跑，喜欢看邻人斗鸡耍猴，有时候玩野了，竟然逃学，不去念书。

有一回，寇准又逃学去河边钓鱼掏鸟，玩到天快黑才回到家里，母亲去先生那里寻他不见，这时候已经在家里等候他多时了。寇准看到母亲怒火中烧，知道他惹了祸，转头就跑。母亲在后面追不上他，顺手就抓起窗台上的一个东西砸了过去……寇准应声而倒，地上慢慢流出一摊血。母亲吓坏了，抱着寇准的头不断查看。原来，母亲情急之下，竟然抓到了秤砣，幸好这个铁疙瘩飞出去，只砸中了寇准的脚，要不然，他小命都怕保不住了。

看着地上的血，母亲后怕起来，抱着寇准放声大哭。自父亲去世后，寇准还是第一次见到母亲如此伤心欲绝。"我们寇家先祖世代是读书人，你们父亲生逢乱世，又可怜早逝，才落得家业不兴。我拼死供你们读书，是想你们以后能有个好前程。我们孤儿寡母，无依无靠，科举考试，就像是垂到井底的一根绳。好好读书，借这绳索爬出井口，才是唯一出路。"母亲留着泪骂寇准："娘没把你教好，你这般不上进，娘无脸活在这世上，不如碰死在你父亲坟前……"寇准害怕极了，他已经失去了父亲，怎么能够因为自己的贪玩不懂事，再失去母亲呢！

寇准挣扎着爬起来跪在地上，向母亲保证："娘，我以后好好读书，发愤图强，一定考中功名，不负父母的养育之恩。"寇准的脚伤养了半年才好利索，脚上留下了深深的疤痕，这疤痕伴随了他一生。从此，他洗心革面，恢复了父亲在世时的习惯，日日拿着书本在家苦读，除了偶尔去家旁边的慧照寺转转塔，他几乎足不出户。

就在寇准日渐长高，日渐稳重之际，宋朝的科举制度也发生了重大变革，机遇正向寒门学子们频频招手。

宋代科举考试分为三级：解试、省试和殿试。解试由各地方进行，省试由礼部在京城贡院内进行。宋太祖开宝六年（973）起，皇帝开始亲试举人于讲武殿，由皇帝亲自主持并定出名次，称为殿试。凡于殿试中进士者即授官，不需要再经吏部选试，从此成为常式。

在太平兴国二年（977）的进士科考试中，宋朝的第二个皇帝宋太宗共取进士五百零七人，这个数字是历朝历代所没有过的，给了天下读书人极大的鼓舞，人人充满了希望。不但取士人数增加，宋太宗还实施了给予家境贫寒考生资助的制度，平民考生开始受到真正的重视，参加科举考试的人不再限制阶层，其中最突出的就是商人之子也被允许参加科举考试。

这番改革对寒门学子有着重大意义。要知道，前朝《唐六典》规定："刑家之子，工商殊类不预。"这就是说，定罪人之子和商人之子是严禁参加科考的。盛唐大诗人李白才高八斗，可因为李白的父亲李客是个商人，李白就算名满天下，也不能参加科考，堂堂正正进入仕途。

在帝王的倡导下，朝廷自上而下皆厚待读书人，由此也使得科举入仕的文臣地位渐趋隆盛，宋朝以文治国之策得到彻底贯彻。自宋太宗太平兴国三年（978）始，殿试除试赋、诗外，还试论，并且有的考题已开始涉及某些现实问题，殿试内容的这一变化非常明显地反映出宋朝最高统治者希望于科场中选拔出真正的治国人才的愿望。而那些满腹经纶、胸有大义的有识之士，也跃跃满志，期望着通过科举，登上天子之堂，光耀祖庭，实现自己的政治抱负。

太平兴国四年（979）夏，十九岁的寇准也加入了科举考生的大军。因为幼时已经入籍大名府，寇准不得不离家奔走一千多里地，去早已陌生的大名府参加解试。对于这次科举，年轻的寇准倒没什么畏惧，毕竟初生牛犊，满腹经纶，他有的是自信。让他忧心忡忡的，是母亲的身体。

　　因为操劳，也因为思念父亲，母亲的气色一直不好，如今他离家考试，前路漫漫，不知什么时候才能回归家园。想到孤苦的母亲、年幼的弟弟，寇准辗转难眠，他悄悄把母亲给自己的盘缠分出一半，给了乳娘刘妈，嘱托她悉心照料母亲。临行前，寇准满怀希望地去慧照寺绕塔，虔诚地抽了一签，他希望得到神明的庇佑，不料，却抽到一支下下签。

二 中进士

只见签上写着:"孤舟遇大风,惊心无可望。"

看着手中的下下签,寇准没有丧气,他欣然一笑,把签挂在大殿前的一棵树上,心中说道:"我把这签还给你!什么'孤舟遇大风',再大的风我也能抵住,等我像父亲一样高中状元时,再来佛祖跟前还愿吧!"

对于寇准和那个时代的读书人来说,科举考试几乎是他们进身的唯一机会,也是他们迈向仕途的悲壮出征。这是一场对应试者学问、智慧、应变能力以及身体素质等方面的重大考验,确实有点签文中说的"孤舟遇大风"的况味。一场科举往往历时一年左右,考生命运莫测。有的人朱门弹冠,朝为田舍郎,暮登天子堂;有的人则数十年名落孙山,甚至家财耗尽,流落街头。

"骑马坐轿三分忧",寇准一路跋涉,终于抵达了大名府。到底是离京城近些,父亲昔日任职的地方人群熙攘,市井繁华。寇准无心观赏这些,他留心的,是坐落在偏僻处的寺院。一来是因为喜欢寺院清净,二来为了省些盘缠,寇准打算借住在寺里,准备即将到来的解试。

很快,寇准便在大名府城外的大佛寺安顿下来,这里静雅清明,素斋简铺,很适合读书。大名府到底繁华,寺院里的和尚还负责报晓。每日交五更,寺里的行者便打着木鱼,沿街报晓,人们闻声纷纷起身,各司其职。寇准当然日日勤奋,几天后,他读书有些困倦,便放下书本,出门走走。这一走,他交到了一个有趣的朋友。

在一个卖馄饨的小摊上,寇准对面坐着一位看起来三十多岁,双目炯炯有神,身着布袍的男子,因为背光,寇准看那男子面容有些冷肃,哪知这人倒是个急性子。布袍男子埋头吃馄饨时，帽檐碰到碗沿，他顺手把帽子往上一掀，继续喝汤，谁知两边帽带又飘进了碗里。男子这下恼了，他忽地一抬手，把帽子扒下来，直接扔进了碗里，叫道："帽子兄，你吃你吃，你饿了你先吃。"寇准在一旁看见，憋不住哈哈大笑起来。那位也不见怪，起身坐到寇准桌旁，道："看来小兄弟和我一样，都是爽朗之人。"接着自我介绍："我乃濮洲鄄城（今山东省菏泽市鄄城县）人张咏，字复之，是此次解试的考生。"寇准一听，挺好，他本就是异乡客，孤身一人，难免冷清，这时碰到个和他同科的人，正好多认识个朋友。

张咏也觉得与寇准投缘，便搬来和他结伴读书，有时候也下下棋，闲话几句。张咏棋艺虽不如寇准，武艺却高寇准一筹，学问亦精通，人也很豪爽，加之他已三十出头，比寇准年长许多，对寇准颇为照顾，寇准也就把他当作大哥一样亲近了。

不知不觉间考试时间就到了。寇准和张咏以及诸多考生，在知府程羽的主持下，参加了解元考试。寇准十五岁时已精通《春秋》三论，这次考题正好用上，所以他应答起来很顺手，心下不免踌躇满志。解试刚结束三天，还没有放榜，不知是谁传出风声，整个大名府都在议论，说考生张咏和寇准都才高八斗，见解通透，是这届解试夺魁的主要人选。寇准替朋友和自己高兴，他知道张咏也是寒门出身，已经考了十五年科举了，很不容易。

寇准去找张咏，张咏慎重地递给他一封书信，寇准一看，是《大名府请首荐张罩书》。信是张咏写给主考官程羽的，张咏言辞诚恳、态度坚决地要把第一名让给大名府书生张罩。寇准认识张罩，年纪三十有五，为人仗义善良，还是个有名的孝子。不过张罩虽说有些才德，又是本地人，但和张咏交情并不深，不至于让张咏这么让贤。

见寇准不明所以，张咏就给寇准讲起了事情的前因后果。原来，张罩考不考得到第一名，牵扯了一场赌注，甚至一条性命。

张罩虽说天资聪颖，饱读诗书，但参加科举考试已经十五年了，久未高中。这也不是多么难堪的事情，俗话说：三十老明经，五十少进士。科考之难，人所共知。偏偏这张罩的父亲对儿子向来自信满满，张罩八岁时，他的父

亲便在院墙边栽下一棵桂树，并对乡里扬言："桂树长成之日，便是儿子高中之时。"

如今那桂树已经枝繁叶茂，半边枝条还伸进邻人院里。张覃家这邻居，是个歪脖，惯会使赖耍泼，自己家儿子不好好读书，却嫉恨张覃日日朗读背咏，嫌吵到了他。今夏，泼皮邻居爬上自家墙头，砍了桂树很多枝叶，扔进张覃院内。张覃父亲和他争执起来，那泼皮头靠在右肩上，斜着眼在墙头讥笑："你儿到现在连个解元也没考取，不如把这倒霉的桂树砍倒，免得徒增笑料。"张覃父亲被气得不轻，和泼皮你来我去，置起气来，两人竟以百两银子为赌注，赌了张覃此次解试高中。

友人们得知这个消息后，都去劝说张覃的父亲。"张家并不富裕，科举的事情没有定数，员外不必强赌无谓之气。"张覃的父亲却恨意难平，对大家说："这口气实在难咽，输了银子，我大不了以命抵债！"

当考场那边张咏寇准两人呼声渐高时，有个认识张覃的朋友心里一紧，担心他们父子，当即将此事告知张咏。

寇准和张咏一番唏嘘之后，就想到他们的父亲，也是如此这般，一直相信自己的儿子是宰相之材……想到这些，寇准展开纸，也写了一封和张咏一样的让贤信。

不久，解试放榜，张覃如父亲所愿，中了解元，寇准和张咏也同时中举。张覃携着酒菜来拜谢寇准和张咏，对这两位的成全感激不尽，三人借着胸中意气，边喝边聊，针砭时弊，激扬文字，好不酣畅！

宋太宗太平天国五年（980），张咏、寇准、张覃等万名举子，打马东京开封府，参加省试。

开封城分为外城、内城和宫城，城墙坚固巍峨，宫阙一眼望不到尽头，玉津、琼林、瑞圣、宜春四宫苑风光旖旎，汴河、惠民河、广济河和金水河从水门穿城而过，城外有十几丈宽的护城河，气势让人震撼！早在春秋战国时期，郑庄公在开封城南四十里处的朱仙镇筑城，取启拓封疆之意，定名"启封"。到汉景帝时为避汉景帝刘启的名讳，更名"开封"。

宋太祖赵匡胤通过"陈桥兵变"，黄袍加身，取得政权，势必会存在皇位不稳的问题，因此赵匡胤不得不暂时采用保持都城不变、官员任职基本不变、军队保持稳定等策略，此外也避免了因大兴土木再造都城所造成的财力、人力、物力浪费。由于赵匡胤出生在河南洛阳夹马营，通过多年的南征北战，在宋王朝基本趋于稳定时，赵匡胤有了迁都洛阳之心。

因开封地处平原，无险可守，虽说有黄河作为屏障，但若决堤，也可能给开封带来灭顶之灾，于是赵匡胤提出了迁都洛阳，以推行他的"据山河之险而去冗兵"的治国方略。然而由于开封地处黄淮之间，是南北运输的交通枢纽，其弟赵光义又官居开封府尹，在开封经营多年，而朝廷众大臣也安居于此，不想再行变动，赵光义以及众大臣以"治天下在德不在险"为由百般反对迁都，赵匡胤也只好缓慢行事。

彼时的大宋，比唐朝开放了不知道多少倍。坊市制早已瓦解，只要按规定缴税，人们想在哪里开店做买卖都是可以的。夜禁也取消了，人们在夜晚逛街听曲儿，吃饭会友都随意。还有就是谁想出远门官府也不干涉了，不需要路引之类的东西，如果你想换个地方住，收拾好包袱就可以直接上路。

天子脚下，自然簪缨满路，朱紫盈街。开封城聚集了上百万人口，街道交错纵横，房屋鳞次栉比，商铺百肆杂陈，酒楼歌馆遍设，招牌幡幌满街，商旅云集，车水马龙。最热闹的地方当数虹桥码头处，码头两边店铺林立，有茶坊、酒肆、脚店、肉铺、庙宇、公廨等。桥头遍布刀剪摊、饮食摊和各种杂货摊，医药门诊，看相算命，修面整容，三教九流，各行各业，应有尽有。河里商船云集，船只往来首尾相接，这番商业都市的繁华景象，是历朝历代都不曾有过的，这一切令初到开封的举子们目不暇接，更激发了这些才俊为国效力的慷慨情怀。

初到京城的寇准和张咏，领略了开封府的繁华，品尝了各地小吃，也结交了不少朋友，紧接着，他们就要静下心来，应对省试了。省试在尚书省的礼部举行，为了防止作弊，考官俱为临时委派，并由多人担任。考官一经任命，要即赴贡院，不得与外界往来，称为锁院。考生到达贡院后，要对号入座，同考官一样不得离场。试卷要糊名、誊录，并且由多人阅卷。朝廷制定有严格的考试法令，这对于阻绝权贵之门的弄虚作假起到了很好的作用。

寇准等举子入场，试场前设有香案，举子们要进行隆重的拜孔子仪式，然后与各位主考官对拜，接着登上台阶，进入考场。主考官在试场前面挂出一块帘幕，上书考题。寇准细看试题，诗词类倒没有什么问题，他提起笔来，按照题目，作诗填词，很是流畅。看到策论的题目是"天下六合"，寇准放下笔思索起来……

开宝九年（976）太祖赵匡胤驾崩，太宗赵光义登基第二日，首次行使君王权力，颁布了《即位大赦诏》，这份诏书以前所未有的大度大赦臣民，并广开言路，下令群臣但有论列，或上书或面奏，皇帝来者不拒。关于治国方略，诏书言辞恳切："先皇帝创业垂二十年，事为之防，曲之为制，纪律已定，物有其常，谨当尊承，不敢逾越。"诏书一下，大宋百姓立刻明白了一个紧要的道理：天子换了，天下没变。

京城很快安静下来，人们对大宋第二任皇帝的期待似乎超过了第一任皇帝。"天下太平"是中国历代圣贤的政治梦想，老百姓多么希望能有一个安定清明的社会环境呀！太宗登基伊始，特意选择了一个富有诗意的年号："太平兴国"。"天下太平，大宋国兴"也是寇准的政治理想，要实现这个理想并不容易。在太平兴国四年（979），也就是过去的一年里，太宗才北伐成功，灭了北汉，让中原统一。正当他雄心勃勃，挥师边境，准备和契丹人背水一战，收复燕云十六州时，却兵败中箭，撤军回朝……

太宗鼓励垦荒，发展农业生产，扩大科举取士规模，编纂大型类书，设考课院、审官院，加强对官员的考查与选拔，这些都是寇准赞许的强国之策。想到这里，寇准文思泉涌，提起笔来，从治理眼下的水患灾害问题说起，就整顿税赋、清廉朝政、谨慎边防等重大国策一一展开政论，一气呵成，完成了他的《天下六合论》。

凭着胸中正气和才气，还有对朝政入木三分的见解和批评，寇准榜上有名，得中进士。他的好朋友张覃和张咏也同时中了进士，这令寇准更加高兴。现在，这些学子距离功名只有一步之遥了，他们只待参加殿试，就能金榜题名，正式成为朝廷命官。十九岁的寇准，对人生前途充满了信心。

这天，为庆贺张覃高中，他的表兄茶商何启在马行街的樊楼设宴，请张咏、寇准他们喝酒。何启非常胖，长得浑身都是肉，眼睛眯成了一条缝，但衣着讲究，颇爱排场，他来开封做生意已经有十年了，看起来银子是没有少赚。

这樊楼有五层之高，从外面看雕梁画栋，富贵逼人。门口的彩楼有几丈高，厅堂里布置、摆放了许多字画、花草盆景，各个雅座明暗相通，彤窗绣柱，典雅得当。酒楼里各色人等高谈阔论、举杯畅饮。寇准第一次来这样奢华的地方，免不了稀奇，便到处看看。

大家见礼，何启道："夙世有缘，今夕相遇两位贤弟，在下略备薄酒，以表心意。"寇准、张咏还礼，大家开始喝酒。何启称酒为"天下美禄"，劝各位畅饮，寇准却还沉浸在对樊楼的惊奇里。这里的碗碟、酒杯、匙、筷之类全都是闪烁光芒的银器，桌上的果子、菜蔬花团锦簇、华美奢侈，称为"看菜"。正待举杯，行菜者撤下看菜，又上细菜。只见那人左手拿三碗，右臂自手至肩叠约二十碗，跟杂耍一般，只两趟，绝冷、精浇、膘浇之类的菜品便琳琅满目、色香味诱人地摆满桌面。寇准一看，羊头、肚肺、赤白腰子、螃蟹、蛤蜊等应有尽有。这还罢了，推杯换盏间，走进三位娉婷秀媚、玉指纤纤的美艳女子，莺莺燕燕歌喉婉转，字正韵真，寇准听得恍若到了仙家。

酒过三巡，寇准和何启熟了起来，开始称兄道弟。席间，何启突然站起来，邀请寇准一起登楼观景。寇准听命，两人登上樊楼顶楼。这里视线开阔，可下视禁中，俯瞰皇宫大内。寇准大为惊异，他远远盯着那个肃穆冷清的宫苑，出神良久。即将见到的皇帝，到底是个什么威严模样呢？这时，何启很神秘地凑近寇准，推心置腹地说："平仲贤弟，你的事情张罩跟我提起过，他很称赞你的才学。为兄在开封府做生意十余载，见得多了，跟你讲几句肺腑之言。"寇准当即躬身："请教何大哥。""当今皇帝，殿试新科进士时，不但看文章，还看长相。"

听何启讲完，寇准心里一松，若论外貌，自己身材挺拔，体形魁梧，大眼浓眉，皇帝不至于看不上。何启料到寇准所想，连连摇头："贤弟差矣，当今朝廷急于用人，殿试上一旦相中，即刻委以重任，如是，圣上不喜年纪太轻的举子，似贤弟这样不及弱冠的，圣上即便惜才，也会让你再历练几年。"寇准明白了："原来如此！"他知道自己是年纪轻点儿，便请教："依何兄之意，我该如何呢？"何启答："你稳重老成，可虚报几岁，如此金榜题名，富贵荣华当在眼前。"寇准听了，沉默片刻，又是一个躬身："谢何兄指教。"何启大笑起来。两人回到席间，继续喝酒相谈。

席散后寇准刚回到住处，就有人登门了。只见一个身着皂色交领长袍，手捋浓密短须的男子原地转了一圈，稍稍得意地缓步走到他面前，看着似曾相识。寇准正疑惑间，那人开口了："小弟拜见寇兄。"一听声音，寇准登时认出来，这不是住自己隔壁的崔浩崔才子吗？

崔浩年方十八，细皮嫩肉，平日里总是白衣画扇，风度翩翩，怎么突然间长出了胡须？寇准思量一下，霎时明白了过来。他也对着崔浩双手一拱："请问崔才子，你为何要参加此次科举考试？"那崔浩不愧是有才之人，口若悬河起来："只为金榜题名，光宗耀祖，报效朝廷，施展平生所学，治国平天下……"

寇准道："我们考进士既是为国效力，报效朝廷，怎么一只脚刚踏进朝门，就要虚报年龄，乔装打扮，欺骗皇帝呢？难道我们平时奉行的襟怀坦荡，以真以诚都是说说而已呀？"崔浩被问住了，面对寇准自信的眼神，他羞愧难当，没有了刚进门时的得意。崔浩默默地撕下胡须，又恢复了白面书生的本来模样。此届科举中两个最年轻的举子相视一笑，目光中满含坦荡。

寇准随着举子们低头缓步迈进了宫廷，第一次见识到了皇家气象。举子们不能左顾右盼，但仅仅跨过一座御桥，就令寇准咋舌了：桥面上铺着晶莹透亮的白玉，隔三尺饰以黄灿灿的金钉，桥下有一朵三抱大的千叶白莲花，白晃晃的像是用白玉制成的。

殿试在讲武殿举行，举子们低头跪拜，山呼万岁。天威咫尺，皇帝的声音敦厚平缓，让寇准紧张的心情放松了一些："国家以科考网罗天下之英俊，义以观其通经，赋以观其博古，论以观其识，策以观其才，各位都是饱学之士，希望知无不言，言无不尽，以报国尽忠。"举子们又是山呼万岁，开始作文。寇准轻抬眼角，但见这宫殿廊柱上都盘龙舞凤，廊檐上悬挂着红纱灯。皇帝坐在殿前一张由翡翠白玉镶嵌而成的龙椅上，感觉皇帝身材中等，肩膀宽厚，眉宇间有一点书生气。

二 中进士

殿试结束，大家躬身退出，心里都忐忑不安。举子们交卷回去休息了，太宗还在忙活着，他和几位大臣要抓紧时间"阅卷"。这是一项艰巨的任务，这么多的考卷，看得太宗头昏眼花，枢密直学士王沔看太宗面露倦意，连忙道："陛下为国为民，不辞劳苦，还望陛下多保重龙体啊！"太宗紧闭着双唇，摇了摇头。王沔道："陛下，臣来为陛下咏读这些试卷，陛下闭目稍做休息如何？"太宗确实看累了，便准了王沔所请。

王沔虽说是太宗刚刚提拔的大臣，但他进取心特别强，聪察敏辨，善于揣摩皇帝心思，深得太宗喜欢。王沔开腔了，他声音本就浑厚，再加上投太宗所好，读到激愤处便抑扬顿挫，读到绝美处便明丽流畅，读到动情处还能余音袅袅，太宗听起来特别舒服。本来枯燥的考卷经王沔一读，太宗马上觉得这个好，那个也不错呀，皇帝的心情一下子阴转晴，对王沔大加赞赏。王沔本身就有些才气，他时而还念出皇帝的几句诗文，和举子的诗词对比，把太宗赞叹一番，太宗被捧得飘飘然起来，从此吟诗阅卷都离不开王沔的诵读了。

等待放榜的时间愈显漫长，寇准有些心浮气躁，不知道命运如何，张咏倒显得胸有成竹，照样吃喝。寇准羡慕张咏的无忧无虑，张咏便给寇准讲了他少年时游历华山的事情，寇准一听张咏也到过华山，更像是遇到了故知，连忙探问起来。

张咏神秘兮兮地问寇准："华山陈抟老祖，你可知晓？"寇准连连点头，一直听说华山云台观里住着个陈抟处士，是个道高有德之人，能辨风云气色，深得《易经》之妙，可惜无缘相见。

相传宋太祖赵匡胤在称帝之前来到华山，因为腹中饥饿于是偷吃了陈抟老祖家不少桃子，陈抟就要宋太祖付钱，宋太祖没有。于是两人相约下棋，宋太祖赢了就不用付钱，如果输了就付一文钱。结果，宋太祖连输三局，身上却连一文钱也拿不出来。陈抟让宋太祖写下契约，将华山让给陈抟。当时宋太祖还是个毛头小伙子，哪里知道自己日后会当皇帝，就随手写了契约。宋太祖登基后，有一天，陈抟老祖骑着毛驴下山，突然听到路上的百姓议论纷纷："时世变了，赵检点黄袍加身，成了中原之主！"陈抟闻言喜不自胜，竟然忘乎所以，从毛驴背上掉下来跌倒在路边。他爬起来拍拍道袍，对路人道："天下从此太平了，百姓们的安稳日子来了。"宋太祖与陈抟下棋，输了华山，从此陈抟就在华山定居下来，更有"华山自古不纳粮，皇帝老子管不着"之说。

张咏少年时，曾到华山上寻访陈抟，世传陈抟是仙人，张咏也想在华山修炼。陈抟道："如果你真要在华山隐居，我便将华山分一半给你，但你将来要做大官，不能做隐士。好比失火的人家正急着等你去救火，你怎能袖手不理？"陈抟送了一首诗给他，诗云："自吴入蜀是寻常，歌舞筵中救火忙。乞得金陵养闲散，也须多谢鬓边疮。"张咏虽不甚明白诗意，但他知道陈抟是仙人，他说自己能当大官，当不是虚言，于是，他发奋读书，以期顺应天命。

听到张咏竟有如此奇遇，寇准不禁大为羡慕，看来这次张咏是稳操胜券，想到自己临行时抽的"孤舟遇大风，惊心无可望"的签，他的心情有些黯淡。不过，寇准倒会给自己打气：我已经把签还给菩萨了，而且我也登过华山圣地，红日和菩萨会保佑我的！

太平兴国五年（980），举子们站在集英殿门口，等着殿试后的"唱名"，由皇帝"赐及第"。寇准一看，脚下台阶两旁的玉栏上，果然雕着两只巨鳌。所有人的目光都汇聚在那个巨鳌头部，新科状元将跪在最前面，也就是鳌头部位，享受独占鳌头的无限荣光。"状元，苏易简……"皇榜开出，京城沉浸在一片喜庆与狂欢中，到处张灯结彩，鼓吹喧阗，亲朋轿马，来来往往。

新科进士成为市民们茶余饭后的热点谈资，每到一处都会被评头论足，尤其受到女子们的欢迎和围观，真是红裙争看绿衣郎呀。状元郎苏易简更是炙手可热，他的住处已经被里三层外三层的人群围严了。相传这科探花也于放榜前与富豪之女定亲，得奁、田宅、衣物无数。寇准和张咏都金榜题名，新科进士们赐宴琼林苑，寇准认识了这一科的很多同年，包括李沆、王旦、向敏中、宋湜等。新科进士分为两等：一等认命为通判，也就是州府副长官；二等作大理评事，也就是知县。

十九岁的寇准名列乙科三十五名，被授大理评事，知归州巴东（今湖北省恩施州巴东县），俸禄是十贯钱。张咏也被任命为鄂州崇阳（今湖北省崇阳市）县令。新人授官之后，要马上换上官袍，这叫"释褐"。身穿绿色朝服，脚蹬崭新官靴，又蒙皇帝赐宴，寇准面色酡红，内心泛起无限豪情，他此刻踌踌满志，充满了对仕途的自信和憧憬。这种自信和勇气激励着他，让他堂堂正正地做人、做官，不欺君罔上，也决不能容忍官场上那些灰暗肮脏的勾当。

在新科进士狂欢的热潮中，有一个人始终冷眼旁观着，这人就是住在寇准隔壁的崔浩。这次宋太宗殿试，录取进士一百余人，却没有崔浩，很多人都议论，崔浩是因为面嫩，才在殿试环节被刷下来的，崔浩自然感到万分不服气。看着别人高头大马，爆竹酒席，崔浩不免有些失落，但仍然斗志不懈，他决定留在开封，继续攻读诗书，迎接三年后的下一次科考。他这时还不知道，漫漫科举路，他竟走了一生，直到两鬓斑白。

三　巴东集

巴东属归州府管辖，归州（今湖北省宜昌市秭归县）距开封两千余里，寇准由长安至蓝田，再由武关、襄州至荆门，再入长江。一路跋山涉水，走了二十多天，终于来到归州。前面就是西陵峡了，巴东在西陵峡的最西边。西陵峡、巫峡、瞿塘峡这三段峡谷人称长江三峡。三峡自古峰高峡窄，江流湍急，来自渭河平原的寇准哪里经历过这等险滩急浪。他被旅途折磨得筋疲力尽，脸色煞白，新官上任的喜悦打了几分折扣。

到了归州，还要再西行六十多里，穿越西陵峡后，才能到达巴东县。寇准在船上站立不稳，又晕又吐，只能躺在船舱里随波逐流，哪有什么心情隔船看景。当船夫告诉他明日就可上岸时，他才勉强打起精神，走出船舱，到外面去吹吹风。沿岸有零零星星的茅屋村社，木船顺流而下，起起伏伏，船夫像杂耍一样左撑右挡，极力控制着船头的方向。寇准看了船夫几眼，马上觉得头晕目眩，他站起来，准备回舱里继续躺着。

咚的一声闷响，寇准脚下不稳，摔倒在甲板上，紧接着船身一斜，他被抛入水中。寇准来不及求救，身子就往下沉去，最后向船上望了一眼，他看到船夫向他扔过来一片木板，他本能地伸出了手……

寇准缓缓苏醒过来，发现自己已经躺在了岸边，冰冷的江水刺激着肌肤，使他的意识一点一点清醒。"官人，官人，咱们的命真大，都是屈子他老人家护佑呀，你们都是读书人，他老人家怜惜你呢！"寇准困惑地望着船夫，船夫朝前方一指，"瞧，那里就是屈原祠……"

经历了一回死里逃生，寇准有些恍惚，他没想到自己会和仰慕已久的三闾

大夫以这种狼狈不堪的方式见面,他强撑着湿漉漉的身子,去屈原祠拜了拜。屈原祠里香火全无,蛛网蒙尘,荒草埋住了残壁断碑,一片颓败景象。屈原的名字,寇准是从小就知道的。先生讲过无数遍,父亲也讲过,屈原爱国爱家,不与世俗同流合污的品格深深烙在寇准的心底。而眼前的屈原祠却被人遗忘了,屈原像上长满了青苔。寇准感到不平,他在胸中写下了"余基虽索寞,清问长光耀"的句子,对着屈原祠默默祷告:"先生,天意让我得到您的庇佑,我寇准定在屈子故里做个廉洁为民的清官,以慰大夫在天之灵。"他想到屈原数年来,一直是在这样湿冷的环境里,心里悲痛欲绝,打起精神把屈原祠前后清理了一遍。

太平兴国五年(980)秋天,寇准到达归州后,按礼拜见了自己的上级唐谓唐知州。唐知州是个五十来岁的精瘦老人,身材矮小,眼神炯炯,他对寇准特别客气,硬是拉着寇准的手,不让寇准参拜自己,把所有下级对上级的礼节都免了。寇准有些受宠若惊,唐知州却大笑起来:"古人有说焚香礼进士,何况贤弟乃天子门生,风骨俊爽,日后必是股肱之臣。"说着,知州还让家人出来和寇准见礼,他让自己的两个儿子认寇准当叔叔。寇准比唐知州的儿子年龄还小,他怎么好意思当人家长辈,立时窘迫地直摇头。唐知州退一步,让儿子们认寇准当老师,寇准只能勉强接受了。

好酒好菜摆满桌,寇准自出发以来,头一次吃饱喝足,他对唐知州充满了好感,唐知州一家人也为这个年轻人的好胃口惊异。第二天,唐知州不肯放寇准走,又是求赐诗词,又是讲经论道,都是文人,两人相聊甚欢,瞬间产生了一见如故的感觉。临行时,唐知州慷慨地送给寇准一匹白马当坐骑,还给他配上了自己最心爱的马鞍,看来,他是真的视寇准为忘年交了。

寇准千恩万谢地走了,唐知州的儿子有些气恼,他问爹爹:"爹爹,你为什么对寇准这么客气?他是你的下级,出身贫寒,而且只有十九岁。爹爹,那匹白马你都不舍得给我骑。"唐知州瞪着眼睛训导儿子:"你看着他是个小知县,却不明白他还有另一个显赫的身份,他是天子门生,有遇事不经过我,直接上书皇帝的特权。朝廷有令,非进士及第者不得美官,他这样的人才,不出几年就会回到京城,辅佐皇帝。"

而唐知州自己的处境特别尴尬，他是当年跟着南唐后主李煜投降宋朝的旧臣，这样的经历，使他一辈子也不会成为受皇帝信任的"自己人"。为了儿子们的前途，他需要结交新朝官员，需要和新朝上下相处融洽，所以，他对寇准特别看重。这些，他没有跟儿子说，想让他慢慢领会。立身官场，首要的是会审时度势，这一点儿子还没有悟到。

巴东县是个小县，不足千户人家，有两条青石铺就的窄街道，住户们临街而市。要说巴东之小，有民谣为证："小小巴东地不平，衙门朝北县无城。大堂有人挨板子，坐在河坝数得清。"朝北的衙门很好找，寇准一眼就看到了。这县衙分前后两院，前院有三间破房子，土色墙皮裸露着，门窗也旧得不辨颜色了，寇准看了连连摇头。

在巴东乡绅名流们来拜见新来的知县时，他们看到了奇怪的一幕。他们"风骨俊爽"的年轻县令正穿着短衣褐裤，趴在房顶上补瓦，几个衙役则蹲在墙角柱旁刷漆。这些人马上意识到，寇知县到底年纪小，连起码的为官之道都不懂呢。

历代官场，官员们都奉行一句俗话："官不修衙，客不修店。"道理很明显：在流官制度下，为官一任三年，就是个匆匆过客，任满随即调离，故不修衙门，谁会把临时差事当作长远打算呢？有些渴望升迁的官员，甚至认为凡热心维修衙门的，会滞留在这里，难以升迁。还有一层，朝廷对各级官衙有严格的规制，州县长官要动用财政资金修衙，必须得到批准，而且要从自己的俸禄里扣除一部分费用。所以只要衙门没有倒塌之虞，州县官员们绝对不会主动去维修。修建衙门的目标太明显，这不是明摆着告诉御史言官们，自己口袋里有银子。所以历来各地都出现了衙门建筑破败不堪，而寺院城隍庙倒是一派富丽堂皇的景象。

寇准是个例外，他知道会有人说他不会当官，他回道："我年纪小怎么了，我还没见哪个姑娘家先学养子，而后嫁人的，谁不是边干边学？"寇准修衙门其实也没花几个钱，都是自己和衙役们动手劳作，新官新气象，寇知县讲究的是精气神。

十来天后，县衙被寇知县修葺得焕然一新，寇准又去县衙后面的金字山挖来两棵柏树,栽在正门两侧,还亲书了"清正廉明"的牌匾,悬挂在大堂上。县衙看上去规整后,寇准马上贴出告示,新县令即日开堂断案,让有冤情的百姓前来告状。

寇准一心想着治国平天下,可一连等了几日,也没有一个人来递状子,他亲自做的那块惊堂木,一次也没拍响过。不过寇准没有沮丧,他想:这说明巴东县治安情况良好,民风淳朴呀!寇准不在堂上坐了,他决定走出去,体味一下巴东风情。

这天,无聊的寇准在巴东县转悠,路过小溪口,见一中年男子守着一堆打碎了的坛坛罐罐放声大哭,于是走上前去问根由。原来,汉子姓覃,名黑牛,家住巫峡口,以贩卖窑货为生。天色还没亮,他就背着一背篓坛坛罐罐来城里卖,路过小溪口,不知从哪里来的一块石头横在溪口,覃黑牛没留意,一背篓窑货全碰碎在石头上。覃黑牛说完,又委屈地哭了起来。中年人一般不到崩溃的边缘是不会流眼泪的,寇准见覃黑牛边哭边说妻儿老母,很是可怜,打算从自己俸禄中拿出一部分钱接济覃黑牛。他又一想:这石头横在溪口上,如不设法把它处理掉,人们来往都不方便,不如先解决了这块石头。

寇准围着石头看了看,从石头外面裹着的泥巴看,这石头是从城后金字山上滚下来的。他觉得奇怪,山脚下有好几个土坪,石头怎么会滚到这溪口来呢?

寇准觉得事情很蹊跷,他对覃黑牛说:"你别哭了,这事儿不怪你。"

覃黑牛不哭了,他问:"那怪谁?"

"怪石头,叫石头赔你窑货。"

覃黑牛一脸的无奈:"你还嫌我不够倒霉吗?拿我开心?"

"依我看,你去告它故意坏人财物,准没错;若是万一告不准,你这一背篓窑货我替它赔了。"

覃黑牛还是犹犹豫豫:"有这工夫,我还不如再去挑一回货。"

寇准不答应,他帮覃黑牛写了状子,让他速去递到衙门。

隔天,衙门口出了一张告示,声称有人状告小溪口顽石一块,知县寇准定于明日午时在小溪口审理此案。消息一传十,十传百,很快传遍了巴东县,大家都赶到石头前,看新知县的热闹。

就这样，由寇知县亲自写诉状，并亲自受理的人生第一案开审了。只见寇准身穿绿色官袍，头戴乌纱官帽，走上前去，对大石头一声喝："大胆刁石！覃黑牛跟你前世无冤，今世无仇，你竟敢跑到这里来故意挡道，害得他一背篓窑货全都打碎了，你该当何罪？"寇准这番开场白把在场的所有人都逗笑了，大家议论纷纷，心想这新来的小娃娃县令莫非读书读痴了，是个呆子。

就在这时，一位老者恭恭敬敬地上前说道："回禀知县，这石头是金字山上的，我认得它。"

寇准问："是吗？那它怎么会从金字山上来到这小溪口？这中间还隔着几个坪呢？"

老者说："想是前些天下暴雨，崖脚松动滚下来的。至于怎么到了这里，还真是奇怪。"

这时，只见一个穿得破破烂烂的娃子从人群中挤了出来，说："我知道，我知道。"

寇准问："你是谁家的娃娃？"老者答道："他叫狗娃，十二岁了，是巴东李家庄的，从小父母双亡，吃百家饭长大。"寇准点了点头，问狗娃："你知道这石头的来龙去脉？"狗娃得意了："寇知县，你算是问对人了，这石头的事情，我知道得一清二楚。"寇准笑了："你这娃娃不错，如果你能说出这石头从哪里来的，本县有赏。"狗娃兴奋地说："我亲眼看见石头从山上掉下来，滚到张老大水稻田里去了。"

寇准立即差人传来张老大，指着石头问道："张老大，狗娃说这石头从金字山上滚下来，滚到你水稻田里去了，它怎么会在这里害人？"

张老大："回知县的话，我一看这石头占田，要少栽几株水稻，就悄悄地把它掀到坡下，没想到它七滚八滚滚到王老二水田里去了。"

寇准立即差人传来王老二，问道："王老二，张老大说他将这石头往坡下掀，石头滚到你的水田里去了。后来这石头又滚到哪里去了？"

王老二："回知县话，我一看这石头碍脚，就把它掀到坡下，坡下是李老三家菜田。"

李老三："我一看这石头压坏了我的菜苗，就把它掀到坡下去了。我老了，掀到坡下省力些。我看到它滚到赵四婶屋旁边那棵梨树下面去了。"

赵四婶自己从人群里走了出来："我一看这石头正好靠着梨树，担心娃娃们站在上面偷摘我的梨子吃，就让儿子把它掀到坡下，没想到它七滚八滚滚到小溪口了。"

顺藤摸瓜，经过这样一连串的追问，事情真相大白了。人们如梦初醒，这才弄清寇知县为什么要贴出告示审石头。石头案审到这里，寇准笑眯眯地看了看张老大、王老二、李老三、赵四婶，说："石头不会生害人之心，你们呀……"

"小人们知罪了。"不等寇准把话说完，张老大、王老二、李老三、赵四婶跪在地上，承认自己私心重，只顾自己，不管他人，害得覃黑牛打碎了一背篓窑货，蚀了本，他们愿意凑钱赔偿覃黑牛。

寇准见他们认了错，十分高兴，道："知错改错不为错。这石头摆在这里挡道，碍手碍脚，以后可能还要闯祸。我看不如大家齐心合力，就拿这石头做墩基，再搬来一些石头，在小溪口修座桥，让来来往往的人走着也方便。"

人们齐声说好，不多久，桥修好了。寇准兴致勃勃，提笔运腕给桥题名"为公桥"。不知怎么回事，人们却习惯喊这桥为"寇公桥"。

经过小溪口审案，寇准声名大噪，来找他断案的百姓多了起来。每逢寇准升堂断案，狗娃总是第一个跑来，站在堂外当观众，他看寇准的眼神里，充满了崇拜和敬意。一天，天气突变，暴风雨猛然袭来，寇准从窗口看到狗娃蜷缩在县衙门外，瑟瑟发抖。他赶忙让人把狗娃叫进后堂取暖，还给他找了干净衣服换上。狗娃一下子跪倒在寇准面前："寇知县，狗娃在这世上无依无靠，知县待我这样好，不如收留下我，给你端茶送水。"寇准看着狗娃稚嫩又忠厚的脸，点点头答应下来。他道："你跟着我，吃住我管，我每月将工钱给你存起来，以后给你成家立业用。"狗娃再一次跪下磕头。

因狗娃忆不起自己父母的姓氏，寇准便让他随了自己的姓，唤作寇安，一来是因为他母亲跟前有一位忠心耿耿的老家人叫作寇平，二来希望狗娃能平平安安地度过一生。

一天，有人来县衙打官司，一方是卖柴的挑夫，一方是卖盐的商贩。挑夫道:"我把羊皮放在担子上,他抢过去说羊皮是他的。"盐贩道:"我好心让他坐,他反倒讹我的羊皮。"

寇准站起来说:"本县明白了,都是羊皮惹的事,来人,把惹事的羊皮吊起来打五十大板!"两个告状的人一看这县令真奇怪,又不敢说,怕板子招呼到自己的屁股上,只好傻愣愣地看着。衙役们不敢不从命,真就把羊皮吊起来,啪啪地打起了板子。

打完了,寇准从容地对挑夫说:"如果羊皮是你的,打板子的时候就会掉下木屑,而不是满地盐粒,还不从实招来!"挑夫这才明白过来,他吓坏了,只好招了。

寇安在旁边看得目瞪口呆,他问寇准:"老爷,你的脑袋里装的什么呀,怎么别人想不到的事情,你都能想到?"寇准拿一本书在他面前晃了晃:"都是从书上学的,秀才不出门,便知天下事,叫你不好好读书。"

寇准自从收了寇安,总想教他读书识字,但寇安却坐不住,他喜欢跟着衙役们舞枪弄棒,举着一把铁锁满院子跑。寇准虽是文人,但也不排斥刀剑之事,他懂得百人百性,渐渐地也就不强求寇安了。

巴东并没有多少公事,闲暇时光,寇准在寇安的带领下,游山玩水,访古探幽,也自得其乐。巴东县城背后有一座山,名叫金字山,山脚下有一个大石洞,名叫白鹿洞。山上有座寺院,名叫寿宁寺,是唐朝贞观年间修建的。县衙离寿宁寺不远,寇准时常到寺里游玩,和大和尚说古论今。

寇准每回到寿宁寺,大和尚都把寺内外打扫得干干净净,还备好香茶素饭,站在门口迎接他。寇准觉得奇怪,心里想:大和尚怎么知道我要来呢?有一天清晨刚醒,他就悄悄地直奔寿宁寺而去,大和尚又在山门口站着接。寇准走进寺门,看到寺内禅房里的香茶也泡好了。寇准就问师父说:"请问师父,我每一次来,您都事先知道,是您能掐会算的缘故吗?"

师父听了笑了笑,答道:"是白鹿洞里住的白鹿看到你来,跑上山来告诉我的。"寇准听了将信将疑,他回程时特意到白鹿洞里看了看,并不见什么白鹿。寇准好奇,隔几天就缠着师父问,师父被他问得憋不住了,就带他来到自己的寮房前,用手向半山指去。寇准一看,恍然大悟。

原来,半山处有一块台地,台地前低后高,地形狭长,远看就像一个伸入江中的小小半岛,三面凌空,视线绝佳。寇准每次走到这里,都忍不住停下来,放声背几句自己新近作的诗词,师父常年修炼,凭着自己过人的耳力,自然知道寇准即将到来,便为他提前准备好了茶水。寇准从高处往下看,那块凸出的悬崖隐现在云层中,越看越觉得造物神奇,突然想出来一个主意。

按着寇准的意思,他和寇安两人,用竹枝茅草,在半山台地上搭建了一座亭子,取名"秋风亭"。闲来无事,登亭瞭望,远山、江水、农舍朗然入目。过往船只经过此地,远眺此亭,亭子在青山、蓝天、白云映衬下,颇显秀丽动人,不禁让人动了停船登亭的心思。寇准兴起,又和寺里的师父们一起修复了山顶上倒塌的一座古亭,取名"白衣"。白衣亭地势较高,也面临长江,伫立亭中,可见大江横流,重峦叠翠,亭内凉风不息,是消暑的好地方。"秋风亭"和"白衣亭"专门用以接纳往来文人墨客,平日除了和唐知州以及他的两个儿子,还有巴东才俊们在亭子里观景吟诗、饮酒作赋外,寇准更注重的,是听取大家的各种政治见解,以帮助他广纳治县的贤言。寇准还专门为"秋风亭""白衣亭"作了很多诗,如下面这首:

巴东寒食

春雨萧萧寒食天,远行犹在楚江边。
人思故国迷残照,鸟隔深花语断烟。
薄宦未能酬壮节,良时空自感流年。
因循未学陶潜兴,长见孤云倍黯然。

当县令无非管好三件事情:收税、断案、治理地方。而宋朝判断一个县令有无能力的关键,主要是看他是不是能够完成钱、粮等税赋指标,这也直接影响到县令的升迁之路。寇准知道农人的难处,他刚到任上,就下令取消了以往临时摊派差役的惯例,而是按照各乡劳力情况,在农闲的时候,就将分派好的差役名单,贴在县衙大门前面,使乡民提早准备,这样既不误农时,又能使各乡派来合适的人力。

寇准这样做，主要是遵循了对待百姓的"恩""信"二字。他收税也用了同样的办法，为了防止小吏与富人私下勾结、弄虚作假，出现富人偷税漏税、穷人多交税的情况，寇准把巴东所有百姓的田产和应该交的税赋一一登记，如实地贴在县衙门口。老百姓看到县令公布的账目清楚公道，没有包庇官员富户，也就不会产生什么怨言，一家家主动把税赋交了。

寇准这边收好赋税已经上缴了，他的同年查道山还在为收税愁眉不展。其实，平民百姓惧怕官家，税赋不难收缴，往往是那些地多人横的大户，仗着自己后面靠山硬，推三阻四，不是说歉收，就是说灾害，要求减免，弄得县官们好不为难。人家有亲戚在朝为官，往往一句话，就能把你千辛万苦通过科举考试得来的小小官职撤掉。

查县令收不上来税，知州大人没法交差，他让人把手下三个没有完成任务的县令叫到知州衙门，让衙役给这些官员戴上枷锁，大加苛责。等气消了，知州下令把枷锁去掉，让他们回去继续收税，说如果再收不上来，下次就要打板子。

另外两个县令取下枷锁回去了，查县令却要求戴着枷锁回去收税。知州知道他素来为官清廉，办事不易，叹了一口气，由他去了。

查县令戴着枷锁来到富户孙大官人家中，当堂站定，让姓孙的缴税。孙大官人还想继续耍赖，抚着他的大肚子无所谓地说："我家里确实困难，拿不出那么多粮食。"查县令气坏了，枷锁给了他束缚，也给了他勇气，他把孙大官人扑倒，骑在他身上连骂带打。一看平时风雅的查县令竟然斯文扫地，怒目圆睁，如此疯狂，孙大官人知道县令被逼急了，他只好乖乖把税缴了。一看孙大官人这么横的人都缴了，其他无赖知道扛不住，也跟着缴了，查县令就这样靠拳脚保住了官帽。

相比之下，寇准就轻松多了，在巴东三年，他在兴修水利、发展农业之余，还作了许多诗词。寇准把这些诗词结集成册，取名《巴东集》，从此读书人都称呼他为"寇巴东"。

寇准这边在巴东清闲自在，而他的好朋友张咏却没那么幸运。张咏竟飞出利剑，杀了一个人。

四 一文钱

太平兴国五年（980），张咏历经十五年苦读，和寇准一起金榜题名，成为新科进士，这正应了他的那句诗："玄门非有闭，苦学当自开。"张咏被任命为崇阳县令。

张咏是个有政治理想，有远见的人，他常对人讲为官要"上不欺君，下不欺民，中不欺心"。张咏刚到崇阳县的时候，发现这里的百姓大多以种茶为主业，张咏下令百姓们拔去茶树，改种桑麻等农作物。百姓们都不理解张咏，也不愿放弃经年种植的茶树，张咏就派乡绅衙役和文人墨客到处劝说百姓："茶利厚，官将榷（专卖）之，不如自己早点更种他物。"百姓们也害怕官府以后征收茶税，便开始种植起了桑麻。

张咏和寇准在一起读书时，常常研究水利工程，他们都认为兴修水利是农事之本。张咏发现崇阳县北峰亭附近，耕地肥沃但缺乏水源，百姓的收成基本就是老天说了算。张咏在山川上开挖沟渠，在高处开建陂堰，引山川水流入原野，灌溉农田数百顷，让当地百姓再也不发愁庄稼干旱了。

有了水，张咏就开始鼓励蔬菜种植，他尤其喜欢推广高产易植的萝卜。没多久当地家家开园圃，户户种蔬菜，崇阳百姓把萝卜亲切地称为"知县菜"。因为得到及时灌溉，不久，崇阳县桑麻大兴，每年织造绢麻近百万匹，张咏就请求朝廷以绢麻代替粮食征收。后来，朝廷果然开始榷茶，并征收赋税，崇阳幸而不用承担茶租，从此，百姓们对张咏既佩服又爱戴。

"乖则违众，崖不利物。乖崖之名，聊以表德。"这是张咏为自己的自画像所题的诗句，后来不仅他自己被人称为"张乖崖"，文集也被命名为《张乖崖集》。在崇阳县，张咏是以文士"彬彬有礼"的形象示人的，加上他那张总是含笑的敦厚面孔，谁也想不到，他们的县令，早年是位"无敌于两河（河南、河北）间"的剑客。寇准曾亲眼看到过张咏的飞剑，那是一个月夜，两人谈起乱臣贼子，只见张咏袖中突然飞出一柄短剑，寒光闪烁，那剑唰的一下，斩断了一棵胳膊粗的枣树。只是这件事情远在巴东的寇准无法说给崇阳县人听，当然，后来那个被杀的小吏，也无从得知了。

那天，天气晴朗，阳光充足，县令张咏去库房公干，刚好看到个四十来岁、眼睛细长的小吏从库房出来。只见那小吏疲疲沓沓，浑身摇晃着迎面走来，一脸的逍遥惬意。张咏无意中看到他头巾鬓角上斜插着一枚钱币，觉得奇怪，就问他，小吏满不在乎地回答说："这是库房里面的钱，我随手插在头巾上的。"张咏一听，很是恼火，他大喝一声，立即命人给小吏戴上枷锁，打了十板子。

小吏挨了板子还不老实，不服气地眯着他的细长眼睛，抬着他的尖下巴，口气轻蔑地质问张咏："一文钱有什么大不了的，知县就为这个打我吗？"

张咏气急，喝道："你还不知错吗？库房的钱是公家的，岂容你这家贼随便偷摸。"

小吏平日仗着资历老，也是蛮横，从不受气，他挑衅道："你只能打我，却不能杀我，你不杀我，这个枷锁就取不下来，我和你没完。"说着他嘴里还含混地叫骂起来。

张咏提起笔来，一气呵成写了几句判词："一天偷一钱，百天偷百钱，绳锯木断，水滴石穿，此等蛀虫，不打不行！"

判词被扔到小吏面前，让他自己看，小吏看到县令的手书竟然哈哈大笑，叫嚣道："水滴石穿，你能治水的罪吗？绳锯木断，你能奈绳何？"

张咏手中的笔咔嚓一声，折为两截，挥袖间，寒光闪出，一把短剑直奔小吏脖颈……

那天阳光充足，天气晴朗，那个小吏至死也不知道，他的县令曾经是个剑客；他更不会知道，他用自己的一条性命，为后代子孙留下了一个充满哲理的成语：水滴石穿。

"水滴石穿"这个词连同张咏的谢罪书，还有御史台的弹劾奏折，一起被送进内宫，摆在了宋太宗的面前。该怎么处置这个为一文钱而剑斩小吏的"天子门生"，百官各持己见。太宗看着奏折最后那句张咏为自己辩解的话——"小人张狂，不胜其忿"，陷入了沉思。太宗曾经也因为"小人张狂，不胜其忿"，杀过一个人。

太宗刚登基时，为了体察民情，听听大家对新皇帝的看法，常常只带两个随身侍卫，在开封街头闲逛。一切都很令他满意，开封城还和往昔一样，人流如织，热闹非凡。商贾买进卖出，士大夫怡然自得，勾栏吹拉弹唱，酒楼茶馆里整日喧嚣。"天下太平"是中国历代君王和圣贤的政治梦想，这个梦想，似乎就要在太宗一朝实现啦！太宗志得意满地走在街上，颇为自傲，开封城可是他经营多年的地盘，他担任开封府尹期间，廉政清明、励精图治，为了百姓能安居乐业，可谓兢兢业业。

话说这一日，开封城竟在大白天里出了一桩命案，城里有名的地头蛇尤五，被人当众杀死在大街上。这尤五长得嘴宽鼻大，肌肉发达，满脸横肉，他在开封城南相国寺后门外开了一家小饭馆，无奈生意冷清。尤五不在自己身上找原因，却怪左邻右舍的同行抢了他的生意，整日寻事找碴儿，撵走了左边的林掌柜，又以低价占了林家的店铺。

这几天，尤五天天坐在隔壁孙掌柜的小饭馆门前，跳着脚叫骂，让孙家也做不成生意。孙掌柜被他骂得苦，出来理论，这尤五一会儿说鸡丢了，一会儿说腰扭了，胡搅蛮缠，怎么也打发不走。有些人实在看不下去，替孙掌柜求情，但这尤五会几下功夫，又结交了一帮地痞，大家都惹不起他。孙掌柜不像林掌柜，能搬走了事，他家里没有多少积蓄，要靠开饭馆养家糊口，更重要的是，孙掌柜的小儿子两年前走失了。孙掌柜一家抱着希望，希望五岁的小儿子能找回家来，所以任尤五怎样欺凌，他都不肯让出饭馆。

尤五不依不饶，这日又找理由在门口叫骂，什么难听骂什么，把孙掌柜祖宗八代都骂遍了。周遭围观者越来越多，尤五一看人多，越发猖狂，开始拿椅子砸孙家的招牌；砸烂招牌后，见无人阻挡，这厮竟然点燃一捆木柴，扬言要烧了孙家的饭馆。

正是紧要关头，人群中噌地跳出来一个手持短刀的大汉，大汉一言不发，拿刀噗一声，捅进了尤五圆鼓鼓的肚皮里，尤五还没明白怎么回事儿，就倒在血泊之中。大汉不显慌乱，转身负手从容离去，没有一个人阻拦他。

光天化日之下行凶，这还了得！尤五的儿子跑到开封府衙，击了登闻鼓，这时的开封府尹，已经换成了太宗的四弟——齐王赵廷美。廷美性格粗犷，平时大大咧咧，又有两位皇帝哥哥，自然有些骄横，对这样的案子，并未放在眼里。

按例，开封府有人击登闻鼓，是要报给皇帝知道的。太宗在朝上大怒，颁下口谕："朕现在正要'太平兴国'，天子脚下，怎能容下这等白昼杀人的恶棍，必须严惩，开封府要尽快捉拿凶手归案，每天向朕禀报案情进展。"

皇帝亲自交办的案子，廷美就不敢怠慢了，赶紧派人查案，只三天时间，凶手就被缉拿归案。廷美上奏了案情："禀陛下，臣已查清，杀人者是孙掌柜的儿子，名叫孙玉笛。当时孙玉笛站在人群中，听到尤五百般辱骂父亲，又看到他要纵火，一时激愤，杀了尤五。"

廷美讲完案情，没想到太宗的眉头紧紧地皱了起来，他问四弟："那孙掌柜的儿子今年多大了？他用的什么刀？"

"是个年轻人，大概有二十了吧。用的，用的应该是把普通的菜刀。"

皇帝哥哥不知为什么眉头又是一皱，神情严肃，道："你回去再细细查问一下，把杀人的前因后果问明白，重新上奏，尤其是那把刀。"

廷美没想到皇上会如此关心一桩平民被杀案，只好回衙再一次详细地从办案的推官处了解案情。第二天，他带了孙玉笛的供词和杀人的短刀呈给太宗，说孙玉笛已经签字画押认罪了，又有目睹整个事件的旁观者做证，这个案件审得明明白白。

太宗看了供词，指着上面的红色手印，对廷美道："你能这么用心，很好。但还是要重新审理一番，不要弄成冤案！"说完，太宗让侍者端来一盆水，把那把沾满血迹的刀清洗干净，他拿着刀端详，这是一把一尺余长的锋利短刀，刀锋闪着寒光，刀柄上镶嵌着五颗名贵的宝石。太宗道："此乃宝刀，一看就价值不菲，孙玉笛说是他的，他能拿得出刀鞘吗？孙家贫寒，怎么会有这样贵重的宝刀？他一个年轻人，随身携带刀具做什么？"廷美又不知道怎么回答皇帝了，他吓得直冒冷汗。太宗见他着急了，缓了口气，温和地安慰四弟："朕没有怪你，你且回去，把这些问题弄清楚，这可关系到孙掌柜儿子的性命。"

廷美着急地赶回开封府衙，召集大小官员，把短刀给他们看了，又把皇帝指出的疑点讲了一遍。有个推官说道："古玩店的掌柜孙有庄几次跪在衙前，为孙玉笛求情，说尽了尤五的劣迹，对孙家十分袒护，难免让人生疑。如今看来必是他提供了凶器，他家很是富有，此刀定出于他家。"

齐王廷美这下放心了，他命手下抓来古玩店掌柜连夜审问，自己回王府逍遥去了。令他意想不到的是，太宗听到他说杀人的短刀是古玩店孙掌柜的，勃然大怒。廷美赶紧拿出了掌柜的供词，"古玩店掌柜亲口供认短刀是他家的，他一直没配刀鞘……"廷美还要说下去，却见太宗起身，不由分说地起驾直奔开封府衙。

太宗走进关押犯人的大牢，看到被锁在牢房角落里、浑身血迹斑斑的孙玉笛和古玩店掌柜孙有庄，太宗蹲下身子，问孙玉笛："孩子，你今年多大了？为什么要承认自己杀了人？你不知道杀人要偿命的吗？"孙玉笛是个身材单薄的少年，他已经被折磨得奄奄一息，但这孩子却有些胆量，也许是强烈的求生欲吧，他一看齐主赵廷美都对问话的人很恭敬，又听这人像是知道隐情，马上拼命哭喊道："我没有杀人，我没有杀人，我是冤枉的，我才十七岁，是被冤枉的……"

太宗重重地叹了口气，命令道："给这两人去掉枷锁，派轿子将他们送回家，再赠予银两，让他们治伤。"太宗接着严厉地斥责了开封府的推官们审案草率，乱加推断，滥用刑罚。凡是参与审案的官员，都被罚了一顿板子，并直接赶出开封府衙，永不录用。

处置了推官后，太宗踱步到廷美面前，轻声道："朕知你公务繁忙，但对于命案，可不能只听下属禀报就妄下结论啊！"廷美连声称是，但对皇上放走人犯却甚感疑惑,太宗看出了廷美和众人的心思,便让身边的太监拿出一把刀鞘。嚓的一声,那把杀人的短刀入鞘,严丝合缝,刀柄和刀鞘上所嵌的宝石连成七星形状,一看就是这把刀的原配刀鞘。在场的人一个个惊得目瞪口呆,皇帝怎么会有刀鞘?这可是杀人凶器呀!

太宗神色肃然,道:"朕登基后,急欲了解民心,连续几天微服出宫,是朕看到尤五要纵火,不胜其愤,把他杀了。至于这几天一直未说破,朕是想看看列位的断案手段。开封府衙奉旨办案,刑部、御史台都是无权过问的,一旦定案,那就是铁板钉钉。想那孙玉笛只有十七岁,就要在列位手中成为冤魂,朕很惋惜,也很失望,你们好自为之吧!"

太宗何止惋惜和失望啊,他简直想再一次挥刀杀人了。这位刚刚坐上皇位的平民天子,深爱着自己的百姓,天子脚下断案尚且如此草率,每当他想到大宋牢狱里那千千万万的冤假错案,便更加痛心疾首!

太宗拂袖而去,廷美和他的下属们摸一摸项上人头,一个个吓得站都站不稳了。按说这案子是太宗亲自制造的无头案,破案难度很大,但他们知道,自己这回干下件会掉脑袋的事情。估计经过这次惊吓,这帮人再也没有胆量凭着想象给人强加罪名了。

回想往事,拥有至高权力的太宗竟有一种无力感,他真想把这帮拿着丰厚俸禄而愚蠢轻慢的无能之辈全部革职。

自太宗平定北汉后,为稳定局势,也一并将前朝的旧官员接收过来,但对这些官员,太宗又不是很放心。他当然是想用一批既对自己忠贞不贰,又有能力治理地方的官员,对此,太宗也是费了一番功夫的。太宗规定,朝廷"非进士及第者不得美官";接着,他广开科举之门,每年都录取新科进士五百多名。皇帝亲自选拔出的这些天子门生,自然都对皇帝感激不尽,他们被寄予厚望,派往各个州县为官,皇帝的视线,也就跟随他们,到达了王朝的每一个角落。虽然久居深宫,但太宗能看到负手站在秋风亭里吟诗的寇准,戴着枷锁逼税的查道山,对偷拿一文钱小吏怒目的张咏……

这些进士都在地方上做出了不凡的成绩,反响良好,有的已经回到京城,开始接替那些庸碌温暾、无所事事的官员,和那些在太宗眼里"是大家子弟,

能吃大酒肉,余何所能?"的世家子弟,成为太宗的得力臂膀。太宗对这些新鲜血液自然是青眼相加,他允许他们的奏折直达圣听,给他们的官位越来越高,对他们的信任,也超过了其他臣子。

太宗的思绪回到了张咏的奏折上,这个有血性的张咏,让太宗看到了当年一怒冲冠、铿锵拔刀的自己。他思量再三,决定不顾那些旧规,赦张咏无罪。"绳锯木断,水滴石穿。"说得好!朕要赦免张咏,让天下贪小利的官员,都看看大宋皇帝对贪官污吏的态度。

张咏为一文钱而杀人,又得到太宗赦免的消息,很快传到了寇准的耳朵里,寇准听到了,自然替张咏庆幸,他佩服张咏的气概和太宗的英明,有这样英明神武的皇帝,寇准觉得自己当起官来更加坦荡。

虽说寇准有万丈豪情,但此时,他还得继续尽职尽力地当他的巴东县令。因为税赋收得齐整,百姓都很主动,寇准心情愉快,他决定大摆宴席,庆祝巴东县的政通人和。

当然,不是谁都有资格做寇知县的客人,但要得到他的邀请也不难,只要符合一个条件就行,那就是"老"。寇准把全县年过古稀的老人都请到县衙,摆上老者们爱吃的果蔬食物,还自己掏钱买来美酒,让这些老者给自己提建议、出主意,讨论怎样把巴东县治理得更好。受到礼遇的老者们心情舒畅,话也就多了,一条一条地列出来很多建议,寇准认真地都记了下来。

寇安看老爷如此尊重长者,心里想起一件事,便去求寇准帮帮李婆婆。李婆婆是个心善的人,对孤儿寇安非常照顾,经常给他吃喝衣物,冬天时还叫小寇安到自己家住。去年李婆婆的老头过世了,自从老头子过世后,李婆婆家里就开始闹鬼了。

每天到了后半夜,李婆婆都能听到"咳,咳,咳……"的咳嗽声,老头在世时肺不太好,经常半夜里咳嗽,现在老头过世了,半夜里还是有从前的咳嗽声,而且和老头的声音一模一样,老太太不敢自己睡了,找来儿子、媳妇想探个究竟。儿子和媳妇陪着她睡了几晚,也听到了咳嗽声,他们认为家里闹鬼了,赶快找了一个地方搬了出去。李婆婆倒是没有那么害怕,但是她晚上睡不好,儿子让她搬出去,她又舍不得自己的老房子,就自己一个人住着。现在大家都知道李婆婆家里闹鬼，没有人肯去她家了，儿子也不太回来管她，李婆婆变得寂寞又凄凉。

寇安念着李婆婆对自己的好，常去看她，也听到过老头的咳嗽声，他和李婆婆又是烧香又是拜佛，求老头走掉，老头不听他们的，还是常常出来咳嗽。李婆婆不肯听邻居们的话请庙里的师父来捉了老头去，怕老头不能好好托生。寇安这时想到了寇准，老爷能说会道，又有官威，让老爷来替李婆婆劝一劝老头，也许老头能走了。

听完寇安的叙述，寇准也觉得怪异，反正他近日也没有什么案子可断，就决定晚上去李婆婆家里会会鬼。

当晚，寇准带了寇安，来到李婆婆家里。李婆婆看到寇安，特别高兴，道："狗娃啊，我以前说你是个有福气的娃娃，没说错吧，看看你现在，眉眼长开了，身板也结实了，还在衙门里当差，吃喝不愁，多好啊！"寇安道："都是托了婆婆和寇老爷的福，婆婆，我今天把寇知县给您带来了，让他帮您劝劝。"寇安指了指老头的灵位，李婆婆明白了，她怎么也不敢想，巴东县令竟然亲自来她家了！

和李婆婆一直闲聊到夜深人静，也许是有县令来撑腰，李婆婆心里安稳，迷迷糊糊睡着了。寇安也低头打着盹，昏昏欲睡，猛然间寇准推了他一下，他惊醒过来。"咳"，一声清晰的咳嗽传来，接着，"咳，咳"连续两声。寇安赶紧拜下去，对着老头的灵位说道："李老丈，我知道你咳嗽一直没好，走的时候还难受着，可你也要体谅一下婆婆，她是个善人，如今夜夜都不能睡个安稳觉。我说的道理你可能不愿听，今天我请来我们巴东的寇县令，跟您讲讲理。"

寇安说完一长串话，示意寇准接着往下说，寇准却端坐着，不言不语，寇安有点着急，拿眼睛瞄寇准，寇准还是不出声。像是示威一样，"咳、咳"的声音又传过来。寇准指指墙根，悄悄弯下腰，向门外走去，出了门，并不见一个人影。寇准站在窗外听了听，奇怪，那声音分明就是窗下传来的，难道真的有鬼不成？

寇准用手指了指窗下，让寇安找来锄头，开始挖墙根，挖了一会儿，墙里

面发现一个洞,洞里蹲着一只黄鼠狼。那黄鼠狼被堵住去路,不能动弹,只能用圆圆的眼睛瞪着寇准,片刻,只见它一抻脖子,发出"咳,咳,咳……"一连串的咳嗽。"啊!"寇安张大了嘴巴,学人咳嗽的黄鼠狼,还是头一次看见。两人让开一条道,机灵的黄鼠狼马上跑了出去。寇准和寇安填了它的洞穴,仔细把墙壁补好。

从此,李婆婆家里再也不闹鬼了,她逢人就说寇准是天神下凡,能上天入地,连鬼也怕他。每当寇安跟她解释,告诉她是黄鼠狼在学老头咳嗽,李婆婆都一脸的不信:"寇安狗娃,你胡说什么,你当婆婆那么好骗呀,明明就是寇知县下界帮我去劝的老头子!"

一晃三年过去了,巴东县的百姓日子过得越来越好,寇准也在捉"鬼"、找牛、写诗的日常中,赢得了百姓的爱戴。百姓们都舍不得他走,可是寇准的任期到了,他的政绩也得到了肯定,朝廷新的任命下来,寇准升任著作佐郎,任大名府成安县县令。大名府是寇准父亲曾经为官的地方,寇准以父亲为荣,他暗暗立下誓言,要努力上进,为父亲争光。令寇准没想到的是,他刚上任,百姓告状申冤的状子纷至沓来,一天下来,竟收到了两百多张状子,比在巴东三年收到的状子还要多。

五　知成安

　　新知县寇准这时候真的慌了，他哪曾见过这样的场面，这阵势太大了，状子一摞一摞往进搬，摆得满桌都是。光是伺候知县的书吏，就有八个，还别说那些个三班衙役、抬轿的、开道的，等等，他连认都认不全。

　　寇准马上投入紧张的工作状态中，他令手下人一起把状子分门别类，自己也埋头在案前，连吃喝也顾不上了，几天下来，寇准觉得不对劲儿。他发现很多状子都是些鸡毛蒜皮的小事情，而且写得前言不搭后语，含混不清，啰里啰唆一大堆，不知道到底要告什么。

　　寇准叫来寇安，寇安也和寇准同感，并且他还说道："老爷，我看了几天状子，愁得不知道怎么办，看你也跟我一样发愁。"寇准点头："是啊！没想到成安县告状的百姓这么多！"寇安道："老爷，我发现一个怪事情，这偌大的衙门，就咱俩整天愁眉苦脸，别人可都高兴着呢，那些个人往里搬状子时，都笑眯眯的，好像不以为意。"寇准道："啊！我光顾着看状子，倒没有在意这些！"

　　听了寇安的话，寇准放下手中的事情，前后转了一圈，他发现书吏们看状子时都懒洋洋慢吞吞的，一点也不紧张，而且他们面容舒展，喝茶打趣，一派祥和，真的只有他这个县令在发愁。

　　老百姓有句俗话："官如虎，吏如猫，具体而微舐人膏。"寇准自小在民间长大，对这些胥吏是有些防备之心的。

　　寇准看了看胥吏们的名单，发现他们很多人都姓李，他特意找了位姓杨的小吏来问话："我问什么，你就如实答什么，如果说半句假话，定会一顿板子把你赶出去，你可明白？"

小吏点点头，寇准问道："你在这里当差多少年了？"

"小人在这里七年了。"

"前任王县令在时，告状的状子也是这么多吗？"

小吏支吾，寇准道："本县会派人查实的，老实说。"

"王县令刚上任时，状子也多，后来，后来就不多了。"

"噢？王县令是怎么审案的？"

"县令来了没多久，就累病了，躺在床上好一阵子，案子交给李典吏代办。典吏对这里的人熟，劝老百姓把很多无关紧要的状子撤了，告状的人就少了。"

姓杨的小吏退下去后，寇准又叫来一些衙役问了话，无意中得知，成安县衙有个老传统，每当有新县令上任，当地百姓的状子都会蜂拥而至，令新来的父母官焦头烂额。有的县令勤勉劳碌，忙得团团转；有的县令实在无能为力，干脆就把案子交给手下衙役们办理，自己落得清闲，三年任期一到，照样升官。

寇准知道衙门里有些人，往往精通内部的行政细节和运作程序，善于欺上瞒下，熟知蒙蔽勾结的技巧，他们有的把持县衙多年，甚至胁迫县令对他们言听计从。难道自己新官上任，就碰到了这样的人？他依仗着是地头蛇，叫百姓们都来告状，好给自己一个下马威。逼得我寇准不堪重负，放权或者求助于他？

这个李典吏寇准知道，五十多岁了，眼神锐利，一看就是个精明人。

寇准召集了县衙里所有人，道："诸位可能还不太了解我，我寇准十岁读春秋，十九司国章，从小立志为民除害，在我手里，休想逃过一个祸害百姓的歹人。我告诉你们，我寇准年富力强，再多的案子我也审得清楚，朝廷把成安县交到我手里，我就会尽心尽力去为老百姓办事，我寇准是不会受制于人的，你们也休想使些欺瞒的手段来糊弄我！"

寇准说完马上下令，因为办案不力，处理积压的状子太慢，故革了谁谁谁，谁谁谁的职……

寇准认不得那么多人，他在名册上胡乱指了七八个名字，接着说："这些人全部革职，赶出县衙，如果哪个觉得自己冤枉，想留下跟着本官继续为民办事的，可以到后堂来找我。"说完他扭身而去。

七八个被突然赶走的人中，竟然只有一个人来找寇准："小人冤枉，小人只是个小吏，一向规规矩矩，每日被他们嘲讽，这次竟然和这些人一起被撵，寇知县，小人冤枉。如果小人离开了，这帮人不知道怎么讥笑呢！"

寇准点点头，马上把这人留下来了，并且重用了他。

第二天，寇准又撵走了一批人，其中包括那个对他毕恭毕敬、跟前跟后的李典吏，并照例把来后堂申诉的两个衙役留下了。

李典吏被革职后，手下人办事得力不少，清理出来一堆写得不清不楚的状子，让告状的苦主自己领回去重新写来，正如寇准所料，这些人领回状子后，很少有人再来。

这样辛苦分类整理了好几天，衙门没动静，百姓们有些着急。

状子递进县衙，百姓们便殷切地等着寇知县登堂审案，县衙门口每天都围着一些议论纷纷的人，一道道期待的目光，仿佛试图穿越前堂，看看县衙里面的动静。哪知人们盼来的，却是一纸冰冷的告示："本县近日暂不升堂理事，诉案纠纷均压后处置。"寇知县的一句话，好比三冬雪，冷了无数成安百姓的热心，扑灭了他们刚刚生出的希望，县衙门口又恢复了旧日的冷清。

县衙里，寇准已经伏案五天，看完了所有的状子。他发现除了几件邻里纷争、坏物索赔案外，其余的状子，都指向了一个人：本县富绅商止水。商止水强占民女，商止水侵吞民田，商止水打人、诬告、欠账，等等。商止水是谁？他如此作恶，就没有人管吗？寇准召来了三班衙役、书吏等人问话。

"商止水是谁？"

"川蜀奉节路达州人氏。"

"此人来成安多长时间了？"

"三年前来此经商。"

"可有亲戚朋友在此为官？"

"从不见他和官府人来往。"

"为何本县只三天就收到这么多状告商止水的状子？以前难道没人告他吗？"

"前任王县令，审过几堂商止水的案子，都判了商止水无罪。后来，后来再有案子，王县令就称病压下了。"

"你们确定商止水和王县令没有关系吗？"

"非亲非故，两人从不往来。"

"本县现在要为民申冤，彻查这个商止水，你们中可有与他交好的？"

"没有。"

"没有便好，有也不要怕，你们只要按本县所说，各司其职，秉公办事，本县便不为难你们。如果哪个和他沆瀣一气，狼狈为奸，小心王法不饶。"

"是。"

寇准令三班班头各带五人，负责查清商止水强买强卖百姓房屋、店铺、田地等十二桩案子，即刻行动，七日内结案。

安排完衙役，寇准刚刚回到后堂，只见寇安领着个一身皂衣、身形瘦弱的衙役走了进来。那衙役刚一进门，就双膝跪地，满脸悲愤："寇知县，方才见你只是安排查商止水强买强卖田产店铺的案件，怎不见查磨盘街清莲失踪的案件？人命关天啊寇知县。"

寇准让那衙役起来，问了姓名，得知那衙役叫葛自崖，排行老三，人称葛三郎，是磨盘街豆腐坊葛掌柜的族人。葛三郎道："半年前，葛掌柜突然病死，她的独生女儿葛清莲把豆腐坊卖给了商止水后，就莫名失踪了。我和乡亲们觉得有蹊跷，便联名上书给原来的王知县，王知县传来商止水过堂，商止水拿出葛清莲卖豆腐坊的契约，又一口咬定并没有见到过她，此案就不了了之了。葛掌柜的后事，是我们这些乡邻操办的，清莲当时并未说要出远门，我疑心她被人害了！"

寇准听了葛三郎的话，解释道："本县不是不查葛清莲的案子，而是决定亲自查这个案子。"葛三郎听了万分感激，赶紧给寇准磕头："那葛掌柜为人忠厚，常常接济于我，小人替他一家谢谢知县！"寇准又问："葛三郎，你还有什么关于本案的线索没有？"葛三郎答："小人听说商止水的哥哥，是魏县县令。""噢？我这就派人去一趟魏县，查查商止水在他哥哥治下有没有别的恶行。"寇准马上打发一个姓陈的衙役去了魏县。

翌日，寇准带着寇安，乔装来到商止水府邸门前。那商家坐落在磨盘街十字路口，果然高门大院，十分气派。寇准找了几个葛掌柜原来的老邻居询问，他们都说葛家的豆腐坊现在归了商家，是商家后花园的一部分了；并未见到清莲回来过。

寇准以清莲案件为由，派人客客气气地把商止水请进衙门，这商止水面光无须，身材中等，看起来一团和气。寇准问道："商大官人，可有带来葛清莲当日卖房子的房契？"商止水拿出契约，寇准看了，字迹规矩清晰，上有两人的画押手印，并无疑点。

寇准又传来房契上写的两位担保人，两人也言说清莲是自愿卖房子的，并无人逼迫强卖。寇准问道："商大官人真不知晓清莲在哪里吗？"商止水答："小人确实不知。"寇准点了点头，道："官人不知也无妨，本县已经访得她的下落，近日就可把那小娘子找回来问个清楚，到时自会水落石出，官人不必烦心。"商止水起身道："寇县令还有话要问吗？"寇准摇摇头，那商止水便行了揖礼，转身离去。

待那商止水走后，寇安急了："老爷，你几时得知葛清莲下落了？"寇准只是吩咐他："今晚多穿衣服，带上葛三郎，跟我出去，自会有人给我们带路。"

此时已经是夏末秋初，成安县的夜晚非常冷寂，凉意沁人。寇准带着寇安伏在商家的后门外，葛三郎则和他老婆换班，从自己家门缝，盯着商家的前门。一夜困乏，商家并无人在夜间出入，寇准回衙睡了一天，第二天夜里依旧监视着商家。寇安和葛三郎倒是很听吩咐，第三天夜里，他俩早早收拾妥当，继续紧盯商家大门，丝毫不松懈。功夫不负有心人，这晚丑时刚过，商家的后门吱呀一声开了，走出来两个家丁模样的男子，他们四下望了望，然后鬼鬼祟祟地钻进夜幕，朝北边行去。寇准示意寇安去招呼葛三郎，自己悄悄地跟在那两人后面。不一会儿，寇安和葛三郎手持棍棒追了上来，三人轻手轻脚地跟随着两个家丁穿过街道，绕过一座寺庙，再穿过一片树林，抄近路来到了一处农

舍,幸好月光皎洁,能看清眼前是三间黄土房,前无大门,后无院落。

两个家丁敲了几下门,门开了,窗前透出微弱灯光,不一会儿,只见那两个家丁押着一个小娘子走了出来,后面跟着一个老汉。那小娘子头发散乱,嘴里堵着一块布子,双臂被绳子绑在背后,极不情愿地被家丁拖着朝屋后面走去。寇准和寇安一起看葛三郎,葛三郎这时激动地连连点头,寇准知道,这就是清莲了。

寇准三人绕到屋后,趴在一处山坡上往下看,登时明白了这几个人要干什么。那老汉蹲下身,拨开一片荒草,地上露出一个土坑,坑长而窄,将将能躺下一个人。果然,清莲被推入坑中。葛三郎怒目圆睁,紧握棍棒,拿胳膊肘碰了一下寇准。寇准摇摇头,示意葛三郎稍等。只听其中一个家丁说道:"清莲小娘子,你莫怨我们,实在是那个新来的县令寇准逼人太甚,到处找你,我们家主人才言说留不住你了,你好生上路吧。"说毕,三个人一齐往坑里填土。葛三郎又扭了扭身子,寇准还是让他别动,自己却猫腰朝东面爬去。不一会儿,只见一块石头自山坡滚下,骨碌骨碌直滚到站在左边的老汉脚旁。老汉惊叫一声:"谁?"

旷野寂静,无人应答,老汉捡起石头朝山坡上狠命一丢,上面并不见人影。但那三人显然胆战了,他们又匆匆填了几下土,便扯起荒草盖住新土,又压上几块石头,慌慌张张跑走了。待那三人钻进小树林,寇准等三人马上奔下山坡,扒土救人。那清莲已经浑身瘫软,昏昏沉沉。寇准进屋寻了一碗水喂清莲喝了,又将土坑恢复原状,由寇安驮了清莲,悄悄回到县衙。

商止水那边却以为万事大吉了。次日清晨,他又指派另外一拨人推倒三间土屋,变农舍为废墟,将清莲的埋身之处彻底覆盖。那农舍本就偏僻,四周都是商家田地,外人一般不会涉足。商止水办完这一桩事,就像搬开了压在心头的一块大石,他缓缓地舒了一口气,又开始思谋着怎样赶走这个不顺眼的寇准了。

几日后,清莲逐渐好转,听葛三郎讲了寇县令解救她的经过,心里不免感激,便将自己半年来的遭遇和盘托出。令寇准震惊的是,清莲还道出了另外一宗命案。

五 知成安

娘去世得早,清莲和爹爹相依为命,街口的豆腐坊,既能给父女俩一个遮风避雨的住处,又能维持生计,是父女俩的唯一财产。因商家的后花园要扩建,商家几次来交涉,要买这三间房,价钱偏又给得极低,爹爹一直不肯答应,这就埋下了祸根。

今年年初,爹爹偶感风寒,加上过年期间磨豆腐劳累,就病倒了,整日咳嗽不止。初五黄昏时分,那商家的管家领着两个家丁,扛着一扇木板,说是要把葛掌柜送去南庄的薛大夫家治病,免得他大过年的整日咳嗽,不吉利,也影响隔壁商家的大管家休息。清莲一想,两家虽然相邻,但有房屋相隔,怎么会影响到高门深院的商家?正在狐疑,商家人却不由分说,抬起爹爹就往门外走,爹爹摇手让清莲放心。清莲哪敢让他们随便抬人走,也跟了出去。

到了薛大夫家里,大夫倒和善,把脉开药,很是周到。眼看天色已晚,那薛大夫对清莲说:"你爹爹病得不轻,一会儿煎好药,我要亲自看着他服下,夜半还要给他扎一次针。这里不方便女眷留宿,你且回去,明日再来。"清莲唯恐商家人害爹爹,不肯走,只等得商家管家和两个家丁都离开了,看着爹爹神色安宁,她才趁夜色回到豆腐坊。

第二天天刚亮,清莲就来到薛大夫门前,见到爹爹时,他已经气若游丝了,只是猛咳,清莲拿帕子去擦,帕上血迹斑斑,吓得她登时三魂丢了两魂。清莲赶紧去问薛大夫,薛大夫道:"你爹爹患的是肺病,若不赶紧用珍品药材,怕是熬不过今晚的。"清莲便问什么药,大夫道:"虎尾轮,一服药二两银子,要连服三次。"清莲这下呆住了。大夫知道她家贫,拿不出这许多银钱,这时候,商大官人就出场了。

看到爹爹命在旦夕,也知晓不得到自己家的房子,商家不会善罢甘休,清莲自忖着遇到这种财大势大的邻居,小户人家还是躲开为妙,于是就同意了卖房子。当下由薛大夫和来大夫家看病的王官人作保,将清莲家的豆腐坊卖了六两银子,双方写了卖房契,按了手印。清莲将六两银子交给薛大夫,揣着三包草药,仍由商家人抬着爹爹,回到家里。眼见着爹爹喝下三碗汤药,并不像大夫说的那样药到病除,清莲忧心忡忡,流泪不止。

爹爹还是走了,他是睁着眼睛死去的,清莲知道爹爹死得不甘,他放心不下女儿，他不忍把女儿独自留在这个凶险的人世间，无依无靠的。办完爹爹的丧事，清莲就住到了相距不远的葛三郎夫妇家，整日足不出户。葛三郎夫妇得过老掌柜的救济，自然善待清莲，他们思谋着，等过了这阵，清莲不再伤心难过了，就寻个规矩人家把她嫁了，虽说她现在无家产嫁妆，但到底生得皮肤白皙，玲珑秀美，能寻个殷实人家。

这边正四处筹划着给清莲找婆家，那边商官人派人来催促交房割地，清莲无奈，和葛三郎娘子商量着，回豆腐坊里收拾衣物。也是巧了，两人没走几步就遇到个媒婆，那媒婆拉着葛氏说东道西，清莲就先去了，葛氏眼看着清莲进了豆腐坊，也就放心了，和那媒婆就清莲的婚事，在街角又谈了一番。打发走媒婆，葛氏进了豆腐坊，房门大开着，屋里衣物凌乱，不见清莲踪影。

葛三郎夫妇左右打听，都没人见到清莲，他们怀疑清莲被商家掳走了，便来到县衙告状，怎奈葛三郎没有任何证据，这个案子被王县令三言两语就打发了。想着清莲生死未卜，葛三郎夫妇的心结成了疙瘩。

清莲的确是被商止水派人掳走的，商家人是从自己家翻墙进去的，所以无人看到。商官人见清莲生得好看，便想让她给自己做个小妾，清莲怎会嫁与仇人，她怒骂这帮翻墙越户的强盗，之后就被一股异香迷倒，送到了商家田庄的农舍中。

在成安，商止水并没有多么飞扬跋扈，他一味地买地、占田，是因为他曾经太穷了。当初来成安，那些人也再三嘱咐过他，做事要讲究分寸，不要闹出人命。不出人命是他的底线，所以他也就是想逼迫一下清莲，实在不从，就将她放回去。可是，因为那个雨夜，他不得不把清莲一直拘禁着，他摸不准那个雨夜，清莲到底听到了多少。直到新来的县令寇准放出话来，说马上就可以找到清莲，商止水才慌了，不得不赶快对清莲下手。

清莲的确听到了些什么，雨声虽大，但隔壁屋子的动静也不小，她战战兢兢倚在墙角，听到商官人要以二两银子买一幅字，有个男子不卖，说是祖上传下来的，接着就是争吵和殴打，以及惊慌的脚步声。她听到商官人下令将男子扔到井里去，她害怕极了，浑身颤抖，那个看守她的汉子过来试探性地叫她时，她紧咬着牙，在黑暗里发出恍恍惚惚的呓语……

五 知成安

衙门大门紧闭，看上去一派肃穆，里面却忙碌而紧张，衙役从偏门进进出出，寇准的书房里，油灯彻夜亮着。

一个月过去了，乡绅们坐不住了，他们联名上书大名府知府刘存信，控告寇准上任以来，终日游逛，不务正业，不理诉讼，不管田赋，请上司对这个县令严加惩处。接到控告书的知府马上行动起来，弹劾寇准。转运使许仲宣正好在大名府巡视，他派人去成安调查，回报说成安衙门不开，公事不理，许仲宣大怒，会同知府，要立刻来成安。

在地方系统内，知州、通判、朝官等，都是转运使察举的对象。转运使要将地方的吏治情报和判定意见在年终汇报到朝廷，以备朝廷大行诛赏，所以地方官员对转运使很是恭敬忌惮。许仲宣是个气貌雄伟的山东汉子，十八岁就进士及第，素以有心计谋略、处事强干著称，他所到之处，各州府都是小心翼翼。听说他要去成安，刘存信心知寇准要倒霉了，毕竟是在自己治下，出了问题自己也要负连带责任，知府赶紧派人快马加鞭通知了寇准，让他小心准备。

寇准收到音讯，心里有了主意，他早就听说了许仲宣的清名和才干，现在许仲宣要来成安，岂不正好。前日那个派往魏县的衙役回来，访得商止水在他哥哥的地盘上并没有做什么出格的事情，但是，衙役却打听到大名府知府刘存信。在魏县买地收租，家产不菲。这两人倒也聪明，你在我地盘上买地，我在你地盘上置业，既得了实惠，还能掩人耳目。牵系到自己的顶头上司，寇准正考虑着这案件该怎么审，刘知府会不会替商止水翻案，正好许转运使前来，是不是能下一步好棋？

寇准马上下令在大门口贴出告示，并派人敲锣打鼓地通告百姓："本县明日升堂问案，有冤有苦到堂申诉。"同时传讯所有被告届时上堂候审。到了第二天，原告、被告、看客等人把公堂挤得水泄不通。剑眉怒目、面膛方正，身材魁梧的寇准稳坐在"清正廉明"牌匾下。身着绯色官袍，脸型瘦长，双目微闭的许转运使和一脸谦和的刘知府并坐于右。寇准一拍惊堂木，衙役拿着杀威棒站立两旁，大喊"肃静"。

大堂安静下来，寇准声如洪钟："今日本官升堂审案，百姓们不必害怕，有冤诉冤，有仇诉仇，本官一定秉公断案，为民做主。"很多告状的苦主都往

前挪步,希望早点审到自己的案子。寇准接着宣布:"本官自有'目观千家状,耳听万人言'的本事,堂下百姓不用一个一个申诉案情,尽管把冤情一齐诉说。"

堂上堂下一听此言,个个面面相觑,许仲宣更是觉得荒唐至极。一个书生大声喊道:"寇知县,哪里有当官的这样审案?知县是不是要偏袒富家,糊弄百姓?"许仲宣听了刚想开口,只听寇准道:"你们尽管大胆说,本县绝不干半点贪赃枉法的事情。"

这时候清莲自后堂转出,跪在了最前面。看见了清莲,商止水大吃一惊,瘫在了堂下,连声叫道:"刘知府,知府老爷,我冤枉……"寇准闻声看向刘知府,问道:"刘知府,你身为大名知府,不知为何要将田产置于远在河南的魏县呢?"刘知府刚刚还温润的脸色变为猪肝色,想要说什么,可他看了看转运使,知道堂上没有他发威的余地,便不作声了。寇准一拍惊堂木,再次催促大家赶快申诉。

看寇准一身正气,胸有成竹的样子,下面的清莲、柳老大等,开始各诉各的状,各申各的冤,别的人一看,也跟着嗡嗡嗡嗡讲了起来。

大堂上吵吵嚷嚷,嘈杂难耐,许仲宣受不了了,他还是头一次见这样审案的,这简直是胡闹!他站起来,甩袖要走,寇准赶紧起来向他拜了一拜,微笑着把他拉住了,他只好耐下性子,看这个呆子县令接下来如何收场。大约过了半个时辰,状词方才念毕,大堂下面逐渐安静下来。

"商止水,你为何叫人填了城东田舍的水井,又推倒那里的房屋?"一提到"井"字,商止水最后一点侥幸登时破灭。

"说,那井里捞出的老者尸体是谁?"

商止水浑身哆嗦着,交代了他如何把一位过路的老者诱骗到农舍,又如何为了争一幅摹本,失手打死老者,抛尸井里的事情。堂上堂下听着他诉说,不由得毛骨悚然。审完了这一桩,寇准又叫薛大夫到前面来,问葛掌柜当日是怎么死的,薛大夫起初也是抵赖,等他看到寇准传来他的小徒弟做证,只好承认说:"那晚支走了清莲,因那商家没有给葛掌柜交住宿钱,便把他连同床板抬到院中过了一夜……"清莲一听爹爹遭此苦楚,当堂晕了过去。

接下来，寇准清楚细致地宣布了各案的案情和调查结果。比如柳老大卖给商家二亩地，商家却占了二亩半，寇准便以挖出的柳老大祖上的地界和重新丈量的数字为凭，判还了柳老大的半亩地。如此这般，寇准清清楚楚地判了一宗又一宗，堂下的商止水等人只有频频磕头，哪里还敢狡辩，杀人案已被坐实，其余事情，即使争辩，也免不了他们的死罪，他们也就听凭处置了。大家见寇准拿下了本县恶人，又对刚才在堂上诉说的所有案情了如指掌，判得有理有据，令人信服，不由得连声高呼："青天大人！"这时候寇知县的大堂上，真是抬棺材的抬到银子——哭的哭，笑的笑，分外热闹。

寇准惩办了商止水和他的同伙，他们入狱的入狱，罚银的罚银，杖责的杖责。商止水死罪难逃，交刑部复核，皇帝御批后，就要问斩。百姓们舒畅又解恨，围着县衙久久不肯散去。看寇准挖出来一桩人命关天的案子，安定了民心，造福了百姓，许仲宣自然转怒为喜。同时他又不得不考虑，商止水敢这样为非作歹，欺压百姓，是谁给他撑的腰？寇准点出了刘知府，看来这个人，要彻查一番了。

回到京城开封，许仲宣安排了副转运使宋珰调查刘知府，又把近来察举官员的事情写成奏折，准备上奏皇帝。忙了一天，见天色已晚，他骑马回到了家里。"爹爹，爹爹，你回来了。"一个梳着流苏髻的娇小身影迎了上来，看到女儿，许仲宣突然想和她谈谈那个给他留下深刻印象的年轻知县。

"绥之呀，爹爹这次去大名府，遇到一个才华横溢的诗人，人称'寇巴东'。"绥之掩口而笑："波渺渺，柳依依，孤村芳草远，斜日杏花飞。""哈哈，绥之，原来你会背他的词呀。"绥之轻轻地哼了一声："这人整天写'江南春尽离肠断，苹满汀洲人未归'这样婉婉柔柔的词句，肯定是个柔弱书生。"许仲宣知晓，女儿从小和自己随军多年，性情潇洒，很看不起那些簪花摇扇的文弱书生，为此，他已经回绝了好几个来提亲的读书人。但是他又不想把女儿嫁给舞枪弄棒的武官，怕人瞧不起。眼看着女儿已经年方二九了，还选不到如意郎君，他自然处处留心了。

"多情未必不豪杰，婉约也是真丈夫，这也不一定。寇准是秦人，秦人自古有尚武之风，他身形高大魁实，生性清澈醇厚，喜欢谈兵论将，而且还特别

有能耐。"许仲宣给女儿讲起寇准"目观千家状,耳听万人言"以及"断案一堂清"的故事,把绥之听得一惊一乍,转眼对这个县令佩服得五体投地。许仲宣得意不已,他知道寇准尚未婚配,就想择了这个佳婿。

　　寇准这时候考虑不到娶媳妇的事情,作为父母官,他的心都在成安百姓身上。惩治了商止水等人,地方上的恶霸个个胆怯,没有人再欺压百姓为非作歹了,他的衙门政简刑清,也就冷寂下来。但是百姓的日子还不好过,漳河水时时泛滥成灾,宋辽战火不断,徭役赋税日益繁重,百姓不得安居乐业……寇准愁着呢。

　　宋太宗雍熙元年(984)年初,也就是寇准当成安县令的第二年,有人来给他提亲了。

六　一只靴

寇准变成了泥人，他每天带领百姓运石块，准备在漳河修堤筑坝，寇准刚刚破了大案，平了民愤，百姓对他敬爱有加，很听他的调度。当大家看到寇准穿着家常衣服，亲自上手背石块的时候，都吓呆了，赶紧过去给他帮忙。寇准便借机向大家宣传治水的好处，谁不想庄稼收成好，吃饱穿暖呢？成安百姓一旦感受到了这个年轻县令的真诚，便积极地跟着他疏通河道，清理淤泥，加固堤岸。他们信任他。

这日，寇准正在指挥他的治水大军，突然看到岸上站着几个人，正向他挥手，示意他上岸来。寇准近前一看，原来是同乡宋珰宋察院到了。寇准大喜，连忙跑上堤岸。在宋朝，监察御史一职虽然只有六品官衔，但是却参与并监督中央和地方司法机关对重大案件的审理和审查，权力很大。这位宋察院也是华州下邽人，是太祖乾德年间（963—968）的进士，和寇准的父亲很熟悉。宋珰眼睛鼓鼓，身板挺直，一撮倒三角形状的山羊胡短小齐整，风吹不动，他为官清廉，是寇准尊崇的老乡加前辈。

回到县衙，一番寒暄后，宋察院开门见山："平仲，老夫此次前来，是为一公一私两件事。公事，是来办大名府知府刘存信的案子；私事，是来给贤侄提亲。"寇准站起来行了一礼，答应得很利索："多谢察院费心，晚辈从命。"宋珰听了哈哈大笑："你这个寇准呀，当年金榜题名的时候，听说给你提亲的人也不少，都被你挡回去了，怎么现在着急了，也不问问我要说的是哪家女儿，何等品貌，就直接从命了？"寇准再次站了起来："察院已经托人问了母亲大人，她老人家来信应允了此事。母亲说，宋察院提的亲事，自然错不了。"

宋珰再一次哈哈大笑:"老夫这个媒人当得舒心顺当呀。好,等着喝你和绥之小娘子的喜酒!"原来宋珰给寇准提的亲,正是转运使许仲宣的女儿许绥之。许仲宣清名在外,寇准早有耳闻。太宗刚即位时,升任许仲宣为西川转运使,属西南夷寇钞边境。许仲宣亲至大渡河,谕以逆顺,示以威福,征服了这些夷人,为朝廷立下大功。有人嫉妒他的才干,说他贪污受贿,在战事中把官钱据为私有。太宗将信将疑,召还许仲宣,令御史台把他所有的财务账目一一勾校。这个浩大的审计工程进行了三年才一笔一笔逐一审核调查完毕,结果是许仲宣的财务账目精确分明,所有款项使用清清楚楚,没有私占公家一文钱。这个结果当时就感动了太宗,他对许仲宣大加赞赏。宋珰和寇准谈到这件事时,自然都分外敬慕许仲宣的为人,用宋珰的话说:"你我他,同志同向,理当互勉!"

能得到许仲宣女儿的青睐,寇准当然高兴,他并非宦门贵室,在朝廷无根无基,许仲宣能看重他这样的年轻人,他除了感激,还能说什么呢。接下来两家就正式进入了婚嫁模式,纳彩、问名、纳吉、纳征、请期等一套程序走下来,也就过了半年。这时寇准的水利工程也进入尾声,河水被引来灌溉禾苗,变害田为益田,百姓可以安心耕种,庄稼眼看丰收在望了。

雍熙元年(984)七月,到了迎亲的日子,寇准告假去了开封,弟弟正好在京城赶考,替寇准租了一处房子,绥之派几个小丫头来将绣床帏幔布置了一番。母亲身体不好不能前来,寇准和泰山大人商议,婚事办得简单,毫不铺张。但毕竟也是个朝廷命官,该有的礼数寇准也没有含糊。

迎亲那天,只见两个媒婆头扎黄带子,身穿紫背心,手里举着清凉伞,摇摇摆摆在前开路,身后是穿着大绿官服,骑在高头大马上的新郎寇准。新娘凤冠霞帔,坐在大红花轿里,迎亲的其他人手捧花瓶、裙箱、镜台等,一路吹吹打打,很是热闹。路人都称赞这个新郎样貌齐整、身材伟岸,是个如意郎君,坐在花轿里的新娘听到了,心里自然欢喜。

花轿到了男方门前,小辈们免不了要来拦门讨喜,人群中跳出一个小男孩,高声叫道:"仙娥缥缈下人寰,咫尺荣归洞府间。今日门栏多喜色,花箱利市不须悭。"寇准笑呵呵地掏些铜钱出来撒了，花轿停下，女伎们有的手持莲花烛台在前领路，有的捧着镜子倒行着给新人辟邪，由两名女仆搀扶着新娘进到洞房里坐下。这时新郎也要坐下，不同的是新郎坐在高处，两把椅子摞起来，再放上马鞍，谓之"高坐"。寇准盛装坐在高处，任人观看，倒也跟中了高魁一样风光。

等到拜堂的时候，新郎手执由两匹彩绢绾成的同心结一端，倒着走，一步一步把新娘牵到堂前。拜完堂了，再由去掉盖头的新娘倒行，把新郎牵回洞房。进了洞房，夫妻交拜、撒帐、喝交杯酒，然后就是合髻——两人各自剪下一缕头发，绾在一起做信物。

新婚三日后回门时，泰山大人许仲宣看到女儿神色畅快，心里有了底，他对新女婿说："平仲，绥之性直，遇事以柔为上；为官要正，勿要辱我名声！"寇准点头称是，盘桓几日后，寇准便拜别了岳家，带着新妇回成安去了。

寇县令寓所的邻居们看到了他的新娘。只见她身穿淡粉色的窄袖上衣，葱绿色及地长裙，丝质的披帛绕过手臂轻轻垂下，腰间佩着一块玉佩，脚上的鞋子在裙摆下微微翘起，面容纯净，举止大方。新娘子带来的两个陪嫁仆女，打理起家事来井井有条，加上寇安里外招呼，寇县令过起了安稳的居家日子。

一日，寇准刚回到家，绥之便迎上去问道："官人，我今天看到你立在县衙门口的那块仙石了，它真的能辨是非、断阴阳吗？"看着娘子亮闪闪的眼睛，寇准不好意思隐瞒她了，便把自己用那块无字碑，也就是仙石断案的初衷说了出来。

寇准无事时愿意去庙里同大师父说说话，石头的秘密，是大师父告诉他的。石头确实是天上掉下来的，寇准知道了仙石的秘密后，就派人在一个风雨夜把石头立到了县衙门口。他有意告诉别人，说是夜里的时候，东南方向一道亮光，一声雷鸣之后，县衙门口落下一块石头，他看到一位鹤发童颜的老神仙站在石头旁对他说："我给你带来一块仙石，可辨是非，能断阴阳，遇到疑难之事你可以问问它。"

当时，县衙牢狱里押着一个十分狡猾的惯犯，他诈骗了表哥的钱财，但硬是百般抵赖，拒不承认，寇准就拿他开了刀。寇准提前对大家说："今天审案遇到了困难，看来我们只有明日午时求助于仙石了。"到了第二天午时，仙石前围满了人，寇准命衙役端来了一盆清水，然后念念有词："仙石显灵，真相大白！"说着将这盆清水缓缓倒在石上，四周鸦雀无声，百姓屏气凝神。片刻，仙石上显出文字，于是寇准命主簿念一下这石上写的是什么。主簿一字一句地念了起来，说的是这个犯人怎么套表哥儿子的话，什么时间去什么地方买了假的金龟，又怎样调包了表哥的真金龟……又说假如还抵赖不认罪，上天会让他的儿孙代为受罚！那惯犯听了以后吓得浑身打战，仙石上说的话，竟然和自己干的事毫无出入！他实在是无法隐瞒下去，只好认罪！

其实，石上的字是主簿用明矾水预先写好的，干了没有痕迹，被水打湿后即可显现原字。从此，这仙石的来历在民间越说越神，越传越奇。寇准在审案时遇到狡辩不配合的人，总是会问："要不要到仙石前判案？想不想让仙石记下你是谁家子孙？"

这块仙石给寇准省去很多麻烦。比如有一次，有人状告邻人的秤不准，有实物为证，但这个邻人却把自己家的秤藏起来，拒不交出，寇准也就没有了物证。任凭寇准苦口婆心劝告道："你不知道吗？我朝的秤为什么是十六两一斤呢？因为北斗星是七颗，南斗星是六颗，还有三颗是福禄寿，天地万物都在里面了。短一两折你的福，短二两折禄，短三两折寿。所以，你老老实实交出缺斤少两的秤，如果继续用这种秤，会要命的。"可是那人就是不听，寇准便把那人叫到仙石跟前，道："你不说，我们就问问仙石，但我告诉你，问了仙石，你生生世世都会被神仙记下旧账！"这人一听，便老实交代了。

娘子绥之听了寇准的一番叙述，缓缓地问："官人，你信不信鬼神之说？"寇准摇摇头，又点了点头："我不信鬼神，但我信因果报应，我知道要敬畏天地，保持良善。"绥之握住了寇准的手："官人，我也相信因果。"

成安的庄稼连年丰收，寇准的威信也逐渐树立。于是，每期会赋（收赋税），他都严格管束衙役们，不准他们乘机鱼肉百姓，百姓也知道感恩，寇准只要依法在衙前贴出名单和应交粮税数目，再通知乡里，民众即踊跃送交，不用几日赋税即全部缴清。寇准照例奖励农户垦荒种地，规定新开垦的土地三年不纳税，人们过上了安定有序的生活。

公事顺心，私事也遂人愿，娘子绥之有喜了，寇准要做爹爹了。绥之雇来一个干净利索的老妇人郭氏，据说她懂得生产之事，把绥之照顾得很是妥帖。寇准俸禄现在是十七贯钱，要定期给母亲一些，加上他到处施舍救济，家里的用度有时候就捉襟见肘了，还需要娘子的陪嫁支撑，这令寇准有些尴尬。

一日，那个老妇人郭氏见四下无人，便提着一只篮子去书房跟寇准搭话："寇知县，老身有话，想同你说说。"寇准点点头："我娘子身子还好吧？是不是有什么问题？"郭氏道："娘子大小都好，她能吃能睡，我看老爷必会喜得贵子。"说着，她把手中的篮子放到了寇准面前的桌上，从篮子中取出一个深蓝色包裹，包裹打开，黄灿灿一堆金子，亮在了寇准眼前。

"啊！你，你哪来这么多金子？这是何意？"郭氏缓缓道来："老爷，绥之娘子马上就要生产，您眼看要多出许多用度，这五十两黄金，是我送给老爷贺喜的。""你有这么多金子，还来我家做婢女，你到底是谁？用意何在？"郭氏双膝一屈，跪在当地，哭着道："我是罪人商止水的寡母，求老爷开恩，饶我那不孝子一命！"

寇准一听"寡母"两个字，心里一抽，便不忍心了，加上对郭氏素有好感，他便好言好语地扶郭氏起来，让她坐在椅子上，慢慢说。郭氏眼泪不止，哽咽道："我二十一岁守寡，靠着几亩薄地，含辛茹苦把他哥俩养大……那大郎止简倒是争气，三十年苦读，中了进士；二郎止水读不进去书，言说愿意经商，我和他大哥就由他来了成安。哪知才几年安稳日子，二郎就闯下大祸，如今他性命难保，他大哥又被夺官下狱，叫我这婆子怎么活呀？"

说着郭氏又从椅子上滑下来，跪倒在地："老爷，我那大郎从小善良孝顺，为了出人头地，让我脸上有光，他夜夜苦读，从未懈怠过，可怜他受二郎连累，白白断送了前程。我那二郎也不是十恶不赦之人，他已然悔过，还望老爷看在我老婆子分上，替我儿说几句好话！"

寇准再一次扶起郭氏，抚慰了一番，又问道："你那儿子，可有妻小？"郭氏答："大郎一妻一子，孙子五岁了，大郎之妻也带着孙子归了母家；二郎尚未娶妻，身边两个小妾，已经散了。"寇准又问："你这些金子，可是你那两个儿子给你的?"郭氏点头道:"有儿子给的,也有我变卖田地换的,老身倾家荡产,只为能救儿子一命。"寇准劝道:"你要为自己和你家大郎多打算些,你那大郎罪不至死,或被贬,或受刑,来日总会母子团圆,一家人重聚的。我劝你还是早些回家,赎回田地,接回孙儿,好生教养,让他以父叔为戒,规正成才为上策。"

郭氏闻言,又痛哭起来:"老爷,你是没打算替我那二郎求情了?我不回去,这五十两黄金,只换你在泰山大人面前几句好话,成吗?你若不允,我便寻到开封城里去,拼得人财两失,也要救我儿一命!"寇准轻轻摇头:"实言相告,不论是我,还是宋察院,还有我那泰山大人,都曾立志清廉为官,我们这些人,是不会收你一文钱的。""啊!"郭氏道,"老身听说如今十个官员里有八个都是贪的,怎么我儿就碰到这许多不讲情面的冷人?"

寇准无言,只有对窗而立。郭氏也停止了抱怨,只暗泣不止。半晌,寇准道:"你不要奢想替儿子寻门路了,这事肯定行不通。你一个老妇人上京去,万一钱财被当作赃银没收或被歹人抢夺,你自己怎样过活?又怎样面对你家大郎和孙儿?"郭氏哭声大了,寇准再次轻柔地劝道:"我也是寡母养大,知你一片慈母深情,不会害你,还是听我一句,回家去吧!这里的工钱,我加倍给你,再派人护送你回乡。"

郭氏无奈,第二天一早,便在寇准的安排下回乡去了。寇准想到商止水为自己的贪欲,送了性命,又硬生生让寡母操碎了心,为人奴役,让兄长落入牢狱,心里替他不值;又想到自己兄弟二人也是寡母养大,就提起笔墨,给弟弟寇随修书一封,细细讲了商止水老母的事情,信末嘱道:"切记切记,引以为戒!"

成安有了水浇地,寇准又鼓励百姓种植蔬菜,把地方治理得政通人和。这年年底,绥之产下一女,寇准倒是比绥之还要高兴。

一晃三年,寇准的任期满了,他离城时,百姓都不愿他走,大家夹道追堵,希望能留下这个好县令。寇准不忍拂百姓的好意,就当巡城一样,骑着马一个城门一个城门地走,他走到哪里,哪里的城门总是提前就关闭了。寇准无奈,只好在天将黑的时候,从小东门(今寇公门)悄悄逃离,百姓还是发现了他，大家拉着他的马，扯掉了他一只靴子。寇准走后，成安百姓把他的靴子供奉在城门洞的墙窝窝里，永以为念。

"东城门，墙窝窝，一只靴子里边搁，成安种棉第一人，目观千家状，耳听万人言，无字石前断疑案……"寇准的逸事被编成了孩童们传唱的民谣。

古代官员卸任时，当地百姓按惯例对他们有"清官留靴，赃官留帽"的民间评价。留帽就是在门楼挂一顶官帽，写上官员姓名，盼其早日丢了乌纱帽；留靴呢，意思要留下官员的"破旧之靴"，见证官员"勤于民事"，以示纪念感恩，也时时提醒、鞭策后来者。因此很多地方的城门洞墙上，都有一个摆放清官旧靴的小洞。人们说，这习俗来自孔子任中都宰离任时被留一只靴的故事。

有的官员对这个看得很重，有的则认为百姓又不能给自己升官，不必顾此虚名。不过为了"政声"，真还有人强令地方富绅送他万民伞，给他立生祠，树功德碑。这些自斟自饮的把戏，当然很快就会被人唾弃。

寇准任满，受到万民爱戴，他政绩又好，按理说，是会被升迁的，可是京城里，却有人在为难寇准。

寇准离开成安前一天，成安县发生了一起纵马伤人的案件。这件事情被很多人当街目睹，可以说是明明白白，不容半点徇私，何况寇准也没有想徇私。

京城开封一位枢密院高官家里的衙内（官员儿子）来成安县省亲，这个衙内可能是喝了些酒，不知道怎么想的，突然纵马在街头飞奔，撞翻了不少百姓的东西，还撞伤了一个挑着柴叫卖的种田人。百姓把这个衙内当街按住，扭送到了县衙。

对熟知大宋刑法的寇准来说，这个案件不难判，《宋刑统》规定："诸于城内街巷及人众中，无故走车马者，笞五十；其因惊骇不可禁止而杀伤人者，流三千里。"也就是说，这个衙内在人多的大街上放纵自己的高头大马狂奔，致使路人被撞伤，按刑法，他要受点儿皮肉之苦——被打五十下。

《宋刑统》里，笞刑相对于杖刑，是比较轻的一种处罚，都是打屁股，笞刑是使用竹板或者细木板，杖刑则用的是非常重的大板子。对于一般人来说，杖责五十下是能要命的，而笞打五十下，能让人半年下不了地。

这个衙内的亲戚柳大官人马上赶到县衙，打算把衙内接回去，衙内四肢修长，肤白体弱，皮娇肉嫩，怎能经受如此刑罚？他觉得这点小事，寇知县还是会给京官些面子的。

"寇知县，我知道你马上就要离开成安了，这里略备薄礼，以表敬意！"柳大官人知道寇准马上要走了，也不想跟他多话，他一挥手，令人直接呈上了一包银子。

寇准正色道："本县不会收成安百姓一枚铜钱的，也包括柳大官人您！"

柳大官人不耐烦跟寇准磨缠，他一抬眉头，半劝半威吓地道："寇知县，你已经办了交接，鹤庆这宗案子，还是等下任知县来办吧，你多一事不如少一事，不要临走之前惹什么麻烦！"

柳大官人意思很明白，你想奉公可以呀，你不办这个案子，谁会说你？何况这个案子，本不该你这个已经离任的人来办。

寇准道："百姓把人犯都送到我跟前了，我怎能撇下不管？我哪怕今天就要走，也要办完这个案子！"

寇准如此强硬，柳大官人只好亮出底牌，道："鹤庆还小，况他是世家子，寇知县何必为难于他！寇知县这次进京，免不了要遇到鹤庆的父亲，他的父亲可是……"

寇准不想听他说出那些官位和官名，以免日后尴尬，他喝道："柳大官人，本县依法判案，你无须多言……"

柳大官人没想到寇准一个小小的知县，竟然会不给京官面子，他指着寇准的鼻子，喝道："寇准，你别欺人太甚，我看今日谁敢动鹤庆一根汗毛！"寇准毫不示弱，叫道："来人，给我打！"衙内被拖上来，打得鬼哭狼嚎。

眼睁睁看着小衙内挨了顿打，柳大官人把寇准恨得牙痒痒，他赶快派人快马加鞭，赶在寇准到京之前，结结实实告了他一状。

宋太宗雍熙二年（985）八月，寇准离开成安，回京复命。本该升迁的他，刚到开封，就被朝廷紧急征调去了西北战场。

七 运军粮

已经居住在西北草原有二百多年的党项族,是古羌族的一支。到唐朝末年,党项首领拓跋思恭帮助唐朝镇压了黄巢起义军,被封为定难军节度使,赐姓李,治理夏(今陕西省靖边县白城子)、绥(今陕西省绥德市)、银(今陕西省榆林市东南)、宥(今内蒙古鄂托克前旗东敖勒召其古城)、静(今陕西省米脂县东)等五州之地,即青海、宁夏和甘肃一带,党项成为当地最强大的民族。

大宋建国时,太祖承认了党项的臣属地位,而到了宋太宗太平兴国三年(978),勇猛的党项人势力逐渐扩张,他们希望脱离宋朝而独立。太平兴国七年(982),在他们的首领李继筠死后,迫于族内压力和宋朝势力,刚即位的李继捧向宋太宗交出了夏、绥、银、宥、静五州之地,在开封的豪华住宅过起了享乐生活。宋朝接收西夏五州之地时,李继捧的族弟李继迁才二十岁,留居银州。宋太宗派使者要求将李继捧五服之内的宗族入质朝廷,使臣到了之后,李继迁与汉人谋士张浦披麻戴孝,假称乳母亡故,外出下葬。实则李继迁将兵器藏在丧车与棺材内,出城之后直奔离夏州三百里的沙漠腹地地斤泽(今内蒙古自治区鄂尔多斯市南部),从此和宋朝展开了"生命不息,战斗不止"的拉锯战。

雍熙元年(984)七月,李继迁袭击宋边境,四处侵扰。次年,李继迁只率少数随从到银州城下,对宋将曹光实说:"让我投降吧,我愿归附。"曹光实为了争功,出城受降。这时,李继迁的伏兵突然出击,杀了曹光实,夺取了银州。接着,他又攻破了会州,把当地的城池一把火烧了。为了剿灭这股反叛势力，太宗赵光义开始对西北地区大举用兵。兵马未动，粮草先行，就在这个时候，寇准被朝廷临时抽调，任殿中丞，他的任务是调兵食于西北，即刻押运军粮赴西北战场。

雍熙二年（985）初冬，西北已天寒地冻，满目萧索。寇准正随军行进在这片广袤的土地上。押送军粮是个苦差事，风餐露宿，责任重大且不说，既要隐秘，又要保险，有时候昼伏夜出，有时候竟连着几日不歇，很是劳累。寇准到底年轻身体好，他能受累，也有谋略，能胜任这个差事。第一次亲临战场，参与战争，跟在大名府成安县衙门里审案、收税的日子比起来，寇准感到前线的一切都那么新鲜，令人兴奋。一路风沙，眼见一场场惨烈无比的战事，寇准走过夏州、宥州、银州、绥州等地，这些地方是李继迁以前的主要势力范围，也是现在宋朝接管的地区。每到一处，他都张开耳朵、瞪大眼睛，认真听、仔细看，尽可能地收集各种有价值的军事资料。他搞实地考察，找党项俘虏问话、向宋朝的武官们了解战况，并分析利弊，思考解决边患的办法。

朝廷给他的任务是把粮草送往边境。一般人的话，能够把粮草平安送到就谢天谢地了。寇准不一样，他不仅运粮，还捎带征调一些军需战备品，以供军队使用。寇准考虑到自己是后勤部队，士兵们有的年迈，有的没打过仗，怕遇到敌人劫粮，所以事事提前防范，不敢有半点松懈。他还叫士兵们预备了很多锣鼓器具，模拟战马奔跑、大军行进的声音，以备不时之需。

一日，寇准和十几个士兵，因为走了弯路，遇到了敌军。那时候天色已黑，他们突然听到山脉背后党项人的磨刀声和战马嘶鸣声狞笑声，那些士兵都伏下来，看着寇准。寇准心中一凛，虽说这次驮的粮食不多，但也不能丢了。他轻轻地做了个趴下别动的手势，让大家先不要惊动敌人。

寇准绕到山坡前面，看清楚了，原来是一群战败的党项逃兵，有三四百人，这些人军容不整，很多人带着伤。他把军粮藏起来，让那十个士兵在远处摇鼓呐喊，装作人多势众的样子。这些惊弓之鸟果然被吓跑了，寇准收缴和捡拾了很多党项人的弓箭等兵器。

寇准去了战场，他的夫人绥之很担心，但又没有办法。第二年过完年，绥之收到了寇准托人转交给她的一封信，随信寄来一首他的新作，名为《塞上》:"春风千里动,榆塞雪方休。晚角数声起,交河冰未流。征人临迥碛,归雁别沧州。我欲思投笔,期封定远侯。"这封信转到许仲宣手里,他叹道:"我没看错,平仲果然有大志向,他虽位卑官小,却以汉代班超自况,日后必能成就丰功伟绩。但愿他此次出征平安无事,早日实现平生抱负!"看来,许仲宣不但是寇准的老丈人,还是他的知音呢。

大宋打了胜仗,平西将军王侁率军在银州城北把李继迁打得落花流水,杀敌五千多人。李继迁逃往戈壁荒原,西北边境线稳定下来。

寇准运送军粮有功,得到嘉奖,被吏部任命为郓州(今山东省东平县)通判。通判是副州长,寇准升了级,他的官职,现在已经和唐知州平齐了。寇准领命谢恩,正准备去郓州上任,他的弟弟却派人给他送来一个悲痛欲绝的消息:母亲病故了!寇准大叫一声"母亲",昏倒在地。他原想这次到任上后,就告一阵假,带着妻女回家看母亲,谁料到……失魂落魄地告了丁忧,他便带着妻女,连夜回老家华州下邽去了。

作为儿子,在哀伤之余,自然要负担起母亲的丧葬事宜。亲朋好友便向他建议,让他买块墓地,把父母一起下葬,让父母入土为安。寇准谢绝了亲友的好意,他说:"父亲当年状元及第,只因时运不济,不能位居高官。现在仓促办理后事,墓碑上只能写前朝王府幕僚的官衔,葬礼的规格也不能高,这样太辱没父亲,既不能告慰先父在天之灵,亦不能成全我的一片孝心。"

宋朝有规定,子为高级官员,父为低级官员,亡父的祭祀用低级官员的标准,葬礼采用高级官员的规格。寇准只是一个小知县,为父亲办理后事,父亲的葬礼、祭祀都要遵循低规格。位卑俸微的寇准还不能给父母挣来赠典,做到让父母风光下葬,于是,他选择了隐忍。母亲的灵柩还是暂寄在庙里,等他有朝一日扬眉吐气,做了高官时,再回来为父母举办隆重的葬礼。寇准此番言论无疑表明了自己的志向:一定要出人头地,立身扬名,以荣耀父母和整个家族。

但亲友对他的决定却不能理解,官场诡谲多变,寇家又没有根基,寇准已经做了两任县令,如果按照三年一个等级的提拔,那要等到何年何月他的父母才能下葬?更何况君威难测,他难以保证自己永不犯错,不被降职。

母亲既然不下葬,丧事便一切从简了。寇准带着妻女和弟弟,在家乡开始了为母亲服丧的耕读生活。宋朝通常所说的"丁忧制度",即朝廷官员需在自己父母(某些情况下还包括祖父母等)去世时,解官守孝三年(实际通常为二十七个月)的制度。由于丁忧对官员的仕途、收入等方面影响很大,官员通过匿丧等手段而逃避丁忧的现象屡见不鲜。还有的人通过人脉关系,向权贵、重臣等请托、行贿,以期获准"夺情起复",以素服办公,不必去职,不参加吉礼,保住自己的官位。

寇准既然要凭着自己的能力厚葬父母,必然会面临守孝期间丧失提拔机会的问题。眼看和寇准同榜考取进士的很多人已经封官加爵,成为京官了,寇准的族兄替他着急,便敲打寇准:"平仲,你知道吗?太平兴国二年的进士里,已经出了四位副宰相;太平兴国五年的进士里,苏易简、李沆早已入了翰林,向敏中也被皇帝接见和重用了。这些人可是你的同年啊!"见寇准不作声,族兄又委婉相劝:"家里有我照料,你的仕途要紧,能不能写信给宋察院,还有你的泰山大人,看能不能……能不能……"寇准明白,这是让他找人走关系,夺情起复。

寇准知道族兄是担心他的仕途,他说道:"达则济天下,穷当守一丘。胡能效时辈,觍冒随沉浮。"毕竟经历了官场七八年的历练,此刻的寇准,对自己的才能已有了很大的自信,而且,他也想静下来,读点书,陪陪母亲。

三年时间,足够一个人学习、反思、总结。端拱元年(988),寇准服丧期满,销假还朝。朝廷依旧任命他为郓州通判。这时,他首次使用天子门生的特权,把自己当知县以来所总结的经验以及在西北战场的所见所闻,写了一封奏折,呈给了皇帝。这相当于一次门生与天子的交流,寇准想告诉圣上,当年承蒙圣恩做了知县,近十年来,我都做了什么、想了什么,给您汇报一下。

通判临行,是要当面向皇帝辞行的,这是宋朝的规矩。皇帝呢,通常情况下,也要借着这个机会,一方面进行训示,另一方面跟臣子联络感情。这是太宗皇帝和寇准第一次正式对话,寇准得以近距离见到皇帝。太宗头戴通天冠,身穿云龙纹的绛纱袍,腰束金玉带,冠前有金博山、蝉珰为饰,显得华贵雍容。几年前朝堂一瞥,如今得见圣颜,寇准觉得,皇帝还像当年一样,语速平缓，不怒自威，略带书卷气。

太宗对这个年轻人的汇报式奏折很满意，现在又看到他一表人才，谈吐流利，有心考考他的政治才能，便让人拿来纸笔，出了道题目《御戎策》，命题作文，让寇准当面答卷。这道题目，太宗科考时出过，殿试时也考过，可却没有看到过几张令人满意的答卷。那些洋洋洒洒的纸上谈兵，太宗已经懒得再看一眼。毕竟这时候，太宗刚刚经历了第二次伐辽的失败，他需要的，是切实可行的国策。

寇准交卷了，字体规整，论断有据。

他的这篇策论，全部以自己在战场上的见闻为依据，他甚至连异族人的宗教信仰、生活习性、婚嫁方式、对待战俘的态度都了解得清清楚楚，并且加以剖析。

太宗皇帝一读之下，不禁喜出望外。他觉得自己果然眼力非凡，识得了这个人才。寇准对党项人的战术、战马、习性、兵器等做了详尽的说明。比如他在《御戎策》中讲到的党项军队分类，就很是让太宗震惊：

铁鹞子：皆勇士，全身重甲披挂，以绳索缚于马背，善于打前锋，虽战死，其马犹在阵中冲锋驰骋。

步跋子：步跋子者，多横山人氏，善上下山坡，出入溪涧，最能逾高超远，山谷深险之处遇敌，则多用步跋子以为击刺掩袭之用。

泼喜子：置于驼峰上的旋风炮，纵石如拳，善破城墙，击人必死，威力强大。

质子军：党项贵族子弟组成，既是禁卫军，又是制约各头领的人质。

擒生军：专职劫掠他国百姓为奴的大军，曰"擒生"，兼后勤。

撞令郎：汉人俘虏及百姓组成的前锋，被当作掩体使用。

宿卫军：李继迁亲兵。

牦牛弓：射四百步。

党项剑：锋利无比。

甲胄：结实厚重

……

寇准总结了五条经验，以指导军队运粮屯粮，确保粮道安全，特别对敌军劫粮时的防御做了说明。

他还提出来了一些非常有效的守城之道，如怎样防御敌方投石机、云梯、冲车撞门、挖掘地道，等等。

所谓知己知彼，百战不殆。寇准事无巨细，既分析了党项军队的优势，又指出了他们的缺点，制定了诸如研制强弩、建立同盟、以羌制羌、机动屯粮、施恩边民等对敌策略。

太宗越看越欣赏寇准，要知道，太宗第二次伐辽，正是因为大将曹彬的粮道被契丹耶律休哥所劫，使十万大军不得不后退，令本来良好的战局完全处于下风。那次失败，还损失了"无敌将军"杨业，丢了军中之胆。现在，边境上的威胁仍然在，寇准这些报告和策略，都是克敌良方。

太宗深深地叹了口气。寇准只是个六品县令，仅仅去西北运了几趟军粮，就能把党项军队的详情摸得这样清楚。而朝廷那些享有高官厚禄的重臣呢？哪个能像寇准这样忠君爱国，事事为大宋江山谋划……

太宗又有些欣慰。这样务实、肯干、有头脑，满腹才华的人，是自己一手选拔出来的天子门生，说明朝廷慧眼识珠，没有埋没人才。皇帝连连点头，竟然有些舍不得寇准了。他要把寇准留在身边，重点培养，大宋需要这样的人才。于是，太宗马上下旨，赐给寇准绯袍银鱼，安排寇准任三司度支推官。

"三司"不仅是中央政府机构，而且掌管着国家的财政大权，或者说掌控着国家的经济命脉。赵光义让寇准去"三司"工作，用意已经很明显，那就是要把他培养为自己的股肱之臣。端拱元年（988），寇准正式进入了庙堂，开始了他的京官生活。

寇安在外城东边租了一处房子，寇准安下家来。这时候，寇准已经有了一大家子人了。自己一家、寇安、弟弟，以及母亲去世后，被他接到开封的老家人寇平，几个仆人婢女。一群人忙忙碌碌，总算安静下来。第二天四更，天还没亮，寇准已经骑着马，赶往皇城禁门外的待漏院集合了。路上随从们打着贴着自己主人官职的长柄灯笼，紧跟着官员马匹，给他们照明。这些橘红色的烛光在黑夜中汇集成一条"火龙"，很是壮观。不过寇准这时候毫无诗意，第一次上朝，他心里有些紧张。

绥之等在家里，东张西望，终于等到早朝完毕，寇准回家。看看寇准的脸色，还不错。"官人辛苦了，润润嗓吧。"绥之递上一碗姜丝梅。寇准道："我一句话也没说，润什么嗓？"绥之捂着嘴笑，心想你难道连"吾皇万岁"也没有喊吗？看他闭目养神，似耗费了很多精力，便不忍斗嘴，转身去了。

寇准聪明，学东西快，又肯出力，很快就适应了管理财政的工作。在朝堂上，除了问及三司的事情，寇准基本不太开口。许仲宣离京时也有嘱托，让他少说话，多做事，寇准是允诺了泰山大人的。他看到太宗在朝堂上嘉奖清廉大臣，安抚边疆将士，很是英明，君臣相安无事。

淳化元年（990）六月，连日大雨绵绵。寇准在家里看书，寇平跑了进来，喊道："不好了，听说汴河的河堤决口了，淹死了很多百姓，淹没了很多农田。""啊！"寇准呼的一下站了起来，连忙拿了蓑衣，召来几个家人，赶着马车往汴河边去了。

到了城外一看，有一里长的河堤发生了决口，大水滔滔，正肆无忌惮地朝外涌灌。河边的房屋有的已经倒塌，有的岌岌可危。好在河堤上已经有官兵行动，他们运来应急的沙包，正往决口里扔。寇准赶快命令家人们抢救灾民财物，他自己也忙了起来。

过了三四个时辰，决口渐渐收拢，雨也越下越小。虽然河堤上很多人尽力抢救，但这场灾难刹那间就淹死了很多百姓，其中大多是妇孺。寇准拖着泥腿和沉重的心情，慢慢往回走，突然前面一阵喧闹，原来是太宗知道了决堤的事情，竟然亲自来巡视了。路面坑洼，太宗乘着步辇行在泥泞中，后面跟着一帮太监和御林军，有几个人正在哀乞，听语气，是在劝皇上回驾。

寇准走上前去，伏在路边，提起气，声音洪亮如钟地说："臣寇准参见陛下，吾皇万岁万岁万万岁！"寇准声音太大了，随从们都吓了一跳，呵斥道："谁人如此大胆？"太宗一看是寇准，也很惊讶，赶忙询问灾情，寇准道："臣听闻水患，特来救急，目前决口处已经修堵，陛下能体恤民生，亲来视察，乃我大宋百姓之福，臣心中激动，因此情绪失控，望陛下恕罪。路面不堪，请陛下以龙体为贵，回驾吧。"

太宗点头嘉许，默默叹道："东京养甲兵数十万，居人百万家，天下转漕仰给，在此一渠水，朕安得不顾，虽已调千卒抢险，但朕依然忧心不下！"寇准刚要张口，太宗一挥手："给朕带路，去看看。"太宗视察了灾情，叮嘱询问了当值官员，又安抚了百姓，这才回銮。等到寇准陪着圣驾快走到宫门口时，很多官员才闻讯赶来。

第二天上朝时，太宗特意在朝堂之上嘉奖了寇准："救灾不是寇准分内的工作，但我却在河堤上看到了他，有臣子如此，朕心甚慰！"寇准被皇帝赞赏，当然高兴，可是那些安逸地躺在家里的官员们不乐意了，私下里都说寇准喜邀功，抢风头。

寇准听不见这些议议，他只听到皇帝对他说："望你对朝堂之事，敢于直言！"这句话说得寇准热血沸腾，他正有一件只有皇帝才能解决的事情，憋在心里，不吐不快。本来这件事寇准是想和泰山大人许仲宣商量一下的，但许仲宣不在开封，书信上又不方便说，寇准实在等不及了。

又一次上朝，等到各司奏完事宜，皇帝象征性地问一句："还有何事？"然后就要退朝的时候，寇准摸了摸衣袖，从品官们后面站了出来："臣有一物，想呈给陛下。"太宗一看，寇准从袖口拿出一块软塌塌黑乎乎的东西，也不知道是什么，出于对寇准的喜爱和信任，太宗道："寇准，近前来看。"寇准躬身近前，双臂伸出，把手里的东西递到了太宗跟前。

太宗一看，原来是一截衣袖，像是从士兵盔甲上剪下来的，问道："你这是何意？"寇准撩袍跪下，道："陛下圣明，臣在西北边境，尝见党项人穿的盔甲坚如铁石，刀枪难入，又闻契丹人有金甲铜镜，而我大宋，却发给禁军步卒这样的纸麻盔甲。"寇准说着，双手轻轻一扯，手中的衣袖应声而断。

太宗接过一看，这段衣袖果然是用纸以麻绳缝制的，盔甲的材质看起来是铁片，但拿在手里轻飘飘的，没有重量。太宗心里一阵怒火，有种热水烧心的感觉，他强压了压喉咙，道："这种劣质衣袖，怎能流入军队！"寇准赶忙说："启禀陛下，不仅是衣袖，整副盔甲都是这种材质，只是臣不便上朝携带。"太宗面如纸灰，他心如明镜，但此刻却没办法说出。

朝堂上鸦雀无声，太宗站起来，道："查，是谁如此大胆，以次充好，供

给禁军这等残质衣袖？"说完，太宗一甩袍袖，转身要退朝而去。

然而，太宗突感右臂一滞，他看向袍袖，那里有一只大手，正拽着他的袖子。跪在地上的寇准目光恳切，眼里含泪："陛下，不是衣袖，是整副盔甲，库房里现存还未发放完的禁军盔甲两千余副，都是这种纸麻缝制的，陛下现在就可以派人去查。"

太宗盯着寇准的手，怒气满腔，两个宰相这时候也反应过来，一前一后喊道："大胆寇准！""放手。"寇准松开手，但嘴却没停："陛下总是劝臣等要敢于直言，为什么听到真正的直言，却这么生气呢？陛下，臣不是为一己私利，五万兵卒等着陛下的圣裁！"

寇准这一喊，把太宗喊醒了，他知道这些轻飘飘的盔甲后面是数万兵卒，还有满朝大臣的眼睛。不能，不能这样走了，这事一定得严查，严办，哪怕涉事的，是当年助自己登基的功臣呢！

当年宋太祖赵匡胤半夜驾崩后，宋皇后派宦官王继恩去找皇次子赵德芳继位。然而王继恩却径直来到了开封府衙找晋王赵光义。令人称奇的是，左押衙程德元正坐在府衙门前，程德元说有人告诉他晋王生病了，他来探视。王继恩和程德元一起叩门而入，赵光义得知兄长去世，犹豫着不肯进宫。王继恩和程德元再三催促，赵光义才和他们赶往宫中。到皇宫殿外，王继恩要先进去通报，程德元却一挥袖子，说："事情已经到了这个地步，还等什么？"说完就和晋王进殿了。

宋皇后看到赵光义，知道大势已去，哭着道："我们母子的性命就托付给官家了。"官家取意于"三皇官天下，五帝家天下"，是宋朝对皇帝的称呼，这就等于承认了赵光义的天子身份。于是赵光义第二天就顺利登基，成了现在的宋太宗。

顺利上位后，太宗马上对助自己夺位的功臣进行了封赏。随后，宦官王继恩被封为剑南西川招安使；程德元则从一个普通的医官，被封为刺史，至太平兴国六年（981），程德元已"攀附至近列，上颇信任之，众多趋其门"了，负责掌管开封禁军供给。程德元还有一层和太宗的亲近关系，他的侄女，是太宗的一个妃子。尽管程德元贪赃枉法，经常被人举报，但太宗对此却不管不问，直到这次寇准当庭控告。

太宗重新坐下来，传出口谕，令刑部、吏部及开封府衙派人联合调查此案，不得徇私。此案犯了圣怒，盔甲的事情很容易便查明了，太宗严厉地处罚了不顾朝廷利益，中饱私囊的程德元。

上梁不正下梁歪，有程德元做榜样，无论是负责物资采购的转运使，还是专职保管军需的监当官，人人皆腐，人人想贪，硬是把太宗制定的后勤规划，腐成了千疮百孔。

不少转运使利用职务之便，擅自挪用购买粮草的资金，导致无法足额购置军需，进而引发拖欠少发军需的问题，造成士兵们不满。此外，一些转运使由于不了解情况，致使所定买军粮的数量失实，而在运输这些物资时，又往往存在不顾民力苛敛百姓的现象，结果让好好的后勤政策变了味。

转运使们徇私舞弊之际，守着满仓物资的监当官们也没闲着，他们监守自盗，与上下级官员或是押纲人员配合作案，将贪污腐败不断扩大，仓场库务的库存明细成了一笔糊涂账。

寇准的这一次"扯袍谏"，像一声惊雷炸在了负责北宋后勤的官员阵营里，太宗一声令下，直接拿他们开刀了。

该处罚的处罚，该赏赐的也要赏赐。太宗对百官说："朕得寇准，犹唐太宗之得魏徵也。"魏徵是唐代最著名的忠臣、直臣，唐太宗最善于接受批评意见，是名垂青史的英明皇帝，是宋太宗的榜样。宋太宗把寇准比作魏徵，那是给了寇准相当高的评价，同时也肯定了自己的品德。宋太宗和寇准这一对君臣，此时都向着明君贤臣的美好方向努力着。

八　簪花郎

宋朝的政治体制大体沿袭唐朝的制度，但宰相不再由三省长官担任，而是另以同中书门下平章事为宰相。宰相也不局限为一人，有时候会设两人甚至三人。又增设参知政事为副相，通称执政，与宰相合称"宰执"。宋朝的相权大幅萎缩，仅负责行政职能。中书门下与枢密院合称"二府"，掌文武大权。又设盐铁、户部、度支三司，主管财政大权，号称"计省"。这样三司、宰执、枢密使三权互相制衡，削弱了相权，加强了皇权。宋朝还在御史台之外增设谏院和置谏官，这些都是监察机构，负责弹劾等事宜。经过这番改革，皇帝便可以总揽大权。

按照当时的规定，朝廷任用官员必须遵守既定程序。太宗想破格重用寇准，得征得宰相们同意，毕竟，寇准以后要和这些宰相共事。

寇准在三司三年任期已满，太宗召来几位宰相，问道："寇准贤能有才，朕欲擢用他，当授何官？"宰相赵普想了想，道："回陛下，开封府推官有缺。"开封府推官是什么官职呢？开封府有知府，知府下面是判官，判官下面就是推官。这个官职有权有势，相当重要。赵普看太宗对寇准赏识有加，才硬着头皮提出来这个建议。要是在往日，不混个十年八年京官的资历，怎么可能手握开封府的第三把刀呢。没想到太宗却说："此官岂可以待寇准邪？"

赵普有点烦躁了，圣上的心思越来越难以揣度了，这么合适的官位怎么不能用来安排寇准？难道太宗想把这个愣头青宠上天？旁边的吕蒙正也在猜天子的心思，他随意说道："枢密直学士一位可乎？"枢密直学士是个武官，而寇准是个文臣，况且这是三品官，寇准的资历差得远，吕蒙正提议这个他认为不可能的官职，确切地说是憋着一肚子气，认为宋太宗偏心，所以想调侃一下，试探一下太宗，看看太宗想给寇准安排官职的最高限度。

吕蒙正看到太宗摇了摇头，他刚想提另一个官职，哪知太宗又点了点头："且使暂为此官。""啊！"吕蒙正和赵普同时吃惊，这样还不满意呀？

寇准转眼就成了穿紫袍、佩金鱼袋的朝廷三品大员。

宋初规定以官服颜色和鱼袋及腰带来区分官员等级：三品及以上紫袍，佩金鱼袋；五品及以上朱袍，佩银鱼袋；六品及以下绿袍，无鱼袋。

所以说，大红、大紫，在古代，都是朝廷高级官员公服的指定颜色。比喻官位亨通，"红得发紫"也是同样意思。寇准此时受到太宗恩宠，正是"炙手可热，红得发紫"的人物。

百官对于寇准疾步快跑般的升迁速度褒贬不一：有人说他不畏权贵，敢于上谏皇帝的心腹至亲，正直有胆气，为他叫好；也有人因为利益受到损害，对他恨之入骨；更多的是那种等着看笑话的普通人。伴君如伴虎，花无百日红，有些人知道他们迟早会看到寇准倒霉的那一天，他们耐心地等着那一刻，等着在那一刻到来时拍手叫好，不为别的，就为你比我强。

寇准的老乡宋珰宋察院特别欣赏寇准。他上奏朝廷，为寇准的父母请封，寇准圣恩正浓，太宗满口答应了。诏赐寇准父亲寇湘为少卿，赐母亲赵氏为太君。寇准在洛阳买地置田，请画师为父母画了身穿锦袍的遗像，风风光光地下葬了父母。

寇准的知音，大文豪王禹偁作《送寇密直西京迁葬》相送。其序云："……洎平仲十九登进士第，三迁得佐著作郎，尹成安县。……越明年，迁殿中丞，循恩例也。时夏师未复，兵食颇艰，乃诏平仲使西北边。归，上便宜，因得召见。试《御戎论》称上旨，制授右正言、分直东观。且以邦计之地，吏缘为奸。辍史笔之才，试奏刀之利。君子不器，斯之谓欤？会诏下，百官各言边事出领铨衡，入备顾问，扬清激浊，物论多之……"

可以看出，王禹偁对寇准的升迁已经是满心赞慕了，可是寇准现在的官职，在太宗看来，还是太低了。

接下来的一件事情，让满朝文武真正看清了寇准在太宗心中的分量。

宋代有"簪花"的习俗，就是在百花盛开的季节，将花朵摘下来戴在头上，以此来表示对春归大地的喜悦和欢迎。朝廷每年都要在开封城西郊的皇家园林金明池，举行一次簪花大会，太宗会带着大臣们来到这里游玩，也会让老百姓进园同乐。

这年春天，东风习习，杨柳依依。开封城的宜秋门上贴了一张黄榜，上云："三月一日，三省同奉圣旨，开金明池，许士庶游行，与民同乐。"一直到四月八日，整整一个月的时间，大宋百姓都可以随意在这原本属于皇家独有的奢华园林里游玩。女子们将五色绸或彩纸剪成人形、燕子形或花蝶形，戴在发髻上，以贺春华。

军卒们开始在金明池练习水上功夫和迎接皇帝的礼仪，到了三月二十日，御驾亲临，文臣武将连同远处的老百姓，声音铺天盖地般大喊万岁。

太宗入园时，照例带着他的另类宠臣，一只"桃花犬"。据说这只桃花犬可不一般，是宫人寻遍各地，最终在陕西合川寻得的一只良犬。桃花犬乖巧可人，时常在退朝后迎接太宗，于午夜守候太宗。太宗对它非常宠爱，给它系金铃铛，穿丝绸衣服，吃彭泽湖的鲜鱼，出去的时候总是带着它。

一路铃铛脆响，太宗先是在临水殿接受朝贺，然后坐在大龙舟里巡游，观看各类水戏表演，如水秋千、水傀儡和驾舟列队布阵等，最后的高潮是皇帝在临水殿观看龙舟比赛。由龙头船、虎头船、飞鱼船、鳅鱼船等展开的花式表演和划船比赛精彩激烈，场面十分壮观。

鲜花美景，贤臣盛世，自然惹得太宗诗意大发。他指着大片盛开的华贵牡丹，让群臣赋诗助兴。话音未落，气宇轩昂的寇准就站了出来，吟咏道："栽培终得近天家，独有芳名出众花。香递暖风飘御座，叶笼轻霭衬明霞。纵吟宜把红残襞，留赏惟张翠幄遮。深觉侍臣千载幸，许随仙仗看秾华。"一诗吟罢，群臣叫好，接下来状元翰林们纷纷赋诗。大宋崇文养士，皇帝身边不乏才华横溢的人，但寇准这首诗，确实是技压群臣，太宗欣赏有加。

有侍女端上一盘硕大的牡丹花给太宗佩戴，太宗从中挑出最美艳的一朵，赐给了寇准。这对寇准来说是莫大的荣耀，每年的簪花大会上，谁能得到最大最鲜艳的一朵牡丹，就证明谁在皇帝心目中地位不一般，前途无量。寇准谢恩接过花朵佩戴在官帽上,临水而照,太宗越看越满意,笑着对左右大臣说:"寇准年少,正是戴花饮酒时。"

如果说在太宗的心目中有一个适合寇准的职位,那应该是辅佐皇帝的宰相。寇准才华横溢、容貌伟岸、性格坚毅、敢作敢为,寇准出身寒门,没有家族门第制约,没有复杂的社会关系纠缠。这些都是太宗所欣赏的。最让太宗看重的,是寇准对国家非常忠诚热爱,是个能舍弃私利,一心为国的人。反观太宗身边所谓的"自己人",还有朝中很多重臣,基本上都是一些勾结营私、重名重利的无为之辈。当太宗对群臣渐渐失望,转身欣赏犬类的忠诚义勇时,寇准这样有担当的人适时出现,又怎能不被太宗重视和重用呢!

寇准对于太宗,也是忠贞不贰。二月的一天,京城大雪纷飞,天气异常寒冷,宋太宗下诏赐给京城年事已高者御寒衣物,百岁老人则另外加赐涂金带。又派遣中使赐给孤老贫穷者每人千钱及若干米、炭。作为北宋最高统治者的宋太宗,能够在寒冷的冬季心系天下苍生,正是寇准谓之"雪中送炭"的仁君,被他奉为楷模。这对君臣,可以说是互为知音了。

太宗一方面对于寇准这样年轻有才的人求贤若渴,一方面又要驾驭这些人,让他们只效力于皇权,对皇帝忠心耿耿,言听计从,也是费了一番苦心。

簪花大会到最后,是君臣饮宴,把酒言欢的时间。这时候,大家突然发现,坐在皇帝身边的,除了桃花犬,还有老臣李昉。李昉紧挨皇帝坐着,比宰相离皇帝还要近,这有点不合规矩呀。

李昉满脸皱纹,须发尽白,且面容严肃,不苟言笑,他因年迈,已经卸职多年了。李昉曾三入翰林,两登相位。不过,这人没什么突出的政绩,他也就是忠于皇室,循规蹈矩,牵头编了《太平御览》《文苑英华》《太平广记》几本古书而已。

但太宗非常赞许李昉的宽厚多恕,不念旧恶,与人为善。太宗希望年轻的进士们向李昉学习为官之道,尤其是寇准这样的爽直之辈。

李昉虽然退养了,但这次簪花大会,天子却没有忘记他。他邀请了李昉,并在现任宰相座位的上面、靠近自己的地方单独安排了一个特殊的位子给李昉,还亲自提着玉壶给李昉斟酒,祝愿李昉身体安康,皇帝对李昉极尽恭敬之

事，惹得群臣频频注目，很是钦慕。

太宗多喝了几杯，看着老迈的李昉，意味深长地对臣子们说："恩师可谓善人君子矣，侍朕二十年，两在相位，未尝有伤人害物之事，你们要知道呀。"说着，太宗动了情，回顾起往事。

"当年居晋王府之时，朕年少意气，常常戏弄老师……后在老师教导下，知道了学问之道，与老师切磋诗艺、相互唱和，犹在耳边。"回想当年，君臣二人皆感慨万端，说到动情处，李昉忽然站起来，一口气咏诵了太宗七十多首诗作。李昉背得流畅，太宗听得动情：原来老师竟然如此欣赏自己的才气！太宗忙问："老师何以把朕写的诗记忆得如此清楚呀，这许多诗句，竟不错一字？"其实有很多诗句，太宗自己也记得不是很清楚了。李昉回答："臣每日晨起，洗漱完毕，就端坐于道室，焚香诵读圣天子的诗句，日复一日，自然就倒背如流了。"

君臣相敬如宾，引为知己，下面坐的新人们仿佛在看一出戏文。李昉能把圣上的诗文倒背如流，怎能不让皇帝另眼看待呢。天下文人，都以能做"帝王师"，为终身理想，他们梦想以自己的学问才华，影响和教导好一人，便为天下求得长久太平，为自己挣得无上荣誉。能同李昉这般，和天子情同父子，谁不羡慕、尊敬并对他佩服有加呢？在座的百官，恐怕都想着回去后，要多多背诵圣上的诗句了。特别是寇准，他自恃有才，对自己的诗句记得清清楚楚，别人的诗句，除非令他折服，才会专门去记。

太宗和李昉还在互道相知，太宗听说李昉天天背自己的诗歌，十分高兴地对他说："我也把你的诗作，单独存放着呢。"太宗令人拿来一个镶满宝石的盒子，让李昉看，看到自己的诗作被天子如此珍藏，李昉激动得老泪纵横。

太宗站起身，走到李昉跟前，面向群臣，说道："如今天下不安，党项和契丹对我大宋虎视眈眈，时刻准备着攻城略地。大宋要强大，要一统天下，国富民安，首先就要君臣齐心，同舟共济。假若大臣们不能齐心协力，天天起内讧，明争暗斗，阳奉阴违，追名逐利，那我大宋必遭祸乱。望你们以帝师李昉为楷模，为人处事向他看齐。"

说完，太宗当场封李昉的儿子李宗讷正六品官职。

皇帝这招有来头，看似无意而为，实则帝心独具。大概的目的就是教育，也就是让百官看看，只要天天背皇帝的诗歌、语录，时时顺皇帝的意、听皇帝的话，那么皇帝就会对你珍爱有加，就会对你关怀备至，就会给你封妻荫子。榜样一旦立起来，下面那些文武百官，还能不从善如流地学习吗？

当然，胡萝卜加大棒是统治者千古一律的两样法宝，听话就给胡萝卜，不听话就抡大棒，如此而已。

宋太宗淳化二年（991）春天，天气大旱，接着闹蝗灾，老百姓的庄稼受灾严重，出现了大饥荒，各地都要求朝廷赶快想办法赈灾。宋太宗忧心忡忡，于是召近臣问时政得失。

在天灾人祸面前，君主和大臣们都很讲究"天人感应"。他们认为水灾、旱灾、地震等意外灾祸，都是因为人间有些事情做得不好，触了天怒，天神因此发出了警告和惩戒。宋太宗和他的臣子们收到上天这些警告后，忐忑不安，开始检点自己的行为。他们希望通过求神拜佛，矫正错误，来获取老天爷的原谅——"谨天命、体天德、以回天心"，使灾难赶快过去。

太宗召集群臣商量对策时，满朝文武却说不出当朝有什么触犯天威的事情，他们既不愿意得罪皇帝，更不愿意自我揭发。太宗问得紧了，以宰相吕蒙正、副宰相王沔为首的官员们，便唯唯诺诺地糊弄道："此乃天数，与政事无关，陛下多虑了，我们没有什么过错。"

这时候，只听一声高喝，寇准站了出来。他义正词严地道："《洪范》讲述天人之际的关系，灵验如影随形。之所以有天下大旱，是因为本朝刑罚有不公平之处！"

寇准说得正气，太宗颔首，让他继续讲下去。"不久前，祖吉和王淮两个人都同样贪赃数万，但祖吉被就地正法，家资被抄没；王淮却因为他的哥哥王沔是参知政事，朝中有人，只受了杖刑，还能继续做官。朝廷法度轻重不一，执行不公，才招致天下大旱，实在是上天有意示警啊！"

寇准这话一出，朝堂上安静下来，没有人赞同，也没有人反对。王沔时任参知政事，也就是副宰相，看他这提拔速度，就知道他受太宗宠爱的程度了。他的兄弟王淮贪赃，按大宋律法，应该抄家，但因为他，得到了从轻处罚，这事显然有失公允。寇准选在太宗讨论时政得失时提出此事，等于借天灾来揭露官员徇私枉法，以求维护朝纲。

王沔这人不太讲信用，他掌管政事堂国务时，凡是有人来拜见他，他都给人承诺，但最后答应人家的事，并不办理，所以很多人都怨恨他。王沔把犯重罪的弟弟领回家，满朝大臣无人不知，只是碍于王沔的面子，人们都把不满藏在心里。

这件事情太宗不可能不知情，也许他只当卖王沔一个人情罢了。现在被寇准当面提出徇私，太宗是多么尴尬和下不来台。面对敢于质疑皇帝和宰相的人，皇帝又喜又怒，满朝文武当时都被镇住了。

在中国古代，人们认为"文死谏，武死战"是臣子对君王、对国家最忠义的行为。在大多数人眼里，武将血染疆场，以身报国，比文臣来得更加勇猛，殊不知，文臣在"直谏"以后所承受的心理压力，比一死了之要沉重得多。当寇准坚持说出国家司法不公，皇帝偏袒重臣时，他首先要面临的是"失宠"，是官职的降低或者免除；再者，他还要考虑家人和朋友会因此受到牵累，考虑整个家族因此不得翻身；当然，他还要想到伴君如伴虎，自己会不会因为直谏而丢掉性命。文臣因直谏被皇帝所杀，和武人因战争被敌人杀害是两个不同的概念，丢掉性命的文臣非但不会获得同情和尊重，相反在死后，他们可能会一辈子蒙冤，遭受无尽屈辱。

寇准有幸生在宋代，做了赵光义的臣子，这位有着雄心壮志，时时以圣主唐太宗为楷模励精图治的皇帝，对忠义和直臣显得格外宽容大度。寇准指出的司法不公是个事实，此刻，太宗表现出了一个明君的睿智和远虑，他沉思片刻，做出恍然有所悟的表情，叹道："原来如此！"

太宗退朝了，他召来王沔狠狠地训斥了一番，罢了他的官职，又诏告百官，加大了对刑罚不公、贪赃舞弊的监察力度。寇准更加受到皇帝重用，很快升任枢密副使。

枢密院为宋朝最高军事行政机关，直接秉承皇帝旨意，调发全国军队。掌军国机务、兵防、边备、戎马之政令，以及内外禁兵招募、阅试、迁补、屯戍、赏罚之事，权力非常大，事务也非常多。

当时枢密院长官叫张逊，人称张枢相，年过五十，身材壮硕，须发浓密，为人最会审时度势，对太宗忠心耿耿。还有一个副使叫温仲舒，是太平兴国二年（977）的进士，比寇准大几岁。温仲舒的升迁之路和寇准差不多，两人都是进士出身，几乎同时提拔，所以人称"温寇"。寇准和温仲舒站在一起很有意思，一个高大，一个低瘦，寇准眉眼黑亮，温仲舒则须发微黄，分开看没什么，但站在一起，差别就出来了，寇准时刻精神奕奕，而温仲舒总是没精打采，面露倦容。一个靠伺候皇帝起家的莽夫，一个以诗文致仕的文臣，却领导着整个帝国的全部武将，听起来让人匪夷所思，然而这是事实。

宋太祖赵匡胤在短短的八九年内，由一名士兵升为禁军最高统帅，进而黄袍加身，夺得帝位，又付出了沉重代价才平定节度使的叛乱，使天下稍定。"前事不忘，后事之师"，太祖立国后，马上把兵权牢牢抓在了自己的手里。皇帝直接掌握军队的建制、调动和指挥大权。其下兵权三分：枢密掌兵籍、虎符，三衙管诸军，率（帅）臣主兵柄。率臣在平时统领同驻一地的各司军队，即同驻一地的军队平时要受三衙和率臣双重统辖。战时，军队受枢密院调发，由皇帝临时派遣统帅，授予都部署、招讨使等头衔，率兵出征，事已则罢。这样就使兵将分离，将不专兵。

寇准在枢密院的工作劳累而琐碎，几乎每天都不得闲，常常彻夜不眠。但最使他感到苦闷的，却是上司的无知和刁难。

张逊作为枢密正使，官大一级。他不管理正事，却对寇准的工作指手画脚，强加干涉。北宋主要有禁兵、厢兵和乡兵，在边境地区还有蕃兵等。禁兵即禁军，是军队的主力，主要任务是"守京师，备征戍"。寇准看到禁军各级主管名目繁多，不但设都指挥使，还设有都虞候，营设指挥使，其下尚有都等，不利于管理，就建议裁减一些。寇准的建议被张逊一番指责，他认为即使裁士兵也不能裁主管，一个士兵由多人主管，才能提高效率。

厢兵名义上是一种常备兵，实际上是一支专任劳役的队伍。它分属各州，主要担负筑城、修路、运输等杂役，寇准看到厢兵从不训练，觉得对国家不利，张逊马上反对。

乡兵亦称民兵，是不脱离生产，只在农隙时集结训练的民众武装，以按户

选抽的壮丁或募集的士人组成。

蕃兵是由边境少数民族组成的军队，朝廷对其首领区分不同等级给予钱粮、衣服和土地，对士兵也偶有赏赐。但这些士兵的编制和人数在枢密院却是一个谜，竟然没人能说清楚这些士兵到底有多少人。说不清多少人，也就没法知道应该发多少军饷，张逊却从不让寇准去厘清这些事情。这里面的利益，寇准想想都觉得可怕可憎。

另外，寇准有担当，不怕得罪人也出了名。一时间，寇准上殿，百僚股栗。那些心有龌龊的官员都怕他，远远地躲着他。枢密院里的官员也一样，张逊已经和寇准为工作争吵了多次，很多同僚也不喜欢寇准，但也有很多朋友却越来越靠近他，仰望他。

九月，寇准暂时得闲，被皇帝派去掌管秋选，倒也得了一些人才。每到初秋，天际辽阔，万木斑斓，城内的士庶，就会约上三五好友，带着新酒、炊饼、果子等酒水小吃，出城游玩。趁寇准有时间，朋友们相约到开封城外，吟诗喝酒，以抒胸臆。当时一起去的，有寇准的朋友翰林学士杨亿、大文豪王禹偁等，还有寇准任主考官时，为朝廷选拔出的钱若水、程肃、陈充等门生。

其实寇准心里并不是十分畅快，绶之病了！刚开始是染了风寒，常常咳嗽，寇准赶紧请大夫抓药，但绶之的身体时好时坏，身形一天比一天消瘦，慢慢地连床也下不了了。寇准问了大夫，大夫摇头，说了四个字："无力回天。"大家都把病情瞒着绶之，寇准虽然难过，但在绶之面前，依然装着笑脸，尽力宽慰她。

白云悠悠，人生陶陶。朋友们为了给寇准排忧，纷纷敬他美酒。一群人正喝得起劲，突然就听见了由远及近的一声声悲歌，接着是驴车铃声。寇准放下酒杯，来人也停下了脚步。寇准走过去，来人退后，寇准再向前，行了个叉手礼："敢问哪位官人路过此地，寇准刚好有酒有诗，约阁下驻足一饮。"那位官员回礼道："下官被贬之人，离京赴任，不敢惊搅了诸位雅兴。"寇准朗声一笑："官场沉浮，失意只在一时，今日寇准须敬阁下三杯！"

真是世事难料，这场酒喝完没多久，大宋官场就发生了一场不小的"地震"。宋沆、尹黄裳、冯拯、王世则、洪湛五名言事官共同上了一封奏折，请求立许王赵元僖为皇太子，元僖是太宗的次子。这事一下子惹怒了太宗："这帮混账，不想着为国家出力，为朕排忧解难，却商量着另择新主，另攀高枝吗？"太宗在奏折上批示"词意狂率"，这五个人齐齐被贬了官。

这事过去没几个月，元僖上朝时，突然就昏倒在了朝堂之上。

九　被造反

许仲宣回京办事,顺便看望了女儿。绥之的病令他伤心,寇准刚刚受到朝廷的赏识,升官加爵,绥之也跟着风光,谁知她却病倒了。许仲宣给女儿求了军中偏方,希望女儿能熬过这个冬天,大夫说熬过冬天,兴许绥之能缓过来。看着已经八岁的小外孙女,许仲宣更难受了。

绥之休息后,许仲宣随寇准来到了前厅。翁婿对坐,相顾无言。沉默了很久,许仲宣开口道:"绥之的病或许明年春天会好起来!"寇准躬身行了一礼:"多谢泰山大人寻得良方。"许仲宣又道:"你在朝中的事情我都知道了,做得好!"寇准刚要开口,许仲宣接着说道:"当朝皇帝自比唐太宗,说明他一心向贤,你可顺着他的心意,辅佐他多做些为国为民的好事。"许仲宣抿口茶,闭目思索了一下,又道:"至于那个张逊,你不要再去惹他。小不忍则乱大谋,他是潜邸之人,你和他不能比。"

所谓的"潜邸",就是指皇帝即位前的住所。太宗还是晋王的时候,喜欢笼络结交各路人才,张逊父死母嫁,无亲无靠,就投奔晋王府做了门客。张逊身材壮实,腿脚利落,精明能干,跟着晋王南征北战,把晋王伺候得非常周到。得到信任后,张逊又帮他打理钱财,广为盈利。晋王践祚,就任命张逊为盐铁使,张逊干这个工作干得还行,懂行。后来他升了枢密正使,但只盯着军饷粮费,寇准来了后,因为对军事后勤有些经验,很快就发觉了枢密院的种种疏漏,这对张逊来说,可不是什么好事。

正和许仲宣说着话,外面传旨的太监到了,令寇准即刻进宫。

两天前,许王赵元僖昏倒在朝堂上,御医赶忙救治,但是没一会儿工夫,元僖就死了。元僖在满朝文武和五十四岁的皇帝父亲面前死不瞑目，太宗那个伤心啊！元僖相貌堂堂，品性仁义孝顺，勤恳努力，最难能可贵的，是他和太宗一条心，深得太宗宠爱。他刚刚二十六岁，仪态雍容华贵，已经担任开封府尹五年了，政事上样样合意，是大宋朝未来的储君。太宗怎能不痛苦呢？他抱着元僖放声大哭，眼泪打湿了龙袍。这是群臣第一次看到太宗如此伤心失态，太宗追封元僖为皇太子，谥号恭孝，写了一首思亡子诗，抒发老来丧子之痛，字字泣血。

亲眼看着元僖死去，寇准心里满是疑虑。这事太大，他去拜访翰林学士杨亿，真心想请教一下。杨亿，字大年，七岁能文，博闻强识、才气不凡。十一岁时，太宗闻名召见，杨亿赋诗一首："七闽波渺邈，双阙气岧峣。晓登云外岭，夜渡月中潮。愿秉清忠节，终身立圣朝。"太宗甚为赏异，当下就授予他秘书省正使的官衔。杨亿年纪轻轻，现任翰林学士，性子和寇准一样耿直，他眼睛很大，睫毛浓密细长，寇准有时候会取笑杨亿，这样的眼眉，要是长在女子脸上多好，偏长在了杨亿棱角分明的长脸上。杨亿非常看重文人的气节，一般不与人交往，而寇准却是杨亿的座上客。

有次寇准在中书省和同事们做对子，他出上联："水底日为天上日。"没有谁能对出，恰好杨亿来办事情，于是别人请他来对。杨亿对曰："眼中人是面前人。"在座的人都拍手叫好，杨忆和寇准互相惜才也惜德，成了好朋友。

杨亿一看便知寇准有事，当下把他让进书房，奉上一杯七宝茶，然后就坐下来，静等着寇准说话了。在知交面前，寇准也不隐瞒，他把茶杯一放，道："大年，许王死时口鼻流血，面容抽搐，一看就是被毒死的。"杨亿点点头，道："确实如此！"寇准急了："难道满朝文武都是瞎子，看不出来？还有御医，难道御医们个个是傻子？就没有一个人启禀皇上赶紧下旨，把下毒的人查出来，任凭圣上这样不珍重龙体，整日哀思？"

杨亿一摆宽大的袖子，问寇准："平仲，你觉得大宋朝上上下下，有几个人能够接近皇子，又有几个人胆敢谋害皇子？"寇准一时有点困惑，他心里想，能够给元僖下毒的人，的确不多。"平仲，你细想想，本朝王公贵胄无故暴死的，还少吗？"

寇准当下啊了一声，一股寒气从他脚心升起，慢慢冰冷了全身。

宋太宗太平兴国三年（978），南唐后主李煜在写了"故国不堪回首月明中"的词句后，离奇死亡，那天正是他的生日，太宗派弟弟廷美赐酒给他。太平兴国六年（981），宋太祖的小儿子赵德芳神秘暴病身亡。三年后，太宗的弟弟赵廷美死了。端拱元年（988），吴越国主钱俶也是太宗赐酒后暴毙。现在，许王赵元僖也死了，死在五位大臣联名上奏，请立他为太子之后不久。他死得这么可疑，但是，太宗不查，大臣们也装糊涂，御医们更是闭口不提。

难道他们怀疑太宗？怎么可能，元僖可是他的亲儿子！更何况自太宗长子元佐疯了之后，太宗更是精心栽培元僖，立他为太子是迟早的事情。虎毒尚且不食子，太宗怎么会那样做呢？寇准是坚决不信的。

"大年，不是你想的那样，不是……"寇准反驳着杨亿，杨亿问："即便不是，又怎样？看事情，要看得失，元僖之死，谁最受益？"寇准一愣，杨亿道："说来说去，这是皇家亲贵之间的事情，天家无亲情，自古以来皆如此！我们做臣子的，还是闭眼不见为好。"

寇准又站出来了！他信任太宗，也相信自己的眼睛。任由他们去说吧，他要看到事实，拿事实去说服那些认为太宗无情的人，同时，他也想找出证据，去收回文武百官，乃至一国臣民的忠心。元僖之死，必须弄明白，否则君父的形象会毁于一旦，谁还会奉皇帝为楷模，谁还会对国家抱希望？

"启禀陛下，许王之死非常可疑。臣在成安时，见过服毒民妇，其死时口鼻出血，与许王如出一辙。"太宗瞪大了眼睛："你，你再说一遍！""臣以为，许王是被人下毒致死的！"太宗觉得自己失去了的思考能力又回来了。元僖死了，他伤心欲绝，根本就没有想过儿子为什么会死，现在说来，元僖死得确实可疑。下毒？谁？谁敢对皇子下手？

太宗急召寇准，在朝堂之上下旨，命大太监王继恩和枢密副使寇准马上调查皇次子元僖之死。

王继恩是谁？是最受太宗宠信的身边人。寇准是谁？是冷面无私的断案高手。王府外面用五百御林军一围，寇准面前跪了一群婢女家丁。王继恩坐在一旁，面色阴鸷地看着寇准审案。这些人怕呀，王继恩跟在太宗身边久了，连说话的语调、走路的姿态都和太宗相仿，况且他身材和太宗差不多。王继恩身着宽罗紫衫，腰缠和太宗一样的玉带，坐在一旁，虽然他没有开口说一个字，但这个太宗替身一样的存在，给了在场所有人无比的震慑。寇准负责审案，他也像是阴间的阎王，只等着审完案后把人打入地狱。

寇准单刀直入："王爷上朝之前，谁伺候的吃喝？"李王妃答道："是臣妾和张氏。"李王妃是武将李谦博的女儿，寇准一看，这王妃端庄大方，方寸不乱。再传那侍妾张氏，寇准就生疑了。闻说张氏美貌骄横，非常得宠，怎么眼前这个女人悲悲切切，不施粉黛，一副柔弱的样子？寇准接着道："传主厨及贴身婢女来。"李王妃道："寇枢密，王爷遇害后，臣妾已经查过了，臣妾用头上银簪一样一样地试过食物，那饭菜里并没有毒。""噢？"寇准倒是赞赏李王妃的机警，问道："那么酒呢？""酒壶不见了！"看来李王妃心里已经有了七八分疑虑，一发现酒壶不见了，她马上就令人封了王府大门，不许任何人携物出去。

"搜！"王继恩只一个字，御林军就翻箱倒柜行动起来。没一盏茶的工夫，酒壶搜到了，更严重的是，他们还搜到了一些不该搜到的东西。

"启禀陛下，许王侍妾张氏恃宠骄横，打死下人，被李王妃训斥后，她怀恨在心，请人做了一个特制的酒壶，里面有双内胆，一个放好酒，一个放毒酒。张氏拿了酒壶给许王和王妃斟酒，阴差阳错，许王拿错了酒杯……

寇准汇报完毕，剩下的部分，由王继恩亲自向太宗密奏：龙袍、武器、来往书信……

张氏的结局极惨，事发后她和制作酒壶的人以及几个亲信在东华门外被处以极刑，先剐，再钉，并暴尸示众，她父母的坟墓也被捣毁。谁也没想到堂堂大宋朝的继承人会死在这么一个微不足道、头脑发热的女人手里。更想不到的是，元僖早已按捺不住蠢蠢欲动的心，谋划着早日继位了……皇帝把儿子的葬礼降格，再把开封府衙追随元僖的官吏们一一贬官发配。

元僖的风波过去了，寇准得闲在家照顾绥之，有时候和泰山大人许仲宣论论赵宋家事，也叹唏嘘无常。

一日，太宗召寇准进宫，寇准被太监领进了御花园。天气晴朗，太宗正和

几个小公主玩乐。太宗最近突然偏爱起女孩子来,他想逗逗女儿们,就让太监拿来一些玲珑小巧的珍珠玉器、宝石钗簪,让小女孩们任意抢着玩,谁抢到了就赏赐给谁。孩子们的本性被激发出来,她们叽叽喳喳,抢来夺去,太宗就捋着胡须在一旁笑看。

得到通报,太宗让寇准近前说话。望着花园,太宗问道:"寇准,你告诉朕,明知道元僖之死有疑,为什么百官都不说?"寇准答道:"陛下误会了,陛下平日被奉若神明,臣子们……"太宗默默地自言自语:"人的贪婪心,什么时候能满足,连元僖竟然都想让朕死,朕的江山迟早是他的啊……"君臣无语片刻,寇准指着一位四五岁的小公主,道:"陛下,不是人人都这样的,你看……"蓝天白云下,脸蛋粉白的小女孩显然对那些珠宝不感兴趣,她正仰着脸,仔细观看一朵盛开的白色菊花,连掉在裙边的一串金玉手珠都懒得捡。

寇准知道,元僖的反意,对太宗打击沉重。他张了张嘴,打算再劝慰几句,只见太宗挥挥袖,示意他退下。寇准转身时,看见太宗走向小女孩,疼惜地牵着她的手,指着花朵说着什么。唉!都说官家无情,人性使然,其实被皇权绑架,生下来就无比尊贵的皇族,并不愿意一生都做什么孤家寡人。

刚处理完元僖的事情,紧接着,寇准就被"造反"了。

临近年底,张逊、寇准,还有温仲舒直到天黑才处理完公事,出了枢密院大门。夜色朦胧,三人骑着马往回走,张逊一个人走在前面,温仲舒和寇准并驾齐驱,跟在后面。因为牵挂着绥之的病,寇准有些忧虑,在马蹄嘚嘚声中,寇准神情恍惚,没有注意路面。突然,斜刺里冲出来一个人,直奔路中间。寇准一惊,拉住缰绳,只听温仲舒呵斥一声。那人却不避闪,而是对着他俩大喊:"万岁,万岁,万万岁。"

寇准和温仲舒惊得翻身下马,那人却手舞足蹈着,像兔子一样窜入街巷不见了踪影。寇准和温仲舒面面相觑,两人呆立了一会儿,只好各自回家了。

这个夜晚,思来想去,寇准总觉得哪里不对劲儿。万岁可不是对着平常人叫的,那是忤逆的大罪,这明显就是想陷害自己和温仲舒呀。那人来去突然,肯定是早有预谋,张逊走在前面不远,他不知听到没有,却没有下马。当时旁边好像还有几个人,也不见那几个人议论或是追那个疯子。寇准思来想去,觉得明日应该和温仲舒商量商量对策，这毕竟是两个人的事情。

第二天一早，为了让绥之有个准备，不要惊吓了她，寇准只好把这事对绥之说了："有人想陷害我们两个，事情应该能查清楚，不是多大的问题，你安心养病。"

果然，退朝后，太宗留下了寇准。金吾街仗司的长官王宾向太宗皇帝上谏，说有人迎着寇准的马头行跪拜大礼，口称"万岁"，那显然是把寇准当皇帝了。太宗立刻就召来张逊和寇准问话，寇准瞬间明白这是有人要陷害于他。金吾街仗司的长官王宾和枢密正使张逊，这两个人都是太宗旧部，一向交好。看来真让许仲宣给说中了，张逊容不下寇准。寇准向太宗辩驳："当时我是跟温枢密骑马并排前行的，那疯子喊'万岁'又不是对着我一个人喊的，旁边还有温枢密。王宾竟然说疯子只是对着我喊，这分明就是陷害。"

太宗召来温仲舒，温仲舒一看王宾没把他牵扯进来，心就放下了。他才不愿意为了寇准得罪顶头上司张逊呢，就支支吾吾，说夜太黑，自己没看清楚，又说腹痛肠搅，身体不舒服。太宗不想为难他，就准他先回去了。

温仲舒一走，寇准就有些不冷静了，他气破了胸膛。张逊用这么拙劣的伎俩来陷害自己，温仲舒这个小人又不敢说句公道话，难道还能让他们得逞了？寇准生性耿直倔强，马上反击，矛头直接对准张逊："陛下，张逊贪污公款，账目不明，庸碌无能，经常犯错，犯了错怕被揪出来，就安排人用如此卑鄙的手段陷害于我，他不配当枢密院的长官。"张逊是谁呀，十几岁就跟在太宗身边，伺候了太宗二十多年，他会怕寇准一个毛头小子吗？他开始指着寇准鼻子骂，什么难听骂什么，什么罪名重骂什么。

太宗一拍桌子，让两个人跪下。他让寇准给张逊赔情，寇准年龄小，张逊是长官，寇准不尊老，又冒犯长官；如果服软道个歉，磕个头，等于是给了太宗面子，毕竟张逊是太宗的人，太宗的火也就下去了。可寇准不，他固执地认理不认人，坚决不向阴险小人低头。极其自负的太宗遇到耿介至极的寇准，简直连个下的台阶都没有。

张逊看寇准不服，又骂开了，太宗挥挥手，两人一起免职。这下张逊傻眼了，寇准也没想到，他不服气，对着太宗的背影喊道："陛下怎么能相信一个疯子的狂言，难道臣说的话不如一个疯子吗？"太宗连头也没有回地走了！

寇准虽然蒙冤被免了职，但他也把张逊这个庸才拉下了马，心里没生多少气。他相信太宗不会冤枉他，他寇准怎么可能造反呢？

寇准被朝廷闲置起来，他不怨恨太宗，倒感谢朝廷给了他难得的两个月空闲时间。绥之的病越来越重，寇准尽心照顾着夫人，给她熬药，陪她讲话。可惜的是绥之没有挨到春天，在淳化四年（993）新年来临之前，绥之去了。寇准悲痛欲绝，他按礼仪，一点也不马虎地为夫人办理了后事。

直到四月，寇准才接到了被贬青州（今山东省）的圣旨。罪名说大不大，说小不小："县官寇准，擢赞枢衡，荐更岁律，虽颇彰于勤瘁，而自掇于悔尤。交构是非，烦黩公上，所宜罢免，勿忘省循。"意思是你工作虽然勤勉，但你是非多，吵闹多，烦扰了皇帝。

说不上悲喜，从进京到被贬，寇准眼见皇帝走马灯似的换着大臣。赵普、卢多逊为争权斗得你死我活，最后两败俱伤；宰相王沔因为独断专权、包庇弟弟，被罢官；寇准被诬告下台的一个月后，副宰相贾黄中、李沆因为不得力也被免职；紧接着，宰相陈恕因为向三司使樊知古泄露了天家秘言，两人双双遭罚；温仲舒揭发提拔了自己的宰相吕蒙正与元僖事件有染，吕蒙正被免职；温仲舒自己也难逃厄运，被贬官了；加上因为上书立元僖为太子而被发配边疆的冯拯等五个人……

寇准看出来了，国家的兴衰，朝代的更迭，很大程度源于皇帝个人的谋略和性格，靠皇帝的喜怒和偏听偏信治理国家，一味以家天下的皇权任命轮换官员，并不能让国家朝好的方向发展，倒像是君臣在演戏给百姓看。

这一天，猛将呼延赞带着四个儿子呼延必兴、呼延必改、呼延必求、呼延必显，来给皇帝演武。宋太宗看到呼延赞的四个儿子个个谙熟刀枪，虎背熊腰，特别高兴，便命人赏银千两，上好铠甲五件。五人穿戴起来，更是威风凛凛。这时，太监来报，寇准请辞。太宗一听到寇准的名字，心里还是较着劲儿，他想：我是至尊无上的皇帝，我有多如牛毛的文官武将，少你一个倔脾气，朝廷正好清静。皇帝越想主意越定，摇摇头，道："不见。"

绥之去世了，再没有人陪他，寇准把女儿安顿给绥之娘家照料，一个人形单影只地来到了青州。青州是个好地方，风调雨顺，物产丰富。寇准虽然被外放，但他的三品官身份还在，加上他疾恶如仇的威名，青州上下对这位外放京官没有不惧怕奉迎的，寇准在这里日子倒过得滋润。

没几天，寇准就发现青州通判朱台符特别能干，这人事务清楚，办事利落，有自己昔日之风，于是他便放心地把地方上的琐事交给朱台符打理了。寇准干什么呢？青州是个文化盛地，寇准乐于在此结交文人墨客，游山玩水，交友饮宴。寇准刚贬到青州，张逊就官复原职了，寇准不服气，就想暂时撂撂挑子，清闲自在一下，看朝廷能把他怎么样。

在知州府衙门口负责当差的两个衙役有些纳闷。新来的寇知州已经走出来两次了，每次都在门口驻足翘盼，像是等什么人，谁有这么大派头呀？要知州亲自迎接。自寇准来青州后，衙役还没看见过他出门迎过任何人。府衙门口停下来一顶小轿，闻声而来的寇准掀开轿帘，恭恭敬敬地搀扶下来一位老妇人。

老妇人布衣荆钗，满头银发，满脸皱纹，背还有点驼。寇准喊着："乳娘，乳娘。"这是谁呀？她是寇准的乳娘刘氏。寇准自小就是刘氏带大的，那时候刘氏精神爽健，身体健壮，常给寇准讲一些乡野故事，寇准和她很亲。后来他出来做官，乳娘就陪着太夫人赵氏，直到太夫人去世。寇准有了出息，打算让她在家乡颐养天年，可她听说寇准贬了官，绥之又去世了，放心不下，就来青州看寇准了。

寇准高兴呀！子女的荣光没有母亲见证，总是缺憾。母亲去世了，他就把对母亲的孝心，大半倾注在了乳娘身上。新床新被，绫罗绸缎的穿戴，琳琅满目的首饰，花样不断的饭菜好生伺候着。乳娘乐得嘴巴都合不上了，不过她老人家还不糊涂，她不明白寇准都被皇帝贬官了，怎么派头还这么大？她问寇准："朝廷给你多少银两的俸禄呀？"

刚好寇准新领了俸禄，就带乳娘去看库房：三千贯钱、一千石粟米、四十匹绫、六十匹绢、一百两冬绵、一万束薪、千余秤炭、七石盐再加上七十个仆人的衣粮。当时一贯钱略等于一两银子，也就等同于四五百斤大米。乳娘摸摸这个，瞅瞅那个，一会儿惊叹，一会儿欢喜，最后坐在地上大哭起来："可惜啊，以前太夫人想做一件衣服，都舍不得布，若是她活着，看到儿子能挣这么多银钱，那该多好啊！"寇准陪着哭了一会儿，刘氏像是恍然大悟般说道："难怪太夫人拼死也要让你们兄弟俩读书啊！原来当官真是一步登天，享尽荣华富贵啊！我怎么就没有太夫人那样的见识呢？"

一句话勾起了寇准的儿时记忆，寇准感到被母亲用秤砣砸过的那只脚隐隐作痛，牵连得整条腿、整个人都沉重起来。两个人哭了一会儿，寇准压抑难耐，就扶着乳娘去前堂，看拓枝舞去了。

十　贬青州

　　寇准第一次在宰相赵普家里看到拓枝舞时，就深深地被这种火辣热情的异域舞蹈吸引，不能自拔。秦人就是这样，认为"夫击瓮叩缶，弹筝搏髀，而歌呼呜，呜快耳目者，真秦之声也"，认为跳舞就应该热情奔放，唱歌就应该淋漓畅快。以前在开封，寇准为公务忙得团团转，绥之又病着，怕吵，他顾不得什么歌舞饮宴。现在不同了，山高皇帝远，乐得清闲，兼有一帮文人为了讨好他，找来十几个艺伎，专门为他跳拓枝舞。

　　拓枝舞源于唐代，是由西域石国传入的舞蹈，属于乐府中的健舞曲。拓枝舞与中原舞蹈的轻柔不同，以咚咚的鼓声为节奏，以动作明快，旋转迅速，刚健轻盈为特色，受到了文人墨客以及官员富商的大力追捧。拓枝舞开场就是战鼓咚咚，连续三通，接着烛光树影，制造些朦胧气氛。一帮妙龄女子头戴绣花卷边胡帽，帽上饰以珍珠，缀以金铃，身穿薄透紫罗衫，纤腰窄袖，身垂银蔓，脚踏锦靴，踩着鼓点的节奏飞快起舞。金铃丁丁，锦靴沙沙，"来复来兮飞燕，去复去兮惊鸿"，当曲尽舞停时，舞者犹自风情万种地流波送盼，眉目传情。这般大胆酣畅的舞蹈，一场舞下来，寇准总是如醉如痴，意犹未尽。

　　这天，寇知州不高兴了，他把寇安叫来，训了一顿。寇准府上现在有十六个舞女，有的是青州官员富户临时借给寇知州的，有的是他自己花银子请来的。他在开封看到很多官员家里的拓枝舞都是二十四个人一起上场，青州的卢员外家里也有二十四个舞女，气势非凡，就叫人再给他找八个舞女来，想比过卢员外，哪知人迟迟找不来，寇准就拍桌子瞪眼了。

　　乳娘看寇准生气，赶紧过来说情："快别生气了，寇安年轻不成事，老身去给你找找。"寇准哪里敢呀,马上安慰乳娘,并且下令不找舞女了。

乳娘刘氏和寇安很有话说,她无儿无女,怜惜这世上所有没有父母的孩子。她眼泪汪汪地跟寇安说:"寇安,实话跟你说,我以前有个女儿,只是不知道她还在不在人世。"

原来,刘氏刚生下小女儿不久,就家破人亡。丈夫被当官的下了大牢,自己和小女儿被卖了顶债。好在她辗转来到寇家,寇家不富裕,只雇着她一个乳娘,但夫人待她很好,后来打听到小女儿被当地富户买去,养到七八岁,卖到了青州勾栏,至此杳无音信。

"寇安,我想趁着你找舞女,和你一起找找,看能不能找到我的小女儿。"寇安答应了,他赶着一辆牛车,拉着刘氏在青州城里的勾栏瓦舍里到处走。其实刘氏知道寻到女儿的可能性不大,但她心里还存着一丝希望,女儿眉头有颗痣,冥冥中她总觉得那是命运安排好的印记,为将来寻亲而生,会帮助她们母女重逢。

那是一个叫赵家巷的地方,寇安正和老板商谈拓枝舞女的演出费用,乳娘刘氏东瞧西望,看着偶有路过的一个个杨柳腰,身着七彩裙的女子。嘭的一声,头顶上突然掉下来一个东西,直接砸在寇安的牛车顶上,又刺啦一声,将车帘扯落,滚了下来。

众人惊叫着围过来一看,躺在地上的,是个女子。那女子前额冒血,手也擦破了。旁边乳娘吓得哆哆嗦嗦掏出帕子,替她按住了前额伤口。

"菩萨救我,菩萨婆婆救救我吧!"女子爬起来跪在乳娘面前,哀求起来。刘氏手足无措,不知道这个看起来十五六岁的小娘子怎么了?竟然要跳楼向一个过路的老婆子求救。

"菩萨婆婆,我叫蒨桃,被卖到勾栏里抵债,当时说好的卖艺不卖身的,可是,可是他们却逼迫我,今晚就要我接客……"

乳娘听明白了,这是个苦命的孩子。她问蒨桃:"你的父母现在何处?"蒨桃答道:"母亲亡故了,父亲因罪获刑,我是好人家的女儿,求婆婆救救我,愿为婢女仆役,终身报答。"

乳娘一听她的身世,就想到了自己的女儿,见蒨桃年纪轻轻,楚楚可怜,她心疼得不得了，跟寇安一商量，就想买了蒨桃去。杏花楼的老板知道他们是寇知州家人，又见蒨桃性烈不好降伏，就卖了个人情，让乳娘拿些银子，带蒨桃走了。

蒨桃聪明，也知道报恩。她做了乳娘的贴身婢女，每天细心周到地服侍着，乳娘疼爱她，没几天就认蒨桃为干女儿了。乳娘有一次问蒨桃："你怎就知道我能救你，偏偏往我的牛车上跳？"蒨桃也不隐瞒，道："那条街来往的都是些肥头大耳的男人，像娘这样的老人很少见。我被锁在楼上，看见娘慈眉善目地在楼下说话，就想着莫不是救我的菩萨来了。"

寇准要的二十四个拓枝舞女找齐全了，他每天邀来一些文人、官员饮酒作诗，欣赏歌舞，日子过得逍遥自在，太宗在开封可就不那么畅快了。

寇准被贬，朝廷中很多人都如释重负。特别是太宗身边的"自己人"、晋王府中的老人手，这些人投靠晋王赵光义多年，鞍前马后地帮着晋王分析时政、出谋划策、拉拢人才、结交权贵、打压异己。他们为的就是晋王一朝登基，自己得到更多的好处。没想到才过了几年好日子，程德元、张逊就接连被寇准拉下了马，程德元还获了刑，抄了家，一家子百来口都充了官奴，要多惨有多惨。王沔好好的宰相被罢了官，自己也气得一夜白头，没多久就抑郁而亡。虽说寇准也被贬出京城，可他的待遇没变，余威尚在，而且太宗还常常思念寇准，这就让很多人觉得太宗偏心，不近人情了。他们有意见不直说，也不愿意多说，除了加倍奢靡，日日夜夜享受开封的繁华富贵，他们对太宗，多是唯唯诺诺，点头哈腰。

刚正不阿的寇准走了，朝堂上，再也不见敢于直谏的大臣。每当遇到棘手问题，太宗一问，底下静悄悄的，没人站出来应对。问得紧了，大臣就回道："陛下认为契丹来使该如何安置？""依陛下之见，三司使该由何人担任？""北方大灾，臣等待陛下决断！""臣等无事！"……

太宗辛苦呀，他每天三更起床，整日批阅奏章、处理政务，事事亲力亲为，怎能不累？而且朝纲沉闷，敢作为的人太少，能替他分忧的人在哪里呢？太宗开始思念寇准了，他问左右近臣："寇准在青州乐否？"他们也许不解皇帝心思，也许对寇准也有意见，所以回答道："青州，乃富庶之地，寇准当以为乐也。"

几天之后，太宗又问了同样的问题。左右近臣却道："陛下思念寇准不能忘记，听说寇准在青州每日置酒纵饮，未知他是不是也思念陛下呀！"太宗听后默然不语。

大宋上层都在传播一个消息，寇准马上就要回到京城了，因为太宗对这个簪花郎的思念已经溢于言表。在青州，也有人听闻了寇准不久就会回开封的消息，青州通判朱台符和表弟——秦州（今甘肃省天水市）长道县观察推官冯伉不断讨论着寇准的为人。相隔两千里，这表兄弟两人却互相牵挂、支持，正气凛然，现在他们终于见面了，朱台符悄悄跑到秦州，见了表弟一面。

"李益是李世衡的父亲，李世衡是寇知州推荐的，和寇准的关系很不一般，他能替我申冤吗？"冯伉将信将疑。

"寇知州的为人，我深为钦佩。他在朝中时，不畏强权，处事公正，圣上将他比作铮臣魏徵，可见其无私，寇知州是断断不会包庇李益那厮的。"朱台符对寇准的人品很是自信。他决定回去后就拜见寇准，誓要扳倒威霸一方的李益，替地方除害，替表弟出气。

李益是秦州的酒务官，是当地一霸。人言他家良田百顷，积资巨万，光是仆役就有一千多个。酒务官是专门为朝廷造酒的长官，李益一个小小的酒官，怎么能如此富有呢？这都因为他的职务，他干的，可是肥差。

宋朝实行禁酒政策，酒的酿造与售卖都由朝廷专营。按宋律，私酿酒三石以上，私制酒曲六斤以上者可判处死刑，并籍没家产。对酒水的严格管控，是为了给国家带来可观的酒税，宋初每年酒税收入四五百万贯，利润丰厚。天高皇帝远，李益一边替朝廷造酒、卖酒，一边借着职务便利，私自酿酒贩售，牟取暴利。他家的家童奴仆，其实就是帮他干私酿酒和贩卖这些营生的。

宋初，秦州属秦凤路，靠近大宋与党项、吐蕃部落边境，自晚唐以来战火不断。那里百姓的生活原本就很艰苦，青壮年还经常被抽调去修筑军事设施，很多家庭举债度日。李益极有商业头脑，李家本身并不富裕，但他却用了全部家产买下了酒务官的职位。

李益买官并不是为了光宗耀祖，也不是为了治国平天下，他想的跟别人不一样，李益不想做大官，但他想做大富豪。人只要有了奋斗目标，就动力倍增。李益先是利用手中的闲钱放高利贷，秦州境内向李益借贷的竟有几百家。李益花钱大方，他买通官府派人替他催收欠款，官府得了钱财，和他串通一气，欺压百姓。高利贷是利滚利，借贷好比饮鸩止渴，多数人家到期无法偿还。百姓惹不起官府，只好以土地抵债，甚至卖儿卖女清偿债务，他家里的仆童很多就是为了抵债才卖身为奴的，根本没花几个钱。就这样，李益的财富积累得又多又快，几年之间就成为远近闻名的大财主。

为了维持自己在秦州的势力，李益舍得给朝中的权贵、地方官员送礼，也获得了官员们的好感。但李益对这些官员并不真心，他一边送礼买通他们，一边收集当地官员的把柄。时间久了，秦州自知州往下都为李益所用，成了李益的爪牙，没办法，李益给的诱惑太大，凡是来秦州任职的官员，基本都住着李益置的府宅，搂着李益送的美妾，年节里还收着李益的常例。也有个别砥节守公的官员，一开始并不和他同流合污，但李益树大根深，他们哪里撼得动，而且还会被上司排挤，被下属冷落，天长日久，他们也被拉拢过去了。

然而天不藏奸，秦州新来了个观察推官，名叫冯伉，是个有才干，为人正直的人。观察推官是从八品的幕职，负责协助长官处理日常政务，冯伉虽然官职级别很低，却是朝廷委派到地方工作的，是秦州府衙除了知州、通判之外的第三人。冯伉到了秦州，大刺刺地坐在堂上，不理睬李益，不收李益的见面礼，也不去李益家赴宴，更不接受李益给他安排的住所。更严重的是，冯伉上任第三天就打了两个替李益收债的衙役板子。

这就严重了，李益的财路可不能被冯伉给断了，李益气急败坏，找了知州，让他治治冯伉，可知州也没有权力免了冯伉的官职，而且冯伉刚来，还找不出他有什么过错。李益打算自己出手，派人教训教训这个不知深浅的芝麻官，这是他对付地方官的一贯做法，李益甚至堵截过一个通判的家眷，逼着那个通判为他所用。

他派出好几批家奴，跟踪冯伉，寻机报复。冯伉很机警，他一面到处找人收集李益的罪证，一面严防着李益。秦州较远，冯伉上任时并没有带家眷，而且他从不单独外出，李益暂时没有得逞，但他还是日日盯着冯伉。时间长了，

冯伉有些放松警惕，一日他单独外出，被李益的家奴一拥而上揪下马来，一顿拳脚相加。血水糊满了冯伉的整个头部，他被打得昏迷过去，家奴们以为冯伉死了，一哄而散。

也是冯伉命大，又苏醒过来，被人抬回了秦州府衙。堂堂朝廷命官挨了打，大家都心知肚明必定和李益有关，可是知州却不给冯伉主持公道。秦州没人能治李益，冯伉就马上给朝廷上奏章，请京城派御史来调查李益的罪行。

冯伉是个硬骨头，他想既然秦州被李益一手遮天，难不成皇帝都是你的人？殊不知他的一举一动早在人监视之下，神通广大的李益早就防着这一手，让邸吏（主管邮政的官吏）拦截了他的奏章，冯伉连上几次奏折都不见回信，他心里就明白了。

李益作恶多端，他族中的一个寡嫂来秦州府衙状告李益，称李益把自己的侄子抓走了，从此活不见人死不见尸。秦州府衙里没有人敢接这个案子，衙役们又不能赶告状的人走，就让她等在大堂外面。可怜一个老妇人在寒风里从早上等到晚上，受尽了折磨，终不能递上诉状。

怕族人干涉，李益不敢对寡嫂动手，这个老妇人经人指点，就找到了病床上的冯伉，她不仅给了冯伉诉状，还给了他一本她儿子留下的账本，上面记着李益巧取豪夺的罪证。为了秦州百姓，也为了自己的性命，冯伉找了一个亲信，让他避过李益耳目，带口信给自己的表哥——青州通判朱台符。

朱台符果然没有看错寇准，寇准差人把诉状以及冯伉的奏折、李益的账本一起快马加鞭送到了京城，以自己的名义递给了太宗，并且还给太宗附上了自己的看法。他大致给太宗分析了地方小官吏的贪污作恶手段和危害，重申了澄清吏治、还百姓安宁对一个国家的重要性。

寇准奏道：像李益这样的官场小人物是不能等闲视之的，小官小吏来自地方，又面向地方上无权无势的劳苦百姓。国家方针最终要靠地方上的官员推行，税赋也要靠他们征收，还有冤假错案，都靠地方官吏查明。地方官吏为政清廉不清廉，直接影响着百姓日常生活是否安稳。陛下和吏部官员，对身居高位的京官的为非作歹、贪污腐败查处相对容易。而小官小吏数目庞大，泥沙俱下，鱼龙混杂，常常会养成巨贪，这种人鱼肉百姓，勾结官员，百姓不敢或者无处告发，最难整治。这个李益竟敢殴打朝廷命官，阻塞天子视听，当严惩，并昭告天下，杀一儆百。

太宗赵光义接到寇准和冯伉的奏章，也是恼怒异常，他意识到了问题的严重性。李益这个小小地方官的胆量，远超他的想象。地方与京城的沟通渠道都能被他左右，国家岂不是要大乱？他马上下诏命当时秦州的最高长官吴元载押解李益进京。吴元载接到诏书去抓李益时，李益已经得到风声，溜之大吉，他扑了个空，怕朝廷怪罪，只好把朝中有人给李益通风报信的事情如实启奏上去。太宗更加恼怒，命令掘地三尺，务必将其抓捕归案。

在太宗的亲自过问下，几个地方动员所有人马出动调查，历经数月终于在河内一郝姓巨富家中抓获了李益。押往御史台后，李益全部招供，盛怒之下的太宗下令将李益杖杀。人们总以为绞刑、斩首是很残酷的行刑手法，杖杀看起来能比它们轻点，实际上杖杀比绞、斩更残酷。以人身之痛苦论，杖杀等于把人活活打死，犯人不能速死，要遭受皮开肉绽，血肉模糊的慢性折磨。大宋已经很久没有杖杀过犯人了，可见太宗对此人的愤恨。

李益死后，他的家产全部籍没，家里五十多个替李益作恶的家仆，被黥面发配。秦州府衙大小官吏全部被免职，当然这不包括冯伉，冯伉得到了嘉奖。

李益的儿子李世衡，就是寇准曾向太宗举荐的那个文采出众，为人淡泊有才干的后起之秀，现在已经官至光禄寺丞了。他受父亲拖累，也被除籍，终身不得录用为官。

寇准疾恶如仇，他又怎么会举荐一个为非作歹的贪官的儿子呢？那是因为寇准听说了李世衡的一件事情。李世衡在昭文馆任编校书籍等职务期间，奉命出使高丽，一名武官做他的副使，与他一起出使高丽。对高丽回赠给个人的财物，李世衡不太关注和在意，一切都委托给副使去处理。装船时，这个副使把李世衡所得的细绢及其他丝织品垫在船底，把自己所得的东西放在上边，以避免漏落或浸湿。航行到大海当中时，他们遇到了大风，船将要倾覆，船工们非常恐慌，请求把所装载的东西全丢弃到海里去，不这样，由于船太重，必定难以免祸。副使在匆忙慌张间，只能答应把船里的东西全部扔到海里去，大约扔

到一半的时候,风停了,船也平稳了。

过了一会儿,副使号叫起来,原来船工所扔的东西,都是这个副使的东西。而李世衡所得的东西,由于在船底,所以一无所失。和副使一比,李世衡不争不抢、淡泊随性的性格就凸显出来了。寇准把李世衡叫来一考核,见他文采斐然,诗书俱通,便举荐了他,哪知他的父亲,竟然是这么个大蛀虫。

根据规矩,被举荐人品行上出了问题,举荐他的人是要负连带责任的。就比如当时上奏太宗,要立赵元僖为皇太子的大臣宋沆,是宰相吕蒙正举荐给太宗的,宋沆还和吕蒙正有点亲戚关系。后来宋沆被贬,元僖事发,温仲舒就趁机翻出宋沆的举荐人是吕蒙正的事,吕蒙正就被连累着罢相了。

现在李世衡的事情,朝中人都知道寇准是举荐人,太宗会怎么处理寇准呢?

寇准虽然举荐不力,但是他揭发有功呀,没有寇准的大义,李益的事情也不会被太宗知道。所以太宗并没有处罚寇准,相反,他更加欣赏寇准。寇准和李世衡关系很好,他举荐李世衡的事情,李益是知道的。李益以前来京城打点时,求见过寇准,但是寇准没有见他,也没有收过他一两银子。这次冯伉千里求助,考虑到李世衡与寇准的旧情,如果寇准是那种怕牵系自己,怕得罪秦州官员而选择官官相护的人,不替冯伉上奏,那李益还不知道要在老百姓头上继续作威作福多久。而且有好几个人也替李世衡辩解过,李世衡为人不错,自来到开封参加科举考试后,已经有很多年没有回过老家秦州了,父亲李益的勾当,他没有参与,也不知情。

功过相抵,太宗没有处罚寇准,也没有奖励他。李益被杖杀,秦州官员被悉数免职的消息传到青州后,青州大小官员更老实了,谁也不敢在寇准眼皮子底下贪赃枉法,个个尽职尽力做事情。寇准毫不费力就把青州治理得政事清明,百姓称颂。

乳娘是个喜欢操心的人,她给寇安张罗了一门亲事,让寇安称心如意地成了亲,有了自己的家室。她还做主让蕳桃给寇准做了小妾,蕳桃温柔体贴,对寇准尽心照顾,寇准在青州乐着呢!

然而太宗并没有忘掉寇准。"海上秋添寂寞情,万家烟树暝重城。萧萧细雨遥天暮，独向空楼闻笛声。"太宗从翰林杨亿那里读到了寇准的这首《青州西楼雨中闲望》，他把这首诗当作寇准对京城的思念，就像他曾想念寇准，为寇准赋诗一样。太宗不再问左右近侍寇准在青州乐否，他要把寇准召回来，太宗有关乎江山社稷的大事，必须和寇准商量，寇准说的话，太宗最相信。

当时五位大臣联名上书，请立皇次子赵元僖为太子的时候，太宗觉得自己的地位受到了挑战，皇帝还没表态，当朝这么多大臣竟然急着立储君，巴结新贵，谁给他们的胆子？

更为严重的是，上书五人中的左正言、度支判官宋沆，是宰相吕蒙正的亲戚，也是吕蒙正举荐的。这就隐隐显现出了当朝宰相和皇子的联盟，怎能不让太宗感到威胁呢？

太宗认为谁支持太子谁就是反对皇帝，开始打压赵元僖一党。他把联名上书的人，罚俸的罚俸，降职的降职，并且连宰相吕蒙正也罢免了。朝廷通告天下，暂时不立太子，谁要再提此事，斩立决。之后，立储君成了当朝一根红线，没有哪个人敢去触碰了。

太宗为什么不愿意立太子呢？其实帝国立太子，是一件非常必要的事情，政权的平稳交接，是它能否传承千秋百代的关键，太宗怎会不清楚呢？这件事情说起来非常复杂。

太宗登基后随即改大宋年号为太平兴国，太平兴国六年（981）九月，太祖在世时最受尊敬和信任，而今不受太宗待见的前宰相赵普，突然抖搂出了一段"金匮之盟"的秘史。

赵普说，宋太祖即位的第二年，母亲杜太后病重，她派人将太祖召去交代遗命。当时在场的就只有杜太后、太祖和赵普三人。

杜太后命太祖传位给弟弟赵光义，赵光义再传于光美，而光美复传于德昭。还让赵普把此"兄弟之约"写成一份誓书，由太祖盖了玉玺，赵普署名见证。这份誓书被保存在一个金匮（匮，通柜）之中，藏在宫中隐秘之处。

"金匮之盟"的发现，证明了赵光义继位的合法性，使他兄终弟及的皇位传承变得正大光明，堵住了这些年来天下人的悠悠之口。但这也给宋王朝留下了一个后遗症，因为根据赵匡胤的传位诏书及杜太后的遗命，赵光义死后不能

把皇位传给儿子，而要传位给弟弟赵廷美（即原来的赵光美，因避讳新皇帝名字，改名赵廷美）。既然宋太宗承认了"金匮之盟"的合法性，他就必须执行这个盟约。因此，太宗继位后，就让廷美当了开封府尹，称德昭为皇子。

但是，太宗知道这个盟约对大宋王朝的绵延极其不利。自秦以来，前朝历代皇权的基本继承制度一直是父子相承，以求王朝正统的世袭罔替。不过，在某些时期，"兄弟授受"同样是重要的皇权继承方式。

太宗想起北齐一朝，文宣帝高洋、孝昭帝高演、武成帝高湛三兄弟相承皇位，三人以各自势力殊死较量，腥风血雨，每一次更迭都会有无数家族成员死尸的堆积。

太宗不愿意这样的故事重复，不愿意大宋朝"以杀伐谋略者为王"，所以，他对于皇位继承问题，一直在犹豫徘徊。

十一　立储君

太平兴国四年（979），宋太宗雄心勃勃御驾亲征，北伐契丹，在高粱河被打得大败，太宗身中数箭，不知下落。皇帝生死不明，大军不可一日无主，将士们打算拥戴随军出征的太祖长子赵德昭为帝。虽然不久后太宗骑着毛驴回来了，德昭也没有同意继位，但这件事让已经登基四年的太宗感受到了哥哥太祖的影响力和号召力。朝中大臣和军中将士都怀念太祖，连太祖的儿子都这样得人心，太宗一生都在和太祖较劲，他非常自信，觉得自己的能力和才干早就超过了太祖，这次伐辽，就是太宗想展现实力，建立不世功勋，用实际行动证明自己强于太祖。

然而太祖的强悍非人能及，宋太祖赵匡胤曾在高平之战身中数箭后，依然亲自率两千人发动冲锋，大败契丹。而弟弟赵光义身为皇帝和统帅，居然把几十万大军丢下不顾，自己率先逃命，导致大军溃败。兄弟俩一比，优劣自见，难怪那些和太祖并肩战斗过的将士要把太祖奉若神明了。人往往看不到自己的短处，太宗此时想不到这些，他想到的是德昭对自己帝位的巨大威胁，这个仿佛太祖化身的亲侄子成了他的敌人。

当时尽管北伐惨败，但是灭了北汉，很多将士都没有得到抚恤和奖赏，太宗回来后也不提这个事情。德昭就进谏，应该赏赐有功的将士。败阵归来，宋太宗本来心里就很窝囊，他冲着德昭一顿发威，并且说："等你当上皇帝再赏也不晚！"

德昭见龙颜大怒，他预感到了自己的危险，所谓主疑臣必死，尽管是亲叔侄，但毕竟君臣有别。德昭回去左思右想，千不该万不该，那些将士不该临阵

拥立他，让他成了皇帝的心病。赵德昭没法向皇帝交代，悲愤自刎而死。

在德昭自杀两年以后，年仅二十三岁的太祖次子德芳也不明不白地死掉了。之后，太祖一脉近支几乎都失去了皇族身份，彻底失去了皇位继承权。不知道太祖在天之灵此时会不会后悔，正是他在世时，给了这个弟弟尊贵的地位和至高无上的权力，才使赵光义日夜积累财富，四处笼络人才，一生野心勃勃。

太祖的两个儿子之死，给了很多人向皇帝献媚的启发。太平兴国六年（981）九月，距离赵德芳的死仅隔半年，宋太宗的心腹之人柴禹锡告发秦王赵廷美勾结宰相卢多逊，"将有阴谋窃发"。

太宗让赵普调查，赵普趁机报复他的政敌卢多逊，他向太宗报告说，卢多逊勾结赵廷美图谋不轨，整天诅咒太宗早死，让廷美当皇帝。卢多逊被流放到千里之外的崖州（今海南省三亚市），廷美被监禁，他的子女也不再被称为王子王女了。凡是与廷美有过来往的官员都受到牵连，搞得人人自危，朝中官员为了撇清与廷美的关系，纷纷落井下石，不断有人攻击廷美，说廷美心生怨恨，应该流放到外地，免得留在朝中生变。很快，廷美被流放，降为涪陵县公，廷美忧悸成疾，两年后死于当地，年仅三十八岁。

赵廷美之案让满朝文武再一次领教了当朝皇帝的赫赫神威，也让其中大多数"识时务者"清醒地认识到了宋太宗传位于亲子的意图。所以，他们这次集体失声，没有一个人替廷美求情。

就在这时候，最有可能从廷美之死中得利的赵元佐发声了。赵元佐，字惟吉，太宗长子，生母为元德皇后李氏。元佐自幼就深得父亲喜爱，他禀性聪明机警，眉眼又与太宗极像，是太宗心中最佳的皇位继承人。元佐被封为楚王并迁居东宫，离皇太子之位只有一步之遥。然而元佐是个善良的孩子，他从小就和四叔廷美很亲，叔侄俩关系要好，经常一起打猎、游玩。

得知廷美暴死的消息，元佐在朝堂上公开向父亲讨要叔父的罪名，要求依据法理再次核查此案。太宗恼羞成怒，用天子和父亲的双重威严，直接指斥赵元佐"狂悖"，硬生生将他的申诉驳回，把他的奏章撕成碎片。元佐从此抑郁成疾，因病发狂，以致因为小错就用尖刀刺伤侍者。雍熙二年（985），酒后的元佐因宫中设宴而未请自己，纵火焚宫。大怒的太宗将元佐废为庶人，谪居南宫，派使者守护。

这件事刚过了一年，太宗次子赵元僖被侍妾毒死了。这一下，宋太宗慌了，理想中的皇太子没有了，自己的身体每况愈下，死亡正一步步逼近。剩下的七个儿子中哪个才是理想的继位者？刚刚因立太子的问题贬斥了冯拯等大臣，他不好在朝堂上议论这件事情。朝中关系网复杂，继位问题处理不好，不立储君，儿子们就会各自揣测，很容易纷争再起，立储之事演变为祸乱之源，这是宋太宗最不愿意看到的。此时，需要有一个人，和众皇子没有关系，和任何政治势力也无瓜葛，保持绝对的中立和忠诚，来替皇帝把把关。寇准明智，不阿顺，也不会讨好谁，一心忠君为国，正是合适的人选。所以，太宗着急要见到寇准，和他商量立储的事情。

淳化五年（994）九月，宋太宗以一种极其亲切的方式召见了风尘仆仆归来的寇准。因屁股中过箭，太宗趴在榻上，揭开衣服向寇准展示自己脚上发作的箭伤，并且发出了深沉的幽怨：“卿来何缓？”寇准先磕拜，后发言：“臣非召不得至京师。”太宗一声长叹，这个寇准，还是那样耿直，不会拐弯，即便对君王，也不婉转。

太宗坐起来，问了青州政事，然后进入正题。宋太宗问寇准：“朕诸子孰可以付神器者？”这是问寇准，自己的七个儿子，哪一个可以立为皇太子？寇准答道：“陛下诚心为天下选择君王，这事不能问妇人、宦官。”太宗一听，还是原来的寇准，没变。寇准这话表面是劝皇帝，立储君不能听从妃嫔和太监的意见，其实，是意有所指。当时太宗的李皇后和太监王继恩，是太宗长子元佐的支持者，元佐已经疯了，这些人安的什么心，不问自知。寇准认为这两种人，只知狭隘的小集团利益，不会顾及国家大义。这是寇准的睿智，也是对以往历史的总结。

太宗点头，认同寇准的意见，他以期待的眼神，等着寇准说出一个名字。哪知寇准接着说：“也不能问近臣。”"噢？"太宗有些疑惑了，他盯着寇准。寇准说道：“陛下应该选择符合天下人期盼的贤才。”太宗思索片刻，问：“元侃可乎？”寇准答：“知子莫若父。”意思是你最了解你的儿子，你

的选择肯定没错。太宗松了一口气，寇准没有反对，说明寇准也默认赵元侃。看来，寇准的想法和自己的选择非常一致。

太宗的心事解决了，寇准的心里还有一件事，使他不得不为民请命。当时，蜀川的王小波、李顺造反，已经非常有声势了。农民军聚集了十万人，攻占了益州（今四川省成都市）。太宗不舍得把军权交给别人，派了身边最亲近的太监王继恩为统帅，率大军入蜀平乱，并授予他全权。王继恩这样的人，惯于欺上瞒下，视自己的私利大于一切，再加上他是个太监，心理阴暗，根本不知道体恤百姓。他率大军在蜀川杀了几个月，夺回成都，但同时也将老百姓杀了个七七八八，而且自己还借机大发国难财。蜀川的百姓，有的迫于生计造反，有的被逼无奈和官军对抗，他们经历战乱，本来就奄奄一息，又被王继恩的军队烧杀抢掠，更是凄惨万分。然而，太宗宠信王继恩，只看到他收复城池，平定叛乱的成绩，认为他为社稷立下了大功。

寇准早已得知了王继恩的所作所为，并下决心要为蜀川百姓请命。议好立太子的事情后，待太宗心绪平和些，寇准马上奏道："陛下，蜀川百姓，算不算大宋子民？"太宗一愣，他当然不会放弃蜀川，寇准怎能这样问呢？寇准见太宗沉默，接着激动地说："益州苦啊！几年来死伤无数，哀鸿遍野。"太宗答："这些逆民，早知如此，何必当初要做反贼。"寇准道："十万蜀民，除了那些头目穷凶极恶，别有用心，余下的平民，谁不想过安稳日子，难道要把他们赶尽杀绝？"太宗沉思道："依卿之见呢？"寇准："对待百姓，还是以抚为上。"太宗点头称是，他一直以仁君自居，王继恩那些捷报里凡是写杀了多少多少人的，他都警告过了。

"陛下，益州摇摇欲坠，各地叛贼灭之不尽，官兵刚走就死灰复燃，这样的战乱，百姓要承受到何时？"寇准言辞恳切，太宗也觉得有理，北边西夏李继迁闹腾不止，契丹对大宋也虎视眈眈，再无休止地平内乱，国力堪忧。

"陛下，臣举荐张咏任益州知州，他有勇有谋，心怀苍生，定能安抚百姓，稳定局面，为陛下分忧解难。"太宗知道张咏和寇准是同年，关系非同一般，但他没有觉得寇准任人唯亲。因为张咏处事果断，爱民如子，在地方上很有政绩，王旦、李沆、张齐贤等宰相都在太宗面前举荐过张咏。蜀川的事情被寇准说得这么紧急，太宗当然也不希望再发生叛乱，他随即发出一道圣旨，命张咏前去益州做知州。

九个月的外放生涯结束，寇准归来，被任命为参知政事（副宰相），进封为上谷郡开国公。当时的宰相是吕蒙正，吕蒙正小时，因父亲宠妾，将他和母亲赶出。吕蒙正无处吃饭，只好到庙中就食。庙中吃饭前必敲钟，寺僧厌蒙正，遂于饭后敲钟，不令蒙正食，这就叫饭后钟。后来吕蒙正中了状元，反厚待寺僧，迎回父母及父妾。时人都夸吕蒙正大度，宰相肚里能撑船。吕蒙正不负众望，兢兢业业当官，得到太宗赏识，真的就做了宰相。

太宗对吕蒙正和寇准说道："寇准临事明敏，如今再次擢用他，他应该会更加尽力，朕尝谕之以协心同德，有事从长计议。"寇准和吕蒙正都跪下来谢恩，太宗松了一口气。近来朝事使他焦头烂额，太宗身体又愈来愈不好，难以应付，有胸怀大局又敢于担当的寇准在朝，太宗的心安定下来。

寇准封了高官，又得了赏赐，自然很多亲朋故友来拜访祝贺，约酒聚会，昔日的辉煌好像又回来了。这时候，同僚张泊来给寇准做媒了："寇公，好事来了。"寇准有些恍惚，这是在叫他吗？寇公？

在宋朝，文人墨客喜欢对一个家族追古溯源。太原太谷昌平的寇氏，是一个非常显赫的家族，寇准的远祖苏忿生在周武王姬发时代就做了司寇的大官，因屡建奇功，赐以官职为姓，世代为官，始终屹立不倒。其后世杰出子孙寇恂，更是汉光武帝的"云台二十八将"之一，官居雍奴侯。后来寇氏家族迁居陕西华州，寇准的曾祖父寇宾、祖父寇延良，都是极有学问和见识，受人尊重的贤人。父亲在世时，常常给寇准讲先祖寇恂的故事，先祖文武备足，有勇有谋，一生磊落，是寇准做人的榜样。如今寇准自己也被称为寇公了，他感到了压力，时常对自己说："寇准，你要向先祖看齐，不要辱了他们的英名。"

张泊给寇准说的媒，是宋偓的小女儿，寇准被"皇亲国戚"看中了。原来那宋偓是后唐庄宗的外孙，其生母为后唐义宁公主，宋家可谓三朝国戚。宋偓的妻子，是后唐永宁公主，而他的大女儿，是太祖赵匡胤的第三位皇后。这位宋皇后已经去世了，宋家没落，于是就想通过姻亲的方式，为家族找个新朝的靠山。宋氏家族这次看上了寇准，打算把小女儿嫁给寇准。

寇准不敢不答应呀。他出身低微，和皇亲国戚沾不上边，对于张洎口中那位"知书达理，进退有度"的宋氏，他只能接纳，不能有丝毫拒绝的意思。于是，他吹吹打打地把宋氏迎进了门。

宰相娶媳妇，又是贵族女，自然风光无限。宋氏的嫁妆摆满了一条街，金樽碧酒、鸳帏凤衾、象牙床、白玉带……开封城的人都来看热闹，说寇准结了一门好亲事，从此成了金凤凰。

太宗对寇准和宋氏的婚事表面上不反对，但心里却很气恼，太宗不明白，寇准怎么就敢和宋家结亲呢？太宗对太祖的宋氏皇后，那可是怀恨在心的。

太祖比宋皇后大二十五岁，甚至他的长子赵德昭也比宋皇后要年长一岁。然而夫妻恩爱无比，宋皇后性情柔顺好礼，她没有孩子，很偏爱太祖的幼子德芳。太祖驾崩当夜，宋皇后叫人去通知德芳，而赵光义却早到一步……

宋皇后去世，有司上谥号曰"章孝皇后"，然而太宗却不为皇嫂成服，亦不令群臣临丧，完全不合宋氏身为前朝皇后应享有的礼仪。翰林学士王禹偁是个直臣，他觉得太宗这样对待宋皇后不公平，便上奏："皇后曾母仪天下，当遵用旧礼。"太宗听了当时没作声，过后就把王禹偁贬到滁州去了，可见太宗是不喜欢宋皇后的。寇准这个缺心眼的，却当了宋家的女婿。

寇准没想那么多，他正高兴着。寇府大摆宴席，人来人往好不热闹。婚事办完没几天，正逢寇准生日，宋氏为讨他欢喜，又大大地操办了一番。厅堂墙上寿联寿幛挂满，家里奴仆穿梭，侍妾环绕，寿礼琳琅满目，寿宴佳肴满桌。

宋氏给寇准祝寿用的四个"高摆"，在整个京城都是数一数二的。"高摆"就是宴席上特有的装饰品，用江米做的，四个高摆都是一尺来高、碗口粗的圆柱形，摆在四个大银盘中。圆柱形的表面和银盘里都密密麻麻地镶满各种细干果（莲子仁、瓜子仁、核桃仁等），而且要选择不同颜色、不同形状的干果镶出绚丽多彩、精巧细致的花纹图案，在圆柱形的正面镶着"寿比南山"四个金字，格外华丽。

这种摆设糕点极费工夫，单单四个"高摆"就要二十多名老厨师花三天时间才能完成。而且这种宴席还需要特制的高摆餐具，都是金银材料，成色上等。除了这些，宴客的酒菜也极其考究，都是用最好的厨师，最贵的食材，最豪华的餐具。

寇府使用蜡烛照明，一点就是很多根，而且晚上不许熄灭，派头十足。要知道那时候蜡烛很值钱，一般有钱人家也不敢多点。

寇准整日这样闹闹哄哄地铺张，乳娘和蒨桃都有些忧心。蒨桃道："娘，老爷这样逼人喝酒，不仅别人厌烦，也伤他自己的身体。"乳娘叹气："唉！在青州的时候，我就想说说他，又体谅他刚被摘了官帽，心里不痛快，就由着他。现在他回了京城，我想他应该能拿捏轻重了，谁知道他越发不收敛。"蒨桃求道："娘，你劝劝他，凡事张扬不好。"乳娘点点头："他这样，太夫人也不答应。"

这天，寇府又是大宴宾客。厅堂上，拓枝舞女们扭着细腰肢，眨着大眼睛边跳边唱；酒席上，喝得醉醺醺的寇准还在不断劝酒："大家痛饮三百杯，一醉方休，谁没有喝好，就不要走出我家大门！"

一曲歌罢，细纱薄衣的舞女来领赏，寇准马上叫人给她们每人一匹绫缎，舞女们整日在京城表演，见识的富贵人家多了，她们显然觉得寇府赏赐的有些轻，有的撇撇嘴，满脸不屑，有的则随意将绫缎扔在桌上。

这些蒨桃都看在眼里，蒨桃虽年轻，但经历了不少世间冷暖，也同情穷苦百姓的辛劳，她默默离开厅堂来到自己房中，提笔写了两首诗："一曲清歌一束绫，美人犹自意嫌轻。不知织女萤窗下，几度抛梭织得成。""风劲衣单手屡呵，幽窗轧轧度寒梭。腊天日短不盈尺，何似妖姬一曲歌。"

蒨桃停下笔，越想越觉得应该劝劝老爷，便拿着诗，去让寇准看。"老爷，蒨桃刚写了首诗，请老爷指教。"寇准接过蒨桃的诗，两眼就读完了，但他根本不听规劝，哈哈大笑，命人取来纸笔，回了蒨桃几句："将相功名终若何，不堪急景似奔梭。人间万事何须问，且向樽前听艳歌。"蒨桃诗谏不成，讲理又说不过寇准，委屈得眼泪吧嗒。

当天晚上，乳娘脱下一身的绫罗绸缎，换上粗布旧衫，坐在大厅前，对着满屋明亮的烛光号啕大哭，一声高过一声。寇准和宋夫人吓了一跳，赶快过来询问乳娘，乳娘流着长泪答道："这几日，老奴一闭上眼，就被太夫人责备，太夫人好苦呀，她一边骂我，一边哭，问老奴她的儿子为什么不听训诫！"

寇准莫名地望着乳娘,问道:"乳娘,我娘怎么说,可是我犯了什么错?"乳娘叫蒨桃:"蒨桃,去我房里取太夫人的画轴来。"蒨桃小跑着取来一幅画,乳娘接过来,递给寇准。寇准打开一看,眼里就湿润了。这幅画是启蒙恩师程先生给母亲画的。他记得清清楚楚,少年的他,求先生为母亲画像,程先生就画了这幅画,送给寇准。画上四面素墙,一盏孤灯,两个幼童在灯下读书,一位面容沉静的夫人临窗织绢。乳娘哽咽道:"那时候夫人日夜织绢,老身长街叫卖,小郎寒窗苦读,粗茶布衣,诗书传家,心里求个清白淡泊。如今家乡遭灾,乡邻们连饭都吃不上了,你却在这里夜夜笙歌……"

寇准眼泪唰唰地流了下来,他颤声叫了一声:"娘!"画面中母亲穿着深蓝色补丁衣服,两只手裂了口子,发鬓已经微微泛白。想起母亲,寇准满腹酸楚。可叹父母都去世得太早,没有看到儿子高官厚禄的荣耀,没有跟着儿子享一天福。

乳娘提醒寇准:"太夫人给画上题了字,她临终的时候说,这幅画叫《寒窗课子图》,如果你当官的时候不知道节俭,放纵奢侈,就把这画拿给你看。""啊!"寇准赶紧仔细一看,画的一角,有母亲亲笔题上去的一首诗:"孤灯课读苦含辛,望尔修身为万民。勤俭家风慈母训,他年富贵莫忘贫。"

此诗犹如当头一棒,寇准被母亲隔空发出的训斥震醒了,母亲的声音那么近,犹如就在他的耳旁,他仿佛看到母亲在病痛中还惦念儿子,希望儿子走正路的舐犊之情。母亲一生辛劳,默默承受,只为儿子能"修身为万民",造福百姓。寇准看看自己一身绸缎,一屋酒菜,一圈蜡烛,惭愧得无地自容,他悔恨自己过往的种种铺张,思念母亲,不由得又放声痛哭起来。

寇安领着一个面生的仆役走了进来,两人看到寇准坐在厅前痛哭,都觉得奇怪,难道寇相公已经知道了?有人提前过来通报了?

寇安走过去,一边伸手要扶起寇准,一边道:"老爷莫要太难过了,人死不能复生,还是先去察院府里吊唁吧!"

宋夫人几个人都愣住了,寇准问道:"你说什么?"

寇安道:"这人刚来带话,宋珰宋察院过世了!"

宋珰是寇准的同乡兼长辈,寇准和第一任夫人许绶之的婚事,还是宋珰从

中做媒促成的，寇准很敬重宋珰的为人。听到宋珰家人来报，寇准急忙去了宋珰府上。

寇准以前去过宋珰府上，宋珰官位不高，为人清廉，虽说家里不富裕，但也还有点京官的派头，府里十来个仆役，三进瓦房。自打寇准从青州回来，官做得比宋珰大了，每天忙里忙外，竟然没顾上来看望一下他。

当家人把寇准领到宋珰的新住处时，寇准简直不敢相信。城西偏僻街巷，三间茅草房，家里冷冷清清，摆着简单的祭堂，丧事办得窘迫寒酸。

"夫人，宋察院俸禄应该够家里用度，你们怎么落得如此境地？"寇准上完香，问道。

宋珰夫人和儿子身着孝服，给寇准还了礼，夫人道："寇相公，你难道不知道吗？咱们家乡华州今年遭了旱灾，很多百姓吃不饱肚子，养不活儿女，我家老爷为了救乡亲们，把家里房子和细软都变卖了。"

宋珰夫人的话，像一根根柳条抽在寇准脸上，让他羞愧难当。家乡遭灾他是知道的，也派人给族人送了一些银两，跟宋珰做的事情比起来，他简直想扇自己几个耳光！

宋珰的儿子道："要不是舍不得银子，爹爹也不会把小病拖成大病！"

"你们怎么不去找我……"寇准流着泪问道。

"爹爹咳得轻些时，去过一次，可他回来却说，没有进寇相公的府门，就转回来了。"

寇准无地自容，他老人家一定是看到自己府里花天酒地，饮宴喧哗，才不愿意见他，不想和他这样的人为伍！

他跪倒在宋珰灵前，悔恨、惭愧、追忆、痛哭不止。

母亲的遗言，宋珰的清廉和无私，使寇准时刻警钟长鸣，从此他收敛了往日行径，变得勤俭节约，再不敢生半分骄奢之心。

寇准突然性情大变，不喝酒了，也不显摆了，大家都觉得不可思议，连太宗都觉得奇怪，他问杨亿："这个寇准，之前不是闹腾得挺欢吗，怎么一下子就转了性格？"杨亿去过寇准家，他回答太宗："陛下，寇准母亲留下一幅《寒窗课子图》，教子勤俭，可传百世之芳。"

寇准奉命把画拿给太宗看，太宗也深受感动，他表彰了寇准的母亲。寇准谢恩，对太宗道："臣以后无论走到哪里，都会把母亲这幅画像带在身边，日日警示，不忘慈训。"太宗赞许地点了点头。

至道元年（995）八月，宋太宗诏告天下，立襄王赵元侃为皇太子，改名赵恒，并大赦天下，举行了隆重的册封大典。九月二十四日，太宗御朝元殿，举行皇太子册封仪式。二十七日，皇帝带皇太子参拜太庙五室，太宗与太子拜谒祖庙回来，走御道乘金玉辂大辇进东华门，簪缨满路，朱紫盈街，京城的人们都喜气洋洋，压肩迭背地挤在道路两旁，争着看皇太子。只见皇太子赵恒穿着太子礼服，端坐玉辇之上，仪态端庄，面容温婉，一看就是未来明主。这时人群中有人喊"少年天子"，有人喊"社稷之主"。

这是宋朝建立三十五年以来的第一个皇太子。晚唐以后，五代十国战乱不止，已经罕见皇家预立太子的正常秩序，从唐朝哀帝天祐年间到宋太宗朝，九十年时间过去了，中国产生了三十多个皇帝，可是却没有立下过一个皇太子。皇帝上位成为人人都想追逐的肥鹿，因此，邦国不宁，杀机四伏。太宗此际立太子，是恢复古制，这不仅是宋朝，也是九十年来的第一位皇太子，大宋臣民怎么能不高兴呢？皇位的平稳过渡，预示着国家有序与安稳，国泰民安，百姓过日子才能不提心吊胆，况天下大赦，更是喜事。

太子高兴了，百官安心了，一贯强势的太宗却酸溜溜的。他召来寇准，问道："四海之心尽归太子，将朕摆在什么位置？"

十二　访罪属

寇准没想到天子对自己的儿子也这般猜忌，充满隔阂，他马上答道："太子众望所归，说明陛下决策英明，陛下选择的皇储深得人心，这是社稷之福。"他不说是太宗之福，也不说是太子之福，而说是"社稷之福"，把国家利益摆在了最前面，让太宗自己衡量得失。太宗想想也是，大宋有了合适的接班人，皇权平稳过渡是大好事，于是恍然大悟，赏寇准对饮。

御宴摆上来，都是少见的奇珍菜品，寇准发现有一道菜特别鲜美。那菜乍一看是个带枝叶的香橙，普普通通，但橙子里面被掏空，填上了蟹油、蟹肉。寇准打开顶部，不免有一种意外之喜，而且那蟹膏肉遇到橙汁，散发出来的香味，很是鲜美，让人垂涎欲滴。

时逢秋日，菊花怒绽，御酒醇美，寇准和太宗品评橙蟹至味，大醉而归，寇准走时，含含糊糊对太宗道："陛下，我喜欢这道菜！"

第二天，太宗马上叫人把这道橙蟹送到了寇准府上，寇相公受宠若惊。此后太宗更加倚重寇准，有人给太宗进献了个宝物——一根通天犀角，犀角中有一种独特的光芒，犀角外面一根根均匀的白线，自上而下贯通，所以叫通天犀，非常珍贵。太宗令人加工成两条犀带，雕刻上精美山水图案，一条自己用，另一条赐给了寇准，君臣关系又一次进入了"蜜月期"。

经过一系列的仪式，赵恒堂而皇之地坐上了以前连想都不敢想的皇太子的宝座。他当上太子后，小心翼翼，对太宗更加孝顺。太宗对宰相道："太子孝悌之性，出于自然，诚可嘉也。"赵恒见到太子宾客李沆，必定先拜，迎送都降阶及门，逐渐由此博取了上下的欢心。

为了确保皇位的递嬗，太宗在中书省人事上做了周密安排。任命吕端为宰相，寇准为副相。吕端看到太宗对寇准很倚重，马上提出来，要让寇准和自己轮流执掌宰相大印，一起接受参拜，审阅重要文件。寇准名义上是副宰相，实际上已经大权在握了。

至道元年（995）新年，朝廷休沐七天，放了大假。宋夫人给三十五岁的寇准又生了一个女儿，府里常常传出莺啼般的婴儿哭闹声，寇准婉言谢绝了来庆贺的同年和官员，安安心心在家里过年。初四早上，寇府一家人准备给女儿"洗三"（婴儿出生后第三日，举行的沐浴仪式），婢女们早早用葱、蒜、桃根、梅根、李根等物煎了一大盆香汤，乳娘拔下头上银钗，在水里来回搅拌，大家纷纷往盆里撒铜钱，激起一个个小水花。

正高兴间，寇安进来，道："老爷，何启求见。"何启是寇准朋友张覃的表兄，就是当年在樊楼请客，劝寇准虚报年龄的那个茶商。十几年过去了，寇准起起落落，这何启倒有情有义，每逢婚丧之事，他都来寇准府里走动走动。早年寇准不宽裕，何启生意兴隆，有意资助寇准，寇准拒绝了很多次，他也知趣，偶尔送些新茶给寇准喝，两人相处得还不错，何启一般没有要紧事情不会来打扰寇准。

这次何启来，还带着一个人，这人请寇准到他府上说话。寇准被两人扶上一辆马车，来到一处院落。这院落宽敞典雅，看起来有好几进，前院有假山小桥，四时花卉，后院茂林修竹，十分幽静，脚下一股细细清流，不知从何处而来。

院子的第二进，是一座小楼，一层是中堂，二层阁楼题名"问心"，是一个四面敞开的大开间，里面桌椅非常精致，看来是用于宴请的，桌上已经摆满了酒菜。三层分了数个房间，应是休憩或私谈之处。榻上水晶卷帘，紫红绸帐，华美富贵。三层屋顶建有高亭，可以举目远眺，真是一处风雅所在。

这院子的主人是开封府最有名的酒楼——樊楼的掌柜，叫郭世昌，四十来岁，中等身材，眉毛稀疏，嘴唇厚实，皮肤泛黄。寇准和他有过几次交往，感觉他为人还不错，看在何启的面子上，就随他来了。郭世昌请寇准前前后后参观了他的别院，又恭恭敬敬地请寇准入席。寇准刚一落座，郭世昌扑通一下跪

在了地上。

"郭掌柜,这是何故?快快请起。"

"寇相公,救救我,我樊楼不保,家人也不得安宁了。"

"噢?"寇准思量,樊楼在开封经营了二十多年,生意兴隆,掌柜也结识了不少达官贵人,连王亲贵胄都常常上他家吃饭,怎么就不保了呢?"相公,都怪我有眼无珠,得罪了宫里的人。"

两个月前,樊楼来了几个客人,张嘴就要定三层所有的雅阁,说是要办酒席。郭掌柜答应了,来人付了定金,倒也正常。办酒席那天,有个管家模样的人,竟然要樊楼一层二层全部停业,只开他家老爷的宴席。郭掌柜不同意,那样会损失不少收入,而且很多客人已经提前预订过了,不能失了信誉。

那个管家把郭掌柜领到他家老爷跟前回话,这个主子叫赵赞,自称是宫里的人,让郭掌柜去打听打听自家的名头,赶紧清场。郭掌柜又要跪下去:"我当时只道他是个内侍,便没有在意,没有赶走其他客人,后来好酒好菜由他点了,十桌酒菜,他走时不给一两银子。"

郭掌柜说,这个人叫赵赞,是在当今圣上跟前伺候的,权力很大。他求了好几个熟识的朝官,都说不敢惹赵赞。

"寇相公,都不敢惹他啊!那赵赞每天堂而皇之地往樊楼派当差的,来了就把刀剑扔在酒桌上,或是到处摔摔打打,说是替皇帝查案,扰得客人们都不敢来了。而且他不知怎么勾连的,竟然让开封府增加了我们樊楼的赋税,搞得樊楼现在快要倒闭了。寇相公,民不和官斗,都怪我惹下这个魔王!"

赵赞有个朋友,叫郑昌嗣,也是宫里当差的。有人指点郭掌柜求求郑昌嗣,许些钱财,再摆些酒菜说和说和。郭掌柜拿了五百两银子出来给郑昌嗣,又答应拿这院子给赵赞赔罪,谁知赵赞并不答应,他扬言受不了恶气,定要让樊楼关门。郭掌柜道:"小人听说,那姓赵的看樊楼有利可图,想把它据为己有,故而处处为难于我!"

郭掌柜眼看着家业不保,就和好友何启商量对策,何启便想到,满开封城只有一人,可以帮郭掌柜渡过难关。

至道元年(995)上元佳节,东京开封城张灯结彩,分外繁华。太宗兴致很高,带着皇亲国戚临幸上清宫观灯,与民同乐。此时的寇准,又准备跳出来整治朝纲了,他就不能等几天吗?非要在上元节扫圣上和百官的兴致吗?不是他不懂得附庸风雅,而是他抓住了时机,今天惩处那两个爱告密的内侍,正是时候。

寇准要整治的,正是太宗跟前最得宠的内侍赵赞和郑昌嗣。这两个人本来就是靠诬告和背叛主帅之类见不得光的事情才得到了内侍的官职,两人狼狈为奸,互相勾结,依仗自己受太宗信任,时不时地残害清官良将。他们专门养了几十人的告密团队,负责搜集三司、枢密院和京城官员的大小事情,装作是在无意中透露给皇帝的样子,以获得皇帝的信任。谁给了他们好处,他们就说谁的好话;谁得罪了他们,他们就无中生有,百般诬陷。官员们吓得都不敢招惹这两个人。

不过还好,他们没告过寇准。一来寇准行事正直,他们没有抓住把柄。二来寇准刚硬,他们怕惹了这个活阎王,他不会善罢甘休,所以他们有所忌惮。自寇准从青州回来,已经有好几拨人来他家里,向他诉说这两个人瞒上凌下的行径了。

寇准得知他们的所作所为,怒不可遏。他想了想,决定以其人之道,还治其人之身。他也花了些银子,买通了另外一个常受欺负的内侍。宰相的官威再加上替自己出气,有个叫李同的内侍答应,只要发现赵赞的把柄,就向寇准报告。

上元佳节,赵赞和郑昌嗣喝得有点多了,得意忘形起来。他们得知太宗已走,马上邀上朋党数人进宫,而且还肆无忌惮地带上妓乐多人,一起来到宫中玉皇阁摆宴。宫中掌舍内侍见此僭越之举,上前劝告:"两位,这是皇家禁地,两位还请快快撤去才是。"这两个人可能也知道越礼了,倒也听劝,坐了一会儿就走了。

本来这样的事情没人敢告诉给皇帝知道,但是李内侍却觉得机会难得,他悄悄把事情给寇准说了。寇准不管过不过节,赏不赏灯,嗓门一亮,开唱……

太宗听闻此事,大为震怒,太宗最恨的就是胆敢挑战皇权的人,他将赵赞罢职,发配到房州,郑昌嗣罢黜为唐州团练副使,其他朋党及妓乐全部发配边关。

几日之后,在早朝上,太宗说及此事,仍然极为不快,但毕竟是自己的近身内侍,不能太失面子,所以他说道:"君子和小人,就像芝兰和棘刺一般,无法使他们断绝,关键在于人是否能够鉴别他们,若是世间人皆为君子,那么刑罚又有何用呢?"

寇准闻此,上前奏道:"陛下,臣闻在尧帝之时,有三苗、欢兜、共工、鲧四罪在廷,就算是远古年代,朝野清明、民风淳朴,还是有小人出现。现在身穿儒服的高官,也多勾结小人,为自己牟利,所以像赵赞和郑昌嗣这类供人差遣的贱吏,也就不值得一提了。""嗯。"太宗点点头,"如此小人,的确不值一提,朕也将其罢官为惩。"

太宗嘴上说不值一提,心里还想着过些时日把他们召回来呢。没过几天,寇准就递上折子说道:"经兵部查实,赵赞任军中官吏时,因私怨曾诬陷都校谋反,致使都校和多人被杀,自己却因恶功升迁,所任之地,暴敛财物,受到众人指斥。陛下也曾派人查问,停其官职数月,然赵赞不思陛下之恩,复官后变本加厉。郑昌嗣则趋附赵赞,两人狼狈为奸,威胁恐吓宫中之人,还敢将妓乐带进宫中禁地,设私宴供其享用,逾越身份,无视陛下。此二人条条死罪,还请陛下赐死赵赞和郑昌嗣,以正国法纲纪!"

赵赞和郑昌嗣在发配路上被赐死,再也不能害人了。他们的家眷,全部充官为奴,家产也被没收。

樊楼的危机解除了,何启和郭掌柜对寇准千恩百谢,郭掌柜一定要把自己的别院送给寇准。"寇相公堂堂大宋国重臣,怎么还能住在租来的房子里啊!我于心何忍?"郭掌柜说得言辞恳切,他看寇准不收,又退而求其次,想把院子租给寇准,寇准还是不答应。

看到寇准在规劝下,生活上节俭了许多,蒨桃和乳娘都很高兴。寇准现在政务繁忙,经常要熬夜,这时候蒨桃就陪伴着他,点灯磨墨,沏茶熬汤,殷勤伺候着。寇准也觉得蒨桃聪明体贴,日常生活离不开她了。

一天,蒨桃精心用中药、果子、鲜花熬制了一碗"香饮子",端来给寇准补气,看着寇准喝完汤,蒨桃请求道:"老爷,臣妾的母亲病了,想归宁(回娘家）一天，看看母亲。"寇准一听，为自己的疏忽懊恼起来，蒨桃自从跟了自己，还从未回过娘家，他也没有问过蒨桃家的情况，真是太大意了。

寇准看着蒨桃上了马车，觉得她回家什么东西也不带，有点奇怪，就不放心地追了上去。他吩咐车夫停下来，揭开车厢的布帘，想嘱咐蒨桃几句，让她带点银子，给娘家买些礼品果蔬。映入眼帘的，却是一个梨花带雨的泪人，蒨桃哭得凄切，眼泪都来不及擦。寇准跳上车，抓住蒨桃的手："我知道，你是觉得委屈了，我没有尽到心，至今也没有问过你的家人。"蒨桃摇头，眼泪从眼角涌出来，越来越多。寇准劝不住，便道："你别再难过了，我陪你回去。"蒨桃哭得更凶了，她悲声说道："老爷，你不要去，我娘她离世了！"寇准一听，更要去了，这么大的事情蒨桃都不说，肯定是在怪他。从青州到开封，蒨桃一直悉心照料自己，是应该去拜望一下她的家人。

寇准没有想到，蒨桃的家竟然在开封城里，而且，令人如此意外。

东京开封城西北角，是当时最底层人的栖身之所。这里有被打断腿的小偷，衰老等死的穷人，失去青春的勾栏女子，病得歪歪扭扭的流浪汉和到处找食物的野猫野狗。一般官府的人不会涉足这个区域，只要他们不出来影响市容，也就任他们自生自灭。

这里还容纳着一些人，他们有一个统一的名字：罪属。就是那些获罪的朝廷官员被充官的家属。宋朝律令，朝廷官员要是犯下诸如反叛、贪污、犯上等重罪，其家仆遣散，家属则要充公，成为官奴。

在宋代之前，不论是官奴还是私奴，都是"律比畜产"，也就是等同于主人家的牛羊畜生，可以任意打骂买卖。而且，一旦一代为奴，则世代为奴，社会地位非常低下。宋朝以后，随着雇佣制度的普遍实施，大部分有钱人家和官家的奴婢都来自雇佣，太祖和太宗致力改善这些人的地位，《宋刑统》里规定，不能私杀奴婢，奴婢有自己的生命权和财产权。但这些都是针对受雇佣的奴婢，对于官奴来说，尤其是官奴中的女性来说，她们所受的百般苦楚和残酷压迫，难以想象。

蒨桃也是对寇准隐瞒得太久了，心里羞愧又无助，现在觉得瞒不住了，索性絮絮叨叨，把自己的身世都说给了寇准。很简单，也很粗暴。蒨桃的父母都

出身书香门第,家境富裕,她从小没有受过什么罪,一直在丫鬟仆役的环绕中长到十五岁。但一夜之间,那一片后花园,还有琴诗茶绣,突然就成了前世旧梦。一日,夜间传出消息,她在边关守城的父亲逃入契丹了。接着,哭声动地,亲戚被赶走,奴婢被遣散,家产房屋被罚没,像一道道雷霆,迅猛而强烈地把她击成碎片。蒨桃和母亲还有弟弟,先被抓进牢狱,在黑暗里陪苍蝇老鼠过了几个月,后被送到了"罪属院",在这里虽说吃冷水泡饭,干粗重活计,但相比牢狱的黑暗还是能好些。蒨桃和弟弟被卖了出去,从此和母亲失去联系。

以前遭遇的那些凄惨的非人待遇,蒨桃不想说,也不敢说。寇准能想象出来,心里对她充满了怜惜。《宋刑统》里有明令,凡是将领和兵卒逃入敌境,先把其家属关牢狱,限其百日内招诱,实入贼境者"没其妻、子为奴婢"。蒨桃的父亲应该是叛逃了,至于他因为什么抛妻弃子,不得而知。

寇准陪着蒨桃进入了罪属院。这是一个方形院落,四周围着一圈敞风漏雨的茅草屋。院子中间有很大一片空地,东边大概是住人的,装着破旧的不知道什么颜色的门窗,西边的屋子都敞开着,一眼能望到里边。

看到蒨桃,一个白发苍苍的老妇人迎了上来,含泪叫道:"蒨桃!"蒨桃搀住她,两人往东南角走去。这里大概是安放死人的地方,地上横放着几具裹着旧竹席的尸体,脸上都蒙着脏兮兮的破布。蒨桃叫一声"娘!"跪倒在地,痛哭起来。一旁的老妇人也擦着眼泪对寇准说:"可怜呐,进到这里,白天给人洗衣服,晚上在油灯下做针线,熬不了多久的……也算是解脱了。"

寇准一问,才知道年纪小一点的官奴,基本都会被卖掉。女孩子有点相貌的,就被卖去勾栏梨园,或者给品官家里做奴婢。男孩子也是,大都做了下等人。年纪大了的官奴卖不出去,或者给官府当差,或者做苦工,像犯人一样被看管着。

突然院门口一阵喧哗,有人喊道:"犯官赵赞的罪属押到。"接着走进来一长溜被捆绑着的男女,有老有幼。那衙役把这些人带到院子中央,然后命人给他们松开手脚,令他们一个一个排好队。有人拿来几张竹席铺在地上,叫道:"脱了身上的衣服,换上这些。"竹席上放了一些旧粗布衣裤。排在队伍最前面的是一个穿着圆领袍衫的老者，他还在愣神，正没防备时，只听啪的一声，随着他的惨叫，肩头已经挨了一鞭子。"赶快脱衣服，听不懂话吗？"老者眼里充满恐惧，看他干净整洁，应该是个养尊处优的人，这是叫他在大庭广众之下脱衣服呀！他不好意思又不敢违背，开始慢吞吞地解自己的袍带。

院子里的喧闹蒨桃看不见，她还在哭，哭累了，就找了盆水，替躺在地上的母亲洁面，梳头。

不一会儿，地上扔下一堆绫罗绸缎、巾帽衣袍，男人们很多已经换上了褐色的旧粗布衣裤，而女人们则扭扭捏捏，在寒风中啜泣发抖。一个看上去像是管事一样的衙役指一指后面，马上有两个爪牙拖着个小娘子来到衙役面前。这小娘子身穿窄袖短袄，青色长裙，面容秀丽。

衙役和蔼地问她："小娘子，你是赵赞那厮的什么人呀？"

"贱妾是……是赵赞侍妾。"

"你怎么不换衣服呢？"

"贱妾觉得，觉得在大庭广众之下宽衣解带，实在不妥。请官人恕罪，能不能让我们女属去屋里换一下衣服？"

"好啊！你要去屋里脱，我就顺你的意思。这小娘子合意得很……"衙役得意扬扬地大笑起来。两个爪牙扑上来，二话不说强拽着侍妾往东边的茅草屋里去了，那个衙役也跟着进去了。寇准没看明白局面，等他听到屋里传来那妇人一声接一声的惨叫，才知道发生了什么。他刚想跑过去救人，就被旁边那个白发妇人紧紧拉住了："官人，不要去，不要去，你去了也不顶事。你走了，他们会把气都撒在我们身上，我们会加倍挨打受罪……""无法无天了吗？刑部没有人来管他们？""有的，他们不敢对未出阁的女子下手，一来要卖钱，二来怕上头查验，他们专挑年轻貌美的妇人，就是告官了也没有人追究。"寇准气极了，大喝一声，老妇人还是紧紧地拉着他，蒨桃也过来了。

那边有几个衙役看到寇准往东边茅草屋走了过来。寇准身材高大，面目俊朗，虽说没有穿官服，但是官威很盛。那几个人一看来了大人物，连忙躬身行礼，马上变得殷勤小心，刚才拿鞭子抽人的可恶嘴脸忽然就不见了。东边屋里不见了动静，那个管事一样的衙役也出来了。

寇准问道："你们哪个是这里管事的？"一个人答："回官人，管事的今天没在这里，到刑部办事情去了。"寇准拿出银两，吩咐衙役："买上好的棺木，把孙氏妇人好好安葬了。"衙役唯唯诺诺，寇准指着那个企图奸淫妇女的衙役，叫道："你过来。"那人上前，寇准两个耳光抽过去，又一脚给踢倒在地。"你们这帮小贼，可听过我寇准的脾性？""啊？！"那帮人都是一惊，谁不知道当朝宰相寇准的威名呀！一人之下万人之上，这样的人物，怎么会来到罪属院？这里可是无人过问的隐秘地带。

"听着，你们现在按律令好好做事，不要再欺辱那些犯人，等我回去了找你们的上司来整治这里，谁再继续作恶，我定要谁的老婆孩子也来这里当一回罪属！"一帮衙役战战兢兢跪下求饶。寇准和蒨桃低声说了几句，转身离开，他刚要出门，身后传来一个少年愤怒的叫喊："寇准，你个恶贼，我们就算被欺辱死，也不要你管，我们赵家人诅咒你一辈子，少来这里假慈悲……"

那是一个十二三岁的小子，大概是赵赞的儿子吧，他可能听到了寇准的名字，仇恨不已，就骂了起来。寇准看了下，眼前那一帮人个个对他怒目圆睁，他拱了一下手，转身留下一个笔挺的背影。

回府后，蒨桃又是一番拜谢，感恩寇准救了这些苦难的人。

"老爷，男人在外面犯了罪，家里的女人们何辜，孩子们又知道什么？为什么他们一辈子就这样掉进深渊，任人践踏？我见过一个小妾生的女孩子，她的父亲甚至从未看过她一眼。她一生下来，母亲就被大娘子赶去家庙里住，她从小跟着母亲吃斋念佛，连一只鸟儿都无比疼惜，这样一尘不染的小女孩，也被抓去充了官。我想起她的样子，心里就刺痛。"

蒨桃无比激动："还有我，老爷，我爹爹驻守边塞，五六年都没有回家了，上面说他逃了，我们能辩解吗？母亲死了，弟弟被卖，下落不明，我们一家人都十恶不赦吗？要遭受这样的惩罚？"

这一晚，寇准都在想蒨桃的话和赵赞幼子的眼神，他脑子飞速运转着，想找一个办法，来减轻一点这些以妇孺为主的官奴的苦难。

十三　六悔铭

新年刚过，寇准就忙碌起来。西夏李继迁不停地在西北闹腾，契丹也时有来犯，边境不得安宁。太宗大赦了天下，文武百官都要考核晋升，考核百官费力费神，而且容易得罪人，于是这差事就落在寇准头上。以前的宰相遇到这样的事情，会按部就班给每个人升官加爵，个别实在不像话或者犯了明显错误的，就适当降一下，让皇帝觉得你用心对待了就行。

寇准不这样，他认认真真地对各级官员进行磨勘，也就是考核。寇准根据个人的政绩、能力和品行把官员们分为不同等级。这个由寇准制定，太宗首肯，看似很简单的标准，一下子竟然把大宋朝多一半的官员都挡在了优秀的门槛之外，很多年纪大、资格老的朝官连连叫苦：清白而无治声也不行呀？我们不贪不昧，安然享受一下高俸禄高待遇都不行吗？

一番磨勘下来，很多无所作为的庸官没有得到升迁，而那些为百姓干了实事的官员都得到了奖赏和晋级。有人欢喜有人愁，那些没有晋级的官员大都敢怒不敢言，他们不敢质疑寇准，他们怕和这个人理论，万一因为晋级再牵出别的错处来，就得不偿失了，毕竟很多人心里是有鬼的，经不起严查。

考核完毕，太宗带领全体官员去郊祀。这时候就要由皇帝亲自加封宰辅级别的官员了。宰相吕端被加封为门下侍郎兼兵部尚书，权力越来越大了。给事中、参知政事寇准和张洎一起加封为金紫光禄大夫，进封郡侯。

之前，太宗怕吕端官居相位以后在寇准之上，使寇准心中不平，毕竟吕端资历浅，是由寇准举荐才受到皇帝重用的。为了平衡关系，太宗听了吕端的建议，采取了一个权宜之计，让吕端和寇准隔日轮流执掌宰相事务，平起平坐，太宗则在旁加以观察。

吕端体胖，为人和善，为政圆通，尽量不生事，不搞事，不折腾，但这样一来，他就显得很没个性。比如很多官员来找他商量事情，他不赞成也不反对，下次人家问起，他就说忘了。吕端这样并不太好，挺耽误事的，不过也有好处，比如人家说他坏话他也不记得，从来不打听，根本不走心。再一个他也不压制那些想有所作为的人，比如寇准说要考核，要看政绩升官，吕端也不阻挡。

每天送到中书省的奏折很多，几个参政各有不同意见，但是吕端所奏报的事情或者经过吕端处理过的事情，都很符合太宗的心意，让太宗颇为满意。而寇准总是坚持自己的看法，多数还比较尖锐，比如刚刚，富州刺史向通汉（五溪少数民族首领）上奏乞封赠，太宗和吕端都认为应该加封，就赐他校检司徒，进封河内郡侯。而寇准对这个事情却很有意见，他认为向通汉是冒功邀赏。若是对一个蛮族也这么较劲，太宗认为不利于拉拢人心，就不太赞同。

经过一段时间的观察之后，太宗认为吕端沉稳、镇定、有气量，更符合做宰相的要求，就渐渐地倾向于吕端了。吕端善交朋友，圆脸带笑，和朝廷百官相处得一团和气，这些方面都比寇准强。虽说吕端一直没有什么建树，有人还说他"糊涂"，但太宗认为吕端"小事糊涂，大事不糊涂"，很放心他。

加封完百官，照例是皇帝训诫，宰相代表百官发言，表一表忠心，拿他们的皇帝太宗和尧舜禹等比较一番，然后让太宗胜出，皆大欢喜，完事回家。

太宗训诫完毕，轮到宰相发言，吕端谦逊，让了让寇准，请他说上几句。按理来说寇准这时候应该低调一些，发表一通由华丽辞藻组成的官话，将皇帝和宰相吕端吹捧一番。吕端官升宰相，寇准是副宰相，而且太宗已经明确表示更加欣赏吕端了，这时候他就应该躬身和百官一起接受宰相的训示，放低姿态。谁知道寇准不，他又一次跳了出来。不是他不够谦虚谨慎，而是这次机会难得，所有京官还有明天即将启程外放的地方官，以及新科进士等候补官员都来了，寇准觉得这是一个大好时机。

"列位都是身受皇恩之人，朝廷给了你们高官厚禄，理应为国为民，竭力报效皇恩。

"你们有的即将步入品官行列,有的明天就要去地方上担任一方父母官,有的已经重权在握,管理着刑部、户部、吏部这样的重要部门。今天陛下在这里给列位封官加爵,吾等最应该做的,是施展自己才华,多为百姓做事,切记,莫要向国库伸手,莫要从平民中渔利。"

寇准清了清嗓子,道:"我悟了几句话,和列位共勉。"

六悔铭

官行私曲,失时悔。富不俭用,贫时悔。
艺不少学,过时悔。见事不学,用时悔。
醉发狂言,醒时悔。安不将息,病时悔。

百官都静静地看着寇准的个人表演,连太宗脸上都浮起笑意,觉得这个憨人也太爱表现自己了,他什么时候能矜持一点呀?

寇准提高了声调:"一年前被处决的那个秦州酒务官李益,你们想必还记得吧?"他拿李益做例子是对的,赵赞是太宗身边的人,要顾及太宗的脸面。

"我们来说说他,这个李益攒下千万家财,到底图个什么?为自己吗?他身体不好,脾胃很差,炖一只鸡,只能喝下半碗汤。一个十顿饭都吃不完一只鸡,又非常忙碌提心吊胆睡不安稳的人,他即便活到百岁,能吃喝穿戴多少?他要那么多银子做什么?

"为儿子吗?李益之子李世衡,我和他是相识的,他十年寒窗苦读,刚刚考中进士,正想着报效朝廷,为国尽力,却受父亲连累,进了牢狱。列位想想,李益所为,是爱儿子,还是害儿子?

"那么李益是为了父母吗?李益被杖杀后,他的父母日日以泪洗面,父亲受不了打击,撒手人寰。老母亲六十多岁了,如今正在罪属院里风餐露宿,替人洗衣浣履。记住,不管是谁,无论他的权力有多大,地位有多高,田地有多广,如果他不能让父母高兴,而是让父母担心难过,那么,这个人就不是什么好人,他永远不会得到众人的尊敬。

"李益的妻妾,被充为官奴,一进罪属院便要在众人面前脱光衣服,任人蹂躏。还有他的小儿子小女儿,被卖给勾栏妓院、官邸豪门,从此世代为娼为奴!

"李益已经被杖杀,他一死百了,留下全家大大小小三十多口替他赎罪,他那不懂事的孙儿就罪该万死吗?

"列位想想,李益一生爱财,占有这么多财富,到底给他和他的家人带来了什么?如果让李益的家人再选一次,他们还会让他做官吗?

"为官者心中若有黎民,造孽前心中若有法纪,即可远离诸恶。如果不能当个清官,凭着列位的才智,在家种十亩地,也能求个温饱,何苦要做这掉脑袋的事情呢?很多读书人一朝读书,便想中举做官,挣高俸禄,造大房屋,置许多田产,他们这样从一开始就走错了路,后来只会越做越坏,没个好结果。

"你们别怪我寇准啰唆,我只想警告你们一下。妇人小器,稚子童观,见纷华靡丽则悦之,淡泊朴陋则厌之,你们一定要不为其所惑,拿出大丈夫的胸襟,一旦伸手越界,只会落得身败名裂,家破人亡,悔之晚矣!

"记住,为官的人,一定要控制自己的欲望,这就等于把生死掌握在自己手里。李益死了,不能再选了,你们却能,回去好好想想我的《六悔铭》,想想你们如果敢学李益,陛下能不能饶过你们和你们的妻儿?天地间没有不透风的墙,那些作奸犯科的人,别以为我寇准查不到你的劣迹,也别以为我不敢办你!"

寇准提到罪属院的那一刻,有些人真正有了切肤之痛,他们仿佛看到自己的妻儿呼喊号哭着,被鞭打呵斥。连太宗也被刺到了,他一直认为自己是有为明君,自己的国家乾坤朗朗,从没想到在他的御笔下,已经判出了一千多个官奴。这些人若是贫苦出身倒也罢了,但他们都是从锦衣玉食,事事靠人服侍的官眷,变成低贱到做奴婢服侍人,那些妇孺,真的能承受得了吗?

大宋君臣这次的看法出奇一致,在以后处理获罪官员时,无论吕端、太宗,还是寇准和百官,轻易都不再提"家眷充官"这四个字。这或许是寇准为那些贪官污吏办的意想不到的一件好事吧,可是并没有人承他的情。

大概七天后,寇准晚归。他骑在马背上,还思量着一些事务。寇安也骑着

一匹马，跟在他身后。两人缓行在汴河岸边，道路两旁尽是临街开放的小饭馆、小酒店、馒头店，都显得比较简陋。低矮的房屋，摆开几套桌椅，那应该是满足脚夫、船夫、纤夫、车夫、小商贩、游民等城市下层人口腹之欲的饮食店。

突然，寇安一声大喊："老爷！"寇准下意识一低头，一支箭嗖地贴着他的脸颊飞过，接着一箭又紧跟着飞来，射中了马头。寇准的坐骑负痛狂奔，断了缰绳，寇准两手一松，从马上摔了下来。

幸好寇准身高腿长，摔下来的地方又比较平坦，身上没受多大伤。只是他的脸被箭擦破一层浅浅的皮，汗一蛰有些灼痛。寇安追了过来，扶着寇准骑上另一匹马，慢慢牵着回去了。

开封府衙得知寇准被刺，即刻派人来查验了伤情，又取走了两支箭。他树敌太多，官差访来访去，也没有访出个头绪。寇准差点丢了性命，开封府衙查不出刺客，只安慰道："夜里射箭，能在百尺外有如此准头，实乃高手，寇相公以后出门一定要特别当心。"

朝堂之外遭人暗害，朝堂之内也不得安宁。那些被寇准压制的官员以及晋封时没有捞到好处的朝臣，当面不敢和寇准对质，背地里却常常跟太宗抱怨。偏偏这些人有的还和皇帝颇为亲近，和寇准并列参知政事的张洎就是其中一个。这人是南唐旧臣，李后主在位时，他靠着文采飞黄腾达，后来跟着李煜一起降了大宋。张洎没少坑害后主，什么通风报信呀，打秋风呀，文人的志气都被他丢尽了。可偏偏这样的人会附庸风雅，时常陪着太宗作个诗，下个棋，而且输得不着痕迹，太宗对这类人特别宠幸。

张洎在三司时就是寇准的下属，他对寇准特别恭敬。每天寇准进门，他都是先行礼，再请示，寇准也就慢慢对他有了好感。现在两人都是参知政事，张洎依然很尊敬寇准，尽管他比寇准大十几岁，可他就是能放低姿态，对寇准鞍前马后。寇准渐渐对张洎放松了警惕。

有一次，中书院中麻雀吵闹，张洎让人把麻雀轰走。寇准想起一件往事，戏谑地写了首诗给张洎："少年挟弹何狂逸，不用金丸用蜡丸。"这是一个戏谑的玩笑，张洎曾经用蜡丸信给南唐将士鼓劲，让他们誓死抵抗大宋，但他自己却马上投降了。张洎作为南唐旧臣,效忠起来信誓旦旦,投降起来一马当先,确实有些见风使舵。寇准这人看不惯就会直说,和张洎熟了,也就没顾忌那么多,觉得没什么。可张洎并不这么想,张洎做得说不得,他从此记恨上了寇准,暗地里给太宗告状,说寇准坏话,已经很多次了。

还有一个人叫冯拯。冯拯是个很自负的人,说起话来常常吹胡子瞪眼的,他现任广州的左通判,级别要高于右通判彭惟节,寇准考核以后,认为冯拯能力不行,趁着这次调整,他让彭惟节当左通判,而冯拯降为右通判。

冯拯可不是好惹的,他是太平兴国二年(977)的进士,和寇准一样,也是"十九中高第,弱冠司国章"。冯拯中进士后,宋太宗不但单独召见了他,还赐宴赠诗给他:"二三千客里成事,七十四人中少年。"太宗给科考的进士赠诗,还是第一次,在当时传为佳话。后来冯拯等五人联名上书请立元僖为太子,太宗把他贬为端州知州。但是冯拯有头脑呀,他和寇准当年一样,不甘埋没,给太宗写了一篇长长的关于治理边境的文章,包括整治军队、查处污吏、裁减冗兵、消除隐丁、更制版籍及议盐法通商等十来条建议。太宗一看,马上升了他的官。

冯拯重名气,这次寇准不但没给他升官,还把他的职位降了,他怎能不恨。而被升官的彭惟节是个老实人,平时踏踏实实工作,不会变通。他知道冯拯的为人,也知道自己斗不过,虽然已经通告他排在冯拯前面了,但是彭惟节没敢动,上奏章的时候,还把自己的名字排在冯拯后面。冯拯也不让改,就是故意给寇准看的,你能拿我怎么样?寇准一看火冒三丈,把奏章退了回去,并且直接指责冯拯。这一下冯拯难堪了,我就不改,你寇准也不敢把我撤了,上面还有圣上呢。

冯拯虽在广州,但他人脉广,他联络那些嫉恨寇准的人,搜寻证据,用"天子门生"的特权秘密上报宋太宗,说寇准结党专权:"寇准以私憾专抑挫臣。吕端畏怯,不敢与争;张洎又准所引用,朝廷之事一决于准。威福自任,纵恣不公,皆如此。"

太宗看完奏章,有些生气,皇帝最恼恨臣子结党了,他只允许自己专权。但太宗对寇准结党的事情还有点怀疑,寇准人缘不咋地,性格孤介,只认理不讲情，能笼络多少人心？太宗先是把吕端叫来，严厉责怪了一番。吕端一声不吭，卑恭地等太宗说完，才缓缓地道："陛下，臣知道磨勘官员的事情办得有失偏颇，遭人非议，但寇相公性格强势，擅自做主，臣等无能为力。如果臣事事与他争辩，恐朝政不和，有伤国体。"说完，吕端连磕了无数个响头，向太宗请罪，让太宗责罚他。

这是个什么理由呀？谁厉害听谁的吗？寇准强势到连吕端都不放在眼里了？太宗突然意识到，冯拯说得对，吕端性子温和，又是寇准举荐的，很有可能压不住寇准，寇准有天不怕地不怕的胆子。

寇准正奉命在皇陵祭祀，君令一到，他赶了回来，急匆匆地拜见了太宗。太宗把冯拯的奏章拿给寇准看，问他升降官员为什么不和吕端商量一下，尊重一下吕端的意见，又责他处事不当，把皇帝的好心办成了坏事，让朝廷遭人埋怨。

寇准见不得别人阴一面阳一面，他在不该暴躁的时候发作了。他指着吕端鼻子，道："考核官员按政绩不按资历这个意见，是吕相和张洎都赞许的，官员升迁名单他们也过目署名了，要是有责任也是大家的，吕端不应该把事情都推到我身上。"宋太宗这次没有动怒，他挥了挥手，让寇准回去反省一下，第二天再来见他。

这是太宗给寇准个台阶，让他回去冷静反思一下，这么多朝臣都告他，说明他做事是有问题的。太宗不在乎寇准做错事，在乎的是寇准的态度，他虽然欣赏寇准的直言，但是却很不希望寇准和他廷辩。

寇准却不这么想，他想的是，要和冯拯讲清被降职的原因，让其心服口服；要找张洎和吕端对质，当时自己提出给冯拯降职的时候，吕端是同意的，张洎可以证明吕端诬陷了自己；要上报太宗自己这次升迁官员的依据，不能让太宗错怪了自己。寇准这个思路对不对呢？也对。可是他没看明白，冯拯、张洎、吕端，还有太宗，看不惯的是他的自信和武断，还有强势，他们只想让他低头认错，至于哪里错了，没人要和他细细掰扯。

第二天，寇准拿来参知政事的工作记录，一条一条地和宋太宗理论，证明自己做的事情有理有据，没有出错；证明反对自己的人，都是小人，心怀叵测。他说了很久,太宗一点反应都没有,寇准抬头,感觉太宗在闭目养神,好似并没有听他说话。寇准不言语了,大殿里静悄悄的,一君一臣,默默对峙着。良久,太宗摇了摇头,道:"雀鼠尚知人意,何况一个朝廷命官?你不知道廷辩是非,有失执政之礼吗?"

寇准被免去副宰相职位,降为给事中,贬为邓州(今河南省邓州市)知州。降职后五天,太宗下诏,取消了所有副宰相和宰相原本平等的待遇。这些待遇就像是为寇准量身定做的一样,以前没有过,以后也不会再有,可见太宗当时对寇准的看重和恩赐。寇准心有戚戚焉,临行前,他想向太宗辞别一下,太宗却传出口谕,不想见他。寇准对着皇城三拜九叩,不胜惶恐。

寇准安排了一下家眷。这时候乳娘已经去世了,宋夫人体弱,留在了东京。至道二年(996)初秋,寇准带着蒨桃和寇安,离开开封,去了邓州。他没想到,这一走,与太宗竟是永别。

寇准此刻心绪难平。在很多事情上,他都具备审时度势的能力。在成安县借许仲宣官威审案,去边关运军粮时勇退强敌,以天谴为由揭发王沔刑罚不公,在上元节抓住时机除奸,郊祀时以训诫为帻子为罪属发声……论处事的果断以及思虑的周全,他可谓超群,但他对人性捉摸不透,对君心不善揣摩。

第二次被贬了,他还是觉得自己错不至此,哪怕被人陷害、诬告、暗杀,他都没想过要明哲保身。

贬官的失意在旅途中有所消散,秋高气爽,一路景色明畅,再加上也没有案牍劳形,公务缠身,寇准胸中闷气渐渐散开。蒨桃一直软言安慰,说外放的清闲,说邓州的风物,说百姓的念想。

"离京前,我去了一趟罪属院,为了寻访一下弟弟。那里安安静静的,没有几个人了,老官奴们也有棉衣穿了,还有热汤。

"我们走时,樊楼的郭掌柜哭得真心,何启硬是给塞了很多包茶叶。

"老爷是不知道,成安县的百姓来京里做买卖,到处夸说老爷在地方上的功劳……"

寇准听了,心里有些宽慰,毕竟,他对国家、对百姓都是问心无愧的。这时候,寇准的知己张咏,从益州给他寄来一封信。

张咏给自己起了个别号,叫"乖崖",乖是乖张怪僻,崖是崖岸自高。他和寇准一样,都是有个性有脾气的人,所以两人比较投缘。

寇准在京城一步步高升,贵为宰相,接受百官参拜,风光无限。而那个和他最相知的大哥张咏,却经他举荐,去了满目疮痍的蜀川,一直在地方上做官。

蜀川是一个很特别的地方,周围都是崇山峻岭,中间那一大片却平坦如砥,气候宜人,物产丰富,是著名的鱼米之乡,被称为"天府之国"。

在唐朝之前,全国大致有三个粮仓:一个是秦川,一个是江南,一个是蜀川。之前各朝各代的都城,基本上都建立在秦川之上,八百里秦川是长安、洛阳这些都城得以生存的深厚土壤。唐朝之后,秦川生态环境破坏严重,作为粮仓的功能减弱,同时也再不具备建都条件。尤其到了宋朝以后,全国也就只有江南和蜀川两大粮仓。而蜀川,甚至有一段时间成为全中国的第一大粮仓。

在冷兵器时代,蜀川这样一个地方,常常会成为一个王朝最后的根据地、躲藏地。当王朝遭遇国破家亡的时候,皇帝往往会往蜀川跑。比如,在安史之乱中,唐玄宗就跑到蜀川去躲了三年。

但宋朝的皇帝和高官们,却不太重视这个地方,在他们看来,蜀道险陡,蜀人也不好治理。太祖赵匡胤刚平定蜀川后没多久,蜀民就反叛过一次,后来叛乱接连不断。在太宗赵光义手里,王小波、李顺因为土地兼并严重,老百姓无法生存,又造反了。

张咏到蜀川时,蜀川已经乱了好多年,百姓生活很苦。茶贩王小波、李顺的叛乱被镇压下去了,但王继恩的军队却一直没有停止杀人和掠夺,百姓被他们祸害,仍然无法安宁。

张咏刚去,王继恩就交给他大批流民,说是反贼,让张咏处决。张咏把这些人全部放了,嘱咐他们回家好好种田。王继恩大怒,张咏解释道:"以前是那些反贼逼着老百姓跟他们当强盗,现在我张咏把这些人都放回家种地,等于化贼为民,这是好事情呀!如果没有百姓种地,咱们的军粮从哪里来?"王继恩被张咏一番道理驳得回不了话。

张咏知道军粮是王继恩最头痛的问题,益州城内现有的粮食,只够三万守军吃半个月。张咏一路入蜀，看到沿途无数平民被征去运粮，蜀道难，从陕西往蜀川运粮的路上，驴车络绎不绝，运粮的百姓病死累死无数，苦不堪言。

张咏刚到不久，就发现蜀川粮价偏低，而盐价奇高。他降低食盐价格，提高粮食价格，鼓励百姓用米粮换取食盐。通过此举，张咏一面解决了百姓食盐困难，一面为军队筹集了不少粮草。

张咏上奏朝廷，以蜀地粮草充足，请求免除陕西运粮徭役。太宗非常高兴地说："从前益州常因缺粮告急，张咏才到一个月，就解决了这个难题，此人什么事情办不成呀！"

王继恩的部下士卒不守军规，常常掠夺民财。张咏派人四面监视着王继恩的大营，只要发现士兵出营做坏事情，他也不向任何人请示，就将这些士兵用麻绳绑了，扔进井中淹死，从来不留活口。有些强悍的百姓，看见张咏这么做，也对那些来抢劫的官兵下起狠手。王继恩的手下经常莫名其妙就失踪了，失踪的士兵毕竟干的不是光明正大的事情，王继恩也不敢到处声张责问，张咏就假装不知道士兵失踪的事情。

王继恩手下官兵见张咏手段毒辣，再也不敢骚扰百姓了。张咏这样干也是被逼无奈，面对如狼似虎的官兵和蠢蠢欲动的流民，他只有靠魄力和智慧，才能稳定局势，恢复蜀川的秩序。

张咏本身做事就有决断力，自从到了蜀川，看到百姓流离失所，土地成片荒芜，他觉得有一种力量在心底涌动，当他相信自己承担着天命，自己的出现将会拯救万民于水火之中时，他身上就有了一种被上天庇佑的勇气，这种勇气所迸发出来的使命感和正义感支撑着他，使他周身呈现出一种令人敬畏服从，不容侵犯的强大气场。

他立誓一定会竭尽全力，尽责任还蜀川安定。张咏的政策是从犯不较，既往不咎，劝导百姓回乡务农。他又做主大幅度调低由官府掌控的盐价，减轻百姓赋税。蜀川本就是天府之国，经过张咏两年的努力，渐渐地富庶起来。

十四　新皇帝

　　寇准这些年一直关注着张咏，他的所作所为寇准都看在眼里。读完张咏的信，寇准豁然开朗。是啊，正如张咏信中所言，不论在哪里做官，造福百姓才是最重要的，为国家、为百姓做好事情，才是为官的真正意义。相比京官，地方官更贴近百姓，更能为百姓办些实事，寇准觉得自己比起张咏来还差些修为，他要向张咏看齐。

　　寇准不知道，张咏在蜀川，也经历了一次和他一样的"万岁事件"。王继恩的军队离开蜀川后，蜀川籍将领、官员们的心思又动起来，他们饱受蹂躏，不甘心朝廷的管制苛剥，一直密谋着想摆脱宋朝，让蜀川独立建国，自己管自己，逍遥自在。他们选中了对百姓有深恩厚德的张咏，认为他能一呼百应，是王侯之才。但张咏是外地人，且是忠于朝廷的大官，这批将领决定效仿当年陈桥驿（今河南省新乡市封丘县东南部）的士兵，造出一些事情来，断了张咏的退路，让他跟着他们造反，做他们的新皇帝。

　　一次，张咏骑着马检阅军队时，站在队伍最前面的将士一见张咏的马到来，立刻齐刷刷跪下来，对着他高呼："万岁，万岁，万万岁。"后排的士兵们先是一愣，接着像醒悟过来似的，也跪下来跟着高呼"万岁"，声音连绵不绝。

　　事情发生得突然，张咏吓坏了，也蒙了，等他明白过来将士这是在"祝福"自己后，他脸色阴沉着从马鞍上滚落下来，跪在当地，面朝东京开封所在的东北方向，山呼"万岁"，他身后的将士登时不知所措。

　　随后，张咏拍拍身上的尘土，端正衣帽，翻身上马，继续校阅军队。将士没料到张咏应变能力这么强，对赵宋毫无二心，他们的计谋落空了。事后，张咏冷汗淋漓，将此事的主谋访查出来，就地正法，对于从犯和不明真相的其他士兵则免于惩罚，一场惊心动魄的欲谋政变就此化解了。

寇安尽心尽力照料寇准的行程，他们不知不觉就到了邓州。望着眼前一方水土，寇准想，起码我现在性命无忧了，而且还远离了朝野纷争，这是好事情。经历了京官那些互相掣肘和钩心斗角，加上张咏的开解，寇准现在觉得当个一人说了算的地方官，还是很不错的。

放眼邓州城，但见城墙高大横亘，箭楼耸立云端，城门坚不可摧，城壕宽阔水急。城墙上，士兵持械巡逻，把守得甚是严密。他在心里感慨道："邓州不愧是军事重镇，气象森严，威震中原哪！"

宋太祖开宝九年（976），宋太祖赵匡胤半夜驾崩后，宋皇后派宦官王继恩去找皇次子赵德芳继位。然而王继恩却径直来到了开封府衙，找到晋王赵光义，并帮助他登上皇位。王继恩有了拥立之功，成了太宗朝最得势的宦官。他把蜀川弄得一团糟，太宗还认为他平叛有功，回到开封后，他受到了太宗的嘉奖，皇帝更加信任他了。

至道三年（997）三月，太宗病危，王继恩的老毛病又犯了。

王继恩不想让赵恒上位，因为太子和他的关系不是太亲近。之前赵姓皇亲王爷的连番死去以及被贬，和王继恩都脱不了关系，他怕太子算他的后账。对太宗的辅助成功，使这个太监恶向胆边生，对自己的手段自信无比。

王继恩狐狸一样的眼睛锁定在了李皇后身上。李皇后没有孩子，但偏爱太宗长子——李贤妃生的儿子赵元佐，她一直以为元佐能继承皇位，保她荣华富贵，哪知事情没有按她的预想发展。王继恩善于利用人的贪婪天性，他怂恿李皇后在太宗死后发动政变，拥立已经被废的太宗长子赵元佐登基。王继恩并不是真心想立赵元佐，但挑这个人选最合适，赵元佐现在是个无权无势的废人，如果被他们拥立上位，那么实权肯定会落在他们手里，而赵元佐一旦不听话，想废掉他或者软禁他都不难，因为大家都知道他是个疯子。

在王继恩的游说下，李皇后的哥哥殿前都指挥使李继隆心动了，他手上掌握着负责保卫皇宫的御林军。接着副宰相李昌龄也被说动了，李昌龄手里有一

定的权力,而且信息通达。另外还有中过状元,现任知制诰的胡旦,他是负责草拟圣旨的关键人物,他要想在太宗临终遗诏上动点心思,很容易做到。

王继恩日夜密谋筹划着,他的阵营越来越强大,他的谋划看起来万无一失,太子赵恒能否顺利继位,潜伏着巨大的危机。

至道三年(997)五月,寇准被贬后不到一年,太宗驾崩,年五十九岁,在位二十二年。

时机终于到了!王继恩安排妥当后,带着李皇后的懿旨去找吕端,说皇后要见他。按照王继恩之前的计划,等吕端入了宫,就由御林军入内宫,胁迫吕端去宣读由胡旦草拟好的遗诏,改立赵元佐;如果吕端不同意,那就杀掉他,武力夺权。这两套方案周密细致,环环相扣,不怕吕端不就范。

宋太宗病危时,吕端天天提心吊胆,处处提防着。他也怕有个什么闪失,天天以宰相的身份去万岁殿探望病情,防止变故。一天,他发现太宗处于昏迷状态,水米不进,赶紧在笏板上写了两个字"大渐",意思是皇帝病危,速派亲信将笏板送给太子赵恒,让太子进宫侍奉皇帝。

当天,谨慎的吕端没有回家,而是一直待在中书政事堂。宋朝相权大为降低,虽然也沿袭唐制,有中书、门下、尚书三省,但门下、尚书省均移到皇宫外,只有中书省在皇宫内办公,称政事堂。这时候,王继恩一脸悲痛地走进来,对吕端道:"圣上驾崩,李皇后召见吕相,请速到内宫,商议继位大事。"吕端一听不对,太子早已立好,商量什么?他感觉有问题,心思一动,对王继恩说:"先帝已经提前写好了遗诏,就密藏在书阁中,还要麻烦宣政使(王继恩的官职)跟我一起去看看,一看便知道由谁来继承大统。"王继恩听说宋太宗留下了遗诏,有些紧张,但他临危不乱,思谋着先把遗诏拿到手,然后想个办法毁掉,反正御林军在自己手上,军事大权在握,吕端不过是他的案上鱼肉而已。

王继恩跟着吕端来到书阁,进门时,吕端胖胳膊一挥,做了个"请"的手势,王继恩懒得装腔,抢先一步走了进去。他刚一进去,还没走两步,就听见身后吱呀一声,吕端将门关上了。王继恩本能地伸手拉门,吕端已经从外面将门锁上,踢踏、踢踏、扬长而去。王继恩傻了,他拼命摇晃门扇,大声喊叫,但宫人们得了吕端的命令，没有一个人敢来和王继恩搭话。王继恩一看没有了指望，双腿一软，身子靠着门框滑下，嘴里喃喃道："完了，完了……"

吕端派人把王继恩看住，然后穿戴整齐，进宫去见李皇后。李皇后不见王继恩，有些慌了，但勉强定住神，道："先皇驾崩，按例应长子继位……"要求他改立赵元佐。吕端摇头："先皇在世时已经立下太子！"李继隆见事情有变，进来想跟吕端动武，没想到吕端虽然手无寸铁，但却非常淡定，他对李继隆道："王继恩都被我抓起来了，你觉得你们的谋划我会不知道吗？你觉得我会没有准备吗？"李继隆当时就慌了，御林军虽然能控制内宫，但兵力并不多，开封城附近有八十万禁军，万一吕端做了安排，这帮人冲进来能把他碾成肉泥，他怎么挡得住？

此时吕端对李皇后和李继隆说："我知道这些事情都是王继恩胁迫你们做的，王继恩已经伏法，只要你们现在支持太子，我就当什么都没发生过。如果你们一意孤行，那只有死路一条，而且子孙后代都会背负乱臣贼子的罪名！"李皇后到底是意志不坚定，马上就听从了吕端的话，于是吕端召大臣们进宫，拥立太子继位。

太子赵恒顺利入宫，到福宁殿即位，引见群臣，是为宋真宗。真宗坐上大殿，垂帘接受百官朝拜，众人正要下拜，吕端忽然走到真宗面前，道："臣有罪。"说着把皇帝面前的珠帘掀了起来。三十岁的新皇帝赵恒穿戴齐整，表情肃穆地坐在龙椅上看着他的臣子们。

皇帝稍微动一下，或者一说话，他冠上前后两端各缀着的十二串"冕旒"就来回晃动，让他很不舒服，同时也提醒他，要庄重、再庄重。群臣们看清楚了龙颜，这才下拜行礼。吕端这样做足见其谨慎，要知道，这一拜，就等于承认了君臣身份，要是拜错了人，事情就无法收拾了。

幸得吕端处置得当，一场蠢蠢欲动的宫廷政变被化于无形。宋真宗即位后，谋立赵元佐的宋太宗皇后李氏仍被尊为皇太后，迁居西宫；太后的哥哥李继隆也只是调外任节度使；胡旦没有受到处罚；只有王继恩被关到牢里，最后死在里面了。

新皇继位后，有一件重要的事情，便是祭祀太庙，祭祀完之后，新皇帝必须遵照遗训，独自去朝拜一个神秘的地方。宋太祖赵匡胤即位三年后，秘密令人镌刻了一块石碑，石碑被立于太庙寝殿的夹室里，太祖叫它誓碑。誓碑用销金黄幔遮蔽着，并且有专人把守，太祖有令，自他以后凡是新天子即位，必须在谒庙礼毕后，独自按碑上誓言起誓。

真宗祭庙完毕，礼官奏请恭读誓词。真宗走到密室前拜了拜，登上了台阶，由一个不识字的小宦官打开门，进入密室焚香明烛，然后闭眼揭开了黄幔。待小宦官离开，真宗走到碑前，这是一块高七八尺、宽四尺余的石碑，碑上刻着誓词三行：一、柴氏子孙有罪，不得加刑，纵犯谋逆，止于狱中赐尽，不得市曹刑戮，亦不得连坐支属；二、不得杀士大夫，及上书言事人；三、子孙有渝此誓者，天必殛（杀死）之。真宗默默在心里咏读起誓了一番，再拜后走出密室。

大家都在庭中等着，尽管他们很好奇碑上写了什么，但太祖有令，只有新皇才有资格看碑文内容，群臣都不知道太祖到底留下了怎样的遗训。

真宗生性良善仁爱，他马上领会了先祖的宽宥之心，也在心里为太祖和太宗的宽和默默点赞。这誓言第一条还好说，第二条也不难做到，只是必须要严格保密。大宋可以优待士大夫读书人，但千万不能让这些人暗地里知晓了皇家底线，这些人要是知道犯颜进谏无性命之忧，还不定怎么猖狂呢！

真宗本就仁慈有爱，甫一继位，各项宽松有德的政策便一项一项颁了出来。

宋真宗即位三个月后，为已故的叔父赵廷美，堂兄赵德昭、赵德芳追复了王爵，同时也恢复了哥哥赵元佐的楚王之位。他还让宋氏与宋太祖合葬，牌位也供奉在了祖庙之中，这实际上就是对太宗当年不顾亲情的行为进行弥补。兄弟情深，真宗还主动去探视大哥赵元佐，让他放心。

真宗大赦天下，减少税赋，以取信于民。有人上奏称海下采珠艰苦，常常有渔民溺水而死，真宗就废弃了岭南采珠场，不让他们为了给皇家进献珍珠而丧失性命。有地方上奏天灾水患，真宗总是下令赈灾抚民，减轻赋税。天子仁慈，百姓称颂，社稷安稳，新皇帝试图凭借自己的能力得到臣子们的认可和尊重，天下人都看到了他的努力和成绩。

但是大家发现了一件奇怪的事情，真宗登基后，加封了宰相和百官，还有皇亲国戚，但这么久了，却并没有册封自己的嫡妻郭氏为皇后。

宋朝的祖宗家法，皇家必须与没落贵族及武将联姻，有时候皇亲国戚娶武将之女，有时候是武将之子娶皇室之女。这种联姻，显然充满了浓厚的政治色彩。表面上讲，这叫门当户对；私下来说，皇室和武将都是一个大家庭的，彼此之间会互相关照。

宋真宗还是襄王的时候，娶的第一位嫡妻，是忠武军节度使潘美的女儿。他当上太子以后，潘氏病逝了，于是他又娶了宣徽南院使郭守文的次女。皇帝一直拖着，不加封郭氏为皇后，也不举行册封皇后的仪式，这让整个郭氏家族如履薄冰，如临深渊。要知道，没有皇帝册封，郭氏别说母仪天下，她连后宫都没有资格住。

娘家人一再追问真宗不加封的原因，郭氏心里非常清楚。因为她搁置了另一个女人，所以她也被搁置了起来。

真宗还是襄王的时候，尚未娶妻。有一次，他去艺人们聚集表演的瓦舍闲转，瓦舍之内设有勾栏乐棚。勾栏中日夜表演杂剧、滑稽戏、讲史、歌舞、傀儡戏、皮影戏、魔术、杂技、蹴鞠、相扑等娱乐节目，赵恒想去看看热闹。在这里，赵恒遇到了一位朱唇一点、眼波传神的美艳蜀地女子——刘娥。刘娥是一个打鼗鼓的妙龄艺人，就是一边摇着拨浪鼓，一边按着韵律节奏说戏文的那种营生。赵恒对刘娥一见倾心，时常来看她的表演。

王府的人看懂了赵恒心事，便有意询问刘娥的家世，刘娥一听眼前的少年身份如此尊贵，不敢怠慢，杏眼含泪地回道："贱妾年方十五，祖籍在山西太原，父亲刘通担任乐山刺史时，全家搬迁至益州华阳。我还在襁褓中时，父亲刘通就战死在沙场，母亲庞氏带着我回到了娘家。后来母亲病死，我无依无靠，为了糊口，就跟着表哥龚美来到东京，表哥是银匠，我打鼓卖艺。"

赵恒一听刘娥祖上也算官宦人家，如今却流落街头，真是又怜又爱，马上和龚美商量，把刘娥买进襄王府，当了侍妾。两人都是青春年少，加上刘娥会音律，懂风情，貌美如花，赵恒和她夜夜缠绵，如胶似漆。赵恒的乳母秦国夫人是位循规蹈矩、一板一眼的人，她看不惯刘娥出身勾栏，不守规矩，便向太宗告状，说刘娥惑媚。刚好当时寇准在太宗身旁，为了襄王好，他也就顺口建议了一句,说刘娥来历不明,谁知从此便被刘娥恨上了。太宗让赵恒将刘娥驱逐出京城,赵恒知道刘娥无依无靠,不忍心让她再次流落街头,便将她藏在王府指挥使张耆家中,偶尔偷偷去与她相会。

张耆家里有间书房,偏僻幽静,他也不怎么读书,就把刘娥安排住在了书房里。刘娥不是个寻常女子,她不满十八岁的生命里,已经经历过太多的风风雨雨。被逐出王府后,她不哭不闹,而是默默地在这间书房里读书、练字、作诗、阅史,等着赵恒的到来。

偷偷摸摸总是别有一番滋味,俩人的恋情到赵恒登基为帝,一直持续了十五年,所以赵恒,也就是宋真宗登基后,马上派张耆抬着轿子接他心爱的女人进宫,完成当初对她的承诺。轿子到了宫门口,被宰辅吕端挡住了,吕端道:"陛下接这个女人入宫,需要皇后的诏命,若无皇后懿旨,本相绝不放行。"张耆去找准皇后郭氏讨旨,郭皇后知道吕端不愿让刘娥入宫,而且她也不喜欢刘娥,真宗三天两头去私会这个女人,让她遭受了多少冷落和嗤笑。

眼看着刘娥的轿子不能进宫,张耆只能去找皇帝。真宗这时候正喜滋滋地等着迎接刘娥呢,看张耆慌张的样子,他就知道事情不好了。

宋真宗刚即位,他不愿和辅佐他登基的吕端起冲突,在群臣看来,吕端是辅佐他登基的第一功臣,真宗对吕端也心存感激。可在赵恒心里,他能当上皇帝,刘娥才是最大的功臣。刘娥隐忍书房两三年后,赵恒的大哥元佐被幽禁,太宗对皇子们更是严加管束,赵恒如坐针毡,小心翼翼地伺候着父皇,生怕他动怒,把自己也牵扯进去。赵恒清楚,不论父皇或者哥哥弟弟们哪一个知道他私藏刘娥的事情,他都会马上成为被攻击的目标,失去太宗的信任甚至丢掉性命。再说他也不想一直这样对待刘娥,让她一辈子不能跨出房门,过着囚犯一般的生活。

赵恒下定决心后,对刘娥道:"娥儿,趁着你还年轻,我给你一些金银,送你回益州老家,过自由自在的生活去。"

刘娥当即紧紧搂住赵恒,泪流满面。

赵恒道:"我不忍你一辈子没名没分地幽居在这里,以后你会怨我的。"

刘娥道:"臣妾生是襄王的人,死是襄王的鬼,此生追随郎君,臣妾无怨无悔。"

"可是这样对你不公平，雀鸟尚且向往飞翔。"

"王爷，我不是雀鸟，我生来就是一只凤凰。那年母亲夜梦一轮明月入怀，不久就怀了我。后来我从蜀地来京城时，在真州碰到一位高僧，高僧一见我，就说此女相貌不凡，将来必贵为皇后。"

赵恒一听蒙了，连声问："你所说可属实？高僧真有此番言论？"刘娥点了点头，道："臣妾所说句句属实，起初我也当玩笑话来听，没想到我刚来京城不久，就遇到了王爷。"

"王爷，你现在明白了吗？我为何会毫无怨言地在这书房里日日用功，为何时时激励王爷争气！"

"可父皇有八个儿子，我从小便不出众，不被父皇喜爱，从未想过能当……"赵恒不曾想过，更不敢说出口。

刘娥撩裙盈盈跪下，轻声娇语道："臣妾第一眼看见王爷，就觉得王爷气宇轩昂，玉树临风，有帝王之相，我的王爷，如果真有那天，不要忘了刘娥。"

赵恒被刘娥说得晕乎起来，不由得点头承诺："小王如果真能继位，一定封你为后。"

刘娥再拜："谢陛下，吾皇万岁万岁万万岁！"

赵恒见美人如此大胆，真是又惊又喜又害怕，连忙捂着她的嘴，把她拉上了床。

从此襄王赵恒自信起来，办事不像原来那么畏首畏尾，读书也认真多了，还真就有了一些帝王气势。两人这番密谈不到一年，皇次子赵元僖暴毙，至此，皇三子赵恒对刘娥的话深信不疑了。

战战兢兢过了十年之久，赵恒被立为太子，继而登基为帝，多情又心软的他怎能忘了那个给他信心，第一个叫他"万岁"的女人呢？她已经为他熬了十五年了。

现在刘娥就等在宫门之外，和他如此之近，又如此之远。想到刘娥，真宗就想到了她平时总说的筹谋和智慧，真宗静下心来，对张耆道："暂且把轿子

再抬回你府上吧,告诉她,朕不会忘了当年之约,此事已有对策。"

张耆无奈,只好下令将抬刘娥的轿子回转。就在这时,轿帘掀开一角,轿中美人睁着杏眼瞪向吕端,先是委婉,继而挑衅,又略带犀利,事后吕端回忆起来,总觉得那眼神仿佛钩子一般在他心里划过,真是个不一般的女子,吕端觉得刘娥像极了一只猫,温柔又尖利。

真宗想来想去,想出了一个字:拖。不册封郭氏为皇后,也不搭理她。郭氏终于撑不住了,两个月后,郭氏主动请求接刘娥入宫,作为交换,宋真宗册封郭氏为皇后。

宋太宗驾崩,最欣赏寇准的皇帝走了,寇准听闻之后,号啕大哭,然后,穿上素服面向开封的方向长跪不起。刘娥被逐时,不敢怨太宗,却记住了寇准的名字。虽说寇准也是真宗登基的大功臣,但真宗却没有召他还朝。

刘娥和真宗私下里把那些不合时宜的谏官和老臣,叫作假獬豸。獬豸是上古时代饲养在宫廷里的猛兽,它能分辨好坏,一旦发现奸邪的官员,就用角把他触倒,然后吃下肚去。獬豸能辨是非,所以当时的谏官,都戴绣有獬豸图案的官帽。刘娥恨这些谏官整天说她出身低微,看不起她,就叫他们假獬豸。有一次刘娥跟真宗说:"我知道獬豸是怎么灭绝的了。一定是前朝养的奸臣和贪官太多了,獬豸吃得太饱,被撑死了。"真宗听完哈哈大笑。

宋朝的谏官们经常上下找事儿,不被皇帝和大臣们待见,可他们也没办法。朝廷对谏官有要求,每一百天必须弹劾一个人,你如果不挑别人的刺,就有人挑你的刺,所以谏官们找朝臣的错找得非常积极,甚至包括皇帝本人。

十五　知邓州

寇准一连在邓州城里转了几天,他发现市井虽然繁华,但来往百姓衣衫褴褛、瘦弱病困的仍有不少,寇准还看到一溜儿坐在墙角卖儿卖女的可怜人,他心里很不舒服。

那天晚上,邓州通判叶文成率领着邓州的判官、推官、县令们,还有地方上的富贾名士宴请寇准,欢迎新知州上任。席上蜡烛明亮,佳肴满桌,酒过三巡,寇准起身,向邓州的各级官员开始表态:"列位想必也知道我在东京的行事作风,我来邓州一趟,一定要为邓州百姓做点事情,希望列位和我齐心协力,让邓州那些吃不饱饭的百姓,日子能好过些,不至于沦落到在街上卖儿卖女。"官员们被当面打脸,晚宴的气氛有些尴尬,寇准也不管,等官员们一一介绍后,就散席了。

寇准在衙门后院居住,他发现屋里和窗台上到处都点着蜡烛,连庭院小径也被照得清晰可见。当时一般人家晚上基本都是点油灯,油灯灯光小,而且烟特别大,靠着油灯看书,一晚上鼻子和嘴里都跟着冒黑油。点蜡烛就能好很多,又明亮又干净,但是蜡烛贵,别说老百姓,就是富贵人家,除非节日或者贵客上门,才敢奢侈一回,点几根蜡烛充充场面。

寇准问寇安:"这满屋蜡烛,是谁让点上的?"寇安答道:"老爷,这是南阳县典吏徐养正送来的,他言说邓州产蜡烛,这是百姓孝敬给老爷的,老爷只管用着。""噢,邓州产蜡烛?我怎么没有听说过?这制蜡技术还不错,蜡油纯净,蜡芯细密,就是这蜡烛长得不太好看呀,矮矮胖胖,难登大雅之堂。"

第二天，寇准叫来几位制蜡师傅和蜡烛铺掌柜，面授机宜："这些蜡烛色彩要鲜明，蜡油里可以加入椒、檀香等香料，还要制成仙鹤、牡丹等喜人的模样，你们再想想还有什么引人瞩目的办法，全部用上，做好之后我会送到京城亲朋好友的府宅里试用，让京官们帮着到处卖，邓州蜡烛这么好用，京里人竟然都不曾听闻过，要给它扬名。"

安排好制蜡的事情，寇准还是想到处走走。他转完城里转乡下，想了解一下邓州的风土人情，看看种田的老百姓生活过得怎么样。

城外人少了许多，地里的庄稼长势也不好。寇安道："老爷，这麦苗，看起来缺水。""是啊！当年张咏大哥也教过我，每到一个地方，都先要治水。明天就去看看这里的河流，看看怎么整治。"

寇准和寇安一边闲谈，一边往前走，来到一处田野，他们同时停下了。一对年龄看上去有六七十岁的老夫妇，抬着木桶在浇地。寇准走上前去，施了礼，问道："老丈，你这么大年纪了，怎么还下地干活呀？"老丈放下桶，叹道："唉，官人，好多天不下雨了，我怕庄稼旱死，这是明年一年的口粮啊！"老婆婆也接口说："老了，干不动了，他年轻的时候一口气能浇两亩地。"老丈擦了擦汗，请寇准和寇安去家里喝口水。

田边不远处有两间破茅草房，就是老丈的家。院子用树枝勉强围起来，圈着几只鸡。老丈家连个凳子都没有，只能坐在院里石头上。寇安问道："婆婆，家里就你们两个老人呀？没和儿子一起住？"老婆婆直擦眼泪："老身有五个不孝子，可怜到老却没一个管我们。"

寇准问了老丈家的情况，原来老丈姓孙，有五个儿子，孙老丈把儿子一个个养大，待他们成家，老人已经干不动活了，儿子们却不想养父母。乡邻们看不惯，要求每个儿子按月给老丈一斗麦子十文钱，开始儿子们还给，后来老五摔断了腿，半年不给送麦子，另外四个儿子觉得不公平，就都不养活老人了。

老婆婆哭着说："我们身体好时种点地，自己煮饭，有时候一病十来天，没有吃的，幸亏邻里们来照料。"

寇准和老人聊了一会儿，又问了以前水渠的情况。临走时，他留下一些钱，对老丈道："你明日去邓州城里告你那五个儿子，请新来的寇知州给你做

十五 知邓州

主，哪有儿子不孝敬老人的道理！"

离了老丈家，又走了半个时辰，寇安看不早了，道："老爷，我们回吧？"寇准点点头，他们选择从另一条路往回走。远处传来一阵吵闹，连带着妇女的哭喊声，寇准让寇安赶紧去看看，寇安在前面跑，寇准也加快了脚步。等寇准赶到时，只见五六个手持棍棒的家丁嗷嗷叫着，围上了寇安。寇安并不惧怕："谁敢砍这树，我就让谁吃官司！"

"哪来的汉子，口气这般狂妄？"

"让你们知道一下，我叫寇安，邓州寇知州的侍卫。"

这帮人像是知道寇准的名字，他们看了看刚刚赶到的那个人，剑眉怒目，高大威猛，一看就不是好惹的，这几天到处都在传寇准要来邓州的消息，难道真是这煞神到了面前？

互相一对眼儿，没等寇准明白怎么回事，一帮人就转身溜了。寇安过来道："他们要强砍这位民妇家的树。"

寇准来到树下，一个腰系青花布手巾，包着发髻的民妇抽噎着跪在了他面前，道："两位官人，多亏遇到你们，不然我的命和这棵树都保不住了，谢救树之恩，谢救命之恩。"

村民们看到恶霸走了，纷纷跑过来向寇准申冤。这个民妇叫赵玉娥，嫁与邓州男子常善。婚后不久，常善前去戍边，死在了战场上。此时，常家上有瘫痪在床的婆婆，下有两个十来岁的弟弟，玉娥腹中还怀了遗腹子。赵玉娥的父母疼惜女儿可怜，劝她改嫁。可是玉娥心里过意不去，她每天早出晚归，靠卖烧饼来养活全家老小五口人，其艰辛可想而知。婆婆也觉得太为难玉娥，让她走，可是她哭着说："娘，我一走，这一大家子怎么活？我怎么对得起你儿子。"

就这样，赵玉娥含辛茹苦，把两个小叔子养大，而她也因劳累过度，面容憔悴，身体羸弱不堪。

那张家大户专门欺负孤弱，他家要做柜子，就来强砍常家的老树。

"奴家家里穷，这树是要给婆婆留下做寿材用的，不愿贱卖给他们，他们就直接过去砍，阻止了几声，他们就要打人。"赵氏让寇准看她身上被踢的脚印。

"这是哪家的家丁，这般蛮横？"村民和赵氏都不敢说，寇安鼓励他们："寇知州爱民如子，你们不要怕，说出来，寇知州一定会为你们做主的。"

赵氏这才说："是京官张升的家人。"

回到州衙，寇准意识到，邓州这地方不太平。贪官恶霸、地痞流氓欺负百姓的情况比比皆是。寇准专门贴出告示：

……发现有贪官污吏欺压百姓，发现有不法之徒横行乡里，发现以往有断案不公者，都可来衙门告发。一经查实，严惩不贷！

几天时间，寇准到任私访乡里，并且贴出告示的事情，传遍了邓州的大街小巷。

很快，百姓的状子纷纷递了上来。他们状告不法官吏贪污受贿、鱼肉百姓，状告土豪劣绅欺男霸女、胡作非为……特别是很多乡民都状告州衙掌管户口、赋税的南阳县典吏徐养正，说他伙同各乡的里正和里胥，收取百姓耗银时巧立名目，多征滥收，中饱私囊，搞得民众苦不堪言。

寇准召集副手们，商量要给赵玉娥立节妇碑。很多官员摇头，觉得赵玉娥是个贫贱民妇，又不是品官富人家里的女眷，怎么能给她立碑。寇准坚持，他耐心解释："赵氏虽然是村妇，但她志如云洁，操若冰坚，年少守贞，勤俭孝义，有助于教化民众。"在寇准的坚持下，衙门决定为赵玉娥修建节女祠坊。

节妇碑定基那天，寇准把孙家五兄弟绑了来。孙家五兄弟看起来一个比一个老实，不像阴恶狡诈之人。寇准当着众多百姓的面，好意劝他们："赵氏一个女子，尚能深明孝义，独自奉养婆母，抚育两个叔叔，你们五个男丁，让父母忍冻挨饿，经受病痛，不觉得有愧吗？你们也有儿女，这番作为令人不齿，让儿女们如何在乡邻面前抬头？"五兄弟齐齐磕头悔过，保证以后好好孝敬父母，再不给孙家丢人，邓州百姓拍手称快。

寇准开始筹划大事情，他带着寇安来到邓州城西，距城三里外，湍河水流汹涌，邓州境内规模最大的水利工程——六门堰就位于这里。

由于五代战乱不断，六门堰遭到破坏，年久失修。史书提及，六年内必有灾荒，十二年内必有大饥馑，平时也会小灾不断。寇准决定修好六门堰，让它重新造福百姓，浇灌良田。他想从六门堰引水，开一条总干渠，经邓州城郊，一路穿过农田，下设母渠等诸多支渠，除灌溉农田外，还兼有航运和排洪作用。"六门堰要是修好了，邓州城外田地至少一半能成为水田，到时候百姓就不愁吃喝了。"寇准对寇安说。寇安提出了一个很实际的问题："老爷，修渠要不少银子吧？"寇准一挺身子："我自有办法。"

寇准向城内的富商大贾、州县官吏筹资。但是当地官吏反应不积极，迟迟不愿捐款，寇准不得不转了个方向，先查查他们的账。

宋朝是历代少有的政府不抑兼并，土地买卖合法的朝代，官员士绅有着种种特权可以免除赋税劳役，普通民户则完全不能。宋初时民户按照家庭财产或拥有土地面积缴纳税赋，承担劳役。如果是租种公田（官田）的佃农，那么他们要负担超过收成四成的田租，称为公田之赋。如果是拥有土地的自耕农，则要承担以两税为主的民田之赋，两税按时间分为夏税和秋税。夏税一般征收丝、棉、丝织品、大小麦和钱币，秋税收稻、粟、豆类、草等，按地域征收种类不同。南方夏税大多折钱缴纳，两税税率以每亩一斗为基准。

太平兴国以来，各级地方官员的俸禄虽然由朝廷发放，但维持行政机构运作的经费却由地方上征收。随着官员队伍的日益壮大和土地资源的相对萎缩，各州县在两税之外另立名目，巧取于民，征收附加税，这就为地方官吏的贪赃枉法大开方便之门，害苦了老百姓。百姓在缴纳两税正税的同时，还要缴纳名目繁多的附加税。这些还可以承受，但是再加上名目繁多的差役折银和州府供应，要缴的钱粮，就暴涨到民户年收成的三分之一。

这种情况下，老百姓还怎么生活呢？

"衙役们三日一群，五日一帮，拿着官府的文件到乡里来征收赋税，百姓好吃好喝款待，小心翼翼伺候，不敢有半点得罪。就这样，收银子和米粮时，这些人不是说分量不足，就是说成色不好，逼着百姓上下打点，有的小户税赋本该只交三斗米，招待这些胥吏却要用五斗米……"这是农户们控告南阳县衙役的状子，寇准看了，陷入沉思。

寇准在巴东县和成安县时，就对县衙里的官吏要求严格，不准他们向百姓征收多余的耗米耗粮，也不准任何人借故多征耗银。在邓州，他依然如此，要求本州的公差到县里、乡里用膳，一律供应平常饭菜，若发现有威逼强迫之事，一定严加惩处，禁止衙役欺压百姓。

寇准正在看乡民状告南阳县典吏徐养正的卷宗，没想到知县领着徐养正找来了。"寇知州，还没有安歇呀？"寇准打量这人，身材细长，眼小口大，身着皂色长衫，腰结一根长长的儒绦衣带，脚蹬崭新缎面靴，倒也有几分斯文。寇准不紧不慢，让徐养正堂前问话："你在南阳县做了多久典吏？""小人担此职已有二十一年。"寇准盯着他看了几眼，徐阳正被看得浑身不自在。

在县衙里，最大的官当然是知县，如果这个县比较大，超过万户，朝廷会另外任命一个县丞、一个主簿。衙门里设有三班六房，供知县差遣，统称为吏，也就是衙役。这些衙役虽然不是品官，但他们的势力不容忽视。按规定，知县等品官每三年任满，必须调换一次，知县第一年刚刚立足，第二年培养点亲信，第三年熟悉情况了，却又要走。衙役则不然，他们的职位比较固定，只要不犯什么大错，他们就可以长期在县衙干下去，他们的关系盘根错节，他们的智慧，则基本都用来给自己谋取实利。"朝穿青衣入，暮各持金回"，这两句诗，是对小吏们的真实写照。

这些小吏中，典吏的职位最高，主管一县户籍税赋，享有免役特权，徐养正就是这样的典吏，如何对待知县和知州，多年来他自有一套手段。看知县告退，他近前一步道："寇知州，小人珍藏了几套耀州名贵青瓷，其色泽刻花都堪比贡瓷，已经差人送到寇知州在东京的府邸了。知州一路劳苦，小人代表县衙所有胥吏，敬知州薄银一份！""噢？"寇准赞许地对徐养正道："本官乃朝廷二品，来到这邓州当差，也是不得已，你们倒是识相，知道孝敬我。"徐养正呈上了他的礼品，寇准一边看，一边乐，这一趟没白来呀！"银一千两，黄金五百两，珠宝首饰若干，婢女四人，邓州城外良田一百亩……"

第二天，寇准当堂宣布徐养正孝敬他的财物全部充公拿去修六门堰，并且组织了一批外县的官吏来南阳查账。徐养正一直在喊冤，他声称送给寇准的东西，不是他自己的，而是整个县衙的胥吏们一起凑出来的，有凭有证。南阳查账五天，发现胥吏们的账目混乱，赃款数目惊人，寇准思来想去，一夜无眠。

就算把南阳县衙三班六房、书记算手全部下狱，又能怎样？县衙会马上瘫痪，老百姓会对官府失望透顶，换上来的新人，更会加重百姓负担，也不能保证新来的就不贪……

徐养正被革去典吏职务，打进大牢，南阳县衙大大小小的官吏跪倒一片，寇准训诫道："我知道你们这些胥吏，也都出自平民人家，也有父母妻儿，今日饶你一回。上天有眼，日后再贪婪害民，必会落得和徐养正一般下场。希望你们日后引以为戒。"这次，他只惩戒了徐养正的几个亲腹，其余人等勒令交出赃银，以助水利民生。官吏们吓得这个百两，那个十金，没有人敢不交。

其他各县，寇准也和南阳一样严查，逼出不少民脂民膏，一个月下来，寇准虽然在各地奔波，但涤清了衙门风气，还筹得了一大笔修水利的款项。他亲自拟写的《定耗银告示》，在邓州所属各县及乡里四处张贴，百姓们扬眉吐气。

寇准还想再筹点款项。邓州城的富商有大操大办红白喜事的陋习，寇准放出告示，严禁奢侈之风蔓延，红白喜事一律从简。有意思的是，谁家大办酒席，寇准就差人去谁家筹款，当地的民风大为改善。

"这是谁家宅邸，如此阔绰！"一次外出，寇准手指邓州城的一座高楼问道，只见高楼雕梁画栋，楼匾上刻着"千灯楼"三个镂金大字。寇准正色道："谁这么大财气，能在繁华街心修这样的豪华府邸？"寇安摇摇头，他也不知道这是谁家宅院。寇准见附近有几个拿着扁担的苦力，就向他们打听这座新楼是谁修的。

原来这是张升的宅邸，这张升就是寇准昔日上司——太宗宠臣张逊的哥哥，以前也是京官，现在告老还乡，回邓州来养老了。

寇准想起来，就是这张升的管家强砍赵玉娥家的树，当时他还命州衙的杨推官把那个管家捉来打了板子。张升如此富有，六门堰工程，他才捐了二两银子，寇安气得不行，他道："老爷，张升田地无数，六门堰修好了，他最得利，竟这般吝啬！"寇准摇摇头："不妨，这等'白萝卜扎刀子——不出血'的东西，我自有办法整治。"

过了半旬，朝廷的回复送达邓州，真宗嘉许寇准为民着想，恩准修复六门堰工程，并拨来了五万两银子，邓州上下一片欢腾。真宗还同意了寇准的提议，让他代圣上嘉奖为六门堰捐款的百姓。邓州百姓懂礼知义，明白修好六门堰是利国利民的好事情，加上寇准的个人号召力，大家有钱出钱，有粮出粮，积极踊跃。寇准以皇帝的名义把捐款人的名字写成大大的告示，贴在州衙门口，并且给拿出银千两以上的富绅敲锣打鼓送去了由皇帝御批，他亲自手书的"造福邓州"大牌匾。

邓州城里喜气洋洋，张升家的大门却紧闭着，昔日嚣张进出的奴仆们都缩了头。寇准的告示上，第一个名字就是张升，拳头大的"捐银二两"，啪啪地打着这个标榜"乐善好施"的家族的脸。张升捐这么一点，本想着恶心一下寇准，带个不好的头，看看他的笑话，没想到寇准把事情闹到了皇帝跟前。他想着皇帝既然奖励那些捐款多的，必然会惩罚他这样只捐二两银的，这事儿会不会牵连自己的弟弟张逊？张升忐忑不安，决定赶快弥补自己的短视。现在他不只是和寇准为敌，而是和新皇帝为敌，更成了邓州百姓的笑柄。

张升咬牙拿出了五百两银子，送去州衙。他得到的答复是："告示已得皇帝御批，不好涂抹，希望张官人只添不改，凑个整数。"这是什么意思呢？寇准意思很明白，他要么拿二百两，要么拿两千两。不给吧，告示贴在州衙，邓州那些平日里恼恨他的百姓，不知道要怎么编派他，他毕竟要在这里长住，不能不注意家族形象；给吧，实在肉疼！思来想去，张升不得不给寇准那个"强盗"凑银子，唉，没招儿，谁让他搬出皇帝来了呢！

银两到位，一切就好办了。寇准请了两位深谙水利的老者，又准备了充足材料，满库粮食，邓州上下齐心协力大干起来。

两年风雨，两年辛苦，六门堰修复工程竣工了。

又是一个春天来临，寇准来到湍河大堤上，最后视察了凝结着他无数心血的六门堰。麦苗返青，河水潺潺地在庄稼地里流动，杨柳摇曳，百花盛开，邓州大地美如画卷，寇准满含对邓州的眷恋，挥笔写下了《甘草子·春早》：

柳丝无力，低拂青门道。暖日笼啼鸟，初坼桃花小。遥望碧天净如扫，曳一缕、轻烟缥缈。堪惜流年谢芳草，任玉壶倾倒。

"国家大事，足食为先"，自此，邓州五千亩贫瘠土地变为良田，又一季丰收在望，百姓时常念叨："打开六门堰，鸡狗不吃白米饭。"没有什么能比这个评价更让寇准心满意足的了。

农者，天下之本。宋真宗咸平年间（998—1003），新皇帝勤政爱民，鼓励农业生产，铁质农具逐步普及，土地耕作面积年年扩增，又引入暹罗良种水稻，农作物产量倍增。纺织、染色、造纸、制瓷等手工业、商业蓬勃发展，贸易发展盛况空前，帝国进入经济繁荣期，史称"咸平之治"。

夏日漫长，寇准又开始感慨："世间宠辱皆尝遍，身外声名岂足量。闲读南华真味理，片心惟只许蒙庄。"

此时的东京开封，首辅吕端病故，参知政事张齐贤因殿前失仪被免职，李沆拜相，边境战事不断，寇准接到圣旨，徙知凤翔府（今陕西省凤翔区）。

十六　开封府

咸平三年（1000），四十岁的寇准来到了凤翔府。此时，真宗已经登基四年，朝廷中吕蒙正和向敏中当了宰相，王钦若为参知政事。

寇准到凤翔府，等于回到了家乡，当地百姓非常欢迎。并且，有一些百姓还被阻挡在栅栏之外，等着寇准去解救。

陕西渭河两岸，自唐末起，汉人与羌人、戎人等少数民族部落在此地杂居。渭河南面出产很多良木，宋朝每年采伐良木供给京师，还要用钱向羌族人买，这使一些官员很不舒服。

后来温仲舒在此地做官，他在几个少数民族地区部署了军队，发布布告，恩威并用，把这些部落都驱逐到渭河的北面，并在渭河北岸建立堡栅，不许这些少数民族的人过河。这些少数民族的人在渭河以南居住了几代，他们盖了房子，买了田地，生了儿女，现在突然遭斥逐，一夜间流离失所，很是悲苦，对朝廷也极度不满起来。寇准来到渭北，对当地官员说道："唐代宋璟不赏边功，卒致开元太平。疆场之臣邀功以捻祸，深可戒也。"于是拆除了栅栏，把少数民族和汉人一样对待。

当地汉人有的和少数民族沾亲带故，大力拥护；有的觉得少数民族和自己争利，对寇准的行为难以理解。其实他们不知道，朝廷已经探知当地少数民族因无法活命，蓄谋了一次针对汉人的大暴乱，朝廷是专门派寇准前去平息抚民的。

平息了暴乱，安排好凤翔府的事情，寇准告假回了一趟家乡下邽寇家村。久别情怯，家乡还是平淡如故，麦田青绿，华山高耸，族人们围着寇准，用家乡话问安，而一些少年，则以崇拜的目光看着他。

慧照寺的钟声依然悠远，但寺院已有些破败，寇准在寺里待了整整一天，他一遍一遍绕着古塔，想起自己在此读书习字，想起少年时离开家乡的情景，时光匆匆，让人感伤。寇准给寺院捐银，找人重新修缮了慧照寺，为了感恩寇准，慧照寺中一个善于绘画的僧人画了几幅寇准的肖像画，悄悄藏进新塑的菩萨像的肚子里，这才让后世的人知道了寇准的样貌。官场沉浮，寇准想好了，等他老了，一定要回到家乡，在慧照寺修行。

回到凤翔后，寇准被召回京城，临走，他推荐凤翔府观察推官燕萧为临邛县知县，给当地送去了一个好官。

真宗让寇准当了开封府尹。真宗在践祚之前，是当过开封府尹的，这可不是一个省心的官。真宗登基之初，并没打算再次启用寇准。虽然寇准对真宗即位也算有功，可刘娥不喜欢寇准，真宗也怕寇准的耿直和尖锐，怕寇准不尊重新皇帝。

如今不同了，真宗已经即位四年，坐稳了帝位。令他头痛的，是开封府衙。京城近两年事务繁多，官司不断，而且每每涉及权臣高官，放眼东京，竟然没人敢当这个得罪人的二品官了，即使真宗给加俸一百贯钱，也没人愿意干这个差事。真宗没办法，才接受了宰相李沆的建议，把寇准召回来救火。

历任开封府尹的"下马"之路，说起来倒是环环相扣，热闹异常。寇准之前的开封府尹是温仲舒，他是被副宰相王钦若拖下水，后被开封举子们强行赶下台的。温仲舒的前任是毕士安，毕士安因为制止当朝权贵强买已有婚约的民女，遭到无穷无尽的打击报复，没法干下去了。毕士安的前任是宋白，宋白是因为疲于断案，积压旧案太多，而哭着求真宗罢免自己的。宋白的前任，就是当今皇帝宋真宗赵恒。

赵恒被册封为太子，又当上开封府尹，刘娥为他高兴，又时常提醒他不要犯错，留心狱讼，裁决轻重都需谨慎。对待这个职务，他兢兢业业，小心谨慎，生怕出事，却还是出了事。

赵恒当上开封府尹没多久，京都地区遭受夏灾，太宗下令开封府负责调查东京民田受灾情况。太子头一次受命处理这种救灾任务，心里尽是救民于水火

的大义,他亲自到城郊查看灾情,看到百姓日子过得恓惶,满面愁容,感觉灾情挺严重,太子头脑一热,直接对前来接驾的地方官和穷苦百姓宣布:"朝廷爱民如子,京郊农田夏税减免七成。"百姓感恩不尽,山呼太子圣明,赵恒以为太宗会赞同他的做法,褒奖他的仁心,这不明摆着吗?太宗能让开封府调查灾情,就是打算救民赈灾。他欠考虑的是,开封府城外的田地中,有一大半是富豪和官员所有,减税等于便宜了这批有钱人,对各地灾民来说并不公平。太宗震怒了,且不说受灾的程度,就论太子急着越过皇帝收买人心,太宗也是不能忍的,他的至尊权力不容别人动摇,包括和他血脉相承的儿子。

得知父皇动怒,赵恒坐卧不安,他最怕太宗猜忌他。太宗有意试探太子在大臣心中的地位,便问朝臣们:"列位觉得太子所为是否欠考虑,此事当如何处置?"大臣们两边都不敢得罪,一个个像雁儿被箭穿了嘴,鱼儿被钩搭了腮,嘴巴都张不开了。太宗点名让时任副宰相的寇准回答,寇准道:"以臣下之见,岁收多的受灾户减免五成即可,贫寒农户应该全部减免。"寇准这话虽说就事论事,但赵恒却觉得寇准是针对他,是对开封府衙做的决定不满。太宗又问御史台的意见,御史惯用推挪之计,答道:"臣等奏请查明确切灾情后,再做定夺。"太宗对这帮人无话,寇准道:"御史之言也有道理,可从就近的州县选派八名官员,每人调查京郊两个县的灾情,再根据京郊十六个县的灾情定出免税数额。"

上奏调查结果那天,太子惊心,前面七个人一个接一个声称灾情没有那么严重,开封府减税过多,还有人要求开封府负责把免掉的夏税全部追缴回来。太子的脸色由黄变红,由红变白,面前好比跑过去七只恶犬,一只一只对着他狂吠,其中一只还在他腿上咬了一口。最后汇报的官员,看着就令人厌恶,他相貌猥琐,身材宽短,腰围比身子都长,后脖子上还长着个大瘤子。太子支撑着身子,准备接受太宗责罚。那个矮子声音倒很洪亮,底气十足:"臣调查了太康(今河南省太康县)、咸平(今河南省通许县)两县,那里农田确实受灾严重,接连发生了几起饿死人的事情,臣觉得太子减免赋税还不够,臣奏请陛下减免受灾百姓的全部赋税。"

太子脸色一缓,一下子记住了这个小推官的名字:王钦若。只觉得他态度诚恳，一脸正气，言语温和，好比一团祥云笼罩了自己。减税风波终于过去了，皇帝和太子都觉得王钦若化解了父子矛盾，是个会办事的人。王钦若确实是聪明的，他不像别的官员那样，接到差事只想着闷头办事。他想的不是两县灾情，而是如何迎合皇帝，让事情顺着皇帝的心意发展，实情其实不重要，饿不饿死人跟他王钦若关系也不大，王钦若只想照着皇帝的意愿来办事。王钦若押对了宝，太宗和他想的一样，赋税已经免了，太子知错就行，再追缴岂不是失信于民，徒生事端。而且太子是皇帝立的，如果满朝文武都认为太子办事不力，那岂不是在说皇帝选错了人？

第二年太子登基，马上给王钦若升了职，让他当了三司（盐铁、度支、户部）判官。成为天子贴心人的王钦若，整天在三司衙门里琢磨丰盈之术，思虑着怎样给新皇帝挣钱，好让皇帝赏识自己。

一天，王钦若召集三司官员，准备拟出严格的律令，把百姓欠朝廷的旧账都收缴上来。三司的度支判官毋滨古却和他唱反调，说："唉，陛下新登皇位，只盼国库丰登，前朝那些旧账，百姓怎么肯认，又怎么能负担得起？这些欠账三司一直在催缴，但始终缴不了，我准备奏请皇上，将这笔钱粮减免，以示新皇的恩德。"

王钦若听了这话，心思一转，突然就刹车掉头，从唱黑脸的张飞改成了唱红脸的关公。等毋滨古走后，王钦若连夜命人核算好自五代起百姓拖欠钱粮的总数，第二日一早，他一路小跑着去求见皇帝，人刚站稳，脖子后面的肉还一颤一颤地抖，王钦若就赶忙双手把账本呈给了皇帝，并建议赦免这些旧账。真宗一看，欠钱一千万余贯，大惊，问王钦若："难道先帝不知道百姓欠款的事情吗？"王钦若深情而笃定地说："先帝圣明，他有意把这事留给陛下来处理，以收人心。"

真宗大喜，即日下令免去天下百姓所有的五代遗账，反正这些烂账也收不上来了，何不做个人情，让百姓心头轻松。朝廷不出一文钱就做了件大好事，君好臣好，举国欢腾。王钦若又锦上添花，建议把真宗仁政写入史册，给真宗的帝王之路记下了第一笔光辉业绩。从此，真宗对王钦若更加器重，召为翰林学士，又升为了参知政事。

王钦若当了副宰相后，主持科考，大开方便之门，也不知道收了多少钱财贿赂，他把真宗哄得高兴，谁也奈何不了他。

而把温仲舒拉下马的那一桩案子，却是碰巧。王钦若的仆役经人介绍，认识了一个叫任懿的考生，只要能让他中举，考生就答应出三百两银子。任懿家穷，给了五十两银子，还打了二百五十两的欠条。放榜后，任懿果然进士及第，并授官邻津县尉。事情赶巧，任懿他娘在这节骨眼上去世了，任懿只能回家丁忧，当不成官了。也不知道是真的没钱，还是觉得吃亏，任懿悄悄离京，没有出那剩下的二百五十两。

王钦若家不干呀，仆役给任懿写了好几封信，破口大骂，追要欠款。其中一封信不知怎么落到了一个算卦的人手里，并且流传到了东京。落榜的举子们炸了锅，一起去击了开封府衙门口的登闻鼓告状。

王钦若马上启动应急模式，他辞退了当事的仆役，连带把家里下人基本都换掉了，还在真宗面前哭诉冤枉。开封府虽然拿下了任懿，但是在皇帝面前，任懿的交代只能算一面之词，真宗觉得不可思议："王钦若如果需要银两，可以跟朕要呀，他怎么会为了三百两银子，干这种触犯律令的事情。"

案子被转到太常寺重审，任懿落到了宦官手里。经不住严刑拷打，任懿改了口供，说银子和欠条确实给了主考官，但是不确定给了哪一位。宦官得了王钦若好处，另一个主考官洪湛成了替罪羊，被判流放，不久，就死在了发配的路上。

王钦若的案子翻供后，真宗对开封府衙判案有了看法。而那件落第举子夫妇跳水自杀案，直接导致了皇帝对开封府的强烈不满。

某天，一位举子的娘子骑驴去亲戚家，被一个醉汉冲撞，还挨了醉汉拳脚。开封府推官图省事，看醉汉身上也有抓痕，就把双方各打十板子了事。

在古代，男子被打板子无非就是受些皮肉之苦，女子就不一样了，板子是打在屁股上的，而屁股是女子的禁地，举子的娘子感到无比羞辱。那时候读书人地位很高，当朝重视文人，会吟诗作对的人自然有些优越感，不甘心低人一等。作为举子的娘子，自然也觉得自己不比常人，虽说她现在是个平民，但举子一旦考中进士，她就是官眷，读书人的娘子怎堪受此侮辱，娘子回家后成日

十六 开封府

愤懑流泪。举子也心情郁闷，谁让自己没有中举，当不了官，也没有亲属在朝为官，使得全家人只能因自己是一介草民，任人欺负。举子咽不下这口气，带着娘子去开封府鸣冤，开封府连门也不让进，只给出四个字："不予受理"。小老百姓，打了就打了，没资格为吃一顿板子这样的小事情申诉。

举子气愤难平，回想科举腐败，主考官受贿竟然逍遥法外，自己屡屡落第，前途渺茫，突然心灰意冷，抱着娘子跳进了汴河。

京城的举子们又一次集合起来，在开封府衙门前为死者讨公道，也为自己鸣不平。群愤难平，真宗无奈，撤了温仲舒的职，把开封府衙门所有管事的人都罢免了。

开封百姓听说府衙官员被一锅端了，他们无比解气，奔走相告："昏官终于被撤职了，皇帝圣明，这些狗官也有倒霉的时候……"百姓这话只说对了一半，温仲舒只是不当开封府尹了，他又被任命为御史中丞，官位不但没降，还升了，不过百姓并不知其中奥秘，朝廷也不需要他们知道太多别的事情，只需要他们为新的开封府尹寇准欢呼，重新树立起对开封府衙的信任，就足够了。

寇准坐镇开封府，他知道这么大的衙门，连撤带换，没有几个办事得力的人了。不过他不怕，他奏请真宗，给开封府"招人"。要知道，在家天下的大宋朝，各级官员的任免权都由皇帝掌控，寇准想自己选拔人才，也算标新立异、特立独行。真宗看到奏折后，思虑起来，现实情况摆在眼前，开封府衙门现在判、司、簿、尉等审案人员都被撤职了，开封府的事务不清，和这些审案人员不得力也有关系。天子眼皮底下，如果再接连出现什么举子投河、寡妇被讹等冤案，定会扫尽他这个皇帝的颜面，不如趁着寇准的威信，给开封府衙来个大换血。

圣旨一下，开封府衙热闹异常，有过判官经历的官员，或自荐或举荐，一大批人都来等着寇准选任。这是个千载难逢的好机会，圣旨上说了，有能力能办事的判官，一旦在开封府干满三年，表现优异，立即升为知县甚至知州。

有了人才，寇准把以前积压下的案子都清清楚楚地办完了，还重审了许多疑案冤案，这一忙，天昏地暗。从一大堆案子解脱出来后，寇准才开始重新认

识东京城里的百姓。

开封城外,大片大片土地都属于朝廷和达官贵人,很多民户失去土地后,便到坊郭中寻活路,但进城后还要缴纳种种城郭之赋,他们过得并不轻松。

开封城的勾栏里,到处都是"赶趁人",他们在城市各个热闹的地方混生活。有一个叫周二郎的艺人,继承了祖上传下的饲养蚂蚁之法,称之为"蚂蚁角武",非常奇妙。一黄一黑两队蚂蚁,黄队用一只大黄蚂蚁做将军,黑队用一只大黑蚂蚁当元帅。周二郎锣敲第一声,两队蚂蚁会列好阵势;敲第二声,两队蚂蚁会开始厮杀;敲第三声,蚂蚁停止交战,各自后退一尺;敲第四声,两队蚂蚁分别在将帅的率领下回到各自的蚁穴里。

蚂蚁角武受到了开封百姓的热烈追捧,多少王孙贵族围着周二郎看把戏,他们一家人吃喝不愁,憧憬着靠这个营生买田置地,供养子孙读书,考状元。

可是赵宋皇家的一位小王爷非要亲自指挥周二郎的蚂蚁将军,指挥不动,小王爷哇哇大哭,老王爷恼怒了,一脚踩了周二郎的蚁穴。

官司打到开封府衙,尽管周二郎一家断了营生,哭得肝肠寸断,但王爷丝毫不惧,寇准能怎么地?几只蚂蚁在王爷嘴里值不得一两银子,开封府衙也不能因为踩了蚂蚁,就把一个皇亲国戚下进大牢。

还有樱娘圆脸细眉,生得娇小可人。她家里十口人都住在开封城曹门外,以替官家锤取石榴汁为业。她说,她家每年都要锤取几十桶石榴汁,冬天再织些布,勉强可以糊口。有一个品官看中了她家的房子,非要占为己有,他们把樱娘的哥哥拉去喝酒,在酒醉的时候让他写下卖房契。

……

走在开封街头,眼前热闹非凡,酒肆通宵达旦开着,歌舞日日夜夜演着,路上摩肩接踵。寇准这个开封府尹看到的,却是整个朝廷的贪腐成性,奢靡成风。他知道,贪婪一旦成为人们的人生追求,便会有无数罪恶降临。一个人一天最多能吃十碗饭,那么他占有几辈子都吃不完的米,到底有什么用呢?

寇准想不明白,也管不过来。开封府尹这个父母官不好当,他有操不完的

十六 开封府

心。秋汛到来，接连下了五天泼盆雨，开封城发了大水。从朱雀门东边到宣化门，积水深达三四尺，城南的惠民河水溢了出来，涌入民舍，很多房屋倒塌了，老百姓无处安身。

开封府衙一下子成了众矢之的，百姓骂，官员骂，皇帝也埋怨。这么大的水，开封府当官的都眼瞎了吗？还不赶紧让水退去，让雨停下，还不赶紧救民于危难，把上下大小的口舌都平息下去。

开封府衙当官的也冤呀，他们已经几天没合眼了。寇准找到了治理水患的方法，他正在带人疏通宣化门外的陂池古河道，这条河道阻塞太严重，水流无法通过，要泄洪，这条水道必须打通。

大雨之下，河道疏通起来很慢，寇准心急，乘一条木船，想到水面上看看情况。"老爷，不能去呀，雨太大了，水太宽了……"寇安焦急地说。寇准点点头，道："给我和老船夫往腰上捆根长绳，再抱块木板，应该没事，我们从两岸往中间疏通，已经好几日了，我去河心看看水道情况。"寇安想跟去，寇准不答应，他只好眼看着寇准摇摇晃晃地上了船。

船虽然摇摇晃晃，但是走得倒不慢，老船夫安慰寇准："放心吧，寇相公，我在这河上当了三十多年船夫，什么风雨没见过，保准没事。"果然没事，寇准在河面上查看一番，很快回来了，除了衣服湿透，受了冻，有惊无险。寇安的心放了下来，赶紧跑回家想取件干净衣服给寇准。

就这么一个来回，寇安赶到河边，寇准已经被急召进宫了。"开封府衙怎么办事的？东京水患五日了，百姓居无定所，叫朕怎么安心？你们想置朕于何地？"真宗一见寇准，就是一通呵斥。寇准外面穿着刚借来的朝服，里面的内衣早已湿透，此刻冰冷刺骨。他嘴唇青紫，无心辩解。旁边王钦若看着寇准的狼狈样，露出一脸嘲笑，心说："寇疯子，你以为开封府尹是个好差使呀，这回有你好看。"

真宗见寇准回不上话，更加急躁，他逼问："到底几日能疏通河道，去了水患？"寇准答道："回陛下，再有三五日，必能将河道疏通……""到底是三日还是五日，水患再不能延误了。"寇准咬牙道："三日之内。"真宗点点头："好，寇准，朕再限你三日，三日之内如果东京水患未退，你就不要来见

朕了。"

寇准心里又压了一块石头，出了宫门，他直奔惠民河调度人员去了。宰相们各自回府，王钦若心情大好，他暗道："这雨再下上几日也无妨，水也淹不到城西我家里来，我正好可以睡个清静觉。"

幸好天公作美，雨停了下来，河道疏通了，开封城不几天就又恢复了热闹景象。真宗高兴，带着群臣喝酒饮乐，唯独不见寇准在座。他病了，水患刚去，寇准就病倒在床，发烧呕吐三日了，还站不起来。

身体刚好点，又有人敲登闻鼓。朝廷有令，凡是敲登闻鼓告状的，必须府尹亲自查问，寇准只好爬起来，办公。

十七　颜如玉

好不容易按平这头，那头又起来了。咚、咚、咚……一大早，开封府衙门外的登闻鼓被敲得震天响，这回告状的，是个大美人。

寇准只得升堂，他往下一看，原告柴氏，真是名不虚传，鹅蛋脸、小山眉，眼睛细长，眼角上扬，妩媚之态尽显。柴氏是个年纪轻轻的小寡妇，其夫薛惟吉是太宗朝第一个宰相薛居正的儿子。柴氏是朝廷命妇，又是已故前宰相的儿媳，寇准对她很客气，请她坐下，命人上茶。

那柴氏轻启朱唇，浅浅施了一个万福，道："人言开封府衙虎狼之地，寇青天铁面无情，原来并非如此。"寇准尴尬，不知道如何作答，见柴氏端坐堂下，再不言语，他也就不好开腔，缓缓拿起状子来看。

这一看，寇准是真头痛。这柴氏告的，是现任宰相向敏中，寇准的同年。状子言说向敏中为占有薛家家产，向她求婚不成，便私自与薛惟吉的继子薛安交易，以低价买下了薛家的府邸。事情非同小可，寇准不敢轻率，他只能对柴氏道："此案牵扯朝廷重臣，下官不敢专决，要进宫禀告陛下圣断。"柴氏嘴角勾起一个不满加鄙视的表情，寇准装作没看见，令人恭恭敬敬地把柴氏送出了府衙。

柴氏刚走，薛安来了。薛安告的，是现任永兴军长官张齐贤。他告柴氏和张齐贤合谋，想卷走薛家的家产。

张齐贤也非一般人，他曾在太祖马前献策，也当过宰相，是太宗朝的名臣，刚因酒后失仪被调去了永兴军。这事情闹大了，一个已故宰相，一个前任宰相，一个现任宰相，神仙打架呀！

送走薛安，寇准着一身便服，去了何启的茶庄。寇准在东京朋友不多，何

启算一个,何启是生意人,长袖善舞,八面玲珑,对寇准倒还实诚。他又胖了一圈,想来生意越做越大,人也越活越滋润了,油光映面,无粉自亮。

何启算得上是一个灵活的胖子,手脚麻利协调,见寇准登门,何启很意外,赶紧把他请进内室,殷勤地替他备茶。

当时盛行的喝茶法,是将茶叶研成末,再以开水冲之。在东京城里,何启是数一数二的茶艺高手,常常在各种斗茶会上以"分茶"之技引人瞩目。斗茶是以猜测茶叶产地、辨别采摘时间、分辨春茶秋茶,以及辨明点茶之水来源和品质,等等,来比较品茶人技艺高下的游戏,何启乐此不疲。

看何启分茶,对寇准来说是一种享受。只见何启手提银瓶,高注低斟,茶杯里,茶纹水脉快速形成高山、仙草、游鱼等轮廓,纤巧如画,但须臾之间,这些影像就消失了,一杯伴着清香的淡绿色茶水静静地置于眼前,水汽氤氲,让人有一种恍然如梦的感觉。

奉好茶,何启静等着寇准开口,寇准找他,肯定不只是为了喝茶。抿一口清茶后,寇准问道:"那薛惟吉死后,果真给柴氏留下十万两银子的家产?"何启卖茶,也爱喝茶,更爱逛各类茶肆、茶坊,东京城里八十多家茶坊,他都坐过,尤其金波桥一带京官们常去吃茶的地方,何启都熟。当然,他听到的市井传闻也多。

"银子不是薛惟吉留下的,是薛居正留下的。"何启笃定地答。寇准想想也对,薛惟吉就是个败家子,不可能攒下这么多钱财。"薛居正当宰相不过几年,他的家产,应该另有来路。"寇准又抿一口茶,苦笑道:"我也曾做过几年辅宰,却没攒下一文钱家底。"

何启最了解寇准,他是个清官,偏又出手大方,哪里能和薛居正比。"听说钱塘钱俶归宋之前,曾经给过薛居正无数好处,钱俶想通过薛居正和朝廷交好,以吴越国之富,十万两银子,倒不算什么。"

这么说,那柴氏倒真是一个活宝了,又美又富,这样的女人,难怪两个宰相都垂涎。不过张齐贤倒是先下手为强,俘获了美人的芳心。

"柴氏再嫁是个明智之举,如果她留在薛家,家产迟早要归了继子,《宋刑统》有律,寡妇再嫁,陪嫁可以带走。"

状子上写得很清楚，柴氏无子，薛惟吉两个偏室的儿子要分掉家产，柴氏不得已才选择再嫁的。至于柴氏的陪嫁是多少，双方父母已亡，现在谁也说不清了。

寇准用整个手掌有节奏地拍着桌面，若有所思，这个何启，连《宋刑统》都通晓。何启边添茶边劝寇准："相公，柴氏和薛安、薛民吵闹很久，这事情牵扯三个宰相，开封城里到处议论纷纷，等着看衙门热闹的人可真不少。"

寇准哈哈大笑道："我知道，不过我想啊，我还没资格处理美人和宰相的麻烦案件，开封府衙只管查清事实，怎么处置，要听圣上的。"寇准确实对这些纷争没兴趣，他决定先把这案子压一压，看看双方还有什么更精彩的表演。果然，场面越来越热闹，张齐贤的儿子也加入了诉讼，帮着柴氏二次上告。那边薛惟吉的另一个儿子薛民也来开封府衙递了状子。

东京百姓兴奋不已，他们都抻长脖子，等着看这出由朝廷高官们出演的好戏：三个宰相，一个风流寡妇，本朝第一大案啊！寇准派人查了薛家的财产总数，向敏中买府邸的字据，以及柴氏和张齐贤的婚约等，又把一干当事人叫来对质了一番，便进宫面圣去了。

真宗早就知道了薛府财产案，他把向敏中叫来问话。向敏中信誓旦旦，声明他并没有向柴氏求过婚，也没有帮着薛安转移家产："陛下，臣的夫人刚刚去世，根本没有再娶的打算，怎么会做出这等争风吃醋的事情？"真宗相信了向敏中。

向敏中是个有操守的清官，要不是因为他清廉，真宗也不会提拔他当宰相。

当年祖吉因为贪污被判死刑，太宗下令分些祖吉的财物给审案官员。向敏中不但分文不取，还说道："孔子不饮盗泉之水！"向敏中当官多年，所有向他求情走关系的信件，他都交给御史台。这样高风亮节的人，怎么可能会见钱眼开？

开封府衙新换的一班推手判官，确实是查案高手，真宗不得不叹服，寇准把事情查得清清楚楚。

"禀陛下，臣已经查明，那薛府家产合计两万两银钱，并没有传说中的十万两之多。"

"噢，那张齐贤岂不是空欢喜一场，亏他没有把柴氏娶进门。"

"陛下，张齐贤和他儿子张宗诲，确实已经替柴氏隐藏了不少财物珠宝还有字画古籍，薛家两个儿子并不知晓。"

"真是色胆包天，听说那柴氏貌美如花，也不知道她怎么就看上张齐贤这个魁肥饭桶。"真宗想起张齐贤醉倒在朝堂上，流着口水酣睡的样子，就觉得既好气又好笑。

"那向敏中呢？他应该没什么事吧，这宗案子不会牵扯到他吧？"

"陛下，向敏中曾向柴氏求过婚，有人证。"

"啊！连向敏中都鬼迷心窍了？那柴氏到底有多美？"

寇准正要作答，屏风后面转出一个人来，接着是一声娇滴滴的问话："那柴氏难道是狐精转世？"

寇准赶紧下拜，真宗摇手道："寇卿不必拘礼，刘妃只是好奇此事，你只管说，我和她一起听着。"

只见刘娥靠着真宗身边坐下，十分随意。寇准感到很尴尬，只盼赶紧说完，快快回避。

"禀陛下、娘娘，向敏中求婚柴氏不成，便买了薛家府邸，打算和自家的连成一片。而且向敏中已经和王氏妇人有了婚约，此事王氏和向敏中都承认。"

"啊？还有这等事？向敏中对朕说他思念亡妻，不欲再娶。"真宗气愤地说着，脸色不好看了。刘娥不管这些，她问寇准："柴氏小寡妇真像众人所言，有绝世容貌吗？"寇准不敢看娘娘，低头道："小户人家的胭脂俗粉，只是牙尖嘴利罢了。"一说小户人家，娘娘有些敏感，不悦于颜。

真宗问寇准："寇卿，薛家争财产的事情，影响很大，百姓议论纷纷，丢尽了朝廷颜面，你看如何处置？"

寇准赶紧道："臣位卑不敢妄言，听凭陛下圣裁。不过有一点，臣斗胆进言一下，请陛下明鉴！臣追随先皇多年，曾听先皇提起过，薛家的府宅，不许后世儿孙变卖。"

"噢？先皇还有这样的旨意？"

"回陛下，现在看来，先皇真是圣明至极，竟能预料后世之事。陛下可令人查一下先皇留下来的关于薛家的圣旨。"

真宗叹了口气，点点头："好，朕知道了，朕很失望啊寇准，士大夫爱钱一文，则一文不值。"

从宫里出来当天夜里，东京城大雪纷飞，早上起来，积雪已经有半尺厚了。寇准披着鹤氅，在城里各处看了看，大道上骑马坐轿的人不断，路面结冰，已经有不少行人摔倒。他让人写了很多告示，往繁华处张贴。《宋刑统》有令："诸于城内街巷及人众（三人以上）中，无故走车马者，笞五十；其因惊骇不可禁止而杀伤人者，减过失二等。雪天车马需让路人先行。"

最后一条是寇准加上去的，这也许是中国最早的"车让人"法令了。

没过几日，圣旨下：向敏中罢相，出知永兴军；张齐贤父子贬官；柴氏罚钱；薛安责以笞刑；卖掉的府邸必须赎回，哪怕薛家以后穷死，都不得再卖宅子。

一场闹剧落下帷幕。真宗想起这事儿，还觉得气愤。"先皇在世时常说，世人读书，就是为名为利，哪个心里想着朝廷？哪里有不慕钱财的清官？"

刘娘娘不以为然："陛下忘了臣妾吗？臣妾读书就是为了有学问、懂道理，从没想过靠读书去升官发财。"

真宗一怔，又一悟，可惜她是个女儿身，满朝文武里，有谁能像刘娥这样寒窗苦读十五年，却不图发财、不为做官、不计名利？皇帝于是提笔，写下来一首《劝学》。

富家不用买良田，书中自有千钟粟。
安居不用架高堂，书中自有黄金屋。
出门莫恨无人随，书中车马多如簇。
娶妻莫恨无良媒，书中自有颜如玉。
男儿欲遂平生志，六经勤向窗前读。

一时洛阳纸贵，整个中原大地都在传诵皇帝的这篇《劝学》。从此，读书

人更加规规矩矩地遵旨,以读书作为求取功名利禄之路,一旦考中科举,自然也就认为该享受黄金屋和颜如玉了,倒把"以天下为己任",忘得一干二净。

寇准也看了真宗的《劝学》,他很不赞同真宗的这种观念,不过也知道事实如此。实际上谁不是"读书而求高第,居官而求尊显",读书人全都为自己打算,"无一厘为人谋者",如此口是心非、言行不一的伪君子,反倒不如市井小民实在。朝廷道貌岸然的假文人太多,"阳为道学,阴为富贵,被服儒雅,行若狗彘",很多官员满口清正廉明,实际上是借这块敲门砖,以欺世盗名,为自己谋取从政资本,一旦遇到利益诱惑,马上就会现出原形。

现在连皇帝也说"书中自有黄金屋,书中自有颜如玉",把读书的最终目的,赤裸裸地摆上了台面。

转眼五月,寇准从开封府尹调任三司使,这也是一个难缠的官职,自古管钱的差事都不好干。寇准倒也不怕,做官就要拎着乌纱帽为民干事,而不能捂着乌纱帽为己做官。他是个皮糙肉厚不怕烫的人,真宗用起来倒很得力。

一个噩耗传来,大文豪王禹偁过世了。

王禹偁和寇准交好,寇准急忙去他府上吊唁。王禹偁的文才天下有名,可他的仕途和寇准一样,也是跌宕沉浮。寇准进门一眼看到同年的戚纶正在写悼念诗:"事上不曲邪,居下不谄佞,见善若己有,疾恶如仇雠。"他心痛了一下,几欲流泪。他边深呼吸,边转向屋内,又想到王禹偁曾写信给自己,信中有"一生几日?八年三黜"的句子,便再也抑制不住了。

夜深人静,寇准不肯离去,和学生王曾默默坐在祭堂前,为王禹偁守灵。

王曾是青州人,咸平五年(1002)的状元。连中三元后,王曾向叔父王宗元报喜,他信中写道:"曾今日殿前,唱名忝第一,此乃先世积德,大人不必过喜。"杨亿见到王曾所作之赋后,赞叹道:"这是辅佐帝王的人才。"杨亿把王曾推荐给了时任副宰相的寇准,寇准亲自在政事堂面见王曾,对他进行了更加严格的考试,王曾圆脸,肤色偏黑,说话声音柔和,给人一种毫无锋芒的感觉。但只来回几个问答,寇准便知道此人才华横溢,人品正直,他破例提拔王曾为三司户部判官,并想把女儿嫁给王曾,但"圣相"李沆早已提前一步抢了王曾这个佳婿,寇准虽然失望,却把他当自家儿子看待,经常与他推心置腹，王曾也处处以寇准为师。

两人谈论着王禹偁的一生，王曾道："王世伯做京官的时候，每日忧国忧民，整日焦虑，倒是他出了京师，在黄冈为官的这几年，心情能舒畅些。"寇准点头："以王公之才，本该有大作为的，他诗书满腹，无人能及。"王曾叹了口气，突然话锋一转道："外间都传说，恩师马上要当宰相了。"

寇准是个不爱矫饰拐弯的人，王曾年纪轻轻竟然说中他的心事，寇准立即刮目相看，道："我正有此意，你以为如何？"王曾道："恩师当然是经国之才，但您还是不要当宰相为好。""啊！"寇准站起来，看了看王曾，又坐下，道："你虽然称我为老师，但我知道在深谋远虑上，你比我强。来说说我为什么不能当宰相。"

王曾道："您现在威望正高，民间赞誉不断，我怕您当了宰相以后，名誉会受损。"寇准问："何故？"王曾徐徐道来："自古贤相，所以能建功立业，恩泽生民，都是因为得到了明君的信任和倚重，两人有鱼和水般的默契，宰相才能做大事，立大德，功成名就。如果您做了宰相，那么天下人必将仰望您，希望您能担下国家安定的大责。那么您和当今圣上，能如鱼水般融洽，互相信任，互相欣赏吗？如若不能，那么您的抱负施展不开，行事受到限制，恐怕会令臣民失望，也会让君王不满。"

王曾说得很有道理。赵宋王朝极力限制相权，设参知政事分宰相之权，设中书、枢密、三司分管民、兵、财三权，三者互不干涉。继而担心一名宰相专权，遂设两名宰相分权，接着担心两名宰相结党，遂设三名宰相互相牵制。宰相如走马灯般轮换，连任期也没保证，很难出政绩。

寇准能和真宗互相信任，互相欣赏吗？难！

真宗喜欢刘娥娘娘，想到她往日幽居在书房十五年，因为爱他心无旁骛，寄情诗书，竟然满腹学问，真宗感动，提笔写了《劝学》。可是寇准却在一片追捧声中上书，说皇帝的《劝学》鼓励天下读书人追求名利，不利于士大夫和莘莘学子追求高洁情操。

真宗气得一甩袖子，想：朕写给枕边人的诗，他们要拿去摘抄、传诵、奉承，怪朕吗？天下书生读书哪一个不为名利，不为当官发财？朕说错了吗？说句实话怎么了？你寇准读书不为考科举吗？不为当官吗？那你怎么不回家卖红薯呢？士大夫满嘴仁义道德，实则追求名利，得之为喜，失之为悲，吕蒙正不是曾写过《破窑赋》吗？他不是也为富贵而窃喜吗？

真宗也曾经相信过士大夫的道德水准，可他已经失望过很多次了。所以，他宁可相信身边的女人，也不愿意去理这些官员了。

皇帝的温和要和寇准的易过敏性火暴体质和谐相处，当然不容易。王曾正是看到了这一点，才在寇准出任宰相呼声最高的时候，在和寇准一样正直铮硬的王禹偁的灵前说出了这些肺腑之言。自古常说伴君如伴虎，再柔弱的老虎，你也不能当它是病猫，一言不合赐你三尺白绫，一杯毒酒，那都不是什么稀奇的事情。王曾道："越是位高权重，越容易遭人嫉恨，何况您疾恶如仇，多少小人躲在暗处，正准备加害您呢！如果为官位丢了性命，还不如不做什么宰相呢！"

寇准没有正面回答，而是顾左右而言他：

"开封城里有个叫李和儿的，他今年只有十九岁，却得了祖上真传，炒的栗子香甜软糯，十分好吃，火候正好，皮儿也一剥即开。李和儿是成安县人，他知道我做了开封府尹，便鼓动全家来开封府卖炒栗子，他逢人就说，寇知县在哪做官，他就在哪做买卖，图个安心。

"我最爱吃马掌柜家的羊肉灌汤包，那包子鲜嫩多汁，用筷子夹起来，像一盏小灯笼，使劲儿闻一下放到碟子上，又好像一朵野菊花。吹一口气，轻轻咬开一个小口子，汤汁便溢满口唇，油香热乎……马掌柜命好福大，生了四个儿子，他让两个儿子去考功名，两个儿子继承他的包子铺。马掌柜说，他心中的太平盛世，就是卖包子的和当官的挣的银子一样多，也一样不受欺凌，他希望能看到那一天。

"你也认识何启吧，就是脸颊上肉很多的那个茶商。何掌柜如今也算是家财万贯了，那年陕西大旱，寇某一句话，他就散尽千金，赈灾救民。

"还有啊，我常常去依着汴河建的那个水畔荷亭转转，士子们打扇吟诗，妇人孩童嬉笑玩乐，夜深时，新月一钩，荷香十里，箫声阵阵，让我一瞬间就忘了烦闷。

"我为什么要做官,为什么要做宰相呢?高官厚禄,重权在握固然诱人,但官场凶险,我这样耿介的人是不受欢迎的,这道理我当然知道。但我做官单单是为了保命发财吗?

"我要为开封府的安定,为李和儿、马掌柜、何启这样的平常百姓做一回官,权力越大责任越大,我十九中高第,弱冠司国章,到现在四十三岁了,别人一直忙碌着做官、保官、升官,我忙碌着为百姓做事情。虽说官场沉浮,但只要坚持修身立德,一心为公,但求无愧于心,便足够了。为子死于孝,为臣死于忠。我既不改初衷,一心为国,便早将生死置之度外了。"

王曾不由得叫了一声:"恩师!"

寇准道:"不必担心,幸而当今圣上克己仁厚,必能体会你我之辈的拳拳之心。"

此时东方将白,一缕朝霞涌出天际,寇准一指天边,道:"大明升而六合晓,一气熏而万物春。"

王曾摇摇头,"虽说天子贵为至尊,但不是个个皇帝都能等同于红日,成为臣民心目中的光芒。"

寇准拍拍身上的紫袍,起身,面向旭日,道:"自从第一次在华山之巅看到日出,我便想化身红日,敛天地浩然正气,抚慰群山,温暖草木,感化君王。我心中始终升腾着一轮红日,不是某个君王,也不是历代圣贤,而是我自己!"

虽说真宗对寇准有诸多不满,但还是下旨,升任寇准为三司使,进封上谷郡开国公。寇准是有些迂腐,但让他办事还是没问题的。现在军费急剧膨胀,真宗迫切需要一个理财管家,所以把这块烫手山芋扔给了寇准。

三司最重要的任务就是替国家理财,寇准曾在三司干过,可还没有完全弄明白三司的所有规矩,他不蛮干,他知道不懂行的时候要虚心。

宋真宗还以为寇准上任后,必会大刀阔斧改革一番,换新人、整吏治、查旧账、立新规,等等。哪知三司还是以前的三司,寇准竟然选择萧规曹随,完全照搬前任三司使陈恕的旧例。

寇准不是蛮干的人,他知道三司运作必须规范;知道三司财政管理很专

业，绝非朝夕可以精通；知道陈恕在三司十年，是位无人能比的资深财政管理专家。他将陈恕改创的财政法令汇总成册，将已有的工作文件，比如日常工作指令、公告收集整理等，作为三司工作指导手册，一个对外发布，一个对内起指导作用。

接着寇准推荐了学生丁谓到三司给自己当助手。丁谓是那种琴棋书画样样精通，星相卜易无所不晓的天才类人物。几千字的文章，过目不忘；诗词文赋，出口成章。当年王禹偁读了丁谓的文章，大为激赏，以为是"韩愈、柳宗元之后，二百年才有的雄文"。难得的是丁谓大才子处理政务吏事更是一把好手，有解决实际问题的能力。

寇准到任三个月，三司的事务基本理顺。皇帝很快提拔他当了宰相，不是因为别的，而是因为他"能打"！

十八　澶渊（上）

每年秋季，畜兴草肥，秋高气爽，正是契丹人"打秋风"的时候。

一提起契丹人，真宗就在宫中骂："该死的石敬瑭，千刀万剐。"大臣们在府中骂："石敬瑭这个孙子，遗臭百年。"边境上的老百姓骂得更加难听。

石敬瑭的确是个不折不扣的孙子。他早前是后唐明宗李嗣源帐下的将军，因有些战功，娶了李嗣源之女，从此成了皇亲国戚。李嗣源死后，其子李从厚继位，君臣猜忌。末帝李从珂清泰三年（936），石敬瑭起兵造反，被困于太原，遂向契丹求援，将本属中原的"燕云十六州"割让给了契丹，并认比自己小十一岁的耶律德光为父。随后，在契丹援助下，灭了后唐，正式即位当了"儿皇帝"。他的儿子石重贵即位后对契丹只称孙不称臣，契丹大怒，遂从幽州城南下，灭了后晋。

这场浩劫使宋太祖赵匡胤对燕云诸州的重要性有了刻骨铭心的认识，对燕云十六州的争夺成为中原王朝的百年噩梦。

燕云十六州大致相当于现在的北京、天津全境，再加上河北北部、山西北部地区。虽然燕云十六州的面积并不大，但对于中原王朝来说，起了十分重要的屏障作用。在五代十国之前，燕云十六州一直在中原王朝手里。自打石敬瑭丧心病狂地送出了燕云十六州，中原民众就暴露在了游牧民族的铁蹄下，遭受了长达三百多年的侵扰。

燕云十六州重要到什么程度呢？首先，秦朝到明朝的长城，都从燕云十六州穿过，喜峰口、古北口、雁门关都在这一带，居高临下，易守难攻。其战略意义直接关系到中原王朝的生死存亡，是兵家必争之地。丢掉燕云十六州，就失去了祖宗世代修筑的长城防线那巨龙般的守护，中原门户尽失，无险可守。对于游牧民族而言，如果骑兵越过燕云十六州向南突进，再加上冬季黄河结冰易于穿越，基本就可以直接攻到东京城下！

其次，燕云十六州是中原王朝的重要战马产地。想要战胜北方少数民族，就需要打仗；打仗就必须要有骑兵；骑兵的组建，必须有适宜的战马产地。在当时，骑兵所需的马匹，只有两个地方出产，一在东北，一在西北。东北就指的是燕云十六州，西北指的是河西走廊，这里地势起伏大，牧草广布，适合出产良马。养马不能散养，要在长山大谷中，有美草，有甘泉，有旷地，才能成群地牧马，燕云十六州被夺去后，河西走廊又被西夏夺去，大宋失去天然马场，只能在民间养马，从人嘴里夺粮食去喂马匹，代价太大。而且马匹质量参差不齐，难以组建强大的骑兵。

缺马一直是宋朝头痛的问题，冷兵器时代，骑兵非常重要，战马不足的宋军不得已采取重装步兵（以步制骑）和远程弩射的防御战术。这也是宋朝军事孱弱的一个重要原因。

第三，燕云十六州直接帮助契丹彻底脱离了蒙昧，变成游牧与农耕的结合体，燕云十六州给契丹提供了大量的人才、粮食、工匠，使契丹不再依赖抢劫互市就能获得各种先进的生产生活物资和军械，汉人的聪慧加上游牧民族的强悍，造就了辽国和后来的金国以及蒙古国的强大。

卧榻之侧，岂容他人鼾睡。为此，宋太祖专门设了封桩库，他像个"守财奴"一样，辛苦聚财、守财，充实"封桩库"，把每年的财政节余都积存起来，打算攒上三五百万后，买回燕云诸州。如果辽国不同意，他就散发钱财招募勇士，武力夺取燕云。太祖做了一个估算，如果用二十匹绢换一个辽兵的脑袋，那么辽国十万精兵用二百万匹绢就搞定了。于是他耐心蓄财，勤于练兵，可惜太祖过早去世，他高超的军事指挥才能无法得到施展。

到了太宗时代，太宗积极谋划对辽用兵。他倚仗自己兵多将广，贸然发动战争，下旨攻辽，而且自任统帅。

太平兴国四年（979），太宗第一次伐辽，亲统大军围攻幽州半月。辽军突然反攻，宋军立即崩溃。赵光义身为统帅，居然把几十万大军丢下不顾，自已率先逃命，他身中数箭，不能乘马，换上驴车后落荒而逃，伐辽大军全军覆没。

雍熙三年（986），赵光义趁辽国皇帝病死，萧太后少妇当国之机，再度伐辽。因为上次负伤逃命的切肤之痛，在第二次北伐中，赵光义不上前线，在后方遥控指挥。将士们按太宗画的阵图行动，喊进则进，喊退则退，明知不对，也要绝对服从，结果让大军陷入险境，被辽军铁骑冲垮。还没有和敌人交手，成千上万的士兵就被挤死、踩死，逼到河里淹死。

中原历代王朝，无不期待"万世一系"。但朝代的覆灭，除了内部反对力量以外，外族的入侵也是巨大威胁。从赵匡胤建国始，到真宗手里的四十来年间，宋辽两国一直处于敌对状态，双方打打停停，停停打打，边境上基本没有太平过。

从赵恒改年号为景德开始，八个月里，中原大地接连九次地动山摇。开封最先地震（正月十七），然后是河北（正月二十三），接着一路从河北震到蜀川的益州、雅安以及汉源。蜀川震完以后，消停了两天。开封又开始地震，一路再向河北震，直到五月初一，震到了河北瀛州。朝廷上下陷入惶恐之中。

真宗这时候手忙脚乱，一刻也不得消停。吕蒙正晕倒在朝堂上，刚安抚完这边，那边宰相李沆病危了。李沆是真宗最信任的人，也是他的精神支柱，李沆一倒下，真宗彻底慌了神。内忧外患，一堆破事，皇帝哀伤不已，哭声不绝。李沆临死前交代："陛下谨记，对内节用而爱人，使民以时。对外不能退缩，不能示弱。臣观寇准一心为国，能断大事，陛下可用之。""节用而爱人，使民以时"出自《论语》，意思是节省开支，爱护人民，使用百姓要有节制。李沆经常诵读圣人的这句话，也时刻用这句治世名言提醒真宗。

李沆死后四天，眼看着契丹秣马厉兵，一场大战迫在眉睫，真宗召来了六十四岁高龄的毕士安。毕士安瘦高个子，满脸皱纹，胡子都白了，他也是王府旧人，深得皇帝信任，而且，他平时做事公平磊落，待人以义，加上几十年为官，积攒下一些名望，能令百官信服。

大敌当前，皇帝也不磨叽了，他直截了当地说："朕要拜卿为首相，你看谁可以当次相呢？"毕士安老了，他知道自己时间不多，又不好辜负皇帝的厚

爱,便慢吞吞答:"臣腐朽,若论才能和气度,臣不如寇准,愿推他为相。"真宗摇头:"寇准刚忿、使性,为人所忌。"毕士安继续:"寇准方正慷慨,疾恶如仇,不为世俗所喜,但他有大忠大节,有过战场历练,正是朝廷当下所需之人。"

李沆和毕士安的接连推荐,让真宗感觉全天下除了寇准就再没有别人了,他决定拜毕士安和寇准为相。真宗的意图很明确,寇准可用,但是不太听话,让老资格的毕士安当他的上级,不时把把方向,紧紧缰绳,这匹马就不会脱缰了。

寇准堪用,一上任,他就开始备战,排兵布阵,调遣兵力。朝廷能打仗的武将奇缺,他和翰林学士杨亿同时想到了国舅李继隆。

李继隆是太祖时期的开国名将李处耘之子,太宗李皇后的哥哥,他身经百战,勇猛彪悍,可惜当年太宗大渐后,李继隆和妹妹李皇后受王继恩蛊惑,意图另立元佐,导致赋闲回家。此时李皇后已死,真宗也早已坐稳龙椅,朝廷缺大将,寇准再三开导真宗,于是,国舅爷李继隆再次披挂上阵。

此时,宋军已经在河北边境布下重兵,筑成了三道防线:第一道防线在边境线上,保州(今河北省安新县)由杨延昭,北平寨(今河北省满城县西南)由田敏各领五千骑兵,威虏军魏能领六千骑兵,其余各关寨也是筑墙挖壕,严加防范。第二道防线是以宋军为主力的十万定州大阵。定州大阵由太宗始创,真宗继承,主将王超。大阵外设立营栅,构成野战筑垒,意图在此与契丹决战,保卫定州。第三道防线是大名府的天雄军,约有五万人马。过了大名府,就是黄河岸边的澶州(今河南省濮阳县),离东京开封很近了。

景德元年(1004)闰九月,契丹的当权人物,美丽泼辣、号召力很强的承天皇太后萧绰萧太后带着她的儿子圣宗皇帝耶律隆绪、统军大将萧挞凛率领全国上下所有十五至五十岁的男子组成精兵二十万人从幽州起兵,开始大举南犯,声势浩大。

游牧民族就有这样的好处,即寇准说的"时刻生活在战场上",当宋廷忙着组织动员、征调、训练士兵的时候,契丹人已翻身上马,他们的作战方法就是他们平时的谋生手段,现在只需将猎物换成中原士兵即可。契丹是"镔铁"

和"剑"的意思,他们有着铁一般的意志和剑的锋利。

契丹把宋军在北边的重镇——第一道防线挨个骚扰了一遍,遇到弱的就攻陷,遇到强的、连攻几日拿不下的,就在城外烧杀掠夺一番,继续南下。宋军在野外打不过契丹,但是一旦躲到城寨里,大门一关,契丹人也没有办法很快攻破。

不到半个月,契丹军至唐河,眼看就要遇到宋军第二道防线——驻扎十万大军的定州大阵,一场恶战即将到来。

非常时期,真宗让宰相们晚上轮流值班,关注军情。寇准值班那晚,前方的加急军书一晚上送来了五封,中书省很多人都坐不住了。看寇准依然慢悠悠的,该睡觉睡觉,该喝酒喝酒,就像没事人一样,冯拯怕担责任,天刚亮就去报告皇帝:"陛下,契丹兵马眼看就到定州,告急军书一晚上来了五封,陛下不可不知呀!"

真宗一听差点昏倒了,幸亏刘娘娘扶了他一把,定了定神,他问娘娘:"爱妃,你看应该怎么应敌?"刘娘娘也慌了:"战场上的事情,臣妾不敢妄谈,陛下可先同宰相们商议商议。"刘娘娘没有说错,打仗是真刀真枪的事情,她久居后宫,的确不懂。

真宗点头,勉强穿戴整齐,召集全体执宰,问计。国难当头,轮到这些平日高官厚禄的栋梁为国分忧了。

枢密副使陈尧叟道:"陛下,现在契丹刚进边境线,趁着目前时间充裕,请赶紧狩猎于益州,我们靠着川陕的三关五州与契丹周旋,那里一夫当关,万夫莫开,绝对安全。时间久了,契丹远征军战线过长,粮草不济,自然会撤走。"陈尧叟是蜀川人,他觉得皇帝去蜀川最合适。

副宰相王钦若马上道:"陈枢密不要忘了,蜀川在史上曾多次沦陷,那里并不是什么绝对安全的地方。"

真宗看向王钦若,王钦若马上又道:"臣以为既然河北无险可守,不如就此退过长江,到金陵以保存实力。我军以淮河为第一道防线,长江天险为第二道防线,并依靠江南数不尽的钱粮拖垮契丹贼人,再收复淮北,才是长久之策。"

陈尧叟脸上过不去，他学问深呀，即刻道："王参政让圣上去南唐后主李煜的亡国之都，居心何在？"

于是两人争执不休。一个说金陵有长江之险，一个说益州有剑门之固。

突然，大殿上有人发出一声巨吼，"意欲南迁者，该杀！"此人正是寇准！

"陛下！倘若您南逃，那是要准备做孟昶，还是李煜呢？"寇准用词这般直接，口气又如此生硬，王钦若和陈尧叟又气又怕，两个人脸色发黑，被吓住了。谏官此时出来尽职："寇准竟然敢拿亡国之君来比喻圣上，这是藐视陛下！是犯上之罪！"

寇准怒不可遏！他狂怒地指着王钦若，大声高喝："这些话是王参政说的，我只是复述罢了。请问王参政，大宋朝祖宗基业，陵寝神主均在京师，开封城里，近百万百姓扎根于此，如何能撤？王参政此番极力想让陛下去金陵，难道不是有所企图吗？"王钦若被戳穿心思，他是新喻（今江西省新余市）人，寇准的意思，是在暗示他王钦若想借国难南渡，胁迫陛下，独揽大权呀。

王钦若不理寇准，扑通一下对着真宗跪下，弯下腰哭诉："陛下，臣对陛下忠心耿耿，此情日月可鉴。陛下，契丹人凶残，狼骑虎士，假如贼人渡过黄河，陛下安危难测呀，陛下要以社稷为重，三思而行。臣如有半点私心，愿以死明志。"说罢以头触地号啕大哭。真宗闻言，仿佛真的看见契丹兵马一般，不觉身体往下瘫去，软在了龙椅上，道："钦若甚体朕意。"

寇准再也无法忍受，他实在看不惯这些软弱之徒，大声斥驳："陛下！陛下是万民之主，一旦迁徙，则举国震动，人心四散不可收拾啊！陛下，我大宋将帅得力，城池坚固，此刻如果陛下亲征大名府，敌人定会闻风丧胆，战事不用几日，便可结束。陛下英明神武，不畏蛮夷，御驾北上，与敌决战才是保我大宋江山、显我大宋神威的上策。"

寇准跪下行礼，俯首贴地，道："陛下仔细想想，契丹人这次虽然出兵甚众，但并未攻占我大宋多少城池。我大宋幅员如此辽阔，怎么可能亡国？契丹之所以能如此快速地深入，是因为萧太后和他们的皇帝共同出征，凭借的就是这股勇猛之气。现在只是战争之初，北方尚有雄关重镇，我京师还有二十万禁军防卫。契丹军急功近利，孤军深入，倘若陛下御驾亲征，一定能如泰山压顶

般,碾碎敌人的!"

"嗯!嗯?"真宗一想,觉得寇准的话好像有些道理,他转头望向毕士安。

毕士安发话了:"陛下,契丹由太后和皇帝领军,我大宋不应在气势上输于蛮夷。只要陛下您御驾亲征,与他们寸土必争,我大宋军民之心受到鼓舞,契丹就必败无疑!"

毕士安一打气,真宗后腰上那根骨头好像又回来了,他点头道:"毕相言之有理,亲征的事情……"

话音未落,一个大臣高呼:"陛下万万不可亲征呀,战场凶险,万一龙体有个闪失,那可怎么得了!"接着地上跪倒了一片,寇准一看,都是些宦官和真宗的近臣,寇准又想发作,毕士安把他按住了。

真宗趁势起身,准备回内宫去。寇准一看大急,他上前一步,拉住了真宗的龙袍。

仿佛时间倒流,又回到了太宗时代。上下震惊,那个当年挽衣留谏,敢于冒犯龙颜的铮铮铁骨,再次用他过人的勇气,试图留住皇帝。

谁都知道,真宗代表着皇权,代表着君主,他所说的每一句话,所做的每一件事情,臣子们必须绝对服从,包括寇准。但在紧要关头,在皇帝的行为和国家的利益发生冲突时,寇准心里就明明白白地把"忠君"和"为国"分开了。国家和百姓的安危千钧一发,他只能又一次以命相押,触犯皇权了。

大殿里静静的,连谏官都忘记了站出来说话。

真宗看着自己的衣袖,心里千回百转,他本来脾气就温和,这时候表情并没有多大变化,何况,太宗对寇准"挽衣留谏"的赞赏和宽容,有人早已在书房里,用谆谆教导的语气,灌输给了真宗皇帝。

但真宗还是低估了寇准。那时的寇准年轻气盛,这时候,他以为寇准经历过几贬几升,应该没有了昔日胆气。真宗看惯了身边大臣为保荣华富贵,官位越高胆子越小的样子,寇准是个大大的例外。

真宗再次坐上了龙椅,寇准后退几步磕头谢罪:"陛下,臣罪该万死,臣怕陛下此时回到内宫,听那些宦官妇人的怯懦之言。"真宗一愣,这寇准,怎么知道他要和刘娘娘商议商议?

寇准道:"契丹大军压境,开封百姓本来就人心惶惶。倘若陛下就这么稀里糊涂地进了内宫,那帮胆小的大臣回到家,头一件事肯定就是收拾行李、送走妻儿,京城里必然会谣言四起、动荡不安。我朝实行的是'更戍法',边境上没有长期驻军,河北守军大部分都是从开封派去轮值守边的,他们的家属都在开封,开封一乱,还有谁会安心在前线作战呢?"

首相毕士安此刻也站了出来,他为寇准的胆魄和见识震撼不已,他觉得与寇准相比,自己确实老了,太保守了。

毕士安道:"寇准说得对。陛下,您亲征确实关系重大,大宋社稷在此一举,必须马上决定亲征时间,安定民心!"真宗像是明白过来,毕士安接着道:"亲征地点需慎重些,臣觉得澶渊(今河南省濮阳市西)比较合适。"这等于替皇帝做了非亲征不可的决定。

真宗问:"澶渊城安全吗?"

"陛下不必担心,只要把御营扎在黄河南岸,让军士们看见您的黄龙旗即可。澶渊城布下千军万马,各地之师也都在前来勤王的路上,再加上黄河天险,可保陛下万无一失。"

真宗思量片刻,点头了:"好,朕决定御驾亲征,和前方将士并肩抗敌。""陛下圣明,此乃臣民之幸,万岁万岁万万岁!"寇准马上山呼万岁,声音振聋发聩,吓得左右大臣们想捂耳朵。喊完之后,寇准还觉得不放心,又言道:"陛下言行关乎祖宗社稷,当下外贼虎视眈眈,如陛下有一分畏敌之意,那些胆小怕死的兵民,便会萌生五分退缩之心,彼时东京城里举家外逃,人心大乱,祖宗根基就会动摇……"真宗这时才算是彻底听明白了,他心里想,差点呀!

接下来,就是商议人事。宋真宗安排雍王赵元份留守开封,处理朝政大事。雍王是太宗的第四个儿子,真宗的弟弟。毕士安因为年老体弱,也留在京城,白发宰相拉着寇准的手,俯身下拜:"寇相,国家和天子,就托付给你了。"真宗一看毕士安对寇准如此器重,再也不敢怠慢他了。

寇准向真宗推荐丁谓作为这次大战的钱粮主管。真宗对丁谓印象很好,马

上答应了。

李继隆自请扈从,被任命为驾前东西排阵使,先行赶赴澶州,陈兵于澶渊北城之外。前线的贝州(今河北省邢台市清河县城关村)、刑州(今河北省邢台市)、定州要地,都已做好了缜密的部署,河北各地的守将也布置妥当。御驾亲征,只为安定人心,鼓舞士气。

太宗赵光义临死前,力排众议,强行在定州城下摆下个"平戎万全阵"。景德元年(1004)宋辽两国一开战,契丹骑兵就来到了定州大阵前。真宗和大宋臣民们本以为在这里会有一场双方主力相交的恶战,真宗是想在定州大战后,视输赢决定亲征日期的。谁知契丹兵马在距离定州大阵十里外突然绕道,连宋军主力看都懒得看一眼,就绕过大阵直奔黄河而去了。可怜平戎万全阵麾下的十万精兵,剑未出鞘,弓未拉开就落在了敌后方三百多里。寇准得到战报,定州大阵已经毫无作用,他马上布置防御大名府。这时候,真宗也着急了,他想派一名中枢大臣前往大名府督战,满朝文武,没有一个愿意去的。

寇准左看右看,看到了王钦若。王钦若是天子宠臣,这几天一直在皇帝面前磨牙,想让皇帝巡幸江南之心不死。寇准怕王钦若坏了亲征大事,又想给那些贪生怕死的官员敲敲警钟,便建议道:"臣以为王参政深得皇恩,机敏过人,去大名府督战,必将力克敌军。"王钦若骑虎难下,不愿向寇准示弱,他答应道:"臣愿往大名督战,为我大宋江山效力。"王钦若爽快答应,令真宗很欣慰,他马上嘉奖王钦若,让他出判天雄军兼部都署,即刻出发。

十月初,契丹兵马把定州大阵撂到身后,来到了瀛州(今河北省河间市)城下。瀛州是个小城,城墙很单薄,兵马也少,但守将李延渥却是个有胆识的人,面对四面八方潮水般涌来的契丹人,李延渥率领州兵和全城百姓一起顽强抵抗。宋军冒着密集的箭雨奋不顾身地往城下投掷滚木礌石,让契丹兵马不能靠近。

瀛州城毕竟太小,招架不住弩箭横飞,三天过后,城门城墙都被射成了刺猬。守城将士连续几夜未睡,个个满身血污,疲惫不堪,眼看城池不保,李延渥清点人马,组成了敢死队,准备誓死报国。然而他们没想到,契丹人突然撤退了。瀛州官兵喜极而泣,一个士兵将悬在城头的只有八寸宽的垂板拿下来数了数，垂板上密不透风地插了二百多根契丹人射来的箭。

萧太后和她的宰相韩德让没想到宋朝一个小小的城池都这么难攻，已经出兵一个月了，他们奔波千里，深入宋朝内境，但却没拿下一座像样的城池，没打赢几场胜仗。契丹人有些挫败，决定驻扎休整几天，并准备实施另一个蓄谋已久的计划：恐吓议和。

这个计谋来自宋朝降将王继忠。王继忠本来是真宗的王府旧人，在咸平六年的战争中被俘，归顺了契丹。宋朝朝廷上下都以为王继忠战死了，真宗还抚恤了王继忠的家人，没想到这个王继忠不但活着，还被契丹宰相韩德让看重，当了他的谋臣。王继忠了解真宗，知道他这个人软弱怕事，于是给韩德让和萧太后献计，主张攻心，利用真宗朝廷上下怕打仗、怕丢性命的心理，逼他们议和，进行军事讹诈。这场仗打了二十多年，五十岁的萧太后也厌了，她接受了王继忠的计策，让王继忠向宋朝派出议和使者，并决定以战促和，多占些宋朝便宜。

王钦若刚到大名府，契丹人马随后就到了。王钦若能力还是有些的，他知道打胜仗的功劳，更知道守住大名府的重要性。契丹虽骑兵占优势，但是攻城不是他们的强项，再说王钦若也明白，契丹人这次战术有异，目的并不是攻城略地。大名府有五万人马，还有十万两白银的军费，只要坚守大名府这第三道防线，他王钦若就是立了奇功一件，不怕皇帝不封赏。

王钦若知道自己不会打仗，卖了人情给大名府守将韩当："打仗的时候将士听命于将军，不用向我请示。这里有十万两银子，只要能守住大名府，银子都赏给将士。你拿着我的剑，谁不听你的调令，斩立决。"

韩当一听督军这么说，看王钦若脖子上的肉瘤都十分顺眼了，恨不得叫他一声亲爹。这些武将不怕打仗，最怕的，就是文官、宦官、使臣这些督军的瞎指挥。敌人已经到眼前了，凡事还要请示报告，冲锋说你有违军令，坚守说你畏敌，打胜了功劳是他们的，打败了你罪该万死，所以韩当对文官当统帅非常反感。然而王钦若例外，他不但放权，还给大家打鸡血："天子有令，只要能守住大名府，将来要钱给钱，要官给官，绝不亏待将士。"大名府的将士一听，果然士气倍增。

对城下二十万契丹军队的围攻，王钦若的用人之法是抓阄。东南西北四个城门，将军们谁抓到哪个，谁就负责守哪个。守将孙全照发扬风格，拍拍胸脯道："全照是将家子，用不着抓阄，我来守北门。"王钦若一打听，这个孙全照还真有过人的手段。

孙全照将门出身，脸黑，身材短小，深谙带兵之道，对部下非常严格。他训练了一支弓弩队，全部执红色弩，神出鬼没、行踪不定，经常埋伏在要害地带，一箭就能射穿契丹人的铠甲。

十一月十九日，契丹再次进攻，杀声震天，大名府北门吊桥放下，城门洞开，孙全照的弓弩手严阵以待，进入备战状态。诡异的一幕出现了，契丹人绕过离契丹大营最近，且城门洞开的北门，一窝蜂去围攻其他三个紧闭的城门，其他城门攻守激烈，北门却静悄悄的，没有一个敌人。孙全照恨得牙痒痒，只能干看着别人打得热闹。

契丹人这次驱赶了很多奚人，帮他们打前锋卖命。奚人属于东胡鲜卑族的一支，善造易于在山路上行走的"奚车"。契丹人征服了奚人，攻城时便驱赶奚人走在最前面，替契丹人挡箭。但大名府官兵都是正规军队，不好惹，双方打得难分胜负，各有伤亡。

十九　澶渊（中）

萧太后一边在宋朝国土上攻城略地，一边派出以李兴为首的四人代表团，与宋朝议和。李兴身怀信箭，来到莫州（今河北省任丘市），声称王继忠有信要交给宋朝皇帝。莫州知州石普认识王继忠，便上奏了朝廷。信很简单，王继忠叙完旧，谈完情，最后说，萧太后有议和之意，出于对故土的热爱，他希望能促成两国友好。真宗和宰相毕士安反复琢磨着这封信。

毕士安道："陛下，契丹似有议和之意，但其大军来犯，必有所求。"真宗点点头："是的，如果契丹人敢要我关南之地，那是妄想，朕一定要守住祖宗基业。"关南指的是五代后周显德六年（959），中原从契丹收复的瓦桥、益津、淤口三关以南的地区。契丹统治这个地区多年，视为己有，一直想重新拿回这片土地。

毕士安看皇帝还蛮有决心的，刚准备说几句颂扬的话，哪知真宗道："只要他们不取我国土，其他的，倒可以商议。不如我们先给王继忠回一封信，探探契丹人的真实意图。"毕士安张了张嘴，道："陛下圣明。"

寇准又来催促亲征。真宗左拖右拖，已经拖了一个月，君无戏言，再加上收到了王继忠的议和信，倒觉得多了份保险。于是，在十一月二十日，这个司天监给选定的黄道吉日里，宋真宗赵恒终于启程，百官随驾，奔赴澶渊了。

路上慢慢悠悠走了两日，抵达韦城县（今河南省滑县东南），这里距澶渊还有两天路程。坏消息一个接一个，先是说大名府失守，天雄军战败，后来又传德清（今河南省清丰县）被契丹攻陷，契丹大军已经到了澶渊城外……真宗吓得再也不敢往前走一步了。

这些消息都是从沿途百姓口中传出的，前方真正的战况，朝廷并不知情。没有准确的军事情报说大名府已被攻陷，寇准并不太相信这些传言，他觉得即使王钦若再草包，天雄军五万将士也没有那么好对付。

但皇帝的车辇却不动了，大名府离澶渊只有一百多里，太近了，皇帝忧心如焚。寇准一劝谏，真宗竟道："寇相，南巡如何？"寇准差点一口血喷出来，说好的御驾亲征，半路逃跑算怎么一回事？如果大名府失守，河北地区危在旦夕，那更要赶快去澶渊啊！澶渊一旦失守，大宋江山岂不是丢了一半？

肯定是跟着皇帝一起来的太监文官们动摇了皇帝的心，他们一看打败了，就都劝皇帝回去，什么迁都金陵呀，什么且避其锋呀，什么长远之计呀……寇准气得大骂起来："你们这些误国之臣，害民之贼，也不看看现在都什么时候了，契丹人举火烧房，你们不救火倒也罢了，却跟着煽风！"

在骂人上，那帮逃跑派并不示弱，而且他们很会给人扣帽子："寇准，你挟天子号令群臣，你想干什么，有何居心？""寇准，你虽说手握重兵，但天下却还是陛下做主的！""寇准，你那么爱打仗，难道是要借这个机会独揽大权，把持朝纲，控制军队，要挟朝廷？"这些罪责太大，寇准担不起，他也不想跟这些人较劲浪费时间，他要找个能打的人来，当然，不是来动手打人，而是来说理。

寇准知道，皇帝所担心的，无非是能不能保证打赢这一仗，能不能保证自己绝对安全。寇准所言，即使再有道理，但他毕竟是一个文臣，有纸上谈兵之嫌，不能释真宗之疑。此时，武将的意见应该更具说服力。

寇准找来的人，叫高琼。高琼和寇准一样，也是大个子，浓眉毛，他是宋朝开国元勋高怀德的后人，力大无穷，能枪挑铁滑车，现任殿前都指挥使。两人一照面，寇准便问高琼："太尉世代蒙受皇恩，今天拿什么报效国家？"高琼毫不犹豫地回答："琼武人，愿效死。"寇准随即拉着高琼去见皇帝，刚走到殿外，就听里面有女人的声音："大臣们要把官家带到哪里去呀，为什么不赶快回到京师？"寇准的脸又黑了，他叫道："陛下，妇人怯懦无知，其言误国啊！今寇已逼近，四方危心，陛下惟可进尺，不可退寸。河北诸军日夜望銮舆至，若陛下至澶渊，士气当百倍；若回辇数步，则万众瓦解。敌一旦得势进攻，恐圣驾到不了金陵！"

说着，寇准把高琼往真宗跟前一推："陛下不以臣言为然，那就问问高琼吧。"高琼大山般往皇帝跟前一站，昂着头，并不躲避真宗的目光："陛下要去金陵，一点儿也不难，走水路，几天时间就到。"寇准握着拳头，差点要给高琼一拳。

不待真宗开言，高琼又瓮声瓮气地道："可是陛下要留心，随驾禁军军士的妻子父母，尽在京师，他们肯定不会舍弃亲人，随陛下南行，如果将士中途逃走，敌人追上来时，谁来护驾？"

真宗一听，在理。高琼还给真宗鼓气："陛下即幸澶州，臣等愿效死，君臣一心，契丹不难破。"这些话出自一个以通晓军政闻名于朝的武将之口，自然能镇住人。寇准一看有效果，赶快示意御前带刀侍卫王应昌。王应昌也是一位忠心护国的勇士，他上前一步道："陛下往前走一步，敌人的嚣张气焰就会低下去一分，陛下放心去澶渊，臣等誓死护卫陛下安全！"

真宗被说服了，马上传出口谕，即刻启程，继续亲征。二十四日下午，御驾抵达卫南（今河南省滑县东），距离澶渊只有一天的路程了，真宗又叫停了一天，他要歇歇。就在这天，他接到了第三封求和信，是契丹摄政王韩德让亲笔写的。真宗看到了希望，他加快了和议之路的脚步。寇准着手安排兵力最强的定州大阵向黄河慢慢靠拢，给契丹施压；又调集各路兵马前来勤王，摆出与契丹决战之势。同时他又命令在契丹后方的杨延昭、田敏等边将深入契丹境内骚扰，攻其所必救。

皇帝这边慢悠悠走着，寇准和留守京城的毕士安——当朝两位宰相联名上书到了皇帝手里。那些逃跑的官员有的被撤职，有的被罚俸，举朝上下一片安静，连大小太监都不敢再劝皇帝往回跑了。

几个平时很得宠，突然被罢官撤职的高官有些迷茫，怎么皇帝对寇准那个疯子突然言听计从起来了？他们觉得自己劝皇帝逃跑，也是为了朝廷，为了皇帝的生命安全，怎能受到这样的待遇！处理亲信这么快，这么狠，完全不是真宗皇帝以往的做事风格啊！

自接到王继忠第二封议和信，已经六天过去了。枢密使王继英才磨磨叽叽

地推荐了一个叫曹利用的九品官出来当议和使者，真宗很不满意："这次是和契丹使者正式谈判，堂堂枢密院，那么多状元进士，赞成议和的人不在少数，难道就找不出一个使臣？"王继英道："禀陛下，这个曹利用虽说官品小，但他不怕死。"真宗一顿，心想："这么说其他人都是怕死的了？"

无奈，皇帝召见了曹利用。真宗知道，这种小人物，也就是剑走偏锋的亡命之徒，想出人头地而已。不过契丹人虽说想议和，但实际上却不停地侵略着大宋国土，议和难说，且让这个人去试试吧。

曹利用出身贫苦人家，方脸，五短身材，他已经四十出头了，还在枢密院里打杂，他没有靠山，也没有家产，但却有一腔不甘平庸的志气。曹利用祖上和契丹人有仇，他痛恨契丹人，当枢密院没有人愿意出使契丹时，曹利用马上就自荐成功了。他想：事成了，少不了后半生荣华富贵；事不成，大不了一死，也落得个为国捐躯的英名，强过一辈子当九品小官受人闲气。

"曹利用，你能不惜性命，为国为民深入险境，朕很欣慰。你带着这封信和王继忠曾用过的这副弓箭，前去和谈。契丹人南下入侵，不是要夺取土地便是想求得财物。关南一地归属大宋已久，不可许给契丹；至于钱帛，汉代用玉帛赐给匈奴单于，有成例在先。"

"他们若有所贪求，臣就算丢了性命，也不会答应！"曹利用回答得干脆利落。

宋真宗很欣赏这样的豪言壮语，新任崇仪副使曹利用接过皇帝的亲笔信件，在四个士兵的护送下，连夜出发了。

真宗继续往澶渊方向前进，自这次曹利用事件，和高琼那日的启发，真宗终于明白了谁才是朝廷靠得住的人。他很清楚地知道，战争时期，他这个皇帝无论做什么决定，都需要寇准这样执行能力强的人来落实，才无后顾无忧。即便是避往金陵，怎样调派官兵，安顿士卒，处理善后，稳定人心，都需要依靠寇准这样能安邦定国的人。还有眼下与契丹的和议，寇准也是皇帝强有力的主心骨，假如和议不成，寇准必是和契丹大战时最得力的谋臣和干将。至于其他人，真宗突然看明白了，随寇准处置吧！大宋朝需要的，是寇准这样有忠心和胆气的臣子，危难见本色，那些随波逐流、临阵脱逃和胆小怕死之辈，既然用不着，也就不必因为他们而得罪寇准了。真宗把所有军权和人事任免权暂时都交给了寇准，这在当时，是闻所未闻的事情。

皇帝的车辇离澶渊越来越近，有确切消息报来，大名府还在王钦若手里。寇准心头一松，知道自己没看错王钦若，王钦若不是个庸才，遇到会用他的人，也能发挥些正面作用。

契丹攻打大名府长达半个多月，城池硬是被将士守住了。一个夜晚，契丹人放弃了进攻，偷偷来到天雄军的城南，在狄相（唐名相狄仁杰）庙设下伏兵，然后乘夜攻击位于大名府南面的德清军。德清军距真宗亲征目的地澶渊不到一百里，距东京开封大约三百五十里，一旦沦陷，形势非常严峻。王钦若连忙派遣将领从后追击，未料，宋军刚刚越过狄相庙，无数伏兵杀出，将他们层层包围。孙全照忧心忡忡地对王钦若说："如亡此军等于亡了天雄军，现在北门已无防守的必要，孙全照恳请出城相救。"

孙全照遂引麾下士兵冲出南门，经过一番激战，将契丹伏兵杀伤殆尽，终于救得一小半残部入城，然而防守一直空虚的德清军沦陷了。至此，契丹主力突破宋军三道防御线，向澶州进军，部分军队则流窜于京东、京西，一时人心惶惶。

契丹军队正式进入了河南。他们终于见到了滔滔黄河，同时也将面临宋朝在黄河防线的最后一个据点——澶渊。宋景德元年十一月，契丹兵马到达澶渊城下。

澶渊，隋朝时叫澶渊城，因城中间有一个巨大的湖而得名，唐灭隋后，为避唐朝的开国皇帝李渊之讳，故改名为澶州。宋时又恢复了澶渊之名。澶渊城的城墙硬度比萧太后想象的坚固多了。不仅如此，驻扎在澶渊的，是宋朝硕果仅存的一位开国大将，曾经与耶律休哥、李继迁正面对决且百战百胜的名将——国舅李继隆。守城副将是当朝驸马都尉石保吉。

萧燕燕急了，只要她的兵马突破澶渊，或者说绕过澶渊，宋朝就失去了讨价还价的资本。萧太后决定集中兵力围攻澶渊城，开战一月有余，她的军队还没有打过一个像样的大胜仗，士气低落，人马疲惫，是时候全力一击，扬扬契丹国威了。

然而事与愿违,萧太后组织的几次攻击,都被李继隆挡回去了。直到她看见象征宋朝最高权力的黄龙旗插上澶渊城城头,大契丹军队还没有触摸到澶渊城的城墙一次,她知道宋真宗真的来了,王继忠失算了。

十一月二十五日,宋真宗御驾亲临澶渊城。御驾刚进南城行宫,毕士安派人来报:"雍王因病暴毙了!""啊!"雍王赵元份是真宗最信任的亲弟弟,所以真宗临行时,把京城托付给了他。听到这个消息,真宗一下子慌了,他问:"毕相还有什么话?"来人答道:"毕相卧床不能行走,请陛下速派人回京主持。"真宗急得来回踱步,他生怕有人乘机谋反,大本营出变故。

真宗忙找来寇准,寇准推荐了参知政事王旦。王旦,字子明。大名府莘县(今山东省聊城市莘县)人,兵部侍郎王祐之子,是太平兴国五年和寇准同科的进士。王旦长得和寇准相反,他身材矮胖,相貌很丑,脸、鼻皆偏,但素有贤才,每临大事沉得住气,所以寇准推荐了他。

真宗看到王旦,就想起他曾经的智谋。当时,西夏李德明说西夏遭遇饥荒,求大宋国赐给他们粮食一百万斛。大臣们都说西夏惯于使诈,这么多的粮食,不能给,但又怕他们以此为借口造反。王旦向真宗献策,敕令官吏备办粟米一百万斛于京师,令李德明来领取。李德明不敢来京师,惭愧下拜谢道:"朝廷有人才。"

真宗也觉得王旦可用,马上命他回去接替赵元份监国,即刻起程。王旦领旨,却站在原地不动,真宗愣住了,不明所以地看着王旦,王旦缓缓道:"陛下,请把寇相叫进来,臣有话说。"寇准进来后,王旦道:"此番回京,如十日内接不到捷报,当如何?"寇准望着真宗,真宗此时心在滴血呀,他知道战事凶险,王旦问的并非多余,沉默良久,真宗道:"立皇太子。"王旦领旨,倒行退出了御帐。王旦的沉稳和远虑让真宗敬佩,皇帝目送他出去,对寇准道:"替朕守住东京太平的,必定是此人。"

两人沉默片刻,寇准躬身道:"陛下,请相信寇准,臣定会保陛下平安回京。"

王旦快马加鞭回到京城,径直进入皇宫住下,发出了严格的命令,叫人不得传播他回来的消息。有几个图谋不轨的人,看到皇帝出征,雍王暴毙,便打算攻进大牢，放罪犯们出去抢劫闹事。王旦派兵抓住了这些人的头目，这些人突然看到王旦，才知道京城有人镇守。王旦加大了巡逻力度，严厉打击了扰乱京城的人，才使开封的秩序好了起来。

澶渊城号称"南城北寨"，南北两地以黄河为界，河上有浮桥相通。当时澶渊的战场和军队都在北寨，因有黄河天险，南城就显得更安全些，但见不到前线将士。寇准请真宗驾临澶渊北寨，真宗一听要过黄河，到契丹人眼皮子底下去，吓得就像让他去送死一样。"陛下不过河，则人心不安，敌心未慑，不足以取威决胜也。"不管寇准怎么劝，真宗就是不肯过河。他让御林军把御营围起来，谁也不让进去。寇准劝了多时，耐性一点点被消磨殆尽，他的脸色难看极了。

事情紧急，顾不了那么多了，寇准和高琼交换眼色，直接备好御驾马车，一左一右，"搀扶"着真宗上了车。"陛下如果不到北寨，此番亲征就没起到作用。""陛下不过河，前方将士就好像找不到爹娘一样……"寇准和高琼你一句我一句地劝说着，可车子到了桥中间，还是被真宗叫停了。

桥下黄河水浪花汹涌，对岸契丹人如狼似虎，真宗战战兢兢实在不想过河。跟随在一旁的冯拯实在看不下去了，他站出来，对高琼吹胡子瞪眼地骂道："你这个粗鄙武夫，敢对陛下这般无礼，还不快送陛下回去……"

高琼本来就气这些文官，平日里总是高出武将三等，关键时刻又不管用。他道："天下人都知道，冯参政是以做文章当上宰臣的，如今敌人的坐骑踏我大宋江山，敌人的利刃杀我大宋军民，冯参政知书懂礼，假若能赋诗一首，吓退敌兵，陛下就不用过河去担惊受怕了。"冯拯被戗得说不出话。高琼大喝一声，扬起马鞭啪啪啪连甩几下，寇准喊一声："起驾！"车轮辚辚，大宋皇帝终于渡过黄河，进入了澶渊北寨，登上了城楼。

诸军一见黄龙旗飘飘，马上高呼万岁，气势顿涨。真龙天子出现在城头，代表了勇气和立场，给予了宋朝军队巨大的信心和百倍的鼓舞。

皇帝刚站定，十几个契丹士兵便被押了上来，这叫"献俘阙下"，就是震慑敌人，向皇帝表功。真宗一看，那些契丹士兵皆髡发露顶，鹰鼻长脸，眼睛瞪得跟铜铃一样，死到临头也不怯懦。真宗鼓起最大的勇气，喝一声：

"斩！"他近旁的两个传令官马上声雄气壮地齐声道："斩……"接着是将军李继隆和石保吉齐声下令，百人、千人、万人同时附和，"斩……斩……斩……"斩字被拉成长音，声震寰宇，响彻数十里。刽子手也不挪窝，在皇帝面前举起刀，这是一把需用双手握住的大刀，刀身很宽，刀极重，刀刃犹如剃刀刃一样薄，十分锋利。刀在空中稍稍一顿，随后就落了下来。根本就没有特别用力，人头突然辘辘辘地往前滚，霎时间只见令人头晕目眩的猩红鲜血喷射了出来，划个弧线，溅落在地面，血腥气弥漫。那些头颅有的被挑在城门上，有的被抛弃在城墙之下，大宋官兵热血沸腾。

但皇帝整个人却是凉的。在皇帝的眼里，契丹人是豺狼虎豹，象征着死亡和掠夺，是射伤父皇，令父皇两次战败的恶魔。真宗并不想睥睨天下，他不想喝敌人的血，也不想与他们厮杀纠缠，他只想离恶魔远一些。他不想见到这些蛮族异类，而他的士兵们却拿契丹人的头颅来献给他，他们以为这能够取悦他，其实却引起了他的极端不适。这就如同一个猎手，把血淋淋的虎狼尸体献给情人，而他的情人，想要的却是一朵鲜花。

接着，皇帝和宰相同时到达北门阅兵，对李继隆等进行抚问慰劳。李继隆金盔银甲，全副武装。看他部下整肃，军纪森严，皇帝放心不少。石保吉与李继隆两人互相推让功劳，很是谦逊。保吉道："布列行陈，指授方略，皆出于继隆。"继隆道："宣力用心，躬率将士，臣不如保吉。"真宗看这两个昔日互相嫉妒的大将如今同仇敌忾，便走过去，拍了拍他们各自的肩膀，并把他们的手牵在了一起，称赞道："大宋良将！"

听到宋军一阵一阵的欢呼声浪传来，萧燕燕眼神霎时变得无比犀利，这是个喜欢猎物胜于鲜花的女人，她有着强悍的斗志，并不惧怕任何敌人。萧太后即刻派出三队前锋，每队五千精兵，前去宋营挑战，想给宋朝皇帝一个下马威。太后亲自披挂上阵，携皇帝耶律隆绪和五十名契丹女兵为契丹大军擂鼓，以灭宋朝将士的威风。这是契丹的统治者和宋朝的统治者之间的决战，两方的皇帝、宰相、主帅都同时出阵，一场大战拉开帷幕。

契丹军疯狂进攻，宋军拼命抵抗，他们都急于在自己的皇帝面前表功，每个人心里都像烧着一块火炭，炙热无比。契丹打仗用的是装了火药的箭弩，宋军更先进，他们用更密集更有攻击性的火药鞭箭，城墙上也装了重型发石器，发出的并非石头，而是火药弹，一时间箭、弹药齐发，火器纷飞，两军杀得天昏地暗。宋军舍命杀敌，很多人负伤了还坚守战场，有的青年士兵嫌铠甲笨重，竟打着赤膊与契丹人拼杀。澶渊城外血流成河，直到夜幕降临，双方才各自收兵，士兵们浑身血迹，嘴上干裂起泡，面容疲惫不堪。

寇准说对了，长期的奔袭作战和并不想死战到底的侥幸，让契丹在这场对决中失败了。宋军大胜，澶渊城外契丹人尸横遍野。

士兵们刚开始冲杀，寇准便命御林军保护皇帝下城墙歇息去了。对皇帝的安全，他不敢怠慢，他知道，假如皇帝有个闪失，他也活不了。傍晚时分，寇准来报，宋军打了胜仗，真宗当然高兴，赐了将士酒宴，让大家继续坚守。

这个夜晚对宋真宗来说，太恐怖了，只要一闭上眼，脑子里就会闪现震天的喊叫、狰狞的头颅和迸溅而出的鲜血……枕着黄河的惊涛骇浪，真宗越来越害怕，他召来太监周怀政，让他给自己揉腿。周怀政白白净净、肥肥壮壮，躺在他肉乎乎软绵绵的大腿上，享受着按摩，真宗恍然入梦，又马上惊醒。"不行，这太折磨人了，这地方惊险，还是回南城吧。"真宗起身穿戴，悄悄命令御林军备车辇，连夜回了南城行宫。离战场越远，他的心才越安稳。这也难怪，真宗从小生长在深宫的莺莺燕燕之中，胆气自然比不上马背上得天下的太祖和太宗。

派去打探情况的小太监回来了："启禀陛下，宰相寇准还在城墙上，他和翰林学士杨亿彻夜在箭楼里饮酒作乐，喧闹笑骂之声很大，小的远远就听到了……"契丹大军当前，寇准竟然还有心思彻夜饮酒作乐，看来是胜券在握啊！真宗的心又安稳了几分，他终于枕在周怀政软和的大腿上，在缂丝金龙帐里沉沉睡去。

天色大亮，昨天吃了败仗的契丹主帅萧挞凛急火攻心，他带了一小队人马走出营帐，要亲自查看一下澶渊城的防卫，准备再一次发起进攻。萧挞凛自恃勇猛，又仗着身上盔甲名贵，刀枪不入，竟然向澶渊城墙越走越近，并且还边走边对城墙指指点点。手下的护卫赶忙挡在他马前，让他不要靠城墙太近。萧挞凛点点头，道："我们还在千步之外，不打紧。"萧大将军知道宋军的强弓

最大射程只有五百步，他应该在射程之外，没事儿。

此刻，澶渊城北城上，一个叫张瑰的禁军军官满腹牢骚。昨天大战，他的任务却是防守，眼看着别人立功受赏，自己却哆哆嗦嗦在城角蹲了一夜，连皇帝的影子也没见上。张瑰气呀，他正想着怎样能立下战功，喝一杯御赐美酒驱驱寒，萧挞凛就来了。"快快快，发动床子弩。"张瑰伏下身一边命令手下的士兵，一边注视着敌人的动向。十几个士兵悄悄摇弩，副将问道："上边让不要擅动床子弩，这可是咱的宝贝。"张瑰道："你们看那个契丹人后面的旗帜，很不一般，这人肯定是契丹大将。快摇快摇，射中那个贼人，我们就是立了大功一件，不用请示！"

床子弩是宋军专门研制的秘密武器，契丹人还没见识过。床子弩的箭矢以坚硬的木头为箭杆，以铁片为翎，也叫"一枪三剑箭"。在架子上安装"十二石"强弩，以轴转车（绞车）张弦开弓，弩臂上有七条矢道，居中的矢道搁一枝巨箭，长三尺五寸，粗五寸，左右各放三枝略小的箭矢，诸箭齐发，无坚不摧，最要命的是，床子弩的射程，能达到千步之外。张瑰一声令下，巨箭呼啸而至，一箭射中了契丹主帅萧挞凛的头颅。萧挞凛直接从马上摔将下来，不待护卫们反应，宋军又发射了"踏橛箭"。这箭发射时非常壮观，箭矢犹如标枪，齐射的时候，成排成行的踏橛箭能牢牢地钉入城墙，攻城兵士可以借此攀缘而上。本来踏橛箭射程不远，但经过宋军的超强床子弩发射，一下子威力大增，又射死了萧挞凛的一些护卫，其余的人舍命拼死把主帅抢进军营。张瑰和他的手下兴奋不已，看穿戴，他们射中的肯定是契丹大将，只是不知道死了没有，张瑰赶紧去给李继隆报信。

寇准得知情况，也很高兴。他这位身当重任的相爷，公然在城头喝酒赌钱，满不在乎，都是做给皇帝看的，也是做给将士和敌人看的。寇准的心情其实非常紧张，但他必须故作镇静。

寇准一番苦心白费了，他的皇帝昨晚还是开溜，跑回了南城。不能这样啊！寇准摇了摇头，无奈地笑了。

喝了一晚上酒的寇准，伸个懒腰，下令三军集结，准备应战。他料定契丹人今天必定会发动三次以上的进攻，只要今天挡下来，契丹人就会撤军了。

十九 澶渊（中）

契丹军一大早就开始对宋军发动猛攻，开战前，寇准派人给真宗传话："今晨两军对垒，契丹萧太后带五十名女兵阵前擂鼓，气焰嚣张，但大宋雄兵势如破竹，此役必胜！"真宗一琢磨，不对啊，寇准这是什么意思？暗示他这个皇帝还不如女子吗？真宗恼羞成怒，被寇准一激，他又回到了北寨。尽管过黄河时还是有些胆战心惊，但毕竟刚睡醒，他还有些精神。

这一仗从清晨打到了中午，正难解难分间，契丹人突然不打了，鸣金收兵。寇准在城墙上看到契丹大军呼啸着退去十里左右，有些意外。契丹自起兵南下，只有昨天一战惨败。今天早上契丹还在疯狂冲锋，让宋军一点歇息机会都没有，他们怎么就突然撤离了呢？

寇准不知道契丹主帅萧挞凛此时已经死了，萧挞凛是萧太后的族兄，契丹人心中的精神支柱，他们的战神被宋军射死在阵前，契丹人一下子失去了进军的勇气。萧太后收兵退后，悲伤不已，罢朝五日，一边给萧挞凛办丧事，一边积极派人和宋廷议和。

二十　澶渊（下）

赵恒在澶州的行宫接见了曹利用带来的契丹飞龙使者韩杞。都说契丹人骄横无礼，这个韩杞也不例外，只见他须黄眼碧，衣襟半掩，神态倨傲。皇帝刚一赐座，他就一屁股坐下了，喝茶也不喘气，只咕咚一下，就撂下茶杯，也不知道有没有烫着。

客套话说完，转入正题，韩杞道："当年你们太宗无端两次北伐，抢我土地钱粮，杀我百姓边将，此恨难平。我大契丹皇帝和太后心地纯正，常怀悲悯之心，不忍生灵涂炭、百姓流离，遂派我来与你们谈判。"

韩杞要求宋朝每年给大契丹岁币二百万两，布三百万匹，北方边界不准修筑防御工事，并在边界处开放榷场（交易市场）。

赵恒眼前一黑，这怎么行，契丹国的口也张得太大了，要是给了，那还了得？不仅国家尊严全无，这样的一笔巨款，岂不是要了大宋百姓的命！

可是不给行吗？不给就要打仗，年年打，时时打，并且从太祖、太宗开始，大宋就没有全胜过。继续打下去，他可不愿意再次亲征了！那怎么办呢？真宗想：磨呗，能少给一点，尽量少给一点。

看着这一帮子人来来往往、上上下下、七嘴八舌地说来说去，寇准很不屑，他可是写了一夜的奏章，为皇帝献上了十条打败契丹、收复燕云、安定天下的良策。

"寇相，朕知道你一心为国，朕主张议和，也是为黎民百姓着想。"

"陛下，目前契丹还没有攻下我大宋一座像样的城池，他们孤军深入我大宋境内，粮草又被我军截断，而且我已经派出杨延昭等边将在契丹境内连续打

二十 澶渊（下）

了几个胜仗。我大宋城池坚固，兵士经营多年，十分善于守城，只要拖过这个冬季，契丹人必败无疑。"

"寇相，你说的也有道理，可我们万一打不赢呢？再拖下去，黄河结冰，我们失去天险，契丹人一旦攻下澶渊，离京城也就近了，他们都是骑兵，来去自如，你就不担心京城百姓的安危？不担心先皇的在天之灵遭受侵扰？"

"陛下多虑了。杨延昭已经探知，那萧太后的姐姐正在密谋造反，贼国漠北深处正在内乱！萧燕燕朝不保夕、内忧外患，她南征我朝，就是为了再一次扬威立万，获得契丹军心。密使已经探听清楚，契丹主帅萧挞凛于三日前被我弓弩手射死，契丹军威全仗萧挞凛，如今主帅已死，他们断不会再贸然进攻的。就算贼人能到开封城外，那也是送死，东京五万禁军就能把城守住，河东雷有终的大军已到澶渊，到时候大名府、澶州，还有定州大军从后面包抄，夺回燕云，开疆拓土，一举征服契丹也不是难事。"

真宗笑了笑，觉得寇准在异想天开。对于真宗来说，他看不到什么开疆拓土、千秋万代的功业，他需要的，是尽快摆脱契丹这个梦魇，安安宁宁当他的中原皇帝。

"望陛下以社稷大业为重，太祖曾道，卧榻之侧岂容他人鼾睡。燕云十六州在蛮夷手里，我大宋以后历朝历代都会如芒在背，如刺在喉。远的不说，这次和议即使成功，不出十年，两国还要兵戎相见。"

收复燕云十六州，曾是太祖、太宗的渴求和梦想，如今胜利在望，他们的继承人却选择放弃，这怎么能不令寇准痛心呢！况且那是中原王朝历代的统治范围，是一直以来属于汉人的土地！但真宗不想这些，他想的是赶快回京城，过歌舞升平的日子。

"数十年后，当有能抵御契丹的强将，朕不忍生灵涂炭，百姓流离失所。再说，就算我们打胜了，又如何能驯化这等野蛮强悍的异族？还是随契丹的提议，和谈吧。"真宗叹了一口气，转身不看寇准。寇准知道，皇帝心意已定。

"毕相也同意议和。"真宗望着外面说道。

"陛下圣明。"寇准无可奈何地退了出去。

赵宋王朝历代崇文抑武，主张"守内虚外"，太宗临终时，曾交代真宗：

"外忧不过边事,皆可预防;惟奸邪无状,若为内患,深可惧也。帝王用心,常须谨此!"真宗谨遵家法,对邻人忍让些不可怕,可怕的是不能因为战争,让寇准、李继隆、高琼这些人手握兵权的时间太长,他们已经骑到皇帝头上来了。

近三十年来,宋真宗一直接受着这世间最正统、最仁德、最好用的帝王思想教育,换句话说,他的前半生,都用来学习怎样当一个好皇帝,而后半生,则用来实践这些教育。当好皇帝,第一要会用平衡之术,皇帝为了预防大臣的权力过分集中,甚至影响皇权,就有意任用意见完全相左的大臣,让他们互相制约。一般在朝廷都有两个以上的派系,皇帝可以根据需要来抬举这个,或者打压那个,皇帝充当了朝廷争斗的主要平衡力量,是稳固皇位的有效手段。现在首相毕士安形同虚设,寇准一人独大,皇帝感到了威胁。

巩固皇权的第二条法则,是设立进谏制度,朝廷设立监察御史,御史的作用就是监督朝廷里的大臣,御史可以根据官员的行为,建议皇帝赏罚大臣。如果皇帝对哪个大臣不满意,也可以暗示御史,他们领会皇帝的意图后,就会配合皇帝,对该大臣进行弹劾,皇帝利用他们来制约那些实际权力很大的大臣。但这一条,在非常时期,显然也已经失去了效力,寇准和高琼"劫持"真宗后,并没有人敢怪罪他们。

从继位那天开始,所有皇帝,包括真宗,必定会陷入提防、猜疑、守护的循环之中,真宗觉得要拿回皇权,恢复秩序,必须尽快结束这场战争。

曹利用要去契丹正式议和了。临行前,真宗给他交了底:"一是必须保住关南之地,二是岁币的上限为一百万两。"曹利用领命而去,走到城门口,被宰相寇准拦了下来。

"曹利用,你此去,不能有半点惧意,明白吗?"

"小人明白,小人此行定不辱我大宋国威。"

"好,我再告诉你,如果契丹人要关南,你就要燕云,一寸土地都不能给贼人,知道吗?"

曹利用赶紧点头。寇准阴着脸,又叮嘱道:"给契丹的岁币不能超过三十万两银子,记住了!"

曹利用蒙了，道："圣上，圣上许了一百万两……"

寇准凶巴巴地瞪了曹利用一眼，道："那是圣上的旨意，本相只答应给三十万，你要是敢答应多给契丹一两银子，回来我就剁了你！"说完寇准骑马而去。

曹利用吓得不敢去了，这是怎么回事？他以前就是个议和使而已，没经历过此等阵势，这可如何是好啊！

寇准的侍卫寇安马上过来安慰曹利用："你只管去，别怕贼人。我们老爷说了，契丹人的主帅都被我们射死了，如果再继续打，他们肯定有去无回，要吃败仗。你只管咬死三十万，他们不敢把你怎么样，拿出胆气来，也让契丹人知道咱宋人不是好欺负的，把事情办好，回来你就能升官领赏。"

这样一说，曹利用就明白了，他别的没有，但不惜命，胆气很正，不怕契丹人。有寇相给他撑腰，曹利用更得意，他雄赳赳气昂昂地进了契丹军营。

俗话说，"弱国无外交"，大宋朝军事上是稍微弱些，和契丹打起来非常费劲，但大宋却有寇准和曹利用这些如同蔺相如一样的"强臣"，在外交上不惧强敌，不丢国格，展现出民族风范。

契丹人先给曹利用来了个下马威，迎接他的是两排满身横肉、血腥气同时富有野性的刀斧手，还有一口巨大的滚着热油的锅。但曹利用无所畏惧，他只想抓住这个千载难逢的机会，为自己寻条升官发财的大道，要不然仅凭自己的家世和职位，他一辈子也别想出头。怕什么？两国交兵，不斩来使，他现在代表的是大宋皇帝。

萧太后头戴白色裘皮帽，身穿紫金百凤衫，杏眼含怒，面容冷峻。见到萧太后第一眼，曹利用就觉得好笑，太后和身着金线锦袍、腰佩宝玉的宰相韩德让并排坐在一辆华贵的驼车上，而堂堂一国皇帝耶律隆绪竟恭恭敬敬站在车下。曹利用觉得这也太荒谬了，蛮子什么规矩呀？一个臣子，竟然坐在皇帝头顶上。

曹利用有所不知，这位韩德让，在契丹手握重权。萧太后十六岁就嫁给辽景宗（当时称辽国）耶律贤，十七岁开始帮助体弱多病的景宗协理朝政。萧燕燕二十九岁时，景宗驾崩，她的长子，十二岁的耶律隆绪继位，是为辽圣宗，

她成了摄政太后。面对主少国疑，宗室亲王势力雄厚的局面，萧燕燕听取韩德让的建议，选拔人才，整治吏治，改革法制，重用汉人。在韩德让的帮助下，辽国强盛起来，萧燕燕打败了宋太宗的两次全力进攻，并俘获了宋朝名将杨业。

萧燕燕非常器重和信任韩德让，让他总领禁军，负责宿卫事，这韩德让被封为"晋王"，有自己的宫帐、属城、万人卫队。虽然圣宗都三十几岁了，但他没有亲政，不得不服从太后命令，尊称韩德让一声"叔叔"。萧燕燕未嫁之前，曾经和韩德让有过婚约，自从她成为寡妇以后，韩德让时刻不离萧燕燕左右，契丹人已经习惯了，只是曹利用少见多怪而已。

契丹人在太后驼车的车槐上放置了一块横板，板上摆放着餐具，请曹利用一同饮食，而随从官吏们则分坐两侧。吃完后，萧太后道："后晋感激大契丹，送给我关南一地，后又被后周夺取，今天应还给我。"曹利用道："后晋把地送给辽国，后周又把地夺回，这些都和我大宋朝没有关系。如果贵国觉得关南之地是故土，那我大宋也觉得幽云十六州是我大宋故土，理应收回。每年求取一些金银玉帛之类来补助贵国军费，尚不知我们皇帝是否同意，至于割地的请求，我曹利用根本就不敢向皇帝报告。"契丹政事舍人高正始竟冲上前来说："我们统兵南来，为的是收复故地。如只是取得些金银玉帛回去，那会愧对我国人民的。"曹利用道："你何不为贵国仔细想一想，假使贵国按你的话去做，恐怕两国还要继续再打三年仗。"高正始气得不行，放大话道："不用三年，只消三个月，我大契丹就能打到开封城去。"曹利用针锋相对："我大宋军民并不怕死，我更不怕……"

韩德让喝退了高正始，问曹利用："你们宋朝君臣是什么意见呢？"曹利用却不看韩德让，他对萧太后和圣宗道："我国只能给你们银三十万两当岁币。"任凭萧燕燕和她的大臣们说得口干舌燥，曹利用就是不改口，翻来覆去就这一句话。倒不是曹利用理亏，而是他实在不会滔滔不绝地辩论、讲场面话。他只知道奉命给三十万岁币，不行拉倒。

萧太后不是一般人，她很快发现宋朝的使臣根本就不是个有经验的外交大臣。她隐隐感觉到，契丹的困境已经被宋朝皇帝察觉到了，要不然他们怎么会派这样一个小人物前来谈判？她摆了摆手，让曹利用先退下。

王继忠把曹利用拉进自己的营帐，请他喝茶。王继忠被俘后，萧太后得知他是宋真宗藩邸旧人，便决定将其招为己用，于是授予王继忠户部使的官职，并且把契丹贵族家的女子许配给他。"继忠亦自激昂，事必尽力"，王继忠表示将尽心效忠契丹。

契丹人的待客之道是"先汤后茶"，与宋人"客至则啜茶，去则啜汤"的习俗恰好相反。契丹的汤用中药甘草煎制熬成，一点也不好喝，曹利用又不敢嫌弃，皱着眉喝了下去。他问王继忠："你才归顺契丹两年，就习惯他们这样喝汤了呀？"王继忠被弄得下不来台。

曹利用退下后，韩德让道："太后还是审时度势，答应宋朝使臣的要求吧，我们可以少要些银两，多要些绢。"和宋朝打了二十几年，五十岁的萧太后也实在是厌战了，现在契丹国内有了不能说出口的大内患，而魏能、杨延昭、田敏等宋朝边将纷纷深入契丹国内骚扰攻击，萧太后折了主帅，粮草不继又腹背受敌……

萧太后长叹一声，道："那就银十万两，绢二十万匹吧。"接着又一次叫来曹利用，曹利用一听还是三十万，马上答应了。终于完成任务，曹利用面带喜色，心想寇相真是料事如神呀！

曹利用的痛快答应让萧燕燕放下了心，她拉起契丹皇帝的手，对曹利用说："宋朝的皇帝比我儿子年长几岁，我儿就叫赵恒一声兄长吧。自此以后，我大契丹与大宋就是兄弟之国！"

曹利用赶回来的时候，真宗正在用膳，寇准和杨亿陪在旁边。宦官来报：曹利用带着契丹使者回来了。真宗赶忙要宣曹利用进来，杨亿阻止道："陛下正在用膳，让使者等等。"寇准也道："陛下，请少安毋躁，和谈已有结果，多等一会儿也无妨，可千万别因为一时心急，失了国威，让契丹人小看！"真宗会意，继续用膳，可嘴里却品不出饭菜滋味了。

真宗急啊，哪里吃得下。皇帝的一顿饭又那么慢，菜才上了一半。他偷偷派出一个小太监去问曹利用，到底怎么样了？

这是军国大事，曹利用不好宣之于口。赵恒的小太监就一直追问。曹利用被逼急了，伸出三根手指，在太监眼前比画了一下。

太监有样学样，但又不敢冒失，他也伸出三根手指，搭在脸上给皇帝温柔地比画了一下。"三百万！"真宗失声叫了出来。寇准和杨亿心中有数，但没见使者，他们又不能明说，只能苦笑。真宗面色难看，见寇准不为所动，他喃喃道："三百万就三百万吧，不给那么多，契丹人不会心动的。"

按规矩用完膳，真宗也不知道吃了些什么，没精打采地召见了曹利用和契丹使者，曹利用进来跪在地上，道："启禀陛下，臣有罪。"真宗一声也不吭，差点没翻白眼，寇准道："曹利用，你但说无妨。"曹利用马上道："臣答应给契丹岁币银十万两，绢二十万匹，合计三十万。臣有罪，给契丹人的太多了。"真宗有点不相信自己的耳朵，连忙道："你再说一遍！"曹利用又字正腔圆地重复一遍，真宗一下子高兴了，总数三十万，真是划算呀！你道真宗怎么那么不会算账呢，给别人钱还说划算。其实啊，这笔账要看怎么算，宋廷为了维护边境，每年军费都需要上千万银两，很难应付，一旦和契丹的议和生效，能省下多少，真宗心里清楚着呢。三十万银绢对大宋来说，真的不多，也就是大宋朝养一个皇子一年的花费，真是毛毛雨，小意思。

真宗赶紧在合约上署上大名，加盖玉玺，并且连连保证契丹军队平安离开宋朝疆界，为此赵恒亲自下令，自澶州以北所有宋军不得出城。

寇准长叹一声，摇头离开了兴奋到要疯掉的真宗，慢慢走回了自己的住处。他孤坐灯前，陷入沉思。在宋代中国的外围，有契丹、蒙古、女真，有吐蕃、南诏、西夏、高丽，还有南方许多小国家和海外的日本。宋代皇帝并不是所谓的天子，也不是"天可汗"。但这一切，大宋皇帝和他的臣子们都假装不知。宋朝举国上下都认为自己是天下之正主，很长时间内，甚至连寇准都不想承认，自己的国家并不是世界的中心。他从小所受的教育里，除了中原，其他地方都是"蛮夷之地"，他绝不可能向这些异族屈服。直到这次，大宋被迫和契丹议和，寇准心理上对中原地区乃第一正统的认知，才有所松动，这对他来说，十分难以接受。

景德二年（1005）正月，大宋和大契丹国定下盟约，具体内容如下：

一、宋和大契丹为兄弟之国，圣宗年幼，称真宗为兄。

二、两国以白沟河为界，双方撤兵。此后凡有越界盗贼逃犯，彼此不得停匿；两朝沿边城池，一切如常，不得创筑城隍。

三、宋每年向契丹提供"助军旅之费"银十万两，绢二十万匹，至雄州交割。

四、双方于边境设置榷场，开展互市贸易。

双方还互换了国书："大宋皇帝谨致誓书于大契丹皇帝阙下：…自此保安黎献，慎守封陲，质于天地神祇，告于宗庙社稷，子孙共守，传之无穷，有渝此盟，不克享国。昭昭天监，当共殛之。远具披陈，专俟报复，不宣，谨白。"

契丹在收到宋的国书后是这样回复的：

"大契丹皇帝谨致誓书于大宋皇帝阙下：…孤虽不才，敢遵此约，谨当告于天地，誓之子孙，苟渝此盟，神明是殛。专具咨述，不宣，谨白。"

这一盟约，便是改变大宋国命运和走向的"澶渊之盟"。

三天后，真宗和寇准等百官又一次登上了澶渊城头，他们站在凛冽寒风里，目送契丹大军像潮水一般退去。真宗面有得色，非常畅快。寇准眉头紧锁，情绪低落，屈辱和不甘在心里反复翻涌，他实在不愿意就这样放契丹人走，明知徒劳，但他还是想做最后的争取。

"陛下。"寇准叫了一声，突然伸出手，朝城下一指，"契丹军队现在毫无防备，我们如果下令李继隆的军队全力追出去，杀他个措手不及，再令十万永定军从前面包抄，分布在澶渊城各个方位的勤王将士也可以从侧翼进攻。"真宗像没听懂似的看着寇准，寇准又道："边将杨延昭来信请战，只需给他一万人马，他就可以突入契丹国，攻入幽燕，夺回长城防线。到时，全歼契丹军，活捉萧燕燕和耶律隆绪，我大宋江山可保万年无虞！"

真宗听了，不但没心动，反而有些恼怒："寇准，你想什么呢？你是要朕做言而无信、背信弃义之人吗？"寇准道："陛下，兵不厌诈……"这时杨亿突然站出来，伸手把寇准从皇帝旁边拉走了。杨亿惶恐不安地对真宗道："陛下恕罪，陛下恕罪。寇相公为了两国之争，已经三天三夜没有合眼了，连日高度紧张，让他心智有些不清。臣请带寇相下去，歇息片刻。"

真宗看了看寇准，才发现寇准眼窝深陷，白发丛生，一脸疲惫。皇帝有些不忍，点头道："此次议和成功，寇准功劳最大，你好生照料，让他歇息一下，莫要再胡思乱想。"杨亿拉着寇准往下走，寇准还在频频回头，真宗看他眼神呆呆的，失去了往日的光彩，倒对杨亿的话信了几分。

杨亿拉着寇准回到住处，安顿他躺下来，就要离开。寇准拉住了他的手："大年。"杨亿在床边坐下，劝他，"哥哥，你几天没合眼了，好好睡一觉，有什么话醒来再说。"寇准坐了起来，说："我睡不着。"杨亿看着寇准："契丹人已经走远了，圣上和大臣们应该正在庆宴，结盟已成定局，哥哥还是死心吧！"寇准知道良机已去："大年，这是最后的机会了，以后大宋再想拿回燕云，恐怕难如登天！"

杨亿道："国事自有天运，你已经尽心尽力了，再不可节外生枝。你知道吗？为这次亲征，宫里宫外，你得罪了多少人？多少人对你虎视眈眈，希望抓到你的错处，如果再加上意欲拥兵自重，违抗圣命，你还想活着回去吗？"寇准无言，杨亿安慰他："好好睡一觉，恢复恢复精神，向陛下认个错，把收复燕云的事情忘了吧。大丈夫能屈能伸，况且和议也不见得就是坏事，我看这个盟约很是利国利民，有不世之功。"

寇准又躺下了，没多久，他昏然睡去。这一觉一直睡到第二天清晨，寇准心中烦闷，他带着寇安拍马前行，在澶渊城外转悠。澶渊城里还算繁华，城墙也筑得高大，可城外却满目疮痍，寇准走了一阵，看到一户人家。他把马匹交给寇安，自己一个人来到了这户农家的茅舍前面。小小的两间茅草房，正面搭着个草帘，连个门都没有。寇准轻轻叫了两声，一个老者答应着，把他让进了屋。屋里草榻上躺着个老婆婆，病恹恹的。

寇准想问问百姓们的生活情况，便道："老丈，我有个姑母嫁到这一带，已经寻找多日不见，向您打听打听。"老丈也不问姑母夫家的姓名，只是连连摆手："别找了，别找了，澶渊城外，没有本地人，本地人都进城去了，这里都是些从边境上逃难来的难民。"

寇准再三追问边境上的生活状况，老丈才跟他说了实情：宋朝边将经常招惹契丹人，遭到报复性入侵后，他们又龟缩在城堡内，事不关己地观看契丹人在城外杀人放火。很多边将不敢进攻契丹军队，就杀害契丹百姓来报功，边境因此很不安宁，百姓深受其苦。契丹的百姓骂，宋朝的百姓也骂，宋军两面都不是人，一旦开战，就连自己的百姓都不支持。而契丹完全相反，摄政的萧太后很有才略，她对内改革，对外采取防御战略。边境上的百姓，有的逃到城里，有的逃到契丹，基本走光了。

"我要不是为了找失散的儿子，我也去契丹了，听说现在不打仗了，路上太平些。"寇准诧异："去契丹？你不是大宋百姓吗？"老丈道："只要能有一口饱饭，哪国的百姓都一样。"

寇准留下一点银子，走出了茅草屋，回程中，他一句话也没有说，一直想着老丈的言语。唉！只要百姓能过上安稳日子，和谈也许不是个坏事情。

寇准回去后，从袖中掏出一封密信，放在蜡烛上点燃了。这是边将杨延昭差四个勇士冲破契丹大军，从敌后送来给宰相寇准的请战信。寇准知道杨延昭很想报家仇国恨，他在信上说，只要给他一万精兵，定要那萧燕燕离不了大宋边境……

景德元年（1004）十二月十九日，真宗摆驾回朝，开封的百姓和官员迎出十里。王旦的家人左等右盼，在百官队伍里怎么也不见王旦，吓得以为他出了事故，哪知王旦却从他们身后出现了，家人这才知道王旦已经回到开封多日。

朝廷将"澶渊之盟"的合约颁告两河诸州。战争在基本没有什么损失的情况下结束了，举国上下一片欢腾，真宗更是神采奕奕。

"寇相！这次大捷，你可是首功啊！"高兴之余，真宗倒是没有忘记寇准。"微臣那点尺寸之功，哪里受得起陛下如此厚爱。陛下，臣前日鲁莽，还望陛下恕罪！"真宗摆摆手："寇相劳苦功高，朕当重谢，所有立功的大臣和将士，一并封赏！"

"谢陛下隆恩！此战皆因陛下神勇，亲临战场方能得胜。"这话真宗爱听，他笑而不语，寇准从怀中取出一幅字，恭恭敬敬地举过头顶，献给了真宗。真宗一看，大喜。寇准亲手抄写了真宗的《赋契丹出境》诗一首：

我为忧民切，戎车暂省方。

> 征旗明夏日，利器莹秋霜。
> 锐旅怀忠节，群凶窜北荒。
> 坚冰消巨浪，轻吹集嘉祥。
> 继好安边境，和同乐小康。
> 上天垂助顺，回旆跃龙骧。

真宗心头的不快一扫而光，寇准能抄他的诗，说明寇准认可和议，说明寇准赞赏他的决策，真宗这下心满意足了，君臣关系一下子融洽和谐起来。旁边的杨亿看着这一幕，偷笑起来，为弥合寇准和皇帝的关系，昨夜他劝了多时，才劝得今天这个效果。杨亿即刻发挥才子本色，也作了一首《奉和御制契丹出境将议回銮五言六韵》。

> 戎辂巡河右，天威詟鬼方。
> 五营开细柳，三令凛飞霜。
> 氛祲消千里，声名耀八荒。
> 灵旗风助顺，黄道日呈祥。
> 偃革边关静，回銮海县康。
> 欣陪从臣末，归跸奉高骧。

王师神武，皇帝英明，天下太平，大宋朝威震四海。真宗皇帝看了杨忆的诗，全身舒坦。

两国边境上自此相安无事，并且开了榷场，允许百姓自由贸易。看似红火热闹的市场，其实做的是一边倒的买卖。契丹除了卖羊卖马，并没有什么大宗东西能卖给大宋，而宋人的每一种商品，都是他们需要的。开始契丹还卖一些马，后来发现大宋的骑兵越来越多，就不敢再卖马了。萧太后下令，谁卖马给宋人，杀谁全家。结果，契丹收的岁币，到年底全被大宋赚得干干净净，每年还倒赔。

寇准熟读史书，又经历了与西夏与契丹的边战，他知道战争是血腥的，各民族互相吞并是残酷的。不同的民族，各有专长，如能和平共处，互相帮助，长期共存，必能共同发展，共同走向安定富足。想到这一层，又清楚自己为国已尽全力，再想起"澶渊之盟"，也就没有多少遗憾了。

二十一　一身轻

皇帝御驾回京之前,关于这场战争的种种经过始末已经传遍京城,老百姓的眼睛雪亮,心也实在,特别是边境线附近的百姓,都在念寇准的好,御林军中的将士也佩服他。寇准的威望,在这次战争中树立起来。关于宰相力促亲征、勇挫逃跑官员,打折议和岁币等故事成为百姓茶余饭后津津乐道的话题。

张咏在蜀川听到寇准在澶渊之盟中的表现,跟人喝酒时,道:"我们这一榜进士,得人最多,谨重有雅望,无如李沆;深沉有德,镇服天下,无如王旦;面折廷争,素有风采,无如寇准;至于当方面,则咏不敢辞。"

朋友们都道:"太平兴国五年进士,真乃龙虎榜!"

张咏道:"我一直在寇准面前以兄长自居,认为自己比他更有治世之才,听了寇准这次的所作所为,我自叹不如!"

其实张咏在地方上表现也不差,他在这一年,发明了世界上最早的纸币——交子。张咏看到蜀川商人往来做生意,携带大量银两钱币很不方便,便想出了一种异地存取的交易方式。存款人把银钱交付给铺户,铺户把存款数额填写在特殊制作的纸卷上,再交还存款人,异地取出,并收取一定的保管费。这种填写存款金额的纸券便叫作"交子",后来得到了国家的认可,在整个宋朝普遍使用。

真宗回到开封后第三天,论功行赏,功臣们都有奖励。对比一下寇准、王钦若、曹利用的赏赐,会感到很有意思。皇帝给宰相寇准赐了酒宴、嘉表,而守卫大名府有功的王钦若,则得到了袭衣、金带、鞍马等风光的御赐。曹利用被升为东上阁门使、忠州刺史,并赏赐一处位于开封城繁华地带的府第,并且申明,此后契丹国派遣的使节,都由曹利用慰劳接待,这里面不知能得多少利益呢!

不说曹利用的赏赐人人眼红,就算王钦若,也是羡慕得紧。要知道在寸土寸金的东京能有一套府邸,是多么困难,就连宰相寇准也还买不起房子呢,他还住在租来的房子里。

大家都替寇准鸣不平,寇准自己倒很庆幸,回想起在澶渊城里那些生猛做派、出格言行,只要皇帝不降罪,已是万幸,赏赐不赏赐,倒没那么重要。对寇准来说,只要能为国为民多做点事情,得不得赏赐倒无所谓。

寇准的这个想法,他的学生丁谓可不怎么赞同,丁谓没有曹利用那样豁出去不要命的胆气,可他为了得到一座开封城的府邸,也是费尽了心机。自从被寇准推荐,当上有身份的京官后,丁谓就开始在开封城里转悠,准备给自己买一处房子,从此在京城安家。开封房子太贵了,丁谓买不起呀,可他有别的办法。就在真宗亲征契丹、朝廷上下都将注意力集中到战争上的时候,丁谓却忙着命人替自己到处看地皮房子。

丁谓很会审时度势,他知道战争时期局势不稳,地价偏低,有头脑的丁谓用很便宜的价钱买下了开封城偏僻处冰柜街一片常年积水、地势很低的洼地。大家都笑话他,那地怎么能用呢?你打你的仗,我盖我的房,聪明的丁谓在地旁挖了一个大水塘,把水排干净,挖出来的泥土可以用来垫高地基,大水塘修饰一番,种上荷花,移来假山,上书"蓬莱",马上变为仙境。

等到寇准从战场上回来的时候,丁谓已经成了拥有东京水景房的土豪。寇准也曾经当过三司长官,把国家财政管理得井井有条,可管起自己的家产来,他比丁谓差远了。寇准很大方,每月俸禄虽多,但基本也就吃喝接济用完了,没有财来理。再说寇准太忙了,你想,他逼着真宗亲征,整日整夜在澶渊城头督战,连眼都不敢合,哪里有时间管自己家的事情。

就算现在仗打完了,天下太平了,寇准的公务依然很多,他忙得不可开交。"战时救国,平时固国。"寇准身为宰相,不敢有半分懈怠。所谓固国,就是巩固国家的基础,具体就是关心民生、保护民利、保证民需、国收民心,

寇准要做的事情太多太多。

但夫人这回不答应了，没钱也就算了，租的房子也凑合能住，但女儿大了，总要嫁人的，办喜事的日子一拖再拖，宋夫人等不下去了。

在夫人的一再要求下，寇准来了个说办就办。这一下，宰相寇准家里热闹起来，先是皇帝赐宴，一连吃喝几天。接着是办喜事，寇准想反正为了迎接皇帝的御宴和百官的祝贺，家里已经铺排摆设了好几天，不如将喜事一并办了。前几日，寇准弟弟寇随的女儿许配给了库部郎中高世宏的儿子——新科进士高清，婚礼办得热闹体面。过几天，寇准的三女儿也出嫁了，嫁的是毕士安的次子毕庆长。毕庆长原是娶了寇准的二女儿，可惜二女儿命薄，过门没一年就病逝了，宋夫人就做主，把三女儿嫁给毕长庆做了续弦。两个当朝宰相再次结亲，来捧场的人数可想而知，可寇准和毕士安都很低调，两家亲属吃了个饭，没通知一个外人。

毕士安一向勤俭持家，不喜铺张。寇准呢？他家里接连办喜事，但是朝廷同僚很少来贺喜，因为寇准得罪的人太多了。在开封府，达官贵人求他办事多有碰壁；一桩争产案，他又把三个宰相及其亲朋得罪光了；而文臣如冯拯、王钦若、陈尧叟等，以及众多武将，克扣军饷的，临阵脱逃的，都被寇准打骂降职过；甚至宫里的娘娘、宦官，没有几个不恨寇准的。这些人巴不得寇准倒霉呢，看到他招了好女婿，自然嫉恨，谁会给他道喜？也有和寇准相好的，如杨亿呀高琼呀，这些人性子都爽直，喝起酒来没黑没夜，图个尽兴，倒也把喜事的气氛烘托得热热闹闹。

寇准的大女儿是许夫人生的，自小就没了娘，宋夫人待她很好，千挑万选，将她嫁与尚书令王景纯的儿子王曙。王曙是淳化三年（992）的进士，一直在朝为官。大女儿出嫁时，寇准在凤翔做官没有回来。现在寇准刚从边境回来，王曙却奉命担任契丹国主生辰使，即将出使契丹，免不了几顿酒席，拜别亲友，宰相府里接连忙乱着。

一切都平静下来时，寇准觉得异常轻松，虽然他没有儿子，有些遗憾，但女儿们都很懂事，宋夫人眼光好，挑的女婿也很称他的心意，寇准挺知足的。

有天杨亿去找寇准办事，看到他正在对冯拯和王旦发脾气："宰相的任务就是要给国家选拔优秀人才,提拔官员不能论资排辈,要看办事能力,如果我们每次授官都拿着这个例簿往下念,那还要宰相做什么呢?不如请一个小吏来按老规矩念一念算了。"杨亿知道寇准爱才,破格提拔了很多出身寒微但有能力的官员,但是官员晋升的名册是二府定下的规矩,寇准不按规矩办事,对抗的可是整个朝廷制度和皇帝本身。

"寇公,你这样做,迟早要给自己惹来祸事呀!"杨亿劝寇准,寇准却道:"那个新科进士王曾是你介绍给我的吧?你说这人有才华,我马上在政事堂召见了他,果然是个栋梁之材,现在他已经到主判三司的户部了。还有那个雷孝先,也是我举荐的。你想想,如果按老例制,王曾他们就是再干十年,也不一定能干到现在这个职位,那国家得损失多少人才呀?"寇准一番话全然为公,一点不考虑自己的处境,杨亿无话可说了,他只能把对寇准仕途的担心埋进肚子里。

杨亿的担心很快应验了。景德二年(1005)四月,有个叫申宗古的百姓敲响了开封府衙的登闻鼓,状告当朝宰相寇准和安王赵元杰勾结谋反。安王赵元杰是宋太宗的第五个儿子,宋真宗的弟弟。赵元杰曾经是宋真宗赵恒争夺皇位的有力对手,后来是一个在诗词书法等领域具有极高声望的王爷。真宗生来就没有元杰那份大气洒脱,所以他不是很喜欢这位自带气场的弟弟。谋反是重罪,而且牵涉到宰相和王爷,开封府马上报告给了皇帝。

真宗第一时间把寇准停了职,然后召来毕士安商量,毕士安是他最信任的人。"陛下不必多想,就想想那申宗古乃一介布衣,既进不了深宫大院,又不闻朝堂政事,怎么就能知道当朝重臣这么机密的事件呢?而且他早不说晚不说,偏偏等到安王殿下刚刚去世就来告密,这不是往陛下的亲弟弟安王身上泼污水吗?再说寇准已经官至宰相,他谋反有何利可图呢?"毕士安一贯维护着寇准,这回也不例外,他压根不相信寇准会谋反。

真宗也不知道怎么处理,但他松了口气。毕士安自告奋勇地道:"陛下,臣愿亲自审理此案,把事情弄个水落石出。"真宗当然同意,他虽然不太相信寇准和安王会谋反,但他具备历代帝王对此类事的共识:"对于谋反,宁可信其有,不可信其无。"

被停职的寇准是惶恐的,他还清楚记得太宗朝时发生在自己身上的"万岁事件",十几年前,就因为一个来历不明的疯子在他马前喊了一声"万岁",他就被太宗从副宰相的职位上,贬到了青州。现在,他再一次"被谋反",一个他从不曾见过的人,告他和一个已经变成鬼的王爷意欲谋反,皇帝因此停了他的职,让他在家待着。多么荒诞啊!如果对方用别的办法整治他,告他杀人放火、营私舞弊,他都可以说清楚,可谋反这种十恶不赦的罪行,他拿什么来和皇帝辩解呢?把他的一片忠心剖出来吗?他想,实在不行,只有以死明志了,他一生为国为民、伸张正义、主持公道、惩处恶人,现在却落得个百口莫辩,他宁死也不想背上这种大逆不道的罪名。

好在朝中还有毕士安,重病缠身的老宰相对这件事旨在速战速决,他二话不说把申宗古抓起来一顿拷打,道:"大胆刁民,你的死期到了。"申宗古耐不住打,又喊冤枉,要交代实情。毕士安道:"本相不问是谁指使你来告密的,也不想知道你说的那些所谓实情,现在你说什么我都不会相信,你没有活路了。"面对一身重病,豁出性命审案的毕士安,申宗古崩溃了,至于他向毕士安说了什么,无人知晓,真宗和官员们只知道申宗古是个刁民,恶意诬告。但谁都知道事情没那么简单,他怎么会无缘无故告一个不相干的宰相呢?毕士安不深究,皇帝也不想深究,于是申宗古很快被斩首于开封府西市,寇准也官复原职。

一个可疑的迹象是,谋反事件刚过去十几天,王钦若就向宋真宗提出辞去参知政事的职位,王钦若越是坚决,宋真宗越是不舍,他觉得王钦若简直是急流勇退、高风亮节。实在没办法,真宗准了王钦若,如他所愿,让他去主编《册府元龟》这本书,这是一本主要记录政事和历史的书籍,真宗专门为王钦若新增加了一个从前没有过的官职——资政殿学士,以示恩宠。

宋真宗给足王钦若银子,还把翰林学士杨亿和很多满腹学识的文人派去给他当助手,要的就是给王钦若贴金。

寇准的学生王曾看到王钦若虽说去编书了,但皇帝对他还是恩宠有加,他在皇帝面前时时都能说话,便劝寇准:"恩师,自澶渊之战后,王钦若就和您成了死对头,这个人阴险狡诈,惯会背后算计人,您一定要小心。依我之见,您不如找个缘由,把王钦若赶出京城。您是宰相,寻他个错处不难!"寇准道:"我行事一向光明磊落,这样的小人能把我怎样?王钦若不笨,守大名府还算有点功劳,只要他安心给朝廷编书做事,我不会跟他计较的。"王曾道:"恩师,你不撵他走,是养虎为患啊!"寇准不以为然,也不屑于跟王钦若一样,在背后算计人。

和王钦若这次近距离的接触,使杨亿真正认识到,王钦若这个"瘿相",确实名副其实,他就像大宋的毒瘤一样,人人都想一割为快。

书才编了一个月,杨亿他们已经被王钦若告了几回。王钦若隔天就到真宗跟前请示汇报,凡是真宗点头的地方,王钦若就说是他编的。凡是真宗皱眉的地方,王钦若不是说杨亿的错,就是说别的人没写好。恰巧有一次真宗也召见了杨亿,王钦若的一番话,被等在殿外的杨亿听到了,气得他想冲进去打王钦若。

没办法,皇命难违,一帮文人忍气吞声,实在憋屈,就在屋里演起了戏。瞅见王钦若得意扬扬地进宫去了,一个下属就扮作王钦若的老婆,扭着屁股走进门,问道:"瘿相呢?"马上有人迎上来,恭恭敬敬地答道:"回夫人,瘿相今日受到夸奖,一不小心高兴死了。"接着就有人直挺挺地躺在了地上,杨亿他们便围着死去的"瘿相",难过地号啕。为了过瘾,大家还争先恐后地给"瘿相"写挽联,写的情真意切,文采飞扬。

正当他们玩得起劲的时候,一个小吏来报:"宰相毕士安过世了。"杨亿一惊,一把撒了手中的纸钱:"真的吗?消息确切?"小吏道:"毕相昏倒在圣上面前,抬回府后没多久就过世了……"

景德二年(1005)十一月,宰相毕士安病逝,享年六十八岁。宋真宗亲至其府邸哭吊,异常悲恸,真宗对寇准和跟随的官员道:"毕士安,善人也,事朕南府、东宫以至辅相,饬躬慎行,有古人之风,遽此沦没,深可悼惜!"如果说毕士安的死,令真宗悲痛万分,那么寇准的悲痛便是千万分。

真宗为毕士安废朝五日,册赠太傅、中书令,谥号"文简"。五日里,寇准一直守在毕士安灵前。毕士安是寇准的亲家,是真宗的潜邸旧人,是真宗最亲近最信任的宰相。毕士安把真宗对他的信任,都用来支持和维护寇准,澶渊之战，是毕士安第一个同意寇准的决策，说服皇帝走上了亲征之路。刚刚发生的诬告寇准谋反事件，也是毕士安用他的威望和能力，把事情迅速平息了下去。两人一起担任宰相的时间不长，但毕士安对寇准的坦诚和处处维护，寇准都记在了心里。寇准感到毕士安这一走，他仿佛失去了依托，心情变得不安起来。

朝廷里就剩下寇准一个宰相，所有事务都压在他身上，寇准一点也不敢马虎，兢兢业业当着他的宰相。好在边境无事，契丹成为友邻，西北狼李继迁被吐蕃首领潘罗支用计杀死了，他的儿子李德明归附宋朝，被真宗改名赵德明，封西平王，也安宁下来。真宗感到国势到了兴盛时期，自他践祚以来，还从没有过这般轻松。

大宋的经济政策本就宽松，一旦天下太平，朝政清明，老百姓安居乐业，便发挥出了巨大的创造能力。

但寇准依然绷着弦，事事认真。真宗对寇准的尽职很满意，几次在朝堂上赞许他。寇准道："臣闻宰相之任，所以镇抚中外，安靖朝廷，使百官皆得任职，赏罚各当其实，人主垂拱无为，以享承平之福，这些都是臣应该做的。"真宗深以为然，他觉得自谋反事件后，寇准越来越谨慎，对他这个皇帝恭敬忠心，便也对寇准宽厚起来，每每寇准奏事完毕，真宗都会安抚他几句，目送他高大的背影离去。

虽然真宗对寇准比以前更加看重，但是老谋深算的王钦若却从前面那次申宗古的事件中，看出来皇帝并不是十分信任寇准。看准了这一点，王钦若开始反攻了。

一次，陪着真宗目送寇准离去，王钦若口中叹息道："陛下您敬重寇准，是因为他对社稷有功吗？"

真宗道："是的。"

王钦若道："澶渊之盟，陛下不以为耻，而却认为寇准对社稷有功，是什么道理呢？"

真宗非常吃惊，澶渊之盟是他亲自与契丹订下的，举国上下都认为是千秋万代的大好事，王钦若怎么这样说呢？

二十一 一身轻

王钦若脸上大义凛然，一副冒死进谏的忠臣模样："陛下，这件事情，满朝文武都不敢讲。"

真宗道："朕恕你无罪。"

王钦若道："澶渊之役，契丹围我全城，逼我国赔款和议，这样的'城下之盟'，连春秋时候的小国诸侯都引以为耻，陛下堂堂大宋国君，难道不感到羞辱吗？"

真宗沉默着，王钦若说到了皇帝的内心最深处。其实自从回到京城，真宗心里那种挫败感、羞辱感就慢慢滋生开来。澶渊之盟对寇准来说，是战绩，是功劳，可对真宗来说，却并不好受。连开封的三岁孩子都知道，如果没有宰相寇准的坚持和强迫，皇帝差点就逃跑了。后宫的一些宫女嫔妃一说起契丹的萧太后，都带着几分钦慕，这个五十岁还带军亲征的女人，在胆识、气度、能力上，都把真宗比了下去。

正因为这一点，宋真宗心里对澶渊之盟多少有了一些否定，王钦若的话，让他有了一种往事不堪回首的感觉。

那么澶渊之盟到底是不是一次城下之盟呢？答案因人而异。对于宋朝的百姓和军人来说，当然不是！我们打了胜仗，杀了契丹八万人，逼得这些蛮夷不得不来求和，认我朝皇帝做了哥哥，怎么能算是城下之盟呢？至于岁币，那只是我们救济一下穷邻居啦，富人给穷人一些衣服食物，富国给穷国一些银钱布匹，只能算是施舍同情，跟屈辱扯不上边儿的。

对于契丹百姓来说，这个盟约对于他们整个民族，简直就是一次绝处逢生，使他们不至于没落在内忧外患之中。

对于爱引经据典、追溯历史的文人来说，宋代之前的汉、唐，为了边境和平，一般会采用"和亲"的方式。数以百计的中原公主带着无数陪嫁，被送往异国他乡，那些金枝玉叶所经历的遭遇，难以言尽。而真宗朝采取盟约形式缔结和平，则无须牺牲皇族女性，避免了众多百姓和军人死于战火。用对本朝来说无足轻重的一点银钱解决问题，双方和平相待、通商互利、礼尚往来，应该是历史上的最佳之选。

对于个人来说，澶渊之盟的胜者无数：比如契丹太后萧燕燕，这位令所有契丹人都愿意为她而战的摄政太后，再一次以她的勇敢无畏赢得了举国上下的狂热崇拜；比如大将军李继隆，他的常胜将军名号被再次验证；比如寇准、高琼，他们的勇敢决断让国家立于不败之地；比如曹利用，危急时刻挺身而出为国效力，他的胜者姿态毋庸置疑。

有人风光自然有人落魄。在澶渊之盟的阴影下，王钦若、陈尧叟，以及叫不上名字的妃嫔太监，还有各种逃跑派，自然都成为酸溜溜的一方。这些人都不足挂齿，可怕的是，国家成了胜利者，而他的一号人物——皇帝赵恒却成了不折不扣的失败者，真宗需要为自己开脱。

"陛下听说过赌博吧？"王钦若一看时机到了，开始攻击寇准，"寇准就像输红了眼的赌徒，他把全部身家都押上，赌最后一把，这叫'孤注一掷'。寇准逼着陛下亲征，就是把陛下当作赌注！陛下，这是他险胜了，要是输了，整个大宋都会被他赔进去的。"寇准坚持要真宗亲征，究竟是稳中求胜的军事策略，还是孤注一掷的赌博行为，这一点大家都看得很清楚，为了国家，寇准甚至不顾自己的前途乃至身家性命。当他逼着皇帝过黄河时，他就知道以后肯定会有一场针对他的"秋后算账"，可他仍然义无反顾地做了。皇帝过河后，他时刻担心着皇帝的安危，屁股上都长着眼睛，他怎能不知道皇帝性命对国家安定的重要性，又怎么会拿整个国家去赌博呢？

看到真宗并没有反对他的一番"忠言"，王钦若胆子大了起来。第二天上朝的时候，王钦若故意从官员们后面出来奏事，说几句，他就退回去，真宗再问，他又冒出来，反复几次。

宋真宗醒悟过来，问王钦若怎么退到了翰林学士们后面。王钦若大声地说："这是宰相寇准安排的。"其实王钦若这个站位，是毕士安生前安排的，资政殿学士是个新官位，毕士安把王钦若安排在后面，自然有他的说辞。这个王钦若很有城府，毕士安在时，他老老实实站在后面，毕士安刚一离世，他就蹦了出来。宋真宗很不高兴，问寇准："怎能让王钦若屈居翰林学士之后？"寇准道："臣以为资政殿学士应在翰林学士之后。"

宋真宗立刻生气道："朕现在封王钦若为资政殿大学士，立刻站到翰林学士们前面。"王钦若故意慢腾腾地绕过寇准站在了翰林学士们前面。真宗还在借题发挥，大骂中书省不会做事。

寇准也生气，可他忍住了。皇帝好久没有向他发过脾气了，待他也算尊重，他知道皇帝喜欢王钦若，就让王钦若站在前面吧，合了皇帝的心意。一个人为官是为了把事情做到前面，而不是为了站在前面，寇准想着，便道："陛下息怒，臣知错了。"看着殿下服服帖帖的寇准，真宗的愤怒还是不能平息，他昨晚仔细回味了王钦若的话，想到寇准对自己的逼迫，想着亲征时担惊受怕的日子和被人看不起的眼神，真宗开始记恨寇准，他拂袖而去。文武百官看皇帝走了，也讪讪退朝，留下寇准一个人孤孤单单地站在大殿上。

朝廷品官们都很会看皇帝的脸色，他们预感到寇准要出事了，寇准果然就被罢了宰相之位。

皇帝下的诏书很客气，也很官方，诏书上说寇准乃太宗时代的宰相，劳苦功高，又在当朝干了这么多年，该退下来，休息休息了。皇帝给寇准升了俸禄，加了封号，让他去陕州（今河南省三门峡市区及陕州区）当知州，休养身体。

大将高琼本来生病，听到寇准被罢相的消息，一口血吐出来，病情加重了。真宗得知后，准备去探视一下高琼，毕竟是皇亲国戚。王钦若恨高琼帮过寇准，赶过来劝谏道："陛下，天子问疾，是对权臣的恩宠，高琼无破敌之功，陛下去看望他，不合适！"真宗此时已经坐到了车辇上，听了王钦若的话，他又下车回宫去了。当晚，高琼病逝。

澶渊之盟签订后仅仅一年，四大功臣毕士安、寇准、李继隆、高琼死的死，走的走，都退出了权力中心。

真宗任命王旦为宰相，王钦若、陈尧叟为副宰相，开启了他唯我独尊的新纪元。

王旦上任后的第一件事，就是面奏真宗："毕士安清慎如古人，官至宰相，理天下事，管天下财，自己家里却生活窘迫。办完他的丧事后，家里人无房无地，现在都是靠借钱生活，还请陛下加以照顾！"真宗皇帝深表同情，赐毕士安家白金五千两，给了他的长子毕世长卫尉卿，次子，也就是寇准女婿毕庆长府卿的官职。这样一来，毕士安家总算有了收入。

毕士安如此穷，寇准也好不到哪里去，他也没房子没地，宋夫人身体不好，要回娘家安养，寇准和蒨桃收拾了两个包裹，就转身去了陕州。京城还是那么繁华安逸，可转眼间就没有了寇准的立足之地。

皇帝让你休养，你就不得不休养。四十五岁的寇准从此被人称为"老相公""莱公""老人家"，他也配合着大家，头发开始花白，原本挺直的身板也因为腰痛，有些弯曲。

陕州是个风景优美的地方。南依甘山，北临黄河，有"四面环山三面水，半城烟树半城田"之说。周文王之弟召公曾封此邑，教民于甘棠树下，民感其德，建祠纪念，故陕州又称甘棠旧治。寇准来到陕州，安顿好之后，第一件事就是去拜访诗人魏野。魏野是住在陕州的一介布衣，寇准为什么不先去见陕州的官员，而要见魏野呢？

这次来陕州，皇帝给了寇准特殊待遇。他可以挂着知州的名头，却不用管理具体事务，皇帝另派人管辖陕州，寇准的主要职责，就是休息、享清福。所以，他不急着升堂，而是急着拜见魏野这个大诗人。在京城，寇准就听说过魏野这个人和他的诗，神交已久，自然希望见一见这位隐士。寇准一边吟着魏野的诗句，一边往城东三里桥走："野色青黄禾半熟，云容黑白雨初收。依依永巷闻村笛，隐隐长河认客舟。正是诗家好风景，懒随前哲却悲愁。"

魏野是陕州本地人，住在陕州城外，筑茅屋，引涧水植竹栽树，号草堂居士，闲来写诗，逍遥自在。寇准行至柴门外，魏野迎了出来，寇准一看，真闲人也。魏野年约五十，竹簪绾发，宽袍大袖，脸形狭长，鼻梁高挺，茅屋里散放着诗卷残荷，几枝插花清雅素淡，高低错落，非常雅致。寇准虽说也是位"诗人"，但公务繁重，疲于奔命，跟魏野的神仙生活自然不能比。

魏野对寇准的遭遇有所耳闻，一番推杯换盏后，他赠诗劝寇准："好去上天辞将相，归来平地做神仙。"寇准道："处士所言，正是寇某心意。以后山川河流，愿与处士相携而游。"魏野道："恐莱公心不平。"寇准一笑，也写了一首诗给魏野："人间名利走尘埃，惟子高闲晦盛才。欹枕夜风喧薜荔，闭门春雨长莓苔。诗题远岫经年得，僧恋幽轩继日来。却恐明君徵隐逸，溪云谁得共徘徊。"这诗前几句羡慕魏野境界高远，后面却有一种无可奈何的唏嘘，

意思是你现在劝我归隐,但有一天,皇帝要请你出山做官呢?你恐怕就要丢掉这些清风明月了。魏野听了眉毛一动,两人哈哈大笑。

寇准无事可干,便寄情山水,常常和魏野游玩、作诗、喝酒,非常快活。他们常抚琴于松溪、竹林,目送归鸿、心游太玄。陕州是个好地方,气候四季宜人,寇准最爱访陕州城北。黄河南岸的河上亭,那是汉文帝亲自督建,遥拜河上公的圣坛。陕州城外的黄河滩很宽阔,河面烟波浩渺,偶尔几只小船伴着霞光归来,静谧寥远,河对岸是葱郁的树木和绵延的中条山。寇准在河上亭曾题诗一首:"岸阔樯稀波渺茫,独凭危槛思何长。萧萧远树疏林外,一半秋山带夕阳。"

陕州还有很多隐身在黄河两岸和崇山峻岭之间的小寺院,寺院里面多有得道高僧,和魏野气味相投。魏野带着寇准访寺院、饮清泉,有时候晚了就住在寺里,门外清静少人迹,窗前明月挂星空,寇准宽衣解带,在草榻上一倒,就鼾声大作。

二十二　大封禅

寇准在陕州无事一身轻，真宗在开封却心事重重。撵走了寇准，他想干点什么，重新树立起一个帝王的威严却不知道从何处下手。

真宗叫来了王钦若："朕要怎样做，才能挽回颜面，让天下百姓更加敬仰朕？"

王钦若不假思索脱口而出："陛下干一事足矣！"

真宗立刻来了兴致："快说，朕一定办到！"

"陛下召集军队，再次亲征，痛击契丹，夺回幽云，天下百姓谁敢不称颂陛下的盖世英名，就算太祖、太宗，也没有这样的千秋伟业呀！"

真宗听了这话十分难堪，还要亲征呀，谁敢呀！那些瞪着眼的契丹人头颅浮现在了眼前，真宗一哆嗦，恨不得拿手中的玉如意砸王钦若一下，他忍了忍，道："河朔生灵，才免干戈，岂忍再战！可想他策！"

王钦若假装感动于皇帝的悲悯情怀，连连点头，他沉吟道："陛下，自古以来，国家大事，在戎在祭，每世之隆，则封禅焉。"

"封禅？"

"是的陛下，只有举行封禅大典，才能镇抚四海，夸示蛮夷。"

真宗怦然心动！如果说举国臣子们的最高理想，是"帝王师"，那么帝王们的最高理想，则是"泰山封禅"。

封禅，封为"祭天"，禅为"祭地"，古人认为群山中泰山最高，为"天下第一山"，因此人间的帝王应到最高的泰山上去祭拜天帝，才算受命于天。在泰山上筑土为坛祭天，报天之功，称"封"；在泰山下辟场祭地，报地之功,称"禅"。这是古代帝王的最高大典,封禅天地,向天地报告重整乾坤的伟大功业,同时表示接受天命来治理人世。《史记·封禅书》中记载"每世之隆,则封禅答焉,及衰而息。"也就是说,帝王当政期间要有一定的功绩,使得天下太平,民生安康,从而天降祥瑞,帝王们方可封禅,向天报功。

对于一个皇帝,封禅的好处多多。首先就是完成了"受命于天"的仪式,从此可以名正言顺地代表苍天统治百姓。这对于真宗来说当然重要,太宗的皇位得来饱受非议,真宗也是越过大哥元佐继位。封禅泰山,真宗就可以坐实皇帝身份,堵了天下人的悠悠之口。封禅还可以昭告太平,彰显功德,威慑夷狄。

封禅有这么多好处,但历朝历代,举行封禅大典并被世人承认的帝王并不多。从秦始皇开始,到真宗朝一千多年间,只有五位皇帝敢于泰山封禅,他们是秦始皇、汉武帝、汉光武帝、唐高宗和唐玄宗。当然秦二世、隋文帝等,也有几个封过禅的,但没人承认他们的功绩。大宋王朝的太祖赵匡胤在位时没能统一天下,没资格封禅,太宗倒是曾准备去泰山,谁知他动身前皇宫突然遭了雷击,太宗吓得再也不提"封禅"二字。

"朕行吗?"真宗在心里细数着自己的功绩:天下统一,勉强算是的;国富民强,这条他自认为做得很好,大宋朝富甲天下,有的是银钱;天降祥瑞,这个,这个要老天说话,有点难办!祥瑞千奇百怪,代表了上天赞同皇帝封禅的旨意。大到凤凰来仪、白鹿现身,小到长着十几个谷穗的谷子、冬天开花的牡丹,等等。可这些都不由皇帝说了算,真宗挺为难。

王钦若不愧是皇帝的心腹,皇帝想什么,他一清二楚,于是他说:"陛下,天瑞安可必得,前代盖有以人力为之者,唯人主深信而崇之,以明示天下,则与天瑞无异也。"真宗一听不对呀,这是教他作假,欺骗天下呢。王钦若却说得义正词严:"陛下想想,书中说马从河里跳出来,背上驮着赐给伏羲氏的古书;乌龟从书里跑出来,教给大禹编写《洪范九畴》,那可能吗?天下人深信不疑的这些传说,其实是前代圣人有意所为,为的是以神道设教耳!"真宗听了沉默不语。

一天晚上,皇帝左思右想睡不着,趁着月光,他来到了秘阁,就是皇家藏书的地方。他想查找一下古书，考证一下古人对祥瑞的看法。当天在秘阁轮值的人，是个叫杜镐的学士，真宗看到这个人，突然心中一动，他假装无意随口问道："杜学士家学渊源，博古通今，朕请问一下，古人说的'河出图、洛出书'，是真是假？"杜镐确实满腹学问，而且还勤于思考，他老实地回答皇帝："陛下，臣以为，此圣人以神道设教耳。"真宗一听，学士所说和王钦若一模一样呀，他书也不找了，兴冲冲地回了宫，留下杜镐一个人站在秘阁前。月明星稀，天地静谧，此时，这位老先生并不知道自己的一句话，惹来了多少人间风雨。

雄心勃勃的宋真宗和善揣圣意的王钦若再次密谋，开启了真宗封禅大计的第一步。

这天，寇准照样中午一场酒，正喝得起劲，一个衙役来报：张咏到了。寇准大喜，袍带都没系，就跑了出去。

张咏来陕州看寇准了，寇准高兴啊！咸平四年（1001），真宗将蜀川川峡路分为益州路、梓州路、利州路和夔州路，合称为"四川路"，四川由此得名。张咏常年在四川做宣抚使，两人阔别已久，如今相见，非常畅快。张咏和寇准属于忘年交，从两人相识到现在，张咏已经六十一岁了，寇准也四十五岁了。按张咏的能耐和资历，他早该入朝为相了，就因为四川难治，除了张咏无人能镇住，才耽搁了他升迁。这次张咏奉旨回京面圣，知道寇准遭贬，特意绕道来看他。

寇准望着年已老迈的张咏，心头一酸。昔日意气风发的剑客如今已经脊背微驼，两鬓染霜，眉目也变得慈祥起来，俨然一个花甲之年的老人。

张咏这次来，只能待三天，寇准每天好酒好菜招待他，两人下棋挽弓，谈古论今，恣意快活。相聚的日子甚是短暂，转眼就要离别，寇准把张咏送了一程又一程。

离别时，寇准向张咏请教："哥哥，你再教导我一次吧！"张咏对寇准道："你回去要好好读读《霍光传》。"说完张咏就不再言语，寇准知道问也没用，张咏的脾气，不想说绝对不张口。

回到府邸，寇准就找出《霍光传》读了起来。当寇准看到"不学无术"

时，不禁哈哈大笑："原来这就是张公对我的指教啊。"张咏知道寇准年少得志，青云直上，觉得自己处处比别人强悍有见识。张咏是想告诫寇准，莫学西汉的权臣霍光。

汉武帝刘彻晚年，汉朝内忧外患不断。汉武帝临死前，托孤给他最得意最看重的大将军——霍去病的弟弟霍光。霍光英俊高大，才华横溢，勇猛无敌。在汉武帝死后，霍光权倾天下，整顿朝纲，甚至废立皇帝，让汉室出现二十七天没有皇帝的真空期，可是他死后，霍家九族被诛灭殆尽。

张咏到底比寇准经历的世事要多，他已经察觉到寇准性格张扬，怕他将来会吃大亏。寇准也意识到了自己性格有缺点，他曾努力改正过，可是天性使然，他遭皇上一贬再贬，已经没有了往日雄心，自嘲道："不学无术游手好闲，正合我意。"

其实，寇准身边好几位宰相的为人处世和政治技巧都值得他好好学习，比如吕端的"善与人交"，比如毕士安的"清慎畏谨"，比如李沆的"深得大臣之体"，再比如王旦的"无欲而治"……可寇准却偏偏和这些人不一样，他就是他，谁也无法把他劝服，谁也无法令他改变。

真宗和王钦若密谋封禅，遇到了两个困难，一个是祥瑞，一个是王旦。真宗心情忐忑，不知道王旦对封禅的事情是赞成还是反对，皇帝要封禅，必须得到宰相的认可。只有宰相同意了，真宗才有可能调动百官，任意铺排，任性花钱。

王旦正在和真宗闹意见，真宗刚好趁这个机会，讨好王旦。事情很简单，开封城有个算命的，很神，有个官员把他推荐给了皇帝。皇帝对这种事情感兴趣，当即让算命的给皇子赵佑算了一卦，算命的嘴里满是好话："启禀陛下，皇子天庭饱满，地阁方圆，相貌威仪，日后定能继承大统，福寿绵绵。"真宗还没来得及高兴几天，九岁的皇子就生病死掉了。真宗伤心加气愤，下令把那个算命的斩首抄家。

杀个算命的不算大事，一抄家却出大事了。算命的家里金银成堆，堆积的信件不计其数。几大箱子的信件中，很多都是朝廷品官找他算命、问官、求财的往来笔墨。看到朝廷官员有一半都跟骗子有染，真宗暴跳如雷，他下令开封

二十二 大封禅

府衙严加追查，把这些不知好歹的官员全部都抓起来问罪。百官个个胆战心惊，没人敢劝皇帝，开封府衙也感到案件棘手，难道真要把京城那么多官员和皇亲国戚都抓起来呀，那朝廷不就瘫痪了。

这时候王旦站出来进行了自我揭发："陛下，臣为官之前，也找那人算过命，陛下要是觉得算命有罪，就把臣先抓起来送进大牢吧！"真宗还不算糊涂，他觉得王旦口说无凭，不必追究，但那些官员有信件为证，必须治罪。王旦苦口婆心地劝皇帝："陛下，臣犯了同样的罪，没有颜面去责罚别人，陛下三思啊。开封城里的官员，再加上官属，臣也治不过来呀。陛下，这件事情会使官场动荡，人心不安啊！"

王旦劝来劝去，真宗稍有动摇，但没有松口。王旦一回到中书省，赶快命人把那几箱子信件都烧了。火还没有熄灭，皇帝就派人来要这些信，可惜晚了半步。这次官场浩劫终于平复，百官都感念王旦，但真宗还有些生他的气。

王旦也不明白，真宗怎么就突然转了性，对他恩宠有加，请他喝酒，聊家常，十分亲切。吃完喝完，皇帝命人抬出一坛御酒，赐给王旦："这是宫中佳酿，赠予王卿与家人同享。"王旦有些奇怪，他带着一坛酒回家，路上想着皇帝的话，总觉得怪怪的，不年不节的，皇帝为何突然赏赐，还叫得那么亲热。

回到家里，王旦让儿子启开御赐美酒共享圣恩，谁知儿子打开坛子，叫道："爹爹，你看！"王旦一看，坛里哪有什么酒，里面盛着满满一坛珍珠。王旦吓了一跳，珍珠是皇家贡品，自从真宗听到百姓为了贡品珍珠常常丢掉性命，便让停了采珠场，从此珍珠更加稀少，用这坛珍珠，能在开封城最好的地段买一栋大宅子。一般大臣家里是没有这种奇珍异宝的，现在自己也没立什么大功劳，皇帝突然偷偷赏给自己这样大一笔财富，皇帝这坛子里，卖的什么药呀？王旦百思不得其解，他让儿子暂且不要声张，自己辗转难眠。

贿赂了宰相不算完，真宗还要寻求另一个人的同盟，那就是丁谓。丁谓来历不凡，他是淳化三年（992）的进士，经史诗文无不精通，治理地方时收到过万民伞，后经寇准举荐，凭着高超的理财才能一步一步升迁，现在，是帝国的钱袋子，代理三司使。

如果说寇准能干好三司使靠的是正直和威望，那么丁谓靠的绝对是技术。

丁谓精于理财，他整理出了大宋王朝的"家底"，并以全国户部和赋税收入数额为基数，编订了一本《会计录》，作为当时赋税收入和以后调整财政收支的依据。这本《会计录》是宋朝第一本详尽的全国财政收入总册，凭借这本书，宋朝彻底厘清了长期混乱不堪的糊涂账。

丁谓不仅能够管理钱财，还能帮助朝廷敛财。朝廷在丁谓的建议下，全面实行了盐铁官营，国库越来越丰盈。他上书设立"劝农判官"一职，专门负责管理农业、检查土地等工作，还请求朝廷，以后官员升迁，以开荒土地、恢复人口数为第一考核指标，没有增加人口和赋税的人，不能升官。丁谓又重新编纂了五卷书《景德农田敕》，将宋朝的农业法令整理了一遍。

宋真宗找丁谓，就问一句话："钱够不够？"丁谓当即表示："目前府库充实，大计有余。"

吃了丁谓的定心丸，皇帝开始行动了，他郑重其事地把自己的美梦讲给百官："朕梦到一位头戴星冠、身穿绛袍的神仙，对朕说，你吃斋念佛一个月，天上就会降下天书《大中祥符》三篇。"众人听了一番道喜。一月过后，果然有人在左承天门南角的鸱吻上，看到了黄色的绸子。真宗磕头，王旦跟风，大宦官周怀政亲自上梯子取下了"天书"——一块黄绸子，上面写着"赵受命，兴于宋，付于恒，居其器，守于正。世七百，九九定。"

于是普天同庆，臣民狂欢，三天后，真宗宣布改年号为"大中祥符"。接着，有人进献了神鸟"凤凰"。

这"凤凰"可是王钦若费尽心机"养"出来的。他遍求天下修炼之人，最后，真还从方士手中求得一法："半斤重的黑色草鱼一条，取出内脏，填满硫黄，再放入瓦缸内盖好，五至七天后取出草鱼，剁碎，拿去喂预先饿了两三日的鸡，鸡的羽毛就会全部脱落。过几天，这鸡会重新长出五颜六色的羽毛，等羽毛逐渐长长丰满，家鸡就变成了漂亮无比的金凤凰。"王钦若养了二十多只"凤凰"，最后效果都差强人意，只能选出一只，涂色美化其羽毛。这只凤凰由王钦若的表弟进献，马上，献祥瑞者就被授予高官，显赫至极。

榜样的力量是无穷的。一时间，全国上下献祥瑞的官员和百姓络绎不绝。王钦若最懂真宗，他进献了八千多棵从全国各地搜罗来的灵芝，博得了皇帝的欢心，于是丁谓进献了九千多棵灵芝，而王钦若不甘示弱，让手下人遍搜天下，终于以三万多棵绝对胜出。

丁谓哪甘落后，他别出心裁，秘密训练了十四只仙鹤，让它们围着皇帝的车辇飞舞，文武百官都说这是天大的祥瑞，真宗高兴坏了，命人把这个祥瑞载入了史册。回到宫里，真宗还兴奋地对刘娥娘娘道："蓬莱仙鹤围绕着朕的车辇，盘旋飞舞良久。"娘娘笑着问道："陛下，是蓬莱仙鹤还是丁谓家的家鹤？"真宗有些羞愧，娘娘一说，他也觉得自己有些过分，他召来丁谓，让他把史书改过来。丁谓道："陛下以至诚之心侍奉上天，以不欺之心对待万物，万物自然感谢陛下，所以仙鹤才会围着陛下飞舞，此事并非不实。"丁谓又道："这样的小事陛下都要亲自查实，唯恐怠慢万物生灵，请允许把我们君臣的对话也写入史书，以记下陛下的圣德。"真宗大喜，马上吩咐丁谓去办了。

还有更神奇的：一个叫董祚的泥瓦匠在修缮亭子时，于亭子顶上也发现了黄绸子写的"天书"，尽管这第二册天书上的字像画符一样，大家都不认识，但真宗也照单全收，册封董祚为八作都头，负责整个皇宫的修缮工作。这又让全国的老百姓精神一振，看到了一介布衣平步青云的捷径。于是，人们拿着各种稀奇古怪的东西在皇宫门口排起了队，真宗也爽快，凡是献祥瑞的，全部赏赐加官。泰山当地的官员很知趣，报告说：自从"天书"降临后，泰山的老虎们都不吃肉了，改成吃素了；泰山上的泉水，现在都变得甘甜无比。当地百姓还组织了一千多人的庞大请愿团队，到京师"诣阙请封禅"。

王旦终于把那一坛珍珠和皇帝封禅的事情联系了起来，平和的性格使他难以开口对皇帝说不，他知道封禅意味着好大喜功，意味着花钱铺排，但钱是皇帝的，天下也是皇帝的，他也无心阻挡。

王旦想起了李沆，那个被誉为"圣相"的前宰相。真宗刚登基时，李沆每天总是把各地水旱灾害、盗贼叛乱的事情上奏，王旦认为这些小事不足以要麻烦皇帝知道。李沆道："皇帝还年轻，应当让他知道治理国家的艰难。否则，他血气方刚，就算不关心声色犬马，土木、战争、祭祀等事情也会接踵而至。我老了，可能看不到了，这是你以后要担心的事情。"

李沆曾经的预言变成了今日现实，王旦不得不佩服他的远见卓识，可事到眼前，王旦左思右想，他只有选择随波逐流。

大中祥符元年（1008）十月，宋真宗在百姓和官员们的不断请求下，奉着天书，向泰山出发了。皇帝封禅的队伍有多壮观呢？队伍前后有十万御林军护驾；什么金枪班、银枪班、弓箭等二十四班左右的随从，执黄罗伞、青罗伞、马鞭、七宝剑等的太监，托金香球、金洗漱、红纱等的宫女共计五千人。还有一万人的旌旗队列，千乘以上的轿子，加上文武百官、皇亲国戚和各自的家人随从。这支庞大的连绵百里的队伍自京城出发，浩浩荡荡，东赴泰山。寇准奉旨于洛阳行宫迎接圣驾。

真宗驾临行宫的排场很大，群臣跟着饮宴赋诗、歌功颂德、进献祥瑞，等等，忙碌不停。君臣相见，皇帝对老宰相寇准倒是尊敬，就连平日里飞扬跋扈的王钦若和丁谓，见了寇准都好像收敛了几分。现宰相王旦把这些都看在眼里，他觉得朝廷大事还是需要寇准这样的强硬人物来主持。

王旦虽说贵为宰相，但王钦若仗着得宠，又是祭祀总管，对王旦时有不恭，连丁谓、林特等一帮人，也不听他的，他平时说一些节约用度、体恤民生的话，这帮人不但不执行，还口口声声说奉圣旨这些稻田要填平修路，那些百姓要夹道相迎，等等。久了，王旦也不和他们争了，他觉得自己没有能力扭转大局，只能做一个念念祭文、烧烧香的道具宰相。

王旦心里很希望有人能站出来劝谏皇帝，让他不要在自我迷恋的封禅之路上越走越远，这个人，王旦认为应该是寇准！

寇准知道皇帝正在拜神求道的兴头上，不会听他的劝告，皇帝当初将他贬出开封，不就是为封禅铺路吗？可是作为人臣，作为大宋曾经的宰相，看着这一大帮人甘于陪皇帝劳民伤财、好大喜功地胡搞，寇准实在忍不下去。在御驾将离开洛阳的前一天晚上，寇准要求单独见一见皇帝。

真宗当然知道寇准想说什么，满朝文武，只有这个痴人会时不时指责皇帝的错处。但真宗顾及君臣曾经的情分，而且他也怕不接见寇准，寇准会做出更偏执的举动来。

大殿里静静的，一君一臣，往事如烟。寇准问安之后，真宗点头："陕州可好，寇公身体无恙？"寇准恭敬地低头答道："谢陛下隆恩，臣忘情高山，饮吟黄河，晚间睡得香甜。"真宗微笑，寇准直入主题："陛下，臣请面圣，是有一事不明，向陛下求教。"真宗想这个痴人，难道还在纠结为什么不让他当宰相了？谁知寇准道："陛下，臣愚钝，不知道所谓天书，究竟为何物？"

真宗大吃一惊，自大中祥符元年第一册天书降世，世人已经好几次在泰山顶上、房梁柱上等处发现过天书了。大宋百姓及君王都把天书奉为神明，供在高堂，这个寇准，怎能如此装傻。真宗道："寇公不可狂妄，天书乃上天之言，不可不恭！"寇准道："臣尝遍访方士高僧，都言说上天无口，且能言哉？"真宗想跟这个较真的人说些圣人设教，允许人为的话，可他说不出口。圣人只是偶尔夸大或者造假，而大宋的天书和祥瑞，如今却堆满了皇城。

"寇准，上天之事，不可冒犯！"真宗摆出天子威严呵斥道，皇帝性格温和，很少呵斥人，尤其是对这些老臣子。

但寇准并不罢休："陛下，非臣狂妄，先皇在世时经常说，国将兴，听于民；将亡，听于神，臣只是重复了先皇的话而已。"寇准一提真宗他爸，真宗只能听教训了，谁让寇准资历老呢，寇准二十几岁就开始追随太宗，他说太宗曾怎样说，怎样做，那都是眼见为实的，真宗没办法辩驳。

"陛下，夫民，神之主也。是以太祖、太宗都很惜民，先爱民而后致力于神，他们祭神，所求的都是六畜肥壮、粟谷丰熟；祈愿的是三时不害、民和年丰。今国家土木之功，累年未息，水旱作沴，饥馑居多，陛下不可再做劳民事神之举了呀！"

"寇公多虑了，朕和太祖、太宗的心思一样啊！朕祭祀，也是为了求国泰民安。"

"陛下能如此想，臣心甚安，陛下英明神武、天资睿哲，应当效仿太祖、太宗，多以江山百姓为念！"

寇准越说越激动，对面的真宗却很淡定，等寇准停下来喘一口气，真宗道："寇准，朕知道你是大宋忠臣，朕祭天祭地，既为臣民，也为祖宗社稷，朕年过四十，却还没有子嗣，朕忧心啊！"真宗说到痛处，寇准没词了。后代子孙的繁衍，是一个人最基本的情感，最实际的需求。寇准已经五十岁了，虽然也没有儿子，但皇帝不同啊！皇帝可是有皇位要继承的，没有儿子那是影响国家长治久安的重大隐患，是比天还大的事情。

看寇准半天不语，真宗暗自庆幸，当时和王钦若密议封禅的时候，王钦若教真宗：如果有人反对，圣上你就这样说。真宗屡试不爽，看寇准无话可说，真宗又进一步发挥了一下："寇准，这十年来，难道朕做的还不够好吗？"

这是一句不容反对的质问，寇准默默退下，回了陕州。

真宗到底还是没能忘记寇准，他问王旦："前宰相外放，旧例不以公事为意，这样好吗？"王钦若心知肚明，皇帝这是怕寇准一天闲着生事。王旦道："陛下，天雄军现无人镇守，寇准刚直多智，军威甚隆，堪当此任。"真宗当然知道大名府天雄军的重要，于是下旨，让寇准治天雄军，这次不是空头衔，是实职。真宗怕寇准太清闲，总是操心皇帝家的事情。

皇帝的御驾从洛阳先东进澶渊，然后从澶渊往东，去了泰山。真宗重走当年亲征路，心境却大不相同，用意也很明显。没有了寇准，没有了战争，宋真宗风光无比地走向人生巅峰。衬托他的，是威严仪式营造出的强大气场；配合他的，是文武百官谄媚无比的热情助演；迎接他的，是沿途百姓一浪高过一浪的山呼万岁；蛊惑他的，是自己创造出的"太平盛世"的无限荣光。

要知道，泰山封禅，可是一项极其繁杂的"工程"。皇帝出巡，要走专门的御道，各地修路铺桥就要一大笔费用，还要安排接待，兴建行宫，又是一大笔。为了保护皇帝的安全，京城出动了十万御林军，光这十万人的吃喝再加上随驾文武百官的用度，还有封禅祭祀用品，那可又是一大笔。

花这么多钱，就图一个人高兴。真宗封禅的那几天，倒是风和日丽，天公作美，一切仪式都进行得很顺利。皇帝改乾封县为奉符县（今山东省泰安市泰山区），封泰山神为"天齐仁圣帝"，封泰山女神为"天仙玉女碧霞元君"，在泰山顶唐摩崖东侧刻《登泰山谢天书述二圣功德之铭》，诏王旦撰《封祀坛颂》、王钦若撰《社首坛颂》、陈尧叟撰《朝觐坛颂》，各立碑于山下。整整喧闹了四十七天，才回到开封。

真宗回京了，宰相王旦悬着的一颗心总算放下了。他想，封禅前前后后闹腾了一年，辉煌也辉煌了，显耀也显耀了，钱也花了，路也跑了，皇帝该歇歇了，好好当一位盛世明君，要做的事情还多着呢。

事与愿违，真宗爱神，爱得停不下来了。他东封泰山刚一回来，就要建造规模宏大的玉清昭应宫来供奉天书。

王旦急得口吐白沫，他不敢正面进谏，只是郑重告诉皇帝，泰山封禅花去钱财近百万。真宗根本不以为意，他召来丁谓询问，丁谓还是老话，钱够花。真宗马上命令丁谓为玉清昭应宫的总管，即刻开工。

王旦感觉当宰相太难了，君要折腾民要安，自己既要照顾皇帝的情绪，又要忧虑万民吃穿，两面都难做啊！

二十三　大名府

安排好建玉清宫的事，真宗赶紧回到刘娥的殿阁，去看他的"七宝"。刘娥此时已经从四品刘美人，升为了尊贵的刘德妃。"七宝"是最近收到的祥瑞，指的是乌龟、王八、鲤鱼、青鱼、泥鳅、螃蟹、大虾。将这七种动物分别放进七个小缸里，人站在外面点名，当喊到螃蟹的时候，螃蟹会从缸里爬出来，当喊到鲤鱼的时候，鲤鱼会在缸里向上跳，不管喊到哪种动物，那种动物都会很机灵地跟你呼应，特别听话。真宗很喜欢玩，让人养在德妃殿阁里。

真宗一边玩，一边告诉刘娘娘去临汾祭地的重要性："昔日汉武帝就是在汾阴（今山西省万荣县境内）发现了代表江山社稷，代表天下土地的周天子鼎，才成就霸业的。朕去临汾，是想求得我大宋朝人多地广，江山永固！"娘娘当然是高呼万岁，真宗又道："其实朕还想求子嗣绵延，千秋万代！"刘娘娘也很忧虑，真宗的长子太子赵佑九岁时夭折后，第二个儿子赵祈刚满周岁也害病死了。后宫一批一批地进来妙龄女子，妃嫔们最重要的任务，就是赶快给皇帝生个儿子。

"陛下，都是臣妾命薄，如果当时我们的孩儿能留下，也该成人了……"刘娘娘说着说着就哽咽起来，哭得梨花带雨。当真宗还是襄王的时候，刘娥被赶出王府，在张耆书房里藏了十五年，那时候她正值青春，曾两次暗结珠胎，但赵恒怕事情泄露招致太宗责罚，硬是让刘娥堕了胎。如今刘娥虽有皇帝千恩万宠，可她毕竟年近四十，想要生儿育女有些困难。真宗也自觉愧对刘娥，想把她封为皇后，可那些宰相呀谏官呀都反对。目前的形势很明确，谁能替皇帝生下龙子,继承大统,谁就理所应当是皇后。宫里年轻貌美的嫔妃那么多,刘娥倍感压力。

"娥儿,你不要太难过,朕自有办法让你如愿,以后实在不行,朕会过继一个孩子给你,不会让你失望的。"真宗安慰刘娥。

正说着话,宦官周怀政来报,王钦若带着三万多汾阴百姓联名上奏,希望皇帝去汾阴祭地。真宗有些震惊,这么多人呀?刘娥倒是破涕为笑,她叫了声"乌龟",那只乌龟慢吞吞地爬了出来,刘娥对真宗说:"王钦若是陛下的第八个宝贝,比这些个乌龟螃蟹都听话呢。"

真宗去接见请愿的百姓,刘娥还站在"七宝"跟前,她自言自语道:"乌龟,你是王钦若,最奸诈。泥鳅,你是丁谓,最狡猾。还有螃蟹,你是林特,横行霸道!"刘娘娘自信满满,指着"七宝"道:"你们看着,我要献个大祥瑞给陛下,把你们都比下去。"

深宫内院的夜非常寂静,真宗皇帝退朝后,按惯例还要阅览天下奏章,那每日里厚厚的一摞功课,累得皇帝眉头紧蹙,加上现在还要操心神仙的事情,他更加力不从心了。皇帝到底还是信任王旦,他把一些小一点的公务都交给王旦。而一些大的事情,如官员任命、边境税收等,还要他亲自批阅。每个夜里,不管皇帝忙到何时,刘娥照例陪伴左右,时常也提些意见,真宗夸刘娥的见解"周谨恭密",有了这个助手,他感觉轻松了很多。刘娥很热衷朝政,有时候皇帝都睡了,她还坐在烛光前看奏章。

又是一个清晨,浅夏初晴,刘娥觉得今天是个好日子,在送真宗去早朝后,她召来了侍女李有梅。"我教你的话,都记住了吗?""回娘娘,奴婢都记下了。"刘娥看着低眉俯首的李有梅,心里无限感伤。想当年,自己也有她那样白玉浸水般洁净光滑的肌肤,也有她那股随风飘散的青春气息,她的眉眼,不如自己当年媚,腰肢,不如自己当年软,可是……时光过得太快,青春一去不返,刘娥不得不为自己的将来打算,不得不依靠眼前这个婢女的肚子。

"梅儿,你好好照我的话去做,我一定帮你找到失散的弟弟,将来……将来也不会亏待你,知道了吗?""是,娘娘,娘娘对奴婢的大恩大德,奴婢终生不忘!"李有梅说着,眼睛里泪光盈盈。

　　刘娥吩咐宫女们给李有梅梳妆打扮、涂脂抹粉，一切收拾停当，刘娥带着一众人缓缓离去，只留下了李有梅。

　　真宗退了早朝，御辇直接抬到刘德妃殿阁前，外面宫女喊一声"万岁"，却不见刘娥出来接驾。真宗感到很奇怪，走进内阁后，只见一个年轻宫女行礼道："陛下万岁，德妃娘娘去进香了。"真宗点头，往"七宝"跟前一坐，一边逗弄着它们，一边等娘娘回宫。

　　"陛下请。"宫女端来一盆清水，请皇帝净手，真宗就着盆洗了手，无意中低头一看，这女子青春貌美，皮肤白净。不一会儿，她又端来茶杯，真宗问："你叫什么名字呀？怎么朕以前没有看见过你。"那宫女娇声道："回陛下，奴婢叫李有梅，才跟着德妃娘娘。娘娘说奴婢是个吉祥人儿，恩许奴婢近前伺候。"

　　真宗来了兴趣，问："你怎么是个吉祥人儿？"李有梅答道："陛下，奴婢有一晚做梦，梦到一条巨龙钻进了奴婢肚子里，奴婢觉得新奇，就说给娘娘听了，娘娘很高兴，从此就说奴婢是个吉祥人儿。"李有梅说得认真而虔诚，不待她说完，真宗龙颜大悦，皇帝一只手把她往怀里一拖，另一只手就摸上了她高高隆起的酥胸。"你果真是个吉祥人，来，朕现在就给你圆梦。"皇帝扑上来那一刻，李有梅想：德妃娘娘算得真准，一步不差。

　　外面的宫女早已得了娘娘旨意，不管里面桌翻椅动，娇喘呻吟，只管守着门口，不让旁人进去……

　　宋真宗一击而中，一个月后，好消息传来，侍女李有梅怀上龙胎了！刘娥带着李有梅，还有御医，跪在真宗面前，给他道喜。真宗激动得有些反常，立刻下令，封李有梅为美人，又下令给她择处殿阁居住，派人谨慎伺候。哪知李有梅道："陛下恕罪，奴婢能怀上龙子，都是托德妃娘娘的福，奴婢就留在娘娘身边吧。这个孩子，也是德妃娘娘的。"

　　德妃也道："她住在我这里也好，我随时照应着。"真宗高兴，也没多想，马上答应了。谁知才过了三天，宫里宫外传遍，德妃娘娘有孕在身了。

　　真宗知道刘娥的用意，她想要个孩子，来巩固自己在宫中的地位。其实早在两年前郭皇后去世时，真宗已经跟宰相们商量过，要立刘娥为后，可是大臣们都因为刘娥出身卑微、来历不明而不同意。

参知政事赵安仁反对刘娥为后最激烈，王钦若告诉真宗："陛下，赵安仁之所以如此反对，是因为他想让前宰相沈伦的孙女沈才人当皇后，赵安仁和沈家一直交好。"真宗听了，在朝堂上问赵安仁："赵参政觉得朕应该立谁为后？"赵安仁老老实实回答："沈才人出身名门，蕙质兰心……"其实这话去问十个官员，八个都会选沈才人，因为她的出身和资历在内宫中是排第一位的，但真宗已经听了王钦若的进言，先入为主，他很快将赵安仁远斥，立沈氏为后之议遂不了了之。

王钦若为什么要害赵安仁呢？因为他反对封禅。大宋品官中，反对皇帝封禅的不只寇准一人，还有比寇准言辞更激烈的，比如真宗曾经的老师孙奭。孙奭学富五车，对历史兴衰看得很透，他坚决反对皇帝封禅。

在真宗封禅泰山时，皇帝的老师孙奭不顾个人安危，上书进谏："汉代有个文成将军，他先将书信让牛吞进腹中，然后就说牛腹中有奇书，杀牛果然有书，大家信以为真。独天子不信，他认出书是文成将军的手迹，于是杀文成将军，以正流言。今天进献祥瑞的官员们所作所为和文成将军一模一样。陛下应当引以为戒，不要被奸佞小人蒙蔽。"孙奭哪里知道，每次的"天书剧情"都是皇帝自导自演，真宗根本就是以天子之言蒙蔽天下，而不是被天下蒙蔽。

真宗要祭祀汾阴，孙奭又跑来道："陛下才毕东封，又祭汾阴，陛下，汉武帝的都城在雍地，离汾阴很近，离我们大宋的开封城却这么远，陛下，京师乃国之根本，那些奸臣贼子蛊惑陛下久离京师，干这些劳民伤财的事情，以便取悦圣上，从中获利。臣窃以为陛下应远离奸佞，侧身修德……"真宗对老师的话只当没听见。

孙奭还没走，王钦若、丁谓等都到了。几个人倒是默契，都不理孙奭，而是讨论着祭祀的礼仪和排场。王钦若先说道："陛下，祭祀大殿已经修好，规模壮丽，同于王室。"丁谓赶紧表功："陛下，臣急征士兵五千人，日夜不停赶工，去往汾阴的御道也已铺整完毕。"林特不甘落后，呈上了新编制的祭祀礼仪。看这些臣子办事得力，真宗心情大好，命宦官赏赐每人玉带一条。真宗又让作《汾阴二圣配飨之铭》，"二圣"就是宋真宗的伯父赵匡胤和父亲赵光义，可能是受到寇准的启发吧，真宗要顺便把自己的先祖也祭拜一番，只是不知道如果太祖和太宗看见他如此折腾，有何感想。

孙奭气得指着王钦若他们大骂，这次真宗无法容忍他，直接把帝师贬走了。右仆射张齐贤，说玉清昭应宫所绘画的符瑞，有损谦德，又屡请罢土木之役，真宗还是不听，下令让张齐贤出判孟州，离京城远些。

几年时间，真宗和王钦若把朝堂上反对封禅的大臣都赶走了，尤其是御史台的谏官，被王钦若几乎重新换了一遍，换上来的都是他的亲信。王钦若掌握御史台，就等于掌握了言路，谁也不敢再说他的不好了。

大中祥符三年（1010）四月十四，李有梅诞下一子，取名赵受益。这天，宋真宗一高兴，逢人就报喜。开封府尹周起进宫禀事，宋真宗问他："知朕有喜吧？"周起说不知。皇帝道："朕今天当父亲了！"随即抓了两大把金珠赏给周起。周起当然高兴，但他谦推道："臣祝陛下喜得龙子，只是臣无功受禄，颇为惭愧。"真宗一想不对呀，我生儿子，要你帮什么忙，立什么功，你惭愧什么呢？

皇子一生下来就被刘娥据为己有了，宫中上下得了令，这孩子生母就是刘娥娘娘，各人不许吐露半点他的身世。念在刘娥跟着他这么多年，又助他喜得龙子，真宗默认了。

皇帝有意立刘娥为后，王钦若当然会顺着皇帝的意思，王钦若觉得当一个臣子，就是要会琢磨皇帝的心思，投其所好。

这回该没有人反对了吧？谏官都是自己人，当年那些和他作对的老臣，毕士安、吕端、寇准……

寇准调任大名府，对陕州有些依依不舍，他跟魏野投缘，便鼓动魏野和他一同去大名府。魏野还想当他的闲云野鹤，寇准无奈，只能任他清风明月。

走的那天，两人相约去了一处僧舍喝茶，故地重游，却看到寇准当时题在墙壁上的诗已被僧人用碧纱笼护，而魏野之诗却飞尘满壁。旁边蒨桃怜惜诗人，马上挥起长袖，拂去了魏野诗上的灰尘。魏野不恼，反而说道："若得常将红袖拂，也应胜似碧纱笼。"寇准闻言大笑，更加舍不得这个可以嬉笑同游的雅士了。

二十三 大名府

大中祥符二年（1009），寇准来到了大名府。大名府又称天雄军，是唐末以来河北三镇之一。自从石敬瑭割让燕云十六州，三镇最北端的幽州归了契丹，中部诸州成为大宋与契丹的边界，南部就是大名府。大名一失，契丹铁骑即可直驱南下，过了黄河便是开封，故而大名府堪称宋朝的军事要地。

寇准来镇守大名府，自然合适。既然朝廷给了他实权，就必须干实事，寇准整日里带着寇安和四个护军，骑着马威风凛凛地在大名府属地巡查。那些克扣军饷、滥用职权的人收敛许多。百姓若是有冤情，告起状来非常容易，只要拦下寇相公的马，他立刻就会停下来处理案件。

真宗想要立刘娥为后的时候，正好收到寇准的两份奏折。

一份是请求减轻刑罚的。"臣寇准奏上，近日审大名府旧案，发现犯了杀人劫物，从军队逃跑或者其他重罪的犯人，都受到了很重的刑罚。在执行死刑前，这些人被肢解脔割，断截手足，坐钉立钉，悬背烙筋，及诸杂受刑者，有的人被折磨得只剩下一副骨架，全身唯眼睛能动。而在执行死刑时，情景更是惨不忍睹，什么取心活剥、凌迟……所不忍言。如闻诸处捕获逃亡兵士，或以铁烙其腕及碎胫骨，方始斩决。大名缘边，军民有罪，情重者其罪不至死，至死不至于酷，还望陛下隆恩，废止这些残酷刑罚。严刑者不可常用，时用则王，常用则亡……"

真宗一向以宽仁为政，看寇准写的这样残酷，他早已受不了了，马上御批："准。"

第二份奏章是寇准请求去棣州（今山东省惠民县）查看治理水患的。真宗知道惠民县水患严重，惠民城已经被淹没了四回，寇准能去自然好，这次不用多说，身边的刘娥马上批了个"准"。真宗一笑，其实刘娥这样做可不是什么为国为民，在她立后的节骨眼上，寇准这个人越忙越好，离得越远越好。

寇准确实忙，大名府人杂事多，他再也不得清闲，寇准就有这点好处，不管在哪，他都能喝酒赋诗，安身乐命，不影响心情。

大中祥符五年（1012），寇准在大名府遇到了一个昔日仇敌，这个人叫韩杞，曾是契丹使臣。澶渊之战中，韩杞和契丹人对宋朝宰相寇准恨之入骨，现在两国成了友好邻邦，韩杞再次出使宋朝时，路过大名府，听说寇准在大名府做了知府。韩杞鼓起勇气,想求见一下这位昔日对头。

寇准马上接见了韩杞,他像对朋友一样,给韩杞端上好酒好菜,陪他畅饮。韩杞说起往事,唏嘘不已。澶渊之盟定下的第二年,萧太后就病逝了,紧接着大契丹宰相韩德让也死了,契丹人敬爱萧太后,至今仍在纪念她……寇准以前说起萧太后,一口一个贼婆子,现在也改了口,化敌为友,跟着韩杞惋惜起来。提起宰相韩德让在契丹国的滔天权势,韩杞突然问道:"相公望重,何以不在中书?"这是问寇准怎么不当宰相了,到大名府来做个地方官。寇准坦然答道:"现在朝廷没什么事,皇上觉得大名府是国家的北大门,至关重要,所以让我来把守。"

送走契丹使者,寇准觉得自己回答契丹使者的那句话很有气势,便趁酒劲挥毫写下:"东郡股肱今右辅;北门锁钥古天雄。"气势如此恢宏的一副对联,寇准让人贴在大名府城门两侧,来往百姓看了,都竖起大拇指,别国使臣看了,倒吸一口凉气。偏偏有个人看见这副对联,连连摇头。这人是谁呀?原来是寇准的老朋友魏野到了。魏野性子淡泊,看见寇准的笔迹,便说:"这个寇相公,走到哪里都是张扬。"

寇准在陕州的时候,曾经邀魏野来大名,可是魏野不愿意。这次魏野却自己逃到了大名府。听了魏野的不幸遭遇,寇准哈哈大笑,"当官怕什么,现在圣上最喜欢装神弄鬼的道士和尚了,你到了开封城,不会孤寂的。"魏野眼睛一瞪:"我才不去呢,我不想跟你一样。""我挺好呀,有酒有肉,大名府这地方不错的。"

真宗去汾阴祭祀时,路过陕州,听闻处士魏野在这里隐居,大为高兴。真宗知道魏野是个诗人,品性高洁,有一年契丹使者来贺岁,还向宋廷求过魏野的诗卷。使者说本国人喜诵魏野诗,只得上册,愿求全部。从那时起,真宗就知道了魏野的名字。真宗让陕州知州王希去魏野家里,召魏野去面圣,到朝廷来做官。皇帝的使者刚前门进去,魏野就从后门溜出,一路游荡到寇准这里来了。

自从到了大名府,寇准就忙,现在魏野来了,寇准就让自己闲上几天,陪魏野游山玩水。有一次寇准和魏野喝酒,两人兴起,唱了一会儿曲子,觉得没人助兴，寇准便让寇安差人把那个姓张的美人找来弹曲子，寇安会意，咧着嘴去了。

不一会儿来了个美人，肤白腰细，眉眼清秀，魏野看着挺好，让美人斟酒，那美人直愣愣地走过来，拿起酒壶给魏野倒满酒，也不递杯，便站立在一旁了。这个女子寇准以前见识过，她相貌美丽，但举止生硬，不会讨好人。寇准不以为意，倒欣赏她直爽，这次把她叫过来弹曲儿，就是想和魏野逗乐一下。魏野看这女子奇怪，便问她："叫什么名字呀？"女子道："生张八。"魏野一口酒差点没喷出来："怎么叫这么个名字？"女子道："寇相公给取的。"魏野点头，寇准打趣道："魏野诗名满天下，生张八，你让他给你赠首诗，说不定也能出名。"

生张八便取来笔墨，果然笨手笨脚，差点把笔掉到地上，魏野笑吟道："君为北道生张八，我是西州熟魏三。莫惜樽前无笑语，半生半熟未相谙。"寇准连声称妙，就连生张八都绷不住脸笑了起来。

这女子举止不灵巧，琴倒弹得不错，别人嫌弃她，寇准和魏野却觉得有趣，偶尔召她来酒宴上添些音韵，让她能够得些银子，继续生活下去。

大中祥符五年（1012）十月的一天，秋高气爽，翰林学士杨亿在宫中当值，皇帝传下旨意，让杨亿拟旨，要册封刘娥为皇后。真宗选择杨亿，自然是因为他声誉高，文采好，想让杨亿替刘娥粉饰一番。哪知杨亿毫不留情，直接拒绝了皇帝的要求。真宗无奈，请丁谓去当说客，丁谓先是把杨亿一番吹捧，然后拼命在自己的瘦脸上堆起笑容，道："大年，后宫立刘皇后，那是迟早的事情，你只要奉旨提笔，日后还怕没有荣华富贵享用吗？"杨亿一推纸笔，道："这样的富贵我不稀罕！"

虽说没有违心，但杨亿还是有些后怕，得罪了皇帝，那可不是闹着玩的，不知道丁谓回去怎么给皇帝添盐加醋呢！

杨亿想想不对，他提起笔来，写了一张小字条，交给小吏，大意是母亲病了，急于回家。就这样，大宋史上第一例皇帝身边的侍从官出逃的事件震惊朝野，杨亿连夜叫开城门，跑回老家河南禹州去了。官员不辞而别，这在当时的官场上是绝对不允许的，真宗很气愤，却没有颜面说起杨亿出走的原因。

杨亿是太宗朝的神童，是有宋以来年龄最小的御赐进士，他文采斐然，人品素洁谨慎，皇帝要处理他，感觉无从下手，只好任他在老家先待着。

杨亿跑了，真宗照样办事，他马上叫来陈彭年、丁谓，两人拟了圣旨，经皇帝亲自过目，于十一月册封刘娥为皇后。

因为朝堂上反对的人太多，皇帝回避了立后需要朝臣公议的程序，只在内宫举行了一个简单的册封仪式，便将封后之事诏告天下。街头巷尾对刘娥成为皇后议论纷纷，其中最为隐秘也流传最广的一条传闻，是刘娥入宫前已经嫁人，她的前夫就是曾经的表哥龚美。

刘娥被册封为皇后，她一边严厉地教育着儿子赵受益，一边更加深入地参与朝政，她的才干越来越被宋真宗倚重和信任，她的势力也慢慢扩大，再加上她的哥哥和侄子，已经没有人能管住她了。

龚美早已摇身一变，改姓了刘，皇后的哥哥刘美现在是御林军首领，经刘娥点拨，他也逐渐得到了真宗的重用。

真宗认为这个儿子是神仙显灵送给他的，给他取名赵受益，从此更加信奉神明，不论是儒道佛，只要和神仙沾边，真宗都待之以礼，全国上下庙宇道观修建了无数。

宰相王旦这时候后悔莫及，王钦若、丁谓等人鼓动真宗大兴土木，强征劳力，被百姓骂为"五鬼"，要知道丁谓和林特给天书修的供奉之地，比皇宫还豪华奢侈。王旦没能制止这些人胡作非为，已经气郁肠结，现在又出了个刘美，听说他的儿子在老家横行霸道。王旦恨自己不敢进言，他害怕丢失首宰地位，如果王钦若当上宰相……王旦不敢想。

玉清昭应宫封顶时，真宗在王旦府邸大宴群臣，王旦刚开始还频频举杯，突然就倒在地上，浑身抽搐，哀号不已。第二天，王旦派人报告皇帝，自己命不久矣！真宗这一惊非同小可，宰相前日还好好的，怎么突然就不行了？真宗犹疑，他命人把王旦抬进皇宫。

真宗看到的王旦，确实已经奄奄一息，他须发凌乱，双眼紧闭，躺在肩舆上一言不发。真宗的眼泪都快下来了，一番安慰后，他颤声问王旦："卿今患疾，万一有不测，使朕以天下事付之谁乎？"王旦虚弱地道："知臣莫若

君,陛下是明主,可自己定夺。"真宗心里没主意,王旦不说话,他只能做选择题:

"张咏如何?"王旦摇头。

"赵安仁如何?"王旦摇头。

"向敏中如何?"王旦还是摇头。

真宗心里一片茫然,他急了,还是让王旦说。王旦强撑着举起笏板,道:"依臣之愚,莫若寇准。"真宗愣住了,思量再三,道:"寇准性格刚硬,你再想想别人。"王旦像是用完了所有的力气,道:"他人,臣所不知也。臣病困,不能久待。"

看着王旦被抬走,真宗眼前浮现出寇准那张黑脸,不行,不能让他回京。

二十四　闹五鬼

真宗不想让寇准回来，可王旦想啊，想得王旦不但病了，上不了朝，还不接见任何人，连皇帝的面也不见。王旦这样也是无奈，皇帝越闹越离谱，最近神仙又给他托梦，说大名鼎鼎的财神爷赵公明是他的先祖，皇帝马上认下这个先祖，命令全国上下避讳先祖的名字，还给他在京城修建景灵宫，供奉圣位，文武百官都要去祭拜，皇帝祭祀这位先祖的等级，仅次于祭祀太庙。拜五岳、接天书，皇帝敬的神仙虽多，奈何天上神仙数不清，皇帝不能厚此薄彼呀，得罪了神仙那可怎么办？所以皇帝只能拜完这个拜那个，停不下来。

大中祥符六年（1013），老子故乡亳州的三千余名百姓进京请愿，请求真宗驾临亳州太清宫，拜谒老子。百姓如此热情，真宗不好不去，这时节东京又闹起了盗贼，人心惶惶，可皇帝答应了老子，不得不起程。临行时，真宗一咬牙，给寇准安排了一个临时差事：权东京留守。"权"就是权且、暂时的意思。权东京留守，就是在皇帝走的这段时间内，由寇准临时负责开封府的治安和管理，替皇帝抓抓贼寇，看好家。

君命不过夜，刚好魏野也要去京城办事，寇准就带着寇安和魏野策马扬鞭回到了开封。魏野半点也没想到，未来四个月开封城的最高长官、大宋前宰相，为国家立下过大功劳的寇准，在开封府竟然没有半片瓦、一间房。皇帝圣旨下得急，寇准只身回来，蒨桃还留在大名府，他来不及通知家人，也就来不及租房。夫人住在女儿家，寇准不方便，他和魏野在客栈将就住着。第二天早上起来，不见了魏野，店家拿来魏野留给寇准的便条，上书："有官居鼎鼐，无地起楼台。"

二十四 闹五鬼

寇准也不去找,他心知魏野乃闲云野鹤,受不了约束,办完事情他自然会回陕州,也就不去管了。

寇准进宫面圣,皇帝自然一番安抚,接着就是送皇帝出城,礼仪无小事,皇家规矩更是繁多,一番下来好几天,寇准才得闲在开封城里走走。

开封城最大的变化,是新建了一座宫殿。天书下凡,宋真宗在宫外修建了一座巨大的道观,用来安置天书。这座道观,就是丁谓负责修建的玉清昭应宫。玉清昭应宫共有两千余间房间,远观宏大瑰丽,近看无比奢华。大殿之内用彩绘金银装饰得金碧辉煌,天书被封在玉匣金匮中,皇帝常常来叩头烧香。

有文记曰:"远而望之,但见碧瓦凌空,耸耀京国……其中诸天殿外,二十八宿亦各一殿。梗柟杞梓,搜穷山谷。璇题金榜,不能殚纪。朱碧藻绣,工色巧绝。薨栱栾楹,全以金饰。入者惊悦褫魄,迷其方向。"当然了,为了修这么一座雄伟的宫殿,宋真宗花费的钱财也是不计其数,"五鬼"投皇帝所好,把天下的珍树怪石、内府的奇宝异物都搬到了这里。

学生王曾陪着寇准在玉清宫转了一圈,自从寇准大力推荐,王曾的才华得到了真宗认可,官至尚书主客郎中,主管国家的审刑院。他一直感恩寇准,崇敬寇准,这次寇准归来,王曾不但把自己家的房子让给寇准住,还时时紧跟寇准,小心照顾着。寇准心情沉重,他告诉王曾:"听说这玉清宫花费银钱近亿两,比阿房宫还要多呀!"王曾吓得一惊,赶忙四下看了看,幸好没人听到,把当今圣上比作亡国之君,那可是大罪名呀!寇准不管这些,他仍然气愤道:"这都是百姓血汗啊,真是糟践!"

寇准说得没错,当时大宋每年的财政支出,从真宗登基初期的一千六百万贯暴涨到两千七百万贯,竟然比宋辽战争时代还要费钱。

玉清宫的负责人是丁谓和林特。提起丁谓,寇准就感到羞愧,当年,因看到丁谓的才气,寇准向宰相李沆推荐过丁谓几次,李沆都没有用丁谓。记得李沆当时警告寇准说:"这种人,万万不能让他居高位。"寇准还替丁谓辩解,他道:"像丁谓这样的才子,怎能让他屈居人下呢?"李沆道:"等以后你后悔了,就会记得我的话。"如今,寇准才醒悟到李沆的高明,难怪人家都叫李沆"圣相"。自己有眼无珠,在李沆死后竟然多次提拔丁谓,把他推到了三司使的高位。如今面对丁谓建造的这座宫殿，寇准恨不得撞死在殿前，这可都是民脂民膏啊！"竭天下之才，伤生民之命"，这宫殿简直就是丁谓的罪证。

斗，一定要跟"五鬼"斗到底！哪怕豁出身家性命，这是为大宋百姓除害，也是为自己赎罪。

寇准嘴里的"五鬼"，就是整个国家都无比痛恨，唯独真宗无比信任的五个人，他们是真宗四处拜神的前锋和后卫。

所有鬼点子都是王钦若出的，王钦若当仁不让是第一鬼；丁谓和林特是玉清宫的正副建造者；陈彭年和刘承珪都是玉清宫搜刮民财和封禅的主要负责人，百姓把他们叫作"五鬼"，暗地里常常诅咒他们，但这五个人却深得皇帝信任，官运亨通。

丁谓以符瑞土木迎合圣意，林特巴结丁谓，每次见到丁谓都要躬身下拜，哪怕一天见三次，他也要拜丁谓三次，慢慢地，林特成了丁谓亲信。丁谓升任参知政事后，推荐林特当了三司使，继续掌握着国家的财政大权。林特坑害起百姓来，心狠手辣。他最会加重百姓赋税，到处搜刮民脂民膏。他推出的"新茶法"一项，每年就给朝廷带来茶税数百万两白银。

第四鬼叫陈彭年，字永年。他本是南唐后主李煜儿子的伴读，南唐灭亡后陈彭年参加科举考试中进士，得以走进官场，后来官至工部尚书。工部也就是负责土木工程的部门，玉清昭应宫工程规模宏大，每天服役的民工达三四万人，所用建筑材料从全国各地征调，这些都由陈彭年负责。

第五鬼是宦官刘承珪。大中祥符元年（1008），在宋真宗封禅泰山过程中，为讨皇帝的欢心，掌内藏的刘承珪大肆挥霍，屋室只要不合要求，哪怕金碧辉煌，也要把它毁掉，重新建造。光是长生崇寿殿的三座塑像，就用了一万两黄金、白银无数，刘承珪毫不在意。

百姓处于水深火热之中，"五鬼"穷奢极欲，官员不附"五鬼"者，均被罢黜。真宗朝国力日渐衰微。

皇帝从亳州回来，寇准把那些流寇盗贼或抓或赶跑了，还给真宗一个清明的开封府，真宗不得不承认寇准的办事能力。

皇帝祭祀回来，按例要大摆宴席庆功，真宗也让寇准参加了这次宴会。宴会开始，真宗首先表示感激，对以王旦为首的大臣们道："列位跟随朕去亳州祭祀老子，一路劳顿，为表虔诚，大家都在斋戒，一直吃素，很是辛苦。今天美酒佳肴，大家都动荤菜吧！"山珍海味摆上来，王旦等臣子再次拜谢皇帝，纷纷贺颂皇帝功德。

真宗沉浸在一片歌颂中，觉得自己已经超过了三皇五帝、秦皇汉武，比昔日崇拜的唐太宗，都不逊色了。

正当皇帝自我陶醉的时候，寇准道："陛下，臣一直吃肉呢，他们也未必没有动荤腥吧？"真宗很尴尬，但他不愿破坏这和谐的气氛，便看了看王旦。皇帝的意思很明白，只想让王旦出来说大家都斋戒的事情，压一压寇准这个直肠子，这人总是喜欢满嘴胡言。

王旦面有难色，吞吞吐吐，这时候，一路上扈从真宗去亳州的禁军总管——名将马知节道："守斋吃素只有陛下您一个人了，臣等这一路上，没有不私下吃肉的。"

真宗愕然，面子上下不来，他是真的以为群臣都斋戒了。

宰相王旦的话给了皇帝狠狠一击："陛下，臣等确实都吃肉了。"要在平时，王旦是说不出这种实话的，他肯定会讨好哄骗皇帝。但今天，寇准和马知节给了他莫大的勇气。

临行前，皇帝命令大家都吃素，但竟然没有一个人听他的，刚刚还觉得不可一世的皇帝，接受不了。

王钦若和丁谓看皇帝生气，连忙出来，又是敬酒又是歌颂，群臣也跟着热闹起来，大宋君臣就像什么也没有发生一样，照样歌舞升平着。

寇准这个官是临时性的，皇帝回来了，他也就该回大名府去了。寇准前去向皇帝辞行。

皇帝问他："寇准，为什么那么多人都在哄骗朕，把朕当傻瓜看待？"寇准道："陛下多虑了。普天之下，莫非王土，率土之滨，莫非王臣。谁有那么大的胆子，敢犯欺君之罪！"

皇帝不耐烦，道："你少来这些，斋戒之事，明摆着他们在欺骗朕！"

寇准道："陛下常说寇准是个憨人，那么寇准就直言了。"

真宗道:"恕你无罪!"

"陛下,臣有一次陪陛下用膳,陛下曾问臣有没有吃过鸡蛋。"

"朕是这样问过,鸡蛋稀有,几年才能出产一枚,所以朕才问你。"

"陛下,当时臣没有回答,但臣心里很震惊。因为在臣看来,鸡蛋每天都有,普通百姓也能吃上。"

"啊!内宫主事跟朕说,鸡蛋要十两银子一枚。"

"陛下,这样的事情,还有很多。"

"这些人实在太可恶了,该杀!寇准,你说,朕待臣子不好吗?待百姓不仁吗?他们居然这样说假话骗朕!"

"陛下,恕臣直言,臣子哄骗陛下,陛下难道就没有哄骗臣子吗?"

"朕从不作假!"

"陛下,天书真是上天书写吗?神仙真的存在吗?"

"大胆寇准!"

"陛下,上欺下瞒,互相哄骗,王钦若、丁谓制造出来的这种风气,于国不利。"

"退下!"

皇帝突然下旨,让寇准留在开封,做枢密正使。开封城的百姓还有寇准的朋友们,都以为皇帝开了眼,寇准以为自己对皇帝的劝告起了作用。其实,皇帝留寇准的真正用意,是想制约一下王钦若、丁谓,王钦若实在太出格了,竟敢不把君权放在眼里,这一点真宗绝对不能纵容。

王钦若没想到一次小小的赏赐事件,让皇帝对他有了不满,他自诩对皇帝的心思能揣摩七八分,但这次,王钦若碰了真宗的红线。真宗去亳州祭拜老子的时候,宋朝的军队平定了西南蛮的叛乱,该论功行赏。正常程序是先由枢密院拟草案,报给皇帝,皇帝批了之后再拟旨诏告。因为亳州之行,时间拖得有点长,王钦若这个枢密院长官就没向皇帝奏请,直接重赏了军队,升迁了几个有功的将领。

王钦若这样做不合规矩,他是皇帝的大红人,没人敢说,但他却忘了寇准。寇准正瞪大眼睛找寻王钦若的不是,他就撞上来了。寇准大义凛然地这么来来回回一说，这件事情就上升到了政治高度。真宗生气了："身边的大臣如果都跟着王钦若学，敢这么绕过朕，那朕干脆什么都不要管了！他的眼里哪还有朕！"

王钦若胆敢背着皇帝擅自赏赐，用国家的钱来为自己收买人心，他犯了臣子最不该犯的错误。一怒之下，真宗把连同王钦若在内的枢密院三个正副长官全都降了职。当然，真宗顺理成章地召回了寇准。这就是御人之术，官员不能一人独大，要的是大家互相监督，互相制衡，皇权才能稳固。

寇准回朝，京师为之一振。这天，真宗大宴群臣，君臣欢聚一堂，寇准忽然噌地站起来，指着殿外的一只白鸟，问丁谓："丁相公，你看那是什么？"丁谓赶忙面带微笑也站起来，准备答话。哪知寇准哈哈一笑说道："啊！丁枢相肯定会说，这是一只仙鹤，哈哈哈哈哈！"满朝文武皆心领神会，丁谓闹了个大红脸。从那天起，寇准给丁谓取了个"鹤相"的雅号。

寇准打算继续扒一扒丁谓的"祥瑞"。"陛下，玉清宫那么多大殿，应该合理利用。"寇准奏道。真宗问："怎么利用？""回陛下，丁谓进献的灵芝，乃天大的祥瑞，应该拿出来，在玉清宫里展示，让文武百官、皇亲国戚都来看看，以显丁参政的虔诚之心。"真宗觉得有道理，点头同意了。丁谓的脸色难看起来。

灵芝摆出来后，又一次打了丁谓的脸，那些灵芝据说都是亳州出产的，而且是在皇帝要去亳州祭拜时，一夜之间长成的"祥瑞"。奇怪就奇怪在这些仙物品种不一、大小各异。以前丁谓只是拿一些好的让真宗过目，其余的收入库房，库房又是丁谓主管，谁能说得清，谁又会去数。偏偏寇准这么较真，令丁谓一下子出了丑。

丁谓觉得寇准对他简直就是个巨大的威胁，自从寇准回来后，王钦若在朝堂之上总是一言不发、装聋作哑，把所有的问题都推给丁谓，丁谓脑子一转，决定学学王钦若，暂避寇准锋芒。

丁谓突然跪在朝堂，要求丁忧，满朝官员都觉得好笑。丁谓父亲去世已经一年了，那时候他也报了丁忧，但真宗不允，丁谓也不舍，于是此事就这样不了了之，丁谓继续做他的官。谁能想到时间过去一年，丁谓突然又想起要给父

亲尽孝了。

真宗当然不同意，但丁谓长跪不起。大宋一直以仁孝治国，王旦和寇准等大臣都同意丁谓回家，真宗不得不点头。

丁谓和寇准有师生名分，丁谓又是寇准举荐的，两人以前同在三司为官，寇准很欣赏丁谓，所以关系还算可以。寇准这次回来虽然对丁谓冷嘲热讽，但丁谓倒是能忍，仍然把寇准当长辈看待，临走之前，他去寇准家里辞行。

严格来说寇准没有个家，现在的住所是王曾临时借给他的，地方不大。丁谓看到寇准住在这种地方，不禁哑然失笑，寇准家和丁谓家比起来，那可是天壤之别。此时的丁谓，已经是腰缠万贯，有一条街的房产了。

丁谓得势后，向朝廷奏请开辟离自己家很近的保康门为通衢，并在自家门口修建了一座桥，直通保康门。很快，冰柜街便成了开封城的繁华地段，地价与房价噌噌往上涨。之前丁谓已经以低价前前后后买下了整整一条街，现在丁谓又将房子有的转手，有的放租，获利无数。

寇准问丁谓："昔日你说过很敬重我，要以我为师，现在还这样想吗？"丁谓点头称是。寇准又问："但我听说你也要以王钦若为师？""是的相公，学生也要学习王枢相，为陛下效劳。"寇准咄咄逼人："丁谓，我寇准和王钦若根本就不是一路人，你不要口是心非。"丁谓道："在学生眼里，王枢相和您是一样的，只要能得圣上恩典，居高位、得厚禄者，学生都奉他为师。"寇准气得一摔杯子，这丁谓，以前满口报国为民，现在做了高官，胆子大了，竟敢公然宣扬利益至上，寇准失望又后悔，自己当初怎么就受他蒙蔽了呢？丁谓不急不缓地道："相公，学生说的，都是心里想的真心话。"

"五鬼"中的王钦若缩头不说话；丁谓走了；陈彭年只是懂些礼仪，不参与朝政；刘承珪是个宦官，不足为惧；寇准把目光瞄向了还在兴风作浪的林特。林特是三司使，是国家的"钱袋子"，真宗所有的祭祀活动，都需要林特拿钱。所以，寇准的目的很明确：收拾林特，从财政方面下手，结束这场已经持续数年的闹剧。

真宗去亳州时，京城不安稳，常出盗贼。寇准捉了一伙贼人，审出来这些人为非作歹，原来是和林特有关。

这些贼人都是原来在驼坊里养骆驼的士兵。驼坊是由三司管辖，专门负责饲养骆驼来运输物资的。每过几年，三司都要淘汰一批在驼坊当差的老迈士兵，按律，这些为国家长时间服役的士兵，会得到一些"装钱"（置装费、路费、赏赐补偿）。但自从林特当了三司使后，就不给这些被淘汰的人发装钱了，这些装钱，自然落入了林特的腰包。这些在驼坊里干最苦最累的活的士兵，很多是"配军"，是曾经犯过法的犯人。不给遣散费，士兵们无法生活，当然要争取自己的利益。为了发泄不满，寻条活路，这些人开始在京城有组织地偷盗抢劫。

真宗回朝后，寇准奏了林特一本，把京城闹盗贼的始末告到了皇帝跟前。按理来说，这件事情三司使林特做得确实不合规矩，为了中饱私囊不顾他人死活。

真宗停了林特的职，可是三天后，又赦免了林特，林特毫发未伤，依旧是三司使。寇准不甘心，继续战斗。王曾劝他："恩师难道看不出吗？圣上对林特很器重，我们要三思而行，不要让皇帝为难。"寇准道："我也不想让皇帝为难，可这个林特，总是让天下百姓为难。"

几乎同样的话，林特也正在跟皇帝讲："臣也不想让陛下为难，可那个寇准，却总是让臣为难，故意跟臣过不去。"

林特确实嚣张，根本不知收敛。这时候，寇准的旧门生李世衡被林特告了御状。当年李世衡的父亲李益触犯朝廷法令，这件事是寇准举报的，同时这个为人正直、有治世之材的李世衡，也是寇准保全的。李世衡现在是河北转运使，负责收缴运送河北的物资，林特告李世衡收缴不力，要罢他的官。

就在这个时候，寇准又站了出来，他已经查明，不是河北的地方官不好好缴税，而是三司不好好接收，才让朝廷用度不足。至于林特不收物资的原因，众所周知，是李世衡给林特的例钱没有满足林特的胃口。寇准要求林特把三司的总账目交御史台核查，并要求处理林特，真宗却一言不发就走了。

回到内廷，真宗对王旦抱怨说："我本来以为寇准上了年纪，经历了多次沉浮，应该能改掉从前的老毛病了，没想到他还是那副样子。"真宗嘴里寇准的"老毛病"，是他脾气太硬，不够宽容。真宗觉得，寇准再次揭发林特的问

题，根本就是存心找事。在真宗看来，驼坊的兵闹，是小事；林特向地方上勒索钱财，也是小事；而寇准在朝堂上不团结，对他倚重的大臣当面揭发指责，才是大事。

迎天书的是真宗，下令造玉清宫的也是真宗，寇准责问林特国家的钱都哪去了，那不是把矛头直接指向了皇帝本人吗？在真宗的眼中，寇准想查林特的账，根本目的在反对造神，反对封禅，反对祭祀，更是在反对他赵恒本人！这一阵子王钦若装哑巴，丁谓又走了，真宗已经很久没有和神仙们亲近了，他还没过够瘾，还想继续拜神封禅，还需要林特的财政支持，真宗怎么能离开林特呢？林特对真宗谦卑讨好，而寇准时时刻刻大义凛然，只能勾起他亲征路上的酸楚回忆。真宗喜欢谁讨厌谁，不言自明。

王旦能做的，只有通过奉承一下皇帝替寇准缓解一下压力。王旦道："寇准这个人喜欢让别人念他的好，又想让别人怕他。这些都是当大臣的应当尽量避免的，可是寇准却不自知，这正是他的缺点。如果不是遇到陛下这样仁爱的皇帝，谁能保全他呢？"

虽然寇准的打算很好，但可惜的是，真宗需要林特。除非寇准能够找到一些林特的致命错误，否则他根本动不了林特。

寇准这次罢职还算体面：他以使相的头衔，被派去知永兴军，也就是自己的家乡陕西。寇准走后，王钦若升成了宰相，丁谓也被召了回来，真宗要继续封禅。但是，越来越多的官员和百姓开始抵触拜神封禅，有一些血气方刚的年轻举子进士上书朝廷，要求惩处"五鬼"，肃清朝政。"五鬼"害怕了，他们一边怂恿皇帝去西岳华山封禅，一边轮番暗示皇帝，如今天下太平，已经不需要那么多的官员了。于是，真宗下令取消了科举，天下一片哗然。

皇帝还规定，全国上下都要建道场，各地拜神的庙宇宫殿林立。这还不够，朝廷要求家家户户都要设香案拜神，谁家不拜神，会被检举并关进大牢。王旦无法劝阻皇帝，心里越来越忧虑，他知道国家的钱财已经耗费得差不多了，不可能再有钱供皇帝如此挥霍。但丁谓和林特似乎有恃无恐，他们依旧让皇帝盖庙宇、拜五岳。五岳可是有五个山头，即使皇帝马不停蹄地拜一轮，最少也要五年时间。寇准走了，王旦觉得暗无天日，唯一能做的，就是监督林

特，让他把国库的账目交代清楚。经过这些年的折腾，王旦也想知道，林特还有多少钱来维持浩大的祭拜五岳的场面。

对于王旦，真宗还是老办法，为了安抚王旦，他让人给王旦送去几个美妾，外加赐银三千两。王旦刚开始不收，但皇帝让美人们在王旦屋外受冻，王旦没办法，最后只能领旨谢恩。皇帝赏赐的东西，不要就是抗旨，王旦不敢不收，更不敢不爱。

另一边，病得奄奄一息的张咏，到开封城后第一件事情，就是去看玉清昭应宫。在地方上为官三十年，张咏为大宋朝长治久安立下了不朽功劳。因为年老患病，鬓边恶疮久治不愈，他从四川卸任，进宫面圣后，打算回老家养病。

张咏劳苦功高，真宗皇帝隆重地宴请了他，百官都在场作陪。第一杯御酒举起，张咏便毫不留情地对皇帝谏言："陛下不当造宫殿，竭天下之财，伤生民之命。"

本来还满心高兴的真宗被张咏一通指责，顿感颜面无光。张咏不容皇帝辩解，将手中酒杯啪的一声摔在面前桌上，满面怒火地站起来，道："此皆贼臣丁谓诳惑陛下，请陛下斩丁谓的头挂在城头上，以谢天下人，然后斩我张咏的头挂在丁谓家门口，以谢丁谓！"

铮铮铁骨，朗朗之声，这声音让真宗好似受到冷水一激，突然打了一个寒战，他觉得张咏好像瞬间变回年轻时面带光泽、眼睛黑亮的模样，觉得张咏身上颤动跳跃着耀人的光芒。恍恍惚惚，宋真宗突然不知自己身在何处，他摸了摸身上的龙袍，看了看烛台上蹿动的火苗，有些疑惑，现在不是已经入夜了吗？外面怎么会霞光满天呢？怎么张咏身后的天空那么明亮，那么赤红呢？

皇宫着火了！

大宋的王爷们都住在皇宫的东北角，号称"东宫六位"。分别是东行的雍王、相王、南阳郡王，以及西行的兖王、曹王、荣王。大火乘着东北风从荣王府蹿出，很快四处蔓延，接连烧着了六座王爷的府邸，宋朝这几位天潢贵胄的家当一晚上就被烧了个精光。荣王府西边和御厨房相接，火焰就这样烧进了皇宫。

第二天早上，大火蔓延至承天门，向西烧掉了仪鸾司，又向南烧去，烧毁了内藏库和左藏库。这两个地方是宋朝的国库，宋太祖和宋太宗两朝积累的钱财珍宝全放在这里，皇室支出、百官俸禄全靠这两个地方。

接着是香药库，香药库烧的时间很长，隔着十几里都能闻见宫中散发出来的迷人香气。很快，保存着历代史书典籍的大宋"秘阁史馆"被大火烧毁。漫天大火中，泛着火星的书籍残页随风飘舞，有的甚至飘到了几十里外的汴河南岸。到了中午，火已经烧到了乾元门东角楼，往西蔓延到了朝堂，禁军们拼死抢救才保住了这里。但是火势依旧猖獗，之后连续烧毁了中书省、门下省以及鼓司。为防止有变，这晚宰臣、枢密之类的高级官员全部被安排住在大内。

到第二天晚上，这场火灾烧掉的房屋已经超过了两千间，为救火而死的兵卒达到一千五百人。其他被火烧死的宫人更是难以计数，皇宫中的大树基本都被烧死了，只剩下一片焦木。

宋真宗当晚跟宰相王旦哭诉说："太祖、太宗两朝的积蓄，我一直省着不忍心花，没想到居然被大火烧了个干净！"

皇帝把火灾视为天谴，赶快向老天赔罪，下了罪己书！但是之后，他听说这场火竟然是荣王府一个婢女放的，宋真宗气得让开封府彻查此事，结果开封府抓来了一百多个和这件事有关联的官员。

王旦不愿意牵连太多的官员，于是对宋真宗说："火灾进行时，陛下已经下了罪己诏，臣也上表请求罪罚，现在却要重新归罪于人，这样怎能让人信服呢？"真宗想了想还是算了，这些本该被牵连的人都没有牵连进去，而真宗也没有继续追查这件事。这是王旦以一己之力为大家做的最后一件好事，这位好宰相身体早已不行，不得不告病回家了。

丁谓被张咏骂得无地自容，他请求去地方上做官。林特也被免了职，国库空空荡荡，什么也没有了，真宗也就用不上这些替他花钱的人了。

就在大火弥漫之夜，张咏吐血而亡，而大宋朝竟然拿不出一点钱来抚恤这位封疆大吏。

张咏去世的消息传到四川，百姓地也不下了，货也不卖了，弃耕罢市，伏身跪拜，哀号痛哭之声不绝于耳。大家把张咏的遗像供奉在益州天庆观内的仙游阁，建大斋会，年年祭拜，烟火旺盛。后世蜀官也纷纷修葺祠堂纪念张咏，在益州西南的三公庙里，供奉着对蜀川百姓有大恩德的秦蜀守李冰、汉太守文翁、宋守张咏，人们把这三人奉若神明。

京城遭遇了这么大的火灾，丁谓反应最快，他命人奔赴城外，搜购竹木、砖瓦、芦苇等建筑材料，卖家有多少货，他就买多少，并不议价。第二天，皇帝就颁布竹木材料免征税的诏书，丁谓又发了一笔财。

虽说丁谓这样发国难财的人可恨，但他也不是全无用处。丁谓为修复毁于大火的皇宫献出一条"连环计"：把宫门前的一条马路挖成运河，引汴水入内，一则可用水运解决运送木材的困难，二则可利用挖河的土就地烧砖，三则可在宫殿落成后用建筑垃圾填河复路。此计一举三得，大大节省了开支，缩短了工期。所以说丁谓这样的人，关键在于如何使用他。

王旦不行了。王旦是怀着悔恨和自责走的，他嘱咐家人："我别无过，惟不谏天书一节，为过莫赎，我死之后，当削发披缁以敛。"王旦是儒士，他选择和尚的葬仪，明显有自我责罚的意思。

一年前的情景重演，皇帝追问再三，王旦只有两个字：寇准。但皇帝还是放弃了寇准，王旦死后，王钦若终于梦想成真，成了大宋宰相。

二十五　灭蝗灾

大中祥符八年（1015）冬至，也就是真宗开始封禅的第八个冬天，天地萧瑟，寒风呼啸着刮过三秦大地。在陕西华州下邽慧照寺，一个身形高大，须发皆白，身披大氅的老人，正徐徐绕宝塔而行。

天空飘起雪花，小和尚看那人气度不凡，迟迟不走，便去报告大和尚。大和尚走上前去，施礼道："阿弥陀佛，施主绕塔，功德无量。"来人点头，脚下不停，仍是缓缓而行。大和尚细细看去，那人相貌大气威严，似曾相识，大和尚突然醒悟，道："寇相公，是你回来了吗？"寇准绕完一个整圈，才走到大和尚跟前，行礼道："师父，是寇准回来了。"

近乡情怯，自父母去世，弟弟寇随也外出做官，寇准已经很多年没有回过故乡了。虽是冬日，但一踏上故土家园，一看到家乡的田舍河流，一望见巍峨的华山，寇准就知道，他和这个生他养他的地方，是分不开的。

慧照寺依然寂寥，正好适合寇准绕塔静思。身在官场三十八年，起起伏伏，看见佛堂和菩萨，还有自己当年离开时就在的那棵老柏树，寇准突然觉得，自己这一生，该收场了，该放下了，留恋什么京城皇都呢？既然自己在那里没有片瓦，不如安心在家乡好好当个地方官，造福桑梓，落得轻松自在，岂不更好？奸佞那么多，他一人怎么能斗得完！大宋的朝堂之上从不缺能臣，天下百姓自求多福吧！寇准叹了口气，跟着大和尚走进厢房，喝一杯清茶，叙叙旧。

寇准回到家乡，各处走走，看到族中人丁兴旺，年轻后辈知书达礼，很是欣慰，家乡年轻人都以寇准为荣，教育孩子要像寇准一样读书做官，以后入朝当宰相，这倒让寇准苦笑。秦人一向奉行"耕读传家"的古训，寇准希望年轻人种种地、读读书，非要做官的话，不要做大官，就做个清廉的知县或者知州，像他现在这样，挺好的。

家乡也不是没有变化，很多地方已是物是人非，这些人的遭遇，寇准倒是乐于听听。比如慧照寺里的和尚绝尘，寇准对这个人就很有兴趣。绝尘一听说寇准回来了，就去见他，他对寇准道："寇相公，我之所以在慧照寺出家，就是预料到你迟早要回来，我想见你一面，看看你到底是怎样一个人！"

一杯清茶，绝尘向寇准说着他的遭遇。

进慧照寺之前，绝尘和寇准一样，寒门出身，考中进士。不同的是，当时朝廷缺官，寇准中进士后直接做了巴东知县，而绝尘只是补了一个县尉。

为什么只做了两年官就被削为平民了呢？绝尘俗名叫赵德川，他的家族人丁兴旺，而他这一支，因为家贫，却遭人歧视。他得中进士后，刚做了一个小小的县尉，立即就有族人前来帮他出谋划策，教他如何买田放债，如何左右诉讼，如何利用手中权力捞取利益。

赵德川是个读书人，他身上有着清廉之气，当然不会听这些族人摆布。然而，他又不得不向他们屈服。在没有当官前，母亲生病借过族人的银子，妹妹出嫁，同样借过族人的银子。他的族人中，有几个在开封做生意的人，甚至做着这样的"投资"。他们经常借钱给穷困的本乡考生或者京官，一旦考生高中，或者京官外放到地方上做官，他们就会随同到任所去，除了为取回借款之外，自然是权力庇护之下的生财之道。

赵德川本身是想做一个两袖清风、清正廉明的好官的，可很多时候，他确实身不由己。赵德川告诉寇准，和他同任的官员，搜刮民财、声名狼藉的有；小打小闹，靠平时吃拿一点小利弥补官俸之不足、维持优裕生活的有；两袖清风，甘于贫寒的也有。这三种人，在官场上根本就不能和平相处，走到哪里，他们就争斗到哪里，把地方上弄得从来没有安宁过。

赵德川是误入歧途，因贪赃枉法被革职的那一种人。可官帽丢掉后，他一点儿也不可惜，反而觉得很轻松，犹如卸掉了一个日夜背负的大包袱！

"我早就不想当官了，我只当了两年成安县尉，就已经受够了，非常非常

二十五 灭蝗灾

厌倦。寇相公，在成安时，百姓总是提起你，有的怕，有的恨，更多的人把你奉为神明。我那时就想，你是怎么做到的，你和我，有什么不同？"

赵德川被革职后，不愿回家乡去看族人们的冷眼，他无处落脚，干脆来到寇准的故乡，在慧照寺里出家当了和尚。

寇准告诉他，自己没有什么不同，如果非要说有什么不一样，那就是若是他遇到这种情况，可能不会选择出家，他会在这里当个教书先生，教贫苦人家的孩子读书，尽自己的能力，让家国越来越好。绝尘听了寇准的劝告，当了教书先生，慧照寺是寇准小时候念书的地方，现在，这里又传出了琅琅读书声。

寇准所管的永兴军路范围很广，有八十多个县，是一副不小的担子。既然做了父母官，就要承担这份责任。

来年开春，永兴军境内一直闹旱灾，庄稼快要成熟了，寇准急得四处奔波，帮助百姓开渠浇地。总算快到夏收了，麦苗抽穗，大家都松了一口气，寇准却更担心了。所谓"旱极而蝗""久旱必有蝗"，防治蝗虫是父母官必做的功课，蝗虫趋水喜洼，蝗灾往往和严重的旱灾相伴而生，让百姓雪上加霜。

寇准告示永兴军所有州县：蝗虫不得不防。各地县令也知道蝗虫的厉害，史书记载，历朝历代都闹过蝗灾。蝗虫过后，赤地千里，颗粒无收；饥民造反，社会动荡。很多地方还出现了人吃人的现象，妇女、儿童被绑起来拉到市场上像牛羊一般买卖，非常残忍。

于是人们都行动起来，大量制作用于捕捉蝗虫的小孔网兜。很多地方还在麦田中央架起木柴，准备烧死蝗虫。寇准还下令，凡是有百姓捉到蝗虫或者消灭蝗虫的，拿着蝗虫死尸上交官府，可以换等量的麦子，百姓听了自然摩拳擦掌，准备和这些害虫一战到底。寇准还不放心，让军队的士兵们也制作网兜，随时巡视。

蝗虫真的来了，遮天蔽日的蝗虫从南边飞入了永兴军境内。没等长官下令，军队和百姓纷纷行动起来捕捉蝗虫。网兜网住了一大半蝗虫，寇准和寇安骑着快马来回飞奔，所到之处只见百姓皆对蝗虫群起而攻。对付蝗虫，火攻是最有效的办法，只要在一片四面隔绝的田地里放起大火，被烧死熏死的蝗虫就

会一层一层落下来。不到半日,永兴军境内的蝗虫就被消灭了,虽然也有所损失,但保住了大部分庄稼。毕竟年纪大了,寇准连跑带熏,累得躺在了床上,但他仍不忘对百姓的承诺,凡是到衙门来肩扛担挑交蝗虫的,寇准都给他们换了粮食挑回去,各地衙门的蝗虫尸体堆积如山。寇准向朝廷上奏,蝗灾已灭,同时也看到朝报上,各地都在闹蝗灾。

大中祥符九年(1016),中原大地暴发了大面积蝗灾,田地里的禾苗被蝗虫一扫而光,各地损失惨重。宋真宗接到了全国各地的奏报,纷纷请求朝廷想办法消灭蝗虫。当时的宋真宗正沉迷于神仙法术,他命宰相王旦率领文武百官前往天坛,举行祭祀,真心实意地想借助神仙的力量来平息灾荒。为表诚意,宋真宗还特别下诏,十日之内,皇室全部人员都要斋戒。

求神拜佛这么多年,皇帝深信各路神仙会保大宋平安无虞。王钦若也奏报说,国家不用急着灭蝗,神仙一定会前来帮忙的。

官场就是这样,手握大权的人永远不缺迎合者和奉承者。风向一变,各地官员又纷纷上书,有不少人说蝗虫因为畏惧皇帝的神威,已经接二连三地"自杀"了,苏州官员的奏折中说:蝗虫害怕皇帝,它们又为了讨好皇帝,选择到风景秀丽的太湖里群体自杀。更有甚者,说一大批蝗虫正在飞行,突然天降五彩云朵,一股神秘的大风霎时将蝗虫化成粉末。

宋真宗十分高兴,也十分自得,神仙们总算给了面子,可见自己这个真龙天子并非徒有虚名。宰相王旦和一些见多识广的大臣,也有怀疑这些奏报的:"蝗虫真的会自杀?自古以来没听说过呀,史书上也没记载过。"

在王旦的据理力争下,宋真宗专门派了几个太监去外地调查了解灾情,太监的职责本就是讨好皇帝,加上收了官员们的好处,回京后,也都报告说蝗虫确实在一批一批地自裁呢。

有一天上朝时,王钦若兴奋地奏报:"启奏陛下,官家的诚意,已经感动了上天。如今京城地区的蝗虫纷纷飞入河中,主动求死去了。用不了多久,这场蝗灾就能平息。"说完,王钦若还从袖中拿出一只死蝗虫,举到皇帝眼前。

事实证明,历史上最大的奸贼往往是那些在灾难面前大声歌颂的人,他们无法直视灾难,总以为念过咒语,哄好皇帝就会天下太平,百姓的生命在他们眼里跟蝼蚁一般无足轻重。

在中央集权制度的统治下，皇帝被奉为神一样的存在，官员和百姓对皇帝说的话不敢违抗和质疑。其实皇帝也是人，并非神仙，臣民们之所以绝对服从他，是因为他们觉得皇帝受命于天，是带着神的使命和力量来行使无上权力的，所以有时候即使他说的不对，臣子们也要听命。然而一旦人们认为皇帝说话做事并非出自自己的内心，而是被小人、后妃等操纵，那么皇权的威严就会大打折扣。

也就是说，如果皇帝是真心认为蝗虫都自杀了，大臣们只好听命顺从；如果是被王钦若之流蒙蔽了，那么自然就有人会出来抵制和抗议。好比皇帝自己要赐死臣子，臣子则无怨无悔；但若是有小人在后面蛊惑，臣子就要清君侧，为自己申冤鸣屈。

王钦若呈上死蝗虫这个证物，宋真宗很是高兴，准备将这件事情写入史书里，还要诏告天下，举行庆典，感谢神仙！真宗不知道朝中稍有头脑的大臣多有不服，自己的公信力正受到挑战，他依然兴致勃勃地和王钦若、丁谓等人商议庆典的事情。以学士李迪为首的几个老臣，再也无法容忍堂堂大宋皇帝，被人戏弄到这等地步，他们暗自计议，今天一定要告诉皇帝实情，哪怕丢官弃爵，也在所不惜。

李迪等一班臣子站成一排，互相递着眼神，准备开口驳斥王钦若，这时天色突然暗了下来，一片黑云笼罩了皇城。

皇帝跑出宫殿朝天上一看，黑压压的蝗虫遮天蔽日地飞了过来。官员们赶紧拉着皇帝往屋子里钻，太监宫女们也叫喊着关门闭窗。但是为时已晚，一群蝗虫冲进了大殿，这些蝗虫在金銮殿上左突右冲，有的歇息在富丽堂皇的廊柱上，有的漫步于高高在上的龙椅上，有的傲立在官员们尊贵的乌纱帽上。一时之间，大殿里摔的打的、扑的赶的乱作一团。

宋真宗哪里见过这番景象，吓得张大嘴巴哇哇大叫起来。就在这时，一只蝗虫不偏不斜，呼地飞进皇帝的嘴里，皇帝喉咙一痒，蝗虫卡在了嗓子眼儿，他不由自主吞咽唾液，嗯的一声，把蝗虫吞进了肚子！

"啊……"皇帝感到万分恶心，一口浊气堵住心口，身子一软昏死在大

殿上。

等真宗悠悠醒来的时候,蝗虫们已经吃饱喝足飞走了。刘娥皇后悉心照顾着皇帝,不让他下地,可真宗偏要到外面去透透气。回想起吞下蝗虫那一幕,他不由得干呕起来,胸口憋闷,皇后只能扶着他去御花园转转。这一转,真宗才真正见识到了蝗虫的厉害:御花园里惨不忍睹,那些平日里千娇百媚的金贵花草,连一片叶子也没有剩下,全被蝗虫吃得一干二净;还有那些葱郁的参天大树,也没有了一丝生气,只留下光秃秃的褐色枝干,凄凉万分。宋真宗心里难受,他知道老百姓的庄稼肯定也全完了。

一连几日,皇帝茶饭不思,他的心里,有感叹也有悔恨,有不甘也有沮丧!火灾接着蝗灾,他一次次受到天谴,一次次遭受挫败,他承受不了了!

那时候的人,认为一切"天灾"都是"人祸"的结果,灾难来自上天对人间秩序混乱的震怒。真宗不得不反思自己近年来的所作所为,他开始质疑自己最信任的大臣,尤其是王钦若。他知道自己被王钦若一帮人欺骗了,他们把他当成三岁孩子戏弄。他仰天长叹:"如果这批蝗虫在朕举行灭蝗庆典时飞过来,那天下人将要怎样耻笑我这个白痴皇帝?"

因为上次的火灾烧毁了无数的物品,国家的财政一时间陷入极度困难的状态,只能节衣缩食地过日子。在过端午节时,皇帝甚至拿不出犒赏群臣的赏赐,只能给臣子们一些言语抚慰和欠条,声明国家有钱了再补发。现在又遇上了蝗灾,国家拿不出钱救灾,意味着天下老百姓就要没有饭吃了,他们为了活下去,也许会变成流民,甚至会起来造反,那么大宋江山就岌岌可危了。

宋真宗相信神谕,他知道这是上天对自己的惩戒,他的统治出现了难以饶恕的错误,故而上天用灾难来惩罚他。受到如此"天谴",皇帝彻夜难眠,他一条一条地想着补救的办法:"应该下罪己诏,思过罪己,祈求上天的原谅。再将年号改为天禧,希望早日平息这场灾祸。"

皇帝越想越难受,越想越失落,越想越睡不着。他随即起身,也不穿鞋也不束发,就这样披头散发、穿着短衫来到太庙之中虔诚祷告,请求列祖列宗原谅他、帮助他,保佑大宋江山,保佑大宋子民。

由于夜深露重,地面潮湿,再加上真宗心情郁闷,衣着单薄,祈祷完后,皇帝竟染上了风寒，加上他心里始终有吞下蝗虫的阴影，导致食欲不振，竟然卧床不起。

皇后刘娥命令御医们服侍左右，并亲自给皇帝端茶送饭，但皇帝还是不见好转，不管什么山珍海味，皇帝一吃就吐，御医们也说不出原因。一日，皇帝又将刚喝下的汤吐了出来，刘娥的眼泪滴滴答答流了下来，她劝皇帝："陛下，为着社稷臣民，也为着臣妾，你吃点东西吧，这样下去怎么成呢！"皇帝还是不肯吃饭。刘娥问道："陛下，你到底哪里难受？这是怎么了呀？御医们问皇上病症，皇上怎么不说呢？"

真宗躺在刘娥怀里，满腹委屈，他再也忍不住了，哇的一声哭了出来。刘娥抚慰再三，皇帝才说道："朕生在天家，从小锦衣玉食，即使在外征战，吃的喝的也都是山珍海味，不曾少过什么。皇后啊！朕什么都想过，唯独没想过朕这一生，会吃下一只蝗虫！"听皇帝这么一说，刘娥明白了，皇帝看她脸色如常，竟没有一丝担忧，又说道："皇后，你是不能体味，朕每每想起这事儿，便恶心干呕，朕命休矣！"

刘娥一笑，轻松地说道："陛下宽心，这蝗虫吃得，不碍事的。"真宗一愣，刘娥道："陛下勇猛，敢于生吃蝗虫，想那蝗虫定会惧于天子威仪，速速退去。"真宗摇头，皇后和王钦若他们说的没什么不同，都是讨他欢心的。

刘娥娇声细气，又道："陛下有所不知，你其实不是第一个生吃蝗虫的天子。""哦？"真宗来了兴趣，还有哪个皇帝和自己一样倒霉呢？刘娥道："陛下，第一个生吞蝗虫的天子，是唐太宗李世民。""啊！"唐太宗李世民一直是真宗父子极力效仿的榜样，也是真宗心中的贤明圣君，真宗对唐太宗可谓是崇拜至极。

刘娥娓娓道来："贞观二年（628），唐朝京城长安一带大闹蝗灾，唐太宗在御花园游玩时看到很多蝗虫，他顺手抓了几只，咒骂道：'老百姓靠庄稼活命，却让你们这些害虫给吃了！我宁愿你们吃我的五脏六腑，也不要你们吃老百姓的粮食！'说着举起手要把蝗虫吞下去，左右侍从连忙劝阻：'陛下，万万使不得，这东西不干净，吃了会得病的，龙体安康要紧。'唐太宗道：

'我要为老百姓受灾,哪里还怕生什么病。'于是把蝗虫塞进嘴里吃了下去。那一年,蝗虫果然没有造成灾害,而唐太宗也龙体安康,无病无灾。

"陛下,这些事情并非臣妾编造,而是古书上写的,唐太宗能生吃蝗虫,陛下为何吃不得?古书上还说,饥馑年间,很多百姓都抓了蝗虫回家吃,身体未见异样。"

真宗听了刘娥的话,松了一口气。刘娥命太监取来古书给皇帝看,太监取来书,刘娥一下就翻到了唐太宗吃蝗虫那一页,真宗看完彻底放下心来,他夸刘娥道:"皇后博览群书,通晓古今,真是朕的贤内助呀,如今治好了朕的心病,朕要好好谢谢皇后。"刘娥看皇帝高兴,命人端上饭菜,喂着皇帝吃了一些,果然不见再呕吐了。真宗吃了些东西,有些困乏,临睡下时,他对刘娥道:"朕生病这些日子,就由你代替朕处理朝政,特许皇后与宰执大臣共同商量国事。"

刘娥听完心里一跳,整个大宋朝听到这条诏告,也是一惊。

刘娥垂帘听政,第一件事就是罢免了王钦若的宰相职位,让他出判杭州。这是真宗和刘娥共同的决定,真宗当然是因为蝗虫事件,刘娥则是因为王钦若平日对自己不恭敬,小看她,她要立威。

刘娥手里有了至高无上的权力,她为自己策划的下一步,是认亲。皇后的亲戚实在太少了,在京为官的只有一个哥哥刘美,也就是那个带她来京城,又把她卖进襄王府的龚美。就这一个哥哥,还让朝臣们恨得咬牙切齿,他们议论纷纷,说龚美曾是她的丈夫,应该诛杀。

尽管皇帝曾几番宣告,刘娥是开国节度使的女儿,出身并不低微,但皇亲国戚们仍然看不起她,她在他们眼里,始终是一个卖唱蜀女。皇后刘娥知道,没有外戚撑腰,自己始终会处于被动地位。于是,她昭示天下,声称自己小时候与刘姓叔叔在京城走散,希望现在能找到这位叔叔。一时间,皇后刘娥的"叔叔"们在宫门口排起了队。刘娥挑有权有职的,认下两位叔叔和无数叔叔的亲友,给他们都升了官。

这次认亲顺利,使刘娥想起以往。那时她刚当上德妃,皇帝也是一样的想法,想给势单力薄的她认几门亲戚,以便封她做皇后时有人支持。皇帝也是好意,他只要提出加封刘娥,满朝文武就出奇一致地反对,这令皇帝很尴尬,连个下的台阶都没有。

那时皇帝相中了现任开封府尹刘综,刘综是河中虞乡(今山西省永济市虞乡镇)人,雍熙二年(985)考取进士,居官清廉刚正,在朝堂内外的口碑很好。一天早朝后,真宗将刘综单独留下,道:"听闻你跟后宫刘德妃是同族,而且关系非常近,既然如此,朕准备让你出任参知政事,你看如何?"刘综听后,明白这是刘娥想和自己攀亲戚,而此时刘娥就在屏风后面,只等刘综点头后出来认亲叙旧。

刘综听完皇帝的话,马上变了腔调,他用晋地口音回禀道:"微臣本来是河中府人,自幼出身孤寒,并没有亲戚或同族在后宫。"刘娥是四川人,而刘综却故意用老家山西的方言回复皇帝,并且声称没有亲戚在宫中,这明摆着就是拒绝跟刘娥结亲。真宗见刘综如此愚钝,心中真是气恨,很快便找借口把他外贬为庐州知州。

朝廷大臣们对册立刘娥为后一事采取集体抵制的态度,是因为她入宫前曾嫁过人,身份卑微,还纵容哥哥刘美仗势欺人,作恶不断,所以刘综宁可不做官,也不肯结下这门有辱清名的皇亲。

后来刘娥认的几个叔叔里没有一个做大官的,她不死心,将满朝刘姓官员的家世都逐一调查了一遍,又盯上了龙图阁直学士刘烨。一次,刘娥把刘烨叫到宫里,问道:"本宫听闻刘学士祖上显赫,可否把学士家的族谱拿来看看,也许本宫和学士是同宗呢?"刘烨站在那里,也不说行,也不说不行。刘娥奇怪,又问了一遍,只见那刘烨就像突然失了支撑,软绵绵倒在了地上,任谁呼喊都紧闭双眼,耷拉着脑袋,就像昏倒了一般。刘娥对这些迂腐的朝官无可奈何,只好将这个刘烨贬去了河南府。

认亲不成,刘娥开始一门心思扶植自己的哥哥那一大家子人。刘美大字不识的茶商女婿马季良被刘娥弄成了龙图阁直学士;刘美的儿子——刘从德的姻亲、朋友、门人及至奴仆全都被封官。这样的大肆封赏,竟然有了效果,刘美帮妹妹刘娥皇后结了两门至亲。

一个是钱惟演,他是吴越忠懿王钱俶第七子,太平兴国三年(978年),

二十五 灭蝗灾

随钱俶降宋。钱惟演博学多才,善写文章,应试学士院时,起草诏令挥笔而就,深得宋真宗赞赏。钱惟演将妹妹嫁给了刘美,当了刘美的大舅哥,和皇后自然而然成了亲戚。而钱惟演本身和丁谓就是儿女姻亲,这样一拐弯,丁谓和刘皇后也就成了亲戚。刘皇后结了这两门亲戚,真是扬眉吐气,再不恐慌自己在朝廷里没人了。

的确,刘皇后很快体会到了和大臣建立同盟的好处。丁谓告诉她,真宗在派人调查她四川老家的侄儿刘从德。刘娥心知不妙,赶快让丁谓派人赶去四川,召回了真宗派去的几个太监。刘娥知道,侄儿无非就是借着她的名义,贩卖一些私盐,加盖一些庭院,这有什么出格的呢?前任郭皇后、李皇后的娘家,哪个不是亭台楼阁、富贵辉煌?她刘娥家以前是穷,可现在不一样了,她倒是希望侄儿和哥哥将家里府邸盖得更加富丽堂皇,比过那些皇亲国戚,好长长她皇后的威风。

二十六　恶势力

也难怪刘娥这么想。不知从何时起，朝廷王孙贵族和品官们开始热衷追求豪华奢侈的生活，渐渐地连民间的富户商贾也养成了奢侈讲究的生活习惯。上自天家，下至百姓，都以攀比为荣：比衣饰华丽，比饮食精巧，比府邸大小，比器物贵重……刘娥和她的哥哥刘美时时感到脸上无光，他们没有祖传的玉器字画，没有世袭的封地、奴婢，也没有连绵数里、满是亭台楼阁的府邸。虽说这些年皇帝时有赏赐，但那毕竟有限，而且刘娥也不敢多要，哥哥刘美和侄儿已经多次在她面前说起，只有刘家显赫起来，那些势利眼的官员才会尊重她这个当朝皇后。

刘娥明白这个道理。刘美从右侍禁一路升为都指挥使，统领着京城禁军，手握兵权，而侄儿刘从德在四川老家任益州防御使，整个益州成了刘家的天下。随着钱惟演和丁谓加入皇后阵营，刘家的地位顿时显赫起来，刘娥明显感觉到了自己在宫里宫外受到的尊重，她尝到了权力的滋味。

刘娥隐忍了三十年，刚刚扬眉吐气没多久，皇帝为什么就要派人去益州调查她的侄子呢？刘娥怪皇帝听信谣言，又怕侄子招摇生事，她一面贿赂恐吓从益州召回的太监，一面告诫侄儿严防京城再来人，让他收敛一点。

皇帝为什么会瞒着皇后派人去益州呢？皇帝和皇后两人向来相亲相爱，遇到事情从来不互相隐瞒。原来是有人向皇帝报告，皇后的侄子刘从德在益州吃人了！真宗本来就胆小，听到这个消息吓得不轻，他不敢相信在自己统治的太平盛世会发生这样残忍的事情，出于对皇后名誉的维护，他才悄悄派人去了益州。

这次一共派去了六个人，分为三拨。一个多月后，真宗的身体渐渐好了起来，他能够自己临朝了，便把那几个派去的太监一个一个单独叫来问话。在其他五个人都说益州平安无事的时候，其中一个名叫解四郎的人却冒着被杀头的危险，向皇帝说出了实情："陛下，益州百姓命如猪狗，随刘从德任意蹂躏，所有店铺农田，除了给国家的税赋，还要再给刘家一份。刘家的宅邸里奇珍异宝随处可见，楼阁亭台望不到边，连奴婢都穿金戴银，猫狗皆有肉食，澡圊、溺盆子饰以金珠牙翠。"

真宗听了大怒，如今朝廷艰难，国库如洗，刘家竟然如此搜刮民脂民膏，奢侈无度，这是要逼死大宋百姓，败亡赵家的天下啊！解四郎低头哭求真宗道："陛下，小人虽是秦人，但自小跟随父母在蜀地生活，此番看到蜀地百姓水深火热，才冒死以实相告，望陛下给小人一条活路！"真宗点头，他病了一场，不过月余，但已经能感觉到宫里人人都怕刘皇后了。当初那个因为出身而被宫人们轻视，需要皇帝时时庇护的、娇弱的、可怜的刘娥不见了，代之而来的是充满威严的刘皇后，他甚至反过来需要她的呵护和支撑。

真宗这夜没有去皇后那里就寝，他睡在偏殿，由大太监周怀政伺候着，准确地说，皇帝又睡在了周怀政软绵绵的大腿上。这是澶渊之战留下的后遗症，那次战争刘娥没有随驾，真宗夜夜都是枕在周怀政大腿上入眠的，后来就成了习惯。每当遇到烦心事，比如灾害、大火、疾病等，皇帝都要枕在周怀政腿上，在他的抚慰按摩下，安静睡去。

寝宫里静悄悄的，几个宫女守在锦帐外，迷迷糊糊，忽然其中一个宫女站起来，慌张叫道："皇后娘娘！"刘娥已经到了眼前，她摆摆手，宫女们没敢再张嘴，默默伫立两侧。刘娥掀开帐角，向内看去。周怀政半躺，下巴挨着脖子，皇帝枕在他蜷缩的右腿上熟睡。刘娥咬咬牙，气恼地转身离去。

其实周怀政此刻并没有睡着，他听到了外面皇后到来的动静。一切又恢复宁静，周怀政看着真宗的模样，既怜惜又害怕。他怜惜这个他自小看大的皇帝。跟太宗比，赵恒善良胆小，不能扛事，也没有皇帝该有的狠辣。他害怕皇后刘娥，真宗对他的依赖早已引起刘娥对他的嫉恨，刘娥几次要撵走他，若不是皇帝护着他，他恐怕性命难保。但，以后呢？周怀政不敢想！

二十六 恶势力

寇准灭蝗有功,永兴军八十个县的庄稼损失不大,他得到了朝廷的嘉奖,随着诏书而来的,还有皇帝的一封密信。皇帝派给他一个天大的差使,这差使干好了对他没有一点儿好处,干不好却能要了他的命。准备在故乡养老的寇准已经对官场生厌,他考虑着,到底要不要做这件事?

天禧二年(1018)七月十四日,是寇准的五十七岁寿辰。寇准在家乡处事公正、爱护百姓,又灭了蝗灾,因而受到家乡人的无比爱戴。华州的官员百姓早就谋划着给寇准过一个热闹的寿辰,大家背着寇准,商量了很长时间。

在家乡父老的盛情邀请下,寿辰当天,寇准回到了故乡。只见村镇上张灯结彩、热闹非凡,寇准觉得过于铺张,正想开口阻挡,一个老者说道:"今天来给寇相公祝寿的,都是地方上的老叟,我们给相公祝寿,也给自己祝寿,希望相公和大家同醉!"

当地官员也说要与民同乐,寇准一听高兴了,他也不推辞,坐了首位,不一会儿,宴席上就站满了从各地赶来的老者,为什么都站着呀?很多人不敢坐。寇准喜欢喝酒,而且酒量极大,他今天高兴,就下令,寿宴的座次不按官职大小,也不分长幼尊卑,而是以酒量大小排序,谁酒量大,谁就挨着他坐,酒量小的坐远。于是一番混乱,有的县官竟然坐到了末位,而一些老叟百姓,倒坐到了前面。

好不容易坐下来,大家纷纷给寇准呈上寿礼。第一盘端上来的寿礼,是六碗长寿面。只见那薄如蝉翼的细长面条分装在巴掌大的小碗里,黑白黄绿各色配菜漂浮在泛着油光的红色辣汤上,香气扑鼻。"祝寇相公长命百岁!"几百个老叟一齐站起来,声震寰宇。寇准笑了,秦人就是这样,简单直接,说话声能把天捅个窟窿。

第二盘是六个晶莹透亮、瑰丽似火、皮薄如纸的火晶柿子。众人又齐声祝福:"祝寇相公柿柿(事事)如意。"寇准赶忙回礼:"这个好,我爱吃。"在故乡人面前,寇准格外亲切,他笑着说:"各位老哥哥不敢喊了,一会儿惊动了天上的神仙,都来咱华州看热闹。"

第三盘寿礼很特别,寇准竟然不认识。只见盘子里摆着六个中间金黄、四周雪白的圆形点心,每个点心的中央,都印着一个红红的花朵般图案。

看寇准犹疑，老者示意他尝一口，寇准取一块点心掰开，只见点心皮儿洁白透亮、层层叠叠，里面的七彩果脯馅儿也丰富多样。他咬一口，甜润香浓，接着咬一口，青红丝的淡香、核桃仁的浓香、冰糖块的甜腻，还有一种玫瑰的芬芳直抵咽喉，寇准赞道："好吃，解馋！"再问点心叫什么名字，老者道："这是我们下邽巧妇们专门为相公祝寿制作的点心，还没有名字。"寇准觉得好吃，叫来蒨桃记下这点心的制作方法，让她以后常常做给自己吃。

这回大家没有齐声呐喊，而是由一位秀才捧着一张红纸念道："公有水晶目，又有水晶心。能辨忠与奸，清白不染尘。"秀才念完，把这首诗献给了寇准。寇准接过写着赞诗的红纸，胸中翻腾着，百种滋味涌上心头。自己为官不利，到老来被贬回家乡，也没给家乡做多大的事情，家乡父老却给了自己这么大的赞誉，这么高的肯定。"水晶目，水晶心……"寇准念着，道，"这点心就叫水晶饼吧。愿为官的人都能像这点心一样，心存美好，一世清白。"大家都拍手叫好。

接着寿桃、面花、寿匾纷纷呈上，寇准和老者们过了一个热热闹闹的寿辰，他喝得酩酊大醉。

第二天早上起来，萦绕在寇准心头多时的一个问题仿佛得到了答案，寇准一拍案头："干！"

真宗给寇准写了一封信，让他秘密调查皇后刘娥的娘家侄儿刘从德在四川益州欺压百姓、鱼肉乡里的事情。之所以保密，是因为皇太子还小，而皇帝的身体却一日不如一日，面对已经掌握了朝廷实际大权的皇后，皇帝没有胆量动她的娘家，怕打草惊蛇，逼得对方狗急跳墙。但皇帝又实在担心百年之后外戚得势，皇权易姓。在受到王钦若的戏弄，听了王旦的将死直言，又收到寇准灭蝗捷报后，皇帝决定还是要依靠寇准这样的忠心老臣。

寇准的确老了。他不想再参与朝廷的权力之争，也不想回到京城开封，他想安稳地守着故土，死在秦地，埋入家乡厚实的黄土，终了自己这一生。他给皇帝写好了一封措辞委婉的回信，以自己的身体状况为由，拒绝了这个差事。这封信现在和家乡父老给他的赞诗一起装在寇准贴身的内衣里，大家如此信任他，给予他盛赞和厚望，这激起了寇准为百姓再和奸佞斗一斗的决心。

二十六 恶势力

他想：四川的百姓，也是我大宋臣民，我怎忍看着他们如蝼蚁一般生死由人，如果任这帮贼子横行霸道，岂不是枉负了天下百姓对我的信任和期望。

寇准派寇安带两个亲信扮作茶商，去四川找弟弟寇随，寇随在四川做一个小官，离益州只有百里，应该能探听到一些消息。

在益州，跟随着刘从德一起发家的，还有一些地痞无赖。比如无人不知无人不晓的赖子张大头。张大头人如其名，头大身小，长相粗鲁。他自幼不务正业，游手好闲，自从投靠了刘府，从原来身无分文，靠赌博讹人混饭吃的一个懒汉，竟一跃成了富甲一方的有钱人。

张大头的叔叔最知道侄儿底细，给寇安讲了张大头的发家史。凤凰酒庄本是外地人韩礼的，韩礼善于酿酒，羡慕蜀地水质，投入全部家产，在这里开了一个酒庄。初开时，生意兴隆，买酒或者吃饭的人络绎不绝。张大头租了酒庄右邻几间房屋，暗设宝局，招赌窝娼，从中抽取红利。他找到这样的生财之道，腰包越来越鼓，却还不知足，眼红起韩礼的生意来。

他勾结上县吏张由心，这个人手眼宽，和刘府通着关系。张大头有了人撑腰，派人到韩家酒店闹事、撒泼，韩家人单势孤，打官司又输在堂上，让人讹去了酒庄。有了固定资产，刘府的二管家给张大头支了三招：第一，给张大头弟弟买了个县吏，又勾结张由心等县里有声势的人，把他的酒庄当作县衙办事的据点，酒肉管够，从而和当官的打成一片。第二，招揽人手。张大头网罗了一批地痞、市侩、讼棍，在地方上占着天，霸着地，雁过拔毛。第三，替刘从德办事。张大头开山门，摆香堂，三山六岳的妖魔鬼怪、江河湖海的鱼鳖虾蟹，都聚集在他门下，专门听刘府的差遣，刘府不便出面的事情，都交由张大头来解决。而张大头得到的好处，就是可以在他势力范围内的所有店铺抽成收保护费，无人敢管。

张大头上有官府庇护，下有爪牙驱使，不几年的工夫，就羽翼丰满，独霸一方，富得流油了。现在的张大头，不但头大，肚子也鼓了起来，走在人前，活像一头肥猪在蠕动。

张大头欺负过自己的叔叔，叔叔对他不满，于是在寇安那里把张大头的底细都抖了出来。张大头的叔叔还告诉寇安，像张大头这样的人，刘府养了几十

个,这些人在益州城里城外划分出势力范围,各管一片,替刘府抢人收租,为所欲为。

寇安发现从益州城出进都有人盘查,他怕被人发现,在益州只待了三天,就去了寇随家。寇随家距离益州城一百里地,应该不受刘从德的控制了。寇随给哥哥寇准写了一封信,信发出去的当天,寇随的二儿子寇珠不见了。寇随带着一家人找遍了附近各处,也没找到孩子。一个七岁小孩,只是出门玩耍一下,能跑去哪里?他不得不怀疑自己寄出的那封信被益州那边发现了。寇安生怕孩子有什么意外,准备混进刘从德府邸,查探一下情况。

寇安在刘府周围转了一圈,带回来一个往刘府送活鸡的老者,这个老者瘦骨嶙峋,牙齿快掉完了,但看起来精神还不错。大家都觉得寇安简直神眼通天,怎么就知道老者肯给他带路。寇安扶老者坐下,说道:"老人家,我一看见你,就知道你心里苦,你恨刘府,对不对?"老者哆嗦着跪下,给寇安磕头:"壮士,我一看你剑眉星目,脚下生风,就知道你是个侠客,我不是贪图你的五两银子,我是心甘情愿给你们带路啊!"

寇安扶老者起来,老者诉说道:"我那可怜的女儿,只一次去给刘府送鸡,就被带进深院,再也没有出来,我连问都不敢问啊!那张大头声称,如果再敢问他们要女儿,就要让我的儿子和家人一并消失。"寇安明白了,他道:"我进刘府,也是要找我那失踪的孩儿,他才七岁。"老者点点头,给寇安讲解了刘府的大致地形,寇安扮作苦工,由老者带着从偏门混进了刘府。

刘府的气派让寇安吃惊,数不清的亭台楼阁、水面湖泊,院墙高耸,府里房多屋广,一进一进根本找不出头绪。寇安他们帮着搬运装在袋子里的活鸡,一大袋鸡一大袋鸡送进刘府的东南角。寇安有些惊奇,刘府有多少人,怎么能吃得了上百只鸡。老者告诉他:"这些鸡,只够刘从德一个人吃。""啊!"他不解了。老者道:"刘府顿顿都吃山珍海味,这些活鸡是用来做鸡舌汤的,一小盆汤,全用现杀的新鲜鸡舌熬成,杀百只鸡,才能做出一份汤。"

搬最后一趟时,寇安一矮身,藏到了早就看好的一座假山山洞里。

寇安在山洞里只等着夜深人静,哪知这刘府怪异,夜里并不见静寂,四周巡夜打更的人不断,而且院里灯火通明,隔几步一个红纱碧笼的烛台,背光的地方很少，直等到后半夜，也不见家丁们松懈。寇安怕天明以后藏不住，只好小心翼翼地爬出山洞，顺着墙根摸索，有好几次都暴露在光亮中。

寇安往东边摸去，据说刘府后院东边，经常能听到哭喊声，估计关押着一些人。正往前走着，对面传来说话声，他往房檐下一闪，身后的一扇窗突然开了，他下意识回头，和窗里的人打了个照面，不由得惊呼："蒨桃！"

远处传来一声警惕的低喝："何人？"窗里人猛一拉寇安，道："快进来。"他翻身进了屋里，藏在桌下，几个家丁一瞬间近了，蒨桃道："没什么，我开窗透透气。"窗外人走了，寇安很奇怪，蒨桃娘子怎么到了益州，还住在刘府，难道老爷也来了？她说话的声音怪怪的，怎么回事？

蒨桃示意寇安到床上帐子里去，寇安窘迫，他怎么能上蒨桃娘子的床呢？看蒨桃用眼神催促，没有办法，他只好轻轻脱掉鞋子，爬上了床。蒨桃也上了床。刘府真是奢华，这床足有寇安平时睡的床五六个那么大，床四角有彩装栏座，饰以凤凰游龙、仙草白鹤，那龙凤的眼睛和白鹤翅膀上镶着的各种宝石在闪闪发光。寇安瞅着床头很尴尬，满肚子话要问蒨桃，蒨桃倒先问他："你是谁？你认识蒨桃？"寇安揉了揉眼睛："你不是蒨桃？"对面那人一撩长发，摇头。寇安舒了一口气，是啊，蒨桃怎么能来这里，听声音确实不是蒨桃。那人道："这么说你认识蒨桃了？蒨桃是我姐姐。"寇安倒是没想到，说"蒨桃没说她还有妹妹，她倒是有个失散多年的弟弟。"那人流泪了："我就是蒨桃的弟弟呀，她让你来找我的吗？"

寇安又蒙了，已是晚间，这人仍是妆容整齐，梳着大盘髻，插着翠玉梳，花钿珠饰、细眉俏脸，和蒨桃一模一样，怎么她倒是个男子？看寇安疑惑，那人道："我是胥宇，蒨桃的弟弟，被人卖到这里了。我如此装饰，有难言之隐，不便多说，你先将姐姐和母亲的事情告诉我。"寇安只好将蒨桃的情况说了，胥宇听说母亲早已去世，伤心了一回，又听姐姐脱离苦海，给寇相公做了小妾，很替她高兴。寇安想起了自己来此地的主要目的："圣上密令我家老爷查查刘从德的罪状，他查获了我们写给老爷的信件，把老爷的侄子抓了，我来这里救人。"胥宇惊喜道："圣上要办刘从德了吗？就算杀他一万次，也赎不完他犯下的滔天罪行！"

寇安点头，胥宇犹豫道："听说圣上卧床，几个月都不曾上朝，现在当政的是刘从德的姑姑刘皇后，寇相公能办得动他吗？"寇安道："你放心，我家老爷威名鼎鼎，刚正不阿，一定能把这个祸害给除了。"胥宇道："我听他们说起过寇相公，是个好官。"

有了胥宇相助，寇安很容易就找到了刘府中关孩子的地方，可能想着小孩子不会逃跑，屋外只有一个人守着，寇安看那人迷迷糊糊打瞌睡，悄悄过去捂住他的嘴拖进屋里绑了，叮嘱被关着的寇珠不要哭喊，扛了孩子出来，胥宇给他指了一条水道，他带着孩子顺刘府里的河沟逃了出去。

寇随担心刘府的人再到家里，他们等了几天，不见动静，但也不敢给寇准再寄信。寇安准备回长安去，临行时，二爷寇随让他把自己的两个儿子都带走。寇随道："我哥哥学识渊博，你把这两个孩儿带去他身边，让他悉心教导，也好让他们成才，以后这两个小郎都是他的儿子了。"寇安知道寇随是怕刘府再来抓人，他也担心寇随一家，可寇随皇命在身，不能擅离，寇安只得带着两个孩子离开了。

星夜赶路，回到了长安，寇安报告了他们去益州探到的实情，带回来寇随的书信。寇准没想到寇安竟然能碰到蒨桃的弟弟，寇安道："刘府守卫森严，外人很难进出，我求胥宇留下了，帮我们搜集刘德成的罪证。"寇准想了想，道："现在救他的时机还不成熟，只能等我见了圣上，请了圣旨，才好让他们姐弟团聚。你先不要告诉蒨桃，免得她着急。"寇安赞同，又道："刘从德穷凶极恶，二老爷那里，恐怕要做些防备。"寇准也替弟弟担心，他想不明白皇帝既然下令这么久了，为什么还不召他进京，或者下旨让他直接发兵益州。

真宗不是不想召寇准，他此刻病情反复，已经两个月没有下床了，政事都由皇后说了算。不过在他稍微清醒时，他也会想到寇准，想到他的皇位怎样顺利地交给儿子。找了个理由，真宗跟刘娥说道："寇准奏报永兴军乾佑（今陕西省商洛市柞水县）山中出现天书，朕心里高兴，皇后叫人拟旨，让寇准亲奉天书上京吧。"刘皇后道："陛下，臣妾觉得寇准不必到京，寇准镇永兴军责任重大，不宜远行，不如……"真宗摆摆手："什么事情能有天书重要，朕躬身伺神，却久病不愈，心还要再诚些。"皇帝一提到自己的病情，刘娥不好说什么，只好命人去拟旨。

永兴军乾佑山中的确是发现了一册天书，天书是巡检朱能发现并报告给寇准的，寇准觉得可笑，皇帝已经对天书失去了兴趣，还有一大批人却仍然梦想着靠祥瑞和天书升官发财。他不信这些，可也不能不上报皇帝，寇准接到朱能的报告，就例行公事给朝廷上了奏折，这正好给了真宗一个召寇准进京的机会。

寇准即将亲奉天书进京，这在大宋官场看来很正常，寇准管辖范围内发现天书，他理应上报并把天书送进京城，这是他的职责所在，可是有个人却非常反对寇准进京。寇准起程后，魏野在官道上截住了他。

魏野是个非常爱惜名誉和气节的人，包括好友寇准的名誉。听到寇准进京的消息，他分析来分析去，觉得寇准此次不宜进京，便快马加鞭赶来劝阻他。两人在路边找了一个酒家坐下。

魏野道："相公向来不信天书，屡次劝阻皇帝封禅，为何此次却要违心进献天书？"

寇准道："这是寇某职责所在，圣命难违。"

魏野道："相公要想清楚，这是朝廷借相公之望，以取信于天下，相公不要被薄利所诱，做这样有损名节的事，让天下人失望。"

寇准道："依先生之见呢？"

魏野道："京城凶险，不是相公这等直臣久留之地。如果相公称病不进京，魏某愿陪相公纵情山水，逍遥世外，且不快哉！"

魏野是个隐士，自有他为人处世的方式，寇准羡慕他，但并没有打算按他的意见来度过自己的垂暮之年。寇准有坚定的政治主张和为人之道，他心里，除了山水诗赋，还有大宋百姓。

他对魏野说道："我大宋政治清明，天下太平之时，才是寇准归隐山泉之日。现在，还不行！"

"你难道还想着入朝？"

"先生说得对！寇某年近花甲，时不我待。"

"寇准，没想到你是这样贪图功名的人！为了高官厚禄，不顾名节！"

"先生,寇准此去,如果能力挽狂澜,救国于危难,救民于水火,那我个人的名节,倒不算什么!"

"这不过是你想入朝为相,再次手握权柄的借口!"

"寇准为人一向固执,先生勿要用此激将之法!"

魏野拂袖而去。

寇准再次出发了。皇帝一念,国家十年。虽然真宗已经悔过,但大宋江山已经千疮百孔,凭寇准一己之力,真的能扭转乾坤吗?

二十七 斗刘娥

天书好像真给皇帝带来了祥瑞，真宗身体大好，竟能亲自到城门外迎接天书。君臣相见，有话只能"眉目传情"，倒显得两人感情深沉起来。

寇准回京，给真宗带来了祥瑞，却给自己的家人带来了灾难。在他回京前夜，家里遭了火灾。虽说是临时租住处，也没有多少家财，但宋夫人好歹攒着一些陪嫁，现在全烧了个精光。

寇准进献了天书，退朝后，回家看到的是一片狼藉。家人把寇准领进了一个似曾相识的小院，这里有假山小桥、四时花卉，二层阁楼牌匾上的"问心"二字依旧飘逸潇洒，这是何启当年要送给他的院子。

果然，何启迎了出来。"何掌柜，这怎么行，这院子我们不能住。"寇准当即说道。他去内室见了夫人，要求马上搬走。夫人躺在床上，含泪道："你不管这个家倒也罢了，以前我嫁妆丰厚，能勉强生活，现在我病着，家财尽失，你叫我往哪里搬？"寇准见夫人脸色不好，不敢多说。何启请寇准前面叙话。

"相公，大夫已经来过了，夫人的病，要多将养些日子。"寇准跌坐在椅子上，左右为难。宋夫人出身高贵，从小养尊处优，加上为孩子们所累，寇准每每外放为地方官时，夫人都留在开封。寇准本想等这次刘从德的事情结束后，马上告老还乡，接夫人回家乡安居，还没等他开口，家里就遭了祸。

搬家的事情暂且不说了，寇准谢了何启。何启道："相公就安心住在这里，开封城里的人都知道这是我何启的家，没人敢在这里撒泼。"寇准问了自己府宅遭火灾的详情，何启及家人都说是有人在屋外纵火，可他们没有抓到放

火的人，寇准心里明白，这场火不可能无缘无故烧起来。

寇准奉旨入宫，他没想到，等在偏殿上的，是皇后刘娥。刘娥径直走到寇准面前，瞪着圆圆的眼睛，气势汹汹，寇准默默低下头。太监来宣寇准觐见，刘娥转身之际留下了一句话："寇准，你若敢动一下刘家，本宫与你势不两立。"

堂堂皇后竟然这样威胁臣子，寇准见识了刘娥的跋扈。寇准的大女婿王曙昨日苦苦哀求，希望寇准能顾及一家人的安危，顾及女婿的前程："大人，你要知道刘皇后的手段，圣上对她言听计从，群臣中谁敢忤逆她，马上就被罢官。她娘家的事情，宰相和中枢大员们，谁不知道！刘从德在益州拥兵自重，目无法纪，大家都是睁一只眼闭一只眼的，和皇亲国戚作对，能有什么好下场！"

寇准想：既然大家都怕她，我就更要站出来了；除了我，谁还能替益州百姓做主呢？

这次密谈，只有君臣两人。寇准把益州的真实情况说给了真宗。

"刘从德在益州顿顿珍馐美馔、琼浆玉液、凤髓龙肝俱备，一碗鸡舌汤要百只鸡舌熬制。他吃蟹羹，只取两螯的肉，剩余全都弃之不用，此乃臣的家人寇安亲眼所见。

"刘从德有断袖之癖，府里养着一大批男宠，他把这些自民间抢来或者买来的少年男子装扮成妇人模样，整日陪着他鬼混。刘从德干这种事情已经有十几年了，为了欺瞒天下，这些男宠一旦不讨刘从德喜欢，不是杀掉就是在府里做苦役，终身不能出刘府一步，更不能与家人往来！臣的小妾蕡桃的弟弟，就被禁锢在刘府多年，臣已令他做内应，搜集刘从德的罪证。

"臣弟寇随听闻刘从德的一个小妾跟人私逃了，刘从德便把小妾的母亲姐妹及家族里的女子都抓起来，逼家族的男子们交人，一日交不出，就杀掉一个女人！

"刘从德在益州城的军营里拿将士戏耍，每逢节日就让他们抽签，抽到谁，就让谁从城墙上跳下供他娱乐。每逢节日，军营里如丧考妣！

"刘从德拉拢党羽，培植亲信，贪赃枉法，买卖官爵，为所欲为……

二十七　斗刘娥

"陛下，现在益州往来通道为刘从德把守，地方上的地痞恶霸替刘从德监视'保护'益州商铺，各县府衙门的胥吏替刘从德压榨益州百姓，益州军队也为他所用，益州成了刘从德的私人属地，百姓任他欺凌，苦不堪言！陛下，官逼民反啊！"

"陛下，太子年幼，再不整治刘从德，恐外戚独大，养虎为患啊！"

真宗听了寇准的控诉，心里信了九分，但他害怕皇后刘娥不答应，拿不定主意。皇帝问寇准："寇准，现在朝臣都站在皇后一边，你要朕怎样？"

寇准想：是你命我调查刘从德的，怎么是我要你怎样？

但寇准不敢顶嘴，如今箭在弦上，不得不发，他道："陛下，臣的府邸前日被人纵火，家财尽失，臣弟寇随的孩儿曾被刘从德掳去，险些丢了性命，臣弟一家现在还在四川，惶惶不可终日！臣请陛下当断则断，为太子殿下的将来打算，铲除这伙十恶不赦的乱臣贼子。陛下，从古至今，外戚擅权干政、祸乱国家的比比皆是，望陛下不要再犹豫了！"

寇准的一番话，像敲在真宗耳边的巨大钟声，令他警醒。真宗一面派大太监周怀政带着圣旨秘密去四川调集军队，抓刘从德；一面召刘皇后的哥哥刘美速速进宫，把他软禁起来。刘皇后闻风而到，这次真宗没有妥协，他硬气地让刘皇后看清形势："刘从德恃宠而骄，在益州做了土皇帝，朝廷收到告他不法的奏章也有几十本了，皇后也都看见过。如果你不想再当这个皇后了，就下令去救你的侄儿；如果你心里还有我这个皇帝，有太子这个儿子，就不要离开此地半步，让朕来处理这件事情！"

刘皇后头一次看见真宗如此果断，她伏地哭道："求陛下给刘家幼子一条活路！"真宗答应了。

刘娥是一个很能隐忍的人，从一个连饭也吃不饱的孤女，到现在大宋国母仪天下的皇后，她历尽了千辛万苦。她知道，她今天所得到的一切都与眼前这个皇帝有关，皇帝一句话，就能将她打回原形。刘娥不恨皇帝，她恨周怀政，更恨寇准。

寇准也知道皇后恨他，这次和皇后家族的仇算是结大了。他想：京城恐怕是待不下去了，若是朝廷能给几亩好地，让我回乡种田，也是不错。

在皇帝杖杀了刘从德以后，刘家的家丁奴婢跟着被处理，寇随到处寻找蒨桃的弟弟胥宇。但是刘从德下手太早，他知道大祸临头，便下令府里所有男宠自缢，胥宇也没能逃脱。胥宇本就不打算见蒨桃的，他觉得自己没脸再见姐姐。这个饱受命运折磨的人，对自己有一种强烈的憎恨，对死亡则毫不恐惧！

朝廷上下一片哗然，整个开封城的人都感受到了正义的力量。忠义宰相、奸臣煞星寇准归来，灭掉活阎王刘从德的事情像新式火药武器震天雷一样，炸响了朝廷内外。杖杀刘从德那天，益州城万人空巷，还没等到刽子手行刑，刘从德就一命呜呼，他被益州百姓用石头砸成了肉酱。从刘从德的府里，抄出了可以令他死八回的忤逆谋反的罪证，刘皇后的身世和娘家人成了市巷议论纷纷的话题，尤其是她进襄王府之前卖艺和嫁人的事情，传得举国皆知。

寇准替真宗解决了心头大患，在众臣的拥护下，他又当上了宰相。再回中枢，寇准看到自己三十年前在院中植下的那棵桐树，也和他一样老了，一根枝丫已经干枯。寇准意识到自己已经老了，该退出纷争，回归故里了，他请辞三次，可皇帝坚决不准。女婿、女儿都很高兴父亲再当上宰相，宋夫人的病刚见好，她也多次说，让寇准留在京城陪她，她死了要以宰相夫人的礼仪入葬。

寇准身不由己，又陷入到朝事当中。真宗在处置了刘从德后，并没有罪及他的父亲刘美和皇后本人。面对整日愁眉不展的刘娥，真宗反而觉得愧对了她。为缓解刘娥和寇准、杨亿等老臣的关系，也为了树立皇太子的威信，皇帝在宫里举行了盛大的宴会，宴请群臣，同时也正式介绍皇太子赵祯。

宴会前，真宗和大臣们以钓鱼为乐。那天的鱼有些不识天威，没一只来咬钩，皇帝钓不上鱼，大臣们钓上了也不敢提钩，真宗脸上挂不住，有些扫兴地丢了鱼竿。大臣们看皇帝不高兴了，面面相觑。丁谓适时表现，他捡起地上的鱼竿，笑着吟了一句诗："莺惊凤辇穿花去，鱼畏龙颜上钓迟。"丁谓道："小鱼儿怕皇帝您这真龙天子，小鸟怕皇后这枝头凤凰，都躲得远远的去喽！"皇帝听了丁谓的话，转怒为喜。

宴会开始了，寇准坐在群臣之首，皇帝向他频频敬酒，寇准没注意，喝汤时羹汤弄脏了他的胡须。丁谓看寇准不自知，赶忙起身，小心翼翼地撩起衣袖，为寇准擦拭胡子上的汤水。丁谓此举应该是好意，显然在用心彰显自己和老宰相亲密的师生关系，但寇准有些反感丁谓到处讨巧的行事作风，也不愿意和他过于亲密，于是揶揄道："参知政事，乃国家重臣，是为官长溜须（捋胡子）的吗？"丁谓平时牙尖嘴利，这时候却非常窘迫，这么多官员都看着他，他又羞又恼，停手也不是，继续擦拭也尴尬。最终是刘皇后解救了他，皇后举杯道："丁参政重师敬上，该饮此杯。"

丁谓回到自己的座位，举起酒杯一饮而尽。第二天早上，丁谓替寇准"溜须"反遭嘲讽的事情，传遍了京城。大家都熟知的"溜须拍马"中，"溜须"一词的典故就是从丁谓和寇准这里来的。寇准屡次给丁谓难堪，这次又让他出了这么大的丑，丁谓怀恨在心。

现在不论是皇帝、太监还是百官，都看出朝廷分成了三个阵营：一个是以寇准、杨亿、李迪等老臣为首的太子派；一个是以丁谓、钱惟演等人为首的皇后派；还有一个人自成一派，那就是摇摆不定的真宗皇帝。

翰林学士杨亿看得很清楚，皇帝身体已经不行了，有时候上朝时都能睡着，有时候迷迷糊糊多日不上朝。太子必须马上得到皇帝的支持，一旦皇帝驾崩，两派争斗得你死我活，太子权力不稳固，老臣们的下场肯定会很惨，杨亿开始提早谋划。

皇帝又不豫多日，刘皇后垂帘听政，寇准的侄女婿高清被罢了官，贬为平民，两派的敌对情绪越来越明显。一日退了朝，真宗留下了太子宾客李迪和宰相寇准，言及太子，李迪道："陛下赐宴那天，臣一直在旁边观察，皇太子举止有礼，言不轻发，看伶官杂戏时也不失仪，陪伴太子左右的随从们都对太子很恭敬。"皇帝也觉得太子定力非常，寇准同样大大赞赏了太子一番："皇太子天赋仁德，勤道力学，实邦家之庆也。"

寇准他们退下后，真宗枕在了周怀政的大腿上，周怀政试探地问真宗："官家，太子如此谨慎有礼，堪当大任，陛下如今行走困难，可让太子为陛下分忧……"真宗闭上眼，叹道："我也有此打算，只是太子还小，需要得力的大臣辅佐。"

周怀政舒了口气，看来皇帝的意思也是让太子监国，这下杨亿该有所行动了。

过几天上朝时，大臣们就提出，皇帝不豫时，可由太子监国，宰相辅佐。李迪马上赞同，丁谓当即反对："太子还小，监国不妥。若陛下不豫时让太子监国，那等陛下好了，朝廷该怎样处置这个事情？"李迪马上道："太子监国，乃从古制，太子年纪虽小，但进退有仪……"两人吵得不可开交。

钱惟演见丁谓落了下风，突然上了奏章："陛下，黄河在滑州（今河南省安阳市滑县）决口，百姓流离失所，道路两旁都是冻死饿死的人。这是上天示警，臣等奏请陛下罢黜宰相，以应天象。"

连真宗都觉得钱惟演这是在强词夺理，但寇准对这件事却很认真，他倒和钱惟演站成一排，磕头请辞。真宗被臣子们搞得心浮气躁，下令退朝。

虽然没有最后下结论，但真宗给了朝臣们明示，他下令外放丁谓为河南府知府，让他离开中枢。皇帝的这个决定，大臣们和皇后都有点意外，连寇准他们都觉得反常，丁谓可是皇帝的宠臣啊！

真宗的身体状况越来越差，他的忧虑也越来越深。皇帝觉得自己恐怕离大渐不远了，他心中有了强烈的愿望，想要将皇位平安地传给儿子，丁谓这样的臣子，和王钦若一样，是不能留给太子的。

皇帝的态度给了太子党莫大的鼓舞，王曾和杨亿都劝寇准继续留在朝廷，不要轻易请辞，杨亿道："寇公，朝廷支持太子的这些老臣，把性命都交到了你手上，如果你走了，丁谓之流当政，可想这些老臣和百姓的下场。况且刘从德的事情在先，就算你告老还乡，能保性命无忧，家族无虞吗？"其实不用杨亿劝说，寇准也知道，皇后如果当政，自己迟早是一死，那时恐怕连整个寇氏家族都难以保全，刘美肯定会借机为儿子报仇的。

天禧三年（1019）六月初六，大宋帝国的天空中，出现了一个特殊的天象：在开封城的上空，大白天竟看到了金星。金星又称太白，太白昼现，所有饱读诗书的官员们都懂，《史记·天官书》曰："太白昼见经天，强国弱，弱国强，女主昌也。"宋真宗的司天官直接将天象解释为："女主昌。"皇后的权力太大了，大到上天都出来警示皇帝。

真宗心惊肉跳，他彻底怕了，女皇武则天先例在前，对皇后不得不防。真宗密召了寇准，商量后事。寇准直言道："皇太子众望所归，愿陛下思宗庙之重,早传帝位,以巩固大宋朝万世之基。陛下应选择中正之臣辅佐太子,丁谓、钱惟演不可重用。"

真宗下定决心,道:"太子就交给你和李迪、杨亿这些老臣辅佐了,你可去谋办太子监国的事情了!"

寇准出了皇宫,急急去了杨亿府上,让他起草太子监国,杨亿、寇准、李迪辅佐的正式诏书,并且告诉他,事成之前,绝不能让刘皇后、丁谓等人知道,以免节外生枝。杨亿晓得其中利害,他进入内室,关门闭窗,屏气凝神地拟好了圣旨,只等明日早朝前,把这份诏书交给皇帝,盖上玉玺,天下大事就定了!杨忆踌躇满志地想,我虽说老了,但老骥伏枥,再辅佐太子几年,保天下太平,百姓安居,也算不枉读了这一肚子书。

第二天朝日初上,杨亿就带着圣旨来到内宫求见皇帝,他觉得宫里气氛有些紧张,人人面带肃色,正狐疑间,看见丁谓也站立一旁,不由得奇怪,丁谓不是被皇帝赶走了吗,怎么会在宫里?

杨亿是翰林学士,又受皇帝器重,本身就和皇帝身边的太监们很熟,所以也没人挡他,太监传口谕,杨亿直接进入到皇帝寝宫。皇帝躺在榻上,皇后站立一旁,双眼垂泪,道:"杨翰林,陛下昨晚病痛难忍,一夜未眠。你有什么事求见,告诉本宫也可,在朝堂上说也行。"杨亿跪在皇帝榻前,轻轻地叫了一声:"陛下。"皇帝扭过头,含混不清地说:"朝政都听皇后处置,退下吧,让朕歇着。"

杨亿退出寝宫,迎面碰到周怀政,周怀政拉他到僻静处,道:"陛下糊涂了,又让皇后当政,你我危矣!"杨亿一脸苦笑,万般无奈,周怀政目送他离去。

当日早朝,圣旨传下,寇准罢相,任太子太傅,封莱国公。丁谓接替寇准,成为大宋宰相。

一时间风云突变,寇准还等着皇帝颁出圣旨,由太子监国,老臣辅政呢,突然间他就被罢了相位,寇准倒没过多地考虑自己,他浮浮沉沉多年已经习惯了,但他为国家捏着一把汗。

当初丁谓被皇帝罢了参知政事,却没有死心。他抱着希望去求皇后,皇后让他暂时不要离京，并让他时刻留意监视寇准和杨亿的动静。正是皇后这一句话，救了丁谓，也救了皇后一党。

那晚杨亿拟好圣旨，正在院中品茶，妻弟来向他辞行。杨亿的妻弟也曾反对过刘皇后，他被贬了官，明天就要离京了。妻弟嘱咐杨亿："我这一去，不知何时能见，哥哥曾拒绝给那皇后写册封诏书，恐祸事也要找到哥哥头上。"杨亿不忍妻弟担心，便不由得道："二郎放心，政事明日即有一新，你我相见不难。"杨亿心里正激情澎湃，浑身散发出的那股得意劲儿不言自明。妻弟听出几分，也看出了几分，果然没有了来时的愁容。

妻弟的一个婢女当时正在两人背后，这婢女面容和兔子一样乖巧，还长着和兔子一样的长耳朵，并且，有着兔子一样的"三窟"，她早已被丁谓收买了。婢女把"政事明日即有一新"这句话传给了新主子丁谓。丁谓是个聪明人，他当即去找钱惟演。钱惟演也觉得事态严重，他拉上夫人，乘着夫人的牛车，和丁谓混在女眷中，凭着相熟的太监传话，连夜求见刘皇后。

钱惟演的夫人深夜求见，必有急事，刘皇后赶紧接见。丁谓和钱惟演脱去女装，丁谓叫道："皇后娘娘，寇准和杨亿要造反，他们假若事成，哪里有臣等的活路！"刘皇后听完丁谓密告，倒不是十分紧张。她道："肯定是寇准他们趁着陛下神志昏沉，蛊惑陛下答应了他们的要求。"

丁谓和钱惟演一愣，皇帝神志不清了？刘娥道："这事本宫不想惊动朝臣，原想着过几日圣上龙体就能康复，没料想寇准他们竟然见缝就钻。"刘皇后把丁谓带到了真宗的病榻前。

真宗很虚弱，也很困倦，但皇后却带着丁谓来烦他。皇后哭哭啼啼，丁谓喋喋不休，真宗让他们退下，他们却更近了。真宗迷迷糊糊间，丁谓反复说着寇准和永兴军勾结，要造反了，刘皇后也一件一件列举着寇准的罪过，从拉住皇帝袍袖，到亲征路上呵斥皇帝、强逼皇帝渡河，等等。丁谓道："陛下，目前朝中大半官员都依附了寇准，加上寇准的女婿王曙和学生王曾等人手中掌握着实权，没有人不畏惧他。"

半梦半醒之间的真宗左右摇摆，犹豫不决。刘皇后亮出了最后的底牌："陛下，臣妾知道，陛下听信了一些术士的谣言，对臣妾不放心。皇天可鉴，

臣妾对陛下忠心耿耿，对大宋一心一意。陛下，昨夜我的哥哥刘美因病去世了，侄子也已被陛下处死，如今我在这世上没有一个外戚，除了一心辅佐太子，还能有什么别的想法？"

真宗听说刘美去世了，心里很震惊，也对皇后更加放心，为了安抚皇后，让她继续扶持太子，真宗忘了他金口玉言允诺寇准的话，同意皇后罢免寇准的请求。

此时真宗已经分辨不出时辰，稀里糊涂叫人来拟旨，只有钱惟演近在眼前。钱惟演大谈寇准如何专横，又竭力推荐丁谓出任宰相。真宗同意寇准罢相，给了寇准一个太子太傅的虚衔。

寇准的太子太傅并无实权，但丁谓还是不踏实，他奏请皇帝将寇准彻底赶出京城。也许是天亮了的缘故，真宗稍微清醒，稍微恢复，他坚决不同意寇准离京。丁谓急啊，他咬唇挤出几滴眼泪，爬到真宗跟前，正待开口，皇后一看过分了，摇手示意丁谓离开。早朝时分，踌躇满志的老宰相寇准等来了五雷轰顶般的罢黜圣旨，他的皇帝背叛了他，此刻皇帝面无表情地坐在大殿上，将和这个老臣子的约定抛之脑后。

天禧四年（1020）六月十六，在太白昼现的十天之后，寇准罢相。

皇后把丁谓升任做了宰相，自此，皇后党专了权。一个月后，真宗身体有所恢复，在太子党与皇后党之间，真宗希望权力平衡，他把太子宾客李迪也任命为宰相，位列丁谓之下。而那些曾经反对过立刘娥为后的大臣以及那些和寇准关系亲近、仰慕同情他的人，都遭到了打击报复。

二十八　贬三次

　　周怀政最近越来越有危机感。他是宋太宗在战场上捡到的孤儿，一直服侍太宗，和太宗情同父子。后来太宗把周怀政给了真宗，真宗对他也非常信任。周怀政反对过刘娥当皇后，还因为受宠遭到刘娥的妒忌，他心里自然而然向寇准的太子党靠拢。他是寇准在宫里的眼线，非常希望寇准能辅政，在真宗百年后保他周全。这次寇准被贬，周怀政和许多太子党人的希望都落了空。皇后把周怀政视为寇准一党，不许他再见到皇帝，也不许他接近太子了。对于一个宦官来说，没有主子，等于失去了人生目标，周怀政像无头苍蝇，急欲抓住点什么。

　　终于得到一个机会，周怀政悄悄见了真宗，宦官不能当政，周怀政把希望寄托在了寇准身上："陛下，寇准是老臣，深得先皇器重，他于陛下登基有恩，于大宋江山有功，他忠心耿耿、清明廉洁、遇事果断，是辅佐太子的不二人选。陛下，寇准罢相，会寒了天下志士贤人的心！""陛下，小人劝陛下收回成命，召还寇准，丁谓之流是蠹国奸臣，只会以小人之术取悦陛下，陛下难道真的要把太子和国家交到这等人手上吗？"

　　真宗觉得周怀政有点滑稽，自己现今还是皇帝，何至于如此恐慌，再说朝廷只是暂时搁置了寇准，并没有把他怎么样，寇准爱结党出风头，让他歇着也好，朝廷一旦有事，召之即来，有周怀政讲的那么严重吗？

　　周怀政还要说其中利害，皇后回宫了！皇后声色俱厉地让周怀政退下，他刚出门，就被捂着嘴，拖到了丁谓面前，丁谓威吓道："周怀政，你要想活命，就不要再见皇帝，不要再进谗言蛊惑皇帝！"

周怀政哪里受过这样的气,他忧虑不安,联系了弟弟礼宾副使周怀信、客省使杨崇勋、内殿承制杨怀吉和合门祗候杨怀玉,准备干件大事,即发动政变,杀死丁谓,罢刘皇后,然后尊真宗为太上皇,任命寇准为相,辅佐太子登基。

就在起事的前一天晚上,杨崇勋、杨怀吉突然变卦,向丁谓告密,丁谓半夜三更去找时任枢密使的曹利用商量对策。第二天清早,曹利用带兵入宫,捉住了周怀政,并将周怀政蓄谋政变之事禀告给真宗。

得知周怀政密谋政变,宋真宗震惊不已,连自己最为信任的太监、"腿边人"都靠不住,那谁还靠得住?他亲自前往审问,周怀政不做任何解释,只是跪在地上不停求饶。

虽说宋朝皇帝很少杀人,但对于谋反之事,他们从来不会心慈手软。宋真宗立即下令,将周怀政押到城西的普安佛寺处死。

周怀政被杀后,宋真宗不得不联想到一件事情:周怀政谋反,想逼自己退位,是不是太子指使的?太子是不是周怀政的同谋?真宗不敢往下想,他气得指着太子宾客李迪骂道:"你是怎么教导太子的,看我不废了他的储君之位!"

李迪不惊不吓,躬身从容问真宗:"敢问陛下有几个儿子?陛下难道不了解太子吗?"一语惊醒梦中人,真宗这才意识到自己只有一个儿子,废了他,谁来继承他的万里江山呢?

李迪道:"太子是陛下唯一的儿子,他只有十岁,一向仁慈孝顺,臣日日陪伴太子,从未见过他与外人接触,太子怎会参与谋反?陛下如果因为根本不可能的事情责问太子,会让太子心生恐惧,日夜不安,陛下慎重啊!"李迪的话让真宗想起自己为太子时,时时担惊受怕,因为开封赈灾案引起太宗不满,曾饱受过的精神折磨,真是往事不堪回首啊!

一念及此,宋真宗向李迪投去赞许的目光,他叹道:"李迪,朕老了,差点办了糊涂事!"

同李迪一起力保太子的,还有寇准的学生王曾。王曾没有直接向皇帝进言,而是找到了钱惟演。王曾和钱惟演都是文采斐然的人,心意不通,经过焚香、品茶、吟诗等文人间的客套后，王曾似有意无意间，对钱惟演道："太子年幼，若不是皇后执政，就不能立法。加恩太子，那么太子安定。太子安定，也就是安定了刘氏。"钱惟演不知道王曾怎么突然和他讨论起了朝政，但他细细回想王曾的话，认为王曾说得很有道理。太子年幼，没有皇后的支持做不成事。同样，皇后不辅佐太子，处理起朝政来也名不正言不顺，皇后帮助太子，其实就是帮助自己。钱惟演将王曾来访和他说的话原封不动告诉了刘皇后。这正是王曾的目的，钱惟演是刘美的妻哥，有外戚身份，不难见到皇后，由他来给皇后传话，最合适不过。

听到王曾言论的当天晚上，刘皇后就得知了皇帝质疑太子的事情，她谨遵王曾教诲，在皇帝面前替太子又进行了一番辩护。皇后说到动情处，泣涕涟涟："陛下，臣妾对太子管教甚严，无一时疏忽，臣妾愿以性命担保，太子对陛下绝无忤逆之心，请陛下相信臣妾！陛下，太子若是受到一分委屈，臣妾心里就有十分难过，听到陛下猜疑太子，臣妾惶恐至极……"真宗被刘皇后对太子的母子真情打动了，如此看来，太子虽不是皇后亲生的，但皇后对太子倒是全心全意。

周怀政谋反的事情，皇帝没有询问太子半句，大臣们也没有一个提出为难太子的，赵祯的太子之位稳如泰山。周怀政的谋反使他自己丢掉性命，也连累寇准成了罪臣。经此一变，皇帝决心正式把辅佐太子的重任交给皇后刘娥。

太子免于处罚，但寇准却没有那么幸运。虽然周怀政谋反的事情他并不知情，但丁谓找到了彻底打败寇准，令他不得翻身的理由：周怀政罪大恶极，你寇准难逃干系，都是你背后指使的；李迪能保太子，但是保不了你寇准。

寇准以交结匪人被论罪，受周怀政牵连从太子太傅降为一个地方官——相州（今河南省安阳市）知州，寇准的女婿王曙被贬为汝州知州。借着周怀政案，丁谓开始清除异己，很多支持寇准并且和寇准关系密切的朝廷重臣被贬官的贬官、革职的革职。寇准家乡永兴军和凤翔当地，一大半地方官被罢黜，牵涉甚广。寇准平时就得罪了太多人，现在又和皇后成了对头，他在华州的族人遭到牵连和报复，无法正常生活，纷纷举家离开了家园，被迫在外谋生。

赦书让寇准当天离京，没有给他一点回旋的时间，寇准也没有什么值钱东西，夫人仍是留在京城，他带着寇安和寇随的小儿子寇珠，还有蒨桃，出了开封城。寇珠今年十岁了，是个机灵懂事的孩子，弟弟寇随正式把寇珠过继给寇准，让他将来给哥哥顶门立户，寇珠现在叫寇准爹爹，跟寇准生活在一起。

女儿和亲戚朋友们自身难保，没有一个人敢来给寇准送行，被派来监视寇准的宦官目送他走远了，赶忙去报告了丁谓。瘟神终于走了，丁谓大大地舒了一口气。可回头一想，相州离京城还是有些近，丁谓不放心，再加上他对寇准的"溜须"之恨，他又到皇帝跟前参了寇准一本："寇准是周怀政的同党，周怀政都已经伏法了，寇准怎么还可以当知州呢？陛下，忤逆谋反是大罪，陛下应重重处置寇准，以显圣威。"

丁谓说的也不是没有道理，真宗想了想，道："那就给他换个小州吧！"丁谓听了，叫人拟旨，贬寇准去偏远小州。李迪在旁边听得清清楚楚，他赶紧纠正："陛下说的是'小州'而不是'偏远小州'。"丁谓蛮横地道："你想篡改圣旨，包庇寇准吗？难道你是寇准的同党？"李迪道："丁谓，寇准已经老迈，若如你所愿，他因被贬而死，身为宰辅，你怎么向天下人交代？你就不怕落下千古骂名吗？"丁谓一脸不屑地道："这又何妨，今后书生们写史，也不过写个'天下惜之'罢了。"李迪想要照着丁谓那尖嘴猴腮的脸上扇一耳光，只是此刻他自身难保，只好先放过丁谓那张臭脸了。

寇准被逐出京城后，满朝文武和百姓愤愤不平，当时京城就流传出这样一首民谣："欲得天下宁，须拔眼中丁（钉）；欲得天下好，莫如诏寇老。"这里要拔的"眼中钉"，就是大奸臣丁谓。后来，"眼中钉"这个词就流传开来，比喻人们心中最厌恶、最痛恨的那个人。

寇准在路上走了七天七夜，眼看快要到相州了，突然身后有马蹄声，一个宦官传来圣旨，朝廷又把他贬到了安州（今湖北省安陆镇）。寇准从开封到相州，是往北走的，而安州却在南方，距京城千里之遥，寇准不得不调转马头，又开始了旅途奔波。

寇准已经五十九岁了，身体大不如从前，在路上走得很艰辛，多亏有寇安一路照顾服侍，寇准才没有倒下去。

然而更大的灾难在向寇准扑来：朱能又谋反了。朱能本就是周怀政的门下，和周怀政关系密切，朱能进献的天书，就是周怀政一手炮制的。现在周怀政事发，朝廷便派了几个官兵去抓朱能，朱能看到派来的官兵不多，又害怕获罪，便带着手下几十个小兵和他们的家属抄起棍棒与官兵对抗，企图逃跑。官军这边稍稍加派人马，这伙叛贼就马上被歼灭了，朱能畏罪自缢。

官兵们想领赏，对这次平叛事件夸大其词，地方官员层层上报时又添油加醋，到了京城，朱能已经成了拥有三千精兵，早就预谋推翻朝廷的大贼子。丁谓自然不会放过任何一个打击寇准的机会，在被贬安州的圣旨下达后的第十八天，寇准第三次遭到贬谪，被贬到更远更贫瘠的道州（今湖南省道县），任道州司马。

二十来天里，寇准没有一天能得到安宁，圣旨一道一道下来，马头一次一次调转，他的脚步停不下来，整个人都疲惫不堪。

这也是寇准的昔日门生丁谓想要的。他如此费尽心机，二十八天内把寇准连贬三次，就是想折腾折腾这把老骨头。丁谓坐在自家凉爽的深院里，端着御赐美酒，面对一池荷花，怀抱娇妻美妾，猜想着寇准此时的狼狈模样，嘴角浮出一丝得意的笑："寇准，你不是骨头硬吗？你不是瞧不起我丁谓吗？现在你还有力气发威吗？"

丁谓找不到足以给寇准致命打击的"罪行"，只能这样费尽心机，不停地给寇准换地方，他想消磨寇准的意志，浇灭他的斗志。在这二十八天里，寇准每天要赶百十里崎岖不平的道路，丁谓想着，即使寇准不会累死，也要让他像杨亿那样，一蹶不振。

杨亿死得无声无息，两党之争失败后，寇准和一干太子党纷纷被贬，这其中杨亿遭受的打击应该是最轻的。杨亿少年天才，当翰林学士多年，可能是因为他的文采学识无人能及吧，真宗依然把杨亿留在身边，这一点连丁谓都没有理由反对。

然而杨亿却日益萎靡下去，寇准离京后，杨亿连话都说不清楚了，常常便溺在裤子上都不自知。一代才子就此陨落，杨亿死得迅速且悄无声息，没有人知道杨亿到底遭遇了什么，只有少数的人曾议论，自周怀政案后，丁谓每日都叫杨亿去公干，不知道他对杨亿说了些什么，没几天杨亿就神志不清了。

宋真宗时期，南方山林地带比较荒芜，那里气候湿热，蚊虫经常会爬到人的脸上和身上散步，各种毒蛇猛兽也会不请自来。朝廷官员要是犯了大错，皇帝一般都会把他们贬谪到这一带，一来起到惩戒作用，二来有让这些官员开化边远地区，普及中原文化的用意。

寇准一行人从河南至湖北，再过洞庭，沿湘江而行，到了一个叫狮子岭的地方。这里怪石嶙峋，古木森森，渺无人烟，从远处看，真像是一头雄狮蹲在河边，张开血盆大口时刻准备吞噬行人。天上忽然下起了瓢泼大雨，寇安赶紧带一行人躲进了一个山洞里。

这个山洞还算干燥，遮风避雨不成问题，寇准一路上吃了不少苦头，能有这样的山洞免受雨淋，他已经很庆幸了。大雨伴着雷声，一直从中午下到傍晚，寇准不知道的是这个夜晚，他的好友杨亿去世了，年仅四十七岁。

第二天天放晴了，狮子岭上风景十分宜人。但蒨桃却病倒了。寇安租来一条船，载着一家人顺流而下，也好让蒨桃养病。几天过去了，蒨桃的身体越来越不好。大夫上船给她把了脉，摇头叹气地走了，寇准追着大夫跑出几里地，希望他能救蒨桃一命。

蒨桃一直随身照顾着寇准的生活起居，细心周到，蒨桃比寇准小很多，平日里忙忙碌碌，身体一直很健康。寇准从没想过蒨桃会病得这样厉害，从未想过蒨桃会走到他的前头。

寇准想起蒨桃初见他时，那战战兢兢的胆怯模样。

想起蒨桃在小产后，绝望又了无牵挂的平静。

想起蒨桃对弟弟的日夜盼望——胥宇是她在这世上唯一的骨肉至亲。可寇准却没能保护好胥宇，没能让他们姐弟见上一面。

弟弟的死讯加上寇准的被贬，使蒨桃积郁成疾，食欲不振，千里跋涉耗尽了她生命的全部力气，在一个风雨夜，蒨桃意识到自己要离寇准而去了。

"老爷，我们在哪儿，把窗户关上吧！"寇准听见蒨桃呻吟，连忙把自己的衣服给她加盖在身上。不一会儿，蒨桃又道："老爷，天太旱了，你救救地里的庄稼！"寇准一摸，蒨桃浑身烧热，连忙取来湿毛巾给她敷在额头上。

"老爷，刚才我又做那个梦了！"蒨桃在寇准怀里安详地躺着，虚弱地道:"老爷做了阎王,在阴司里,仍主持公道,掌着大权。"寇准泪如雨下,蒨桃逐渐安静下来,她在寇准怀中安静平和地故去,没有痛苦也没有挣扎。

寇准悲痛欲绝,但他压抑着自己,寇珠不能接受蒨桃小娘的离去,他哇哇大哭着。寇珠自从跟寇安来到京城,一直由蒨桃照料,和蒨桃感情很深。寇安在湘江边找了一处景色很美的地方,安葬了蒨桃。

寇准带着寇安和寇珠来到了道州。道州距京城三千多里,地方不大,老百姓吃的穿的都很简陋,寇准看到,心里充满怜惜。虽说寇准是被朝廷贬官至此,但他的好名声却传到了道州这荒僻之地,百姓知道寇准是个好官,很热情地接纳了他。

道州虽小,但不缺木材,老百姓和寇安一起给寇准盖了几间木屋子住,还给他们送来粮食柴火,寇准总算安下家来。他感激当地百姓,和他们往来亲密。

渐渐习惯了道州的生活后,寇准想要为这些纯朴的乡民做点事情,来报答他们对自己的盛情。其实寇准即使什么也不做,对于道州百姓来说,都是福音。寇准的到来,使道州吏治焕然一新,可能是余威还在吧,当地的好官对寇准这个老宰相很爱戴,而那些惯于欺压百姓的小吏,马上不敢再嚣张了,生怕寇准拿他们开刀。虽说寇准现在是虎落平阳,龙游浅水,但这人韧劲十足,已经经历了几起几落,难保他不会再一次当上宰相。

转眼已到腊月,寇准常去道州城下的潇水河畔漫步。他每每看到一个头戴蓑笠、脚穿五鼻草鞋的老渔翁在聚精会神地垂钓,有次他走过去,问道:"老丈,今天钓上来几条鱼呀?"老渔翁答:"一条也没钓上来。"寇准劝道:"天色不早了,老丈还是回去吧,明日换个地方再钓。"老丈道:"不换,我就要在这里钓,钓不上鱼,也许能钓上来个太平,我专为钓太平而来!"看老丈答得认真,寇准有些不明所以,经过一番交谈,他才明白:原来这地方叫金鼎潭。很久以前,有个仙人路过此地,把一个金鼎掉下河去了,神仙临行告诉人们,只要金鼎出现,天下就会太平。于是,老渔翁立下志愿,决心把金鼎钓上来,让道州以及天下百姓都长享太平。

老渔翁的话感动了寇准,他马上想到,老百姓是多么渴望太平啊!于是,

他在金鼎潭对面的城楼上建了一座小小的阁楼,亲书"望太平"三字牌匾挂在楼上,每有闲暇,他就登楼观望远处的风景。

当寇准看到天地辽阔、人迹罕至的景色时,他吟出了"高楼聊引望,杳杳一川平。野水无人渡,孤舟尽日横。荒村生断霭,深树语流莺。旧业遥清渭,沉思忽自惊"的诗句。

寇准在道州的小木屋里放满了他从北方带来的各种书籍。现在,他终于退出了政治舞台,可以心无旁骛地读一读自己喜欢的书了,这让他感到了一种久违的沉静和喜悦。寇准的学识和为人吸引了周围的读书人,大家常来他的小屋里谈经论史、喝酒聊天。寇准想,就在道州终老一生,也挺好的。

在开封,除了宋夫人时常挂念寇准,其实有一个人,也挺挂念寇准的,那就是时而清醒、时而糊涂的真宗皇帝。要说皇帝糊涂,他也不完全糊涂,真宗心里始终明白,一定要传位给太子,怎样对太子有利,他就怎样做。比如在寇准和皇后之间,真宗起先怕皇后当权对太子不利,他召回寇准打击皇后娘家势力。后来太白昼现,真宗更倾向于寇准。但他又不忍彻底冷落皇后,他觉得皇后和自己夫妻情坚,对太子照顾得体贴入微,年幼的太子在内宫里生活,离不开皇后。周怀政谋反后,真宗的天秤一下子倾向了皇后。

从起先摇摆不定,到后来倒向皇后,真宗看起来并没有那么糊涂。可是在一些官员任命、国家大事的处理上,他却显得并不清醒。比如现在朝廷上已经有了五个枢密使,却还只有一个宰相,人员配置明显不平衡,真宗却看不出来,仍然想要增加枢密使。

一日,皇帝午睡刚醒,就问左右:"朕最近怎么没有见到寇准?寇准哪里去了?"左右宦官们嘴里支支吾吾,不知道该怎么回答皇帝。

真宗多日不上朝,李迪放心不下,进宫去探疾,刚一见面,皇帝就对李迪大发脾气:"皇后带着那么多宫人回娘家走动,把朕一个人扔在这里,连个说话的人都没有,好生冷清。"李迪安慰了半天,皇帝仍然满腹怨言,李迪道:"后宫这样是有失体统。"皇帝道:"皇后一贯如此,朕有苦难言。"李迪是一介书生,他本来就对皇后专政不满,借机道:"陛下,既然皇后失德,为何不按律处置呢?"皇帝看着李迪不说话,李迪等了一会儿,还不见动静,自知失语，赶忙告退了。

皇帝身边怎会没有皇后的耳目，没过几天，李迪就被赶出了开封。李迪一直是太子宾客，深受太子敬重，太子不明白李迪为何被赶走，他为了老师还默默流了几次眼泪。

李迪是宋真宗景德二年（1005）的状元，以学识著称，担任太子宾客多年，如今被贬到了郓州（今山东省菏泽市郓城县）。随着李迪的离开，寇准的学生王曾感叹："朝中正人为之一空。"

天禧五年（1021），真宗为了给自己祈福，改年号为乾兴，大赦天下。大宋乾兴元年（1022）二月十九日，真宗皇帝在延庆殿驾崩，享年五十五岁。真宗临终前，咽不下最后一口气，大宋首相丁谓跪在皇帝病榻前，痛哭道："陛下，太子聪明睿智，天命已定，臣等竭力奉之。况皇后制裁于内，万物平允，四方向化。敢有异议，乃是谋危宗社，臣等罪当万死。"

奄奄一息的皇帝没有理丁谓，对太子发出了他最后一道旨意："唯寇准和李迪可托付！"说完，皇帝像一个慈祥的老人一样，永远闭上了眼睛。在一旁伺候的丁谓气得肚子疼，他恨皇帝到死都不信任他，更恨寇准和李迪两个老家伙，盼着这两个人早点儿去死。

十三岁的皇太子赵祯顺利继位，这就是历史上的宋仁宗。按照真宗的遗诏："军国事权取皇太后处分。"刘皇后升格为皇太后，暂时代替皇帝处理军国事宜，宋朝第一位摄政皇太后正式登场。内有刘太后，外有丁谓，一内一外，共同辅佐小皇帝。

新皇登基，大宋的友好邻邦们自然要派使臣来朝拜庆贺。大宋国也以隆重的礼仪接待这些外宾，以显本朝万国来贺的天威。在盛大的庆贺典礼上，大契丹国的六皇子始终吸引着宋仁宗的目光。也许是孩子们自然地互相吸引吧，宋仁宗头一次在朝堂之上看到自己的同龄人，而且六皇子的谈吐和衣着，是那样不凡。

澶渊之盟过去了近二十年，当年的契丹皇帝耶律隆绪也年过半百，宋朝皇帝大哥去世，新登基的是个小皇帝，耶律隆绪也就派了自己的第六子——十三岁的耶律宗愿代表自己来致哀老皇帝，并向新皇帝祝贺。

耶律宗愿个头很高，头发浓密、举止文雅，他按规矩完成自己的使命之后，一双狭长的眼睛便不安分起来。六皇子先是盯着仁宗赵祯上下打量，然后向左右站立的朝臣挨个瞅过去，好像在寻找什么人。仁宗也随着他的目光莫名其妙地打量起自己的臣子们。

耶律宗愿突然问皇帝："陛下，敢问这里哪一位是无楼台相公？"

仁宗没听明白，宰相丁谓向前一步，马上有人道："六皇子，这位就是本朝首相丁相公。"耶律宗愿看了看瘦小的丁谓，摇头道："我听说那位宰相身高八尺，声洪如雷，我们契丹国中很多勇士都见过他，听说过他的事迹。"

其实平心而论，丁谓虽然干瘦些，他的相貌并不差，五官端正，眼神里透着精明和自信，要不然寇准当年也不会对他如此信任。但六皇子所指，显然不是他，皇子吟出一首诗来："文武禀全才，何人更可陪。有官居鼎鼐，无宅起楼台……"

满朝文武及皇帝都明白了，魏野写的诗流传到了契丹，诗里赞颂的，是前宰相寇准。丁谓满面通红，大臣们尴尬至极，谁也不知道怎么跟眼前这位大契丹国的六皇子说清楚寇准为什么不在朝堂，这样无私的人，为什么会被贬谪……

高高在上的仁宗皇帝和他的父亲真宗一样，刚会说话，便开始接受这世上最正统、最全面的帝王教育，此刻，仁宗并没有像这位契丹少年那样，为寇准惋惜。在他眼里，即便是再清明、再有功劳、再具威望的臣子，一旦对皇权有一丁点儿威胁，一旦牵扯到谋反，就死不足惜！小皇帝认为自己的母后和宰相丁谓对寇准的处置合情合理，他们这样做，是为保全他的至尊皇位和赵家的万里江山。

自从真宗病重，皇太子的即位问题就成了大宋高层权力斗争的中心。现在，随着真宗生命的终结，这场争夺大戏也终于落幕。

真宗驾崩、新皇即位的消息传到郓州，作为昔日的储君之师，李迪心里百感交集，按说太子登基，正是他李迪风光的时候，谁知天下竟然落到了一个女人的手里。

李迪曾反对过刘娥做皇后，在他看来，历来女人窃权，就像牝鸡司晨。好比唐代的武则天，会招致天下大乱。李迪以及很多朝臣，都不能容忍一个女子专权，他简直觉得世界末日就要到来。

早在刘娥封后时，李迪就曾上书皇帝："刘娥起于寒微，不可母天下。"宋真宗安排翰林学士杨亿起草封后诏书，并许以荣华富贵，杨亿公然拒绝，说这是对自己祖上的羞辱，李迪马上赞许杨亿的做法。现在刘娥垂帘听政，李迪知道，她不会放过自己。

二十九　尚方剑

　　就在李迪刚刚换上素服，为先帝哀痛时，索命的人到了门前。不论这人长相如何彪悍，表情如何凶煞，只要他来自宫城，就有一个温柔的称呼——"天使"。太后派来的天使是一个大宦官，唤作王中宣，是丁谓的亲信。王中宣一手拿着诏书，一手举着个黄色锦囊，锦囊里明显装着一把剑，剑穗露在外面。李迪的门客看到那把宝剑，登时惊了！难道这就是代表着天子威严、格杀勿论的尚方宝剑吗？难道皇帝，不，难道太后，是派这个宦官来杀李相公的？

　　天使立在院内，面色铁青，一言不发，门客急忙去给李迪传话，李迪一听吓得脸都白了。他伤心，太后真绝情呀！他害怕，丁谓的手也真黑，处置了他李迪，不知道会不会祸及子孙？李迪想，与其落得被朝廷处死，还不如自己体面地结束生命。

　　皇帝如果想赐死某个官员，这个人当然是必死无疑，但按照惯例，官员临死之前，可以有两种选择，第一是被处死，第二则是自杀。如果官员识相自裁，就相当于保全了皇家体面，让皇帝不至于落下杀人罪名，那么作为回报，官员的子孙，可以从轻发落。

　　想到这里，李迪倒冷静了一些，他对家人道："你们暂且出去好吃好喝，稳住那宦官，让我独自安静一下。"李迪说完轻轻地关上了书房的门。

　　家人们得令，低声下气地领着天使，把他安排在驿馆里好吃好喝伺候着，所有人看那把尚方宝剑的眼神都是恐慌而惧怕的，想着李迪的性命就在那宝剑寒光之下，谁能不胆战心惊。

　　屋里幽暗下来，李迪稳了稳心神，搬一张凳子，站了上去，解下腰带，挂在了房梁上。

"君要臣死，臣不得不死……"李迪喃喃，流着泪把头伸进了腰带里……

李迪自缢时的情景和话语，都是丁谓早就预料到的。皇帝年幼，太后乃女流之辈，朝政大权都落到了自己手中。丁谓得意扬扬，他掌权后所做的第一件事就是打压政敌，丁谓要给所有的反对者一个下马威。

丁谓的政敌之中有两个重要人物，一个是李迪，一个是寇准。特别是寇准，这个人遭到贬谪也不是一次两次了，他总有办法又回到京城，拿回大权。寇准不死，丁谓不能安心。他先是通过花言巧语，从皇太后刘娥那里拿到两道圣旨，然后安排亲信宦官王中宣带着尚方宝剑前去寇准和李迪那里下敕书。

王曾觉得丁谓对寇准的处分太重，委婉地劝说丁谓，王曾是寇准的学生，还把自己家的房子借给寇准住，若不是太后对王曾有好感，他也早就被打压了。丁谓并不惧王曾，一双绿豆眼瞪着王曾，挑衅地道："你这个房东，是不是想包庇寇准，他谋反你恐怕也逃不了干系吧！"王曾吓得不敢说话了。

李迪踢翻脚下的板凳没多久，他儿子就撞开了房门。儿子抱着李迪的腿，把他放了下来，又是掐人中又是喷凉水，李迪恍恍惚惚从黄泉路上被拽了回来。看到脚底下，儿子孙子跪下一大片，哭哭啼啼的，李迪以为自己到了阴间，半晌他才明白，家人的意思是他好歹也应该嘱咐几句，留下些遗言，把后事交代好，怎么能说走就走呢？

李迪一想也对啊！宦官已经在驿馆里安顿下来，又没有马上对他处以极刑，何必死得这样匆忙呢！于是他坐起身，开始从容打理后事。把每个孙子抚摸一遍，给每个儿子题诗留念，又把自己心爱的画作整理存放好，这样下来，时间已经到了第三天傍晚。

此时李迪在郓州的亲朋好友也都得知了消息，纷纷赶来安慰、问候他。李迪实在不想应付这些人。他已经两天两夜没有合眼，也没有吃东西了，人虚弱得不成样子，连在房梁上挂腰带的力气也没有了，只等着天使前来索命。可是怪了，那宦官在驿馆里吃吃喝喝，就是不到李迪府里来传旨。

李迪有一个门客，叫邓除，这人性格有些鲁莽，对李迪忠心耿耿，粗犷之人往往有些胆气，他实在受不了这种慢刀子折磨人的事情，就去找王中宣，邓

除道:"京中来的使者,你是不是想杀掉我的主公,取悦丁谓那个贼子?我邓除是个不怕死的人,你今天敢杀了我的主公,我明天就杀了你。"

王中宣很淡定,他说:"是李迪自己躲起来不接旨的呀,你们让他出来接旨!"李迪由两个儿子扶着,从书房出来,磕磕绊绊跪倒接旨,使者展开圣旨一读,圣旨上说要贬李迪为衡州团练副使,没有尚方宝剑的事儿。李迪听了背过一口气去,那把尚方宝剑,原来不是要杀他的呀?这个宦官害得他寻死觅活、几天没吃饭,差点丢了性命,居心险恶啊!

使者给李迪传完敕书,言说接着要去给寇准传旨,就骑着马上路了,马头上仍然挂着那把尚方宝剑。李迪刚刚脱险,又为寇准担心起来,难道那把剑不是为自己而来,而是为寇准?可这时他已经连自己的命运都不能左右了,只好佛前上香,求菩萨保佑寇准。

王中宣到了道州,找到寇准,仍是铁青着脸,一手敕书,一手尚方宝剑,杀气腾腾的样子。

寇准正在府中招待州县上的朋友,大家一边喝酒,一边唱歌,兴头很高。乍一见朝廷天使,又看见尚方宝剑,这些人马上觉得祸事来了,不知如何是好。王中宣见吓到了众人,立刻转身走了,他找了一家驿馆住了下来,然后不慌不忙地安排人去通知寇准,说自己带着尚方宝剑和朝廷敕书来传旨,让寇准前来迎接。

带着尚方宝剑去传敕书,那就是要赐死的,寇准府里的府吏当然知道这些,大家都以为寇准在劫难逃,一些朋友甚至跪倒在寇准面前,痛哭流涕了。

寇准就像什么事情也没有发生一样,面不改色,他招呼大家该喝酒喝酒,该唱歌唱歌,该吟诗吟诗,大家不忍拂寇准的意,强撑着吃完了这顿饭。等酒席散了,寇准这才安排人给使者传话:"如果是朝廷要赐我寇准一死,请使者前来宣读诏书即可。"说完寇准找了个靠窗的地方,吹着小风,酣然入睡。

直到寇安推醒他,让他去接旨,寇准都是一副满不在乎的样子。

使者当众宣读了敕书,原来,朝廷把宋真宗病死归罪于寇准,又将他贬到雷州(今广东省雷州市)担任司户参军。寇准这才知道真宗驾崩了,丁谓如今当权。

二十九 尚方剑

道州司马是六品官，雷州司户参军是八品官。六品穿红官袍，八品穿绿官袍。寇准身上的袍子颜色不对，他只得当场从一个地方官身上借了一件绿袍子换上。袍子的主人矮，寇准高，高大魁梧的寇准穿上这件才到膝盖的绿袍子，显得十分滑稽，还有些令人心酸，寇准就这样很不严肃地接了圣旨。

使者走后，众人扒了寇准的绿袍，给他套上了白色的素服。不到一个时辰，从红袍到绿袍再到白袍，寇准任人摆布着，他对儿子寇珠道："爹爹对皇帝尽心尽力了，穿什么颜色的衣服不重要，做什么样的官也不重要，爹爹老了，只想能有一处清净所在，读读书，喝喝酒。"

这就是当朝宰相、聪明阴险的丁谓干的事。无论是李迪还是寇准，那都是朝廷命官，尽管丁谓跟他们政见不同，但也做不到随便就要了他们的性命，只是把他们贬官而已。丁谓觉得这样实在难解心头嫉恨，于是就想到这么个带剑传旨的招数，想逼着他们自杀。李迪差点中招，寇准倒没什么事儿，但他被贬的地方，十分凶险。

寇准准备去雷州了。道州官吏百姓舍不得他，大家拥在寇准的马前，不放他走，人太多了，马迈不开步子。寇准也舍不得道州，他对百姓道："朝廷让我寇准走，我怎么敢违旨留在这里呢，大家各自保重！"说着，寇准抽了马儿一鞭，百姓这才让开一条路，寇准踏上了去往雷州的漫漫长路。

雷州十分遥远，离道州有四千多里路，寇准年迈，谁都能想到，寇准将会经历什么。历史上很多朝臣都死在了被贬谪的地方，甚至是去的路上，这本来就是发配他们的人的真实目的。寇安计算了一下，即使每天赶一百里路，也要在路上颠簸近两个月，寇安心里隐隐担忧着，老爷已经六十多岁了，他能经得起这样的折腾吗？

朝廷真是瞎了眼啊！寇安恨不得杀了丁谓这个狗贼，他跟在寇准身边几十年，何时见过寇准受这样的糟践和折磨。那个丁谓心真是黑，靠着老爷的提拔当上大官，如今却把老爷陷害到如此艰难的境地。"眼中钉，老爷要是有个三长两短，我寇安就回京城要了你的狗命！"寇安愤愤地咒骂着丁谓。

穿越南岭的道路险恶崎岖，青苔覆满石径，马蹄时常打滑，把骑在马上的寇准颠前颠后的。很多地方道路狭窄，连马也骑不成，只能步行。

沿途州县的官员们眼看老宰相白发苍苍、步履蹒跚，有人砍了几根竹子，做成一个"竹舆"（竹轿），要抬着他翻山。官员们的好意让寇准非常感动，但他知道丁谓耳目众多，不愿意牵连他人，仍然坚持自己走，寇准对百姓道："我是有罪之人，能骑马已经知足了。"一行人风餐露宿，忍着湿热的气候，拼力赶路。寇准这番辛苦，让跟在他身后的寇珠、寇安，还有几个家人都眼泪汪汪，而他却谈笑自若，一路吟诗咏句，指点岭南风光。

一日，寇准一行人脚下的小道上，被人摆满石头和荆棘条，无法前行。寇安在附近招呼几声，也没有人应，他只好带着家人们自己清理路障。突然传来几声呐喊，从后方冲出来十几个大汉，个个肩背大刀，面相凶狠。这伙人有眼力，认准了寇准和寇珠，唰地把寒光闪闪的刀架在了一老一少的脖子上。

寇安和家人们不敢动了，强盗们把寇准的行李搜索一番，箱子里除了书籍衣物，没有几样值钱的东西。一个胳膊上有长长刀疤的男子用刀尖指着寇准的鼻子喝道："值钱的东西藏在哪儿了？"寇准道："我的家当都在这里，再没有别的了，你们随便拿。"刀疤男显然不信："听说你是从京城来的大官，当官的怎会没有银子？要钱还是要命，你好好掂量掂量！"

寇准道："不信你们再仔细搜。"强盗们又把寇准的几箱行李翻找一遍，连箱子都划破了，还是一无所获。寇安连忙道："我们老爷是个清官，他在朝里当了多年宰相，从没有给自己贪过一两银子，他是被奸人陷害才贬官到这里的。仰仗各位好汉，放我们一马。"

寇珠这时也不害怕了，他叫道："我爹爹是天下最好的官！"几个强盗一听，停下手，有一个问道："你说他曾是当朝宰相呀？"寇安道："是的，这是寇准寇莱公。"强盗们听了，纷纷把手里的刀丢掉，刀疤男子跪倒在地："久闻莱公为民做主，是个清官，如今亲眼所见，果然如此，我们冒犯了！"

寇准扶起他们，问他们怎会干起劫道的营生。原来这些人都是因为贪官逼迫，无路可走，才聚在一起打家劫舍的。他们很讲规矩，只劫不义之财。说起贪官污吏，寇准还是愤恨，但现在他无力整治，也管不了这些强盗了。

强盗们还了寇准行李，反送他十两银子，寇准爽快地收下了。一行人走出很远，往后看看，那伙人还跪在路边。寇安道："没想到这蛮荒之地的强盗都知道老爷威名，还这样敬重老爷。"寇准道："这世上谁生来就是强盗？他们拦路之前，肯定也和你我一样，怎会不听闻些世事，不懂得些道理？"

寇珠问："爹爹，你刚才怕不怕？"寇准道："怕呀，怎么不怕，我老了，可珠儿还小，你们的路还长着呢，要是因为我有个闪失，那怎么得了！"寇安道："幸亏我提起老爷的威名。"寇准道："我行得正坐得端，公道自在人心。"

这时寇珠又问："爹爹，一路上那么多人给我们送银钱盘缠，你都不收，却为何收下强盗的十两银子？"寇准不能说他怕连累别人，只能对孩子说："强盗和官员不一样，你收下他们的银子，就是看得起他们，把他们当朋友一般看待。快到雷州了，爹爹给珠儿买肉吃。"

经过这次被劫事件，寇安更加小心了，他不再走夜路、住新店，开始处处提防着。

他们来到荆州公安县时，路过一片竹林，微风吹过，竹林绿叶茂密，十分清凉。寇准取下头上的草帽，吹着凉风道："真是个好地方，我们在这里歇歇脚。"寇珠多跑了几步，看到一处小小庙宇，庙中供的是地藏王菩萨。四周一片沉寂，几缕阳光从殿瓦缝隙照下来，地藏王菩萨左手持宝珠右手持锡杖坐在莲花台上。一阵风刮过，枯叶随风卷进殿门，菩萨依旧慈眉善目一动不动地俯视万物。寇准有心拜祭一番，竟然拿不出像样的祭品，他看那竹子长势喜人，便剪下两根竹枝插于殿前，言道："菩萨在上，我寇准之心若有负朝廷，此竹必不生；若不负国家，此竹当再生。"

终于，寇准翻越了重重山岭，抵达雷州。雷州是一个小渔村，距开封九千多里，荒凉至极。一名小吏呈上图经（地图），向寇准介绍当地的地理情况，图经上写着，雷州东南门距离大海只有十里。看到这行字，寇准恍然大悟，道："我年轻的时候曾经写过这样的诗句，'到海只十里，过山应万重'。今天想起来，人生得失，绝非偶然！"这冥冥之中的巧合，让寇准有一种宿命感，既然上天早已将人类的命运安排好，那你的遭际就是命中注定，还有什么仇恨需要牢记，还有什么执念不能放下呢？寇准自觉上对得起皇帝，下对得起黎民，他因尽力而无愧，因无愧而坦然。

寇准在雷州只是个司户参军。司户参军是负责户籍、仓库的八品小官，他初来乍到，人生地不熟，作为贬官不能居住官舍。寇准正愁着一家人无处安身时，来了一位面色和善的老丈，老丈对寇准叽里咕噜说了一大串话，寇准就是听不懂。雷州当地人讲一种叫作黎语的本地方言，寇准是北方人，听这种方言就像听天书一样，他不由得侧过耳朵。老丈更着急，拉着寇准的袖子，指指前面，又双手合十放在耳侧，做了个睡觉的动作。寇准明白了，难道老丈有地方让他休息？

寇安从衙门找来一个懂当地话，又会说官语的小吏，让他把老丈的话讲清楚给众人听。原来老丈是想请寇准到自己家里去住。路上，小吏告诉寇准，这个老丈的儿子是京城开封府衙的衙役，曾跟爹娘说过寇准是个好官，老丈听闻寇准落难来到雷州，就想招待一下他。老丈腾出两间空房给他们住，还张罗给他们准备饭食，寇准一下子感受到了温暖，心里热乎起来。他把寇珠叫过来，交代他：“珠儿，从现在开始你负责跟着这个公公学说本地话，学会了再教给爹爹，记住了没有？要赶快学会。”小孩子学东西快，寇珠高兴地接受了这个任务。

丁谓一直安排人监视着寇准，没过多久，几个衙役就奉命来捉老丈，有人告他包庇罪臣寇准。一帮人大呼小叫，寇安怒目圆睁，赤膊站在了门口，他背后是身形单薄，但拳头紧握的寇珠。落架的凤凰不如鸡，衙役们是不怕寇准的，寇安如果敢动手，他们就连他一起捉去。

老丈怕官人们为难老宰相，赶紧道：“我跟你们去，咱们到衙门说理去。”寇安还是不让路，眼看着双方要打起来，寇准背一个包袱从屋里走了出来：“几位官人既然不许我住在这里，我走就是，不连累屋主。”寇准说着叫寇安进去收拾东西搬家。

“老爷，丁谓这是要把人往绝路上逼呀，咱们已经远在天边了，他还不放过，听说他依然在人前口口声声称你为恩师，天下哪有这样狠毒的人？”也许是经历的风雨太多，寇准已经无怨无恨了，他连夜与家人搬到了郊外天宁寺旁的西馆。这里凄凉孤寂，衰草荒滩，寇安有些不忍，寇准倒安慰他：“不碍事,我们好好收拾几日,怎就不能住人?这里安静,正好读书。"

当夜无风,一弯月牙悬于海面,寇准作诗道:"风露凄清西馆静,悄然怀旧一长叹。海云销尽金波冷,半夜无人独凭栏。"这首诗传到开封,丁谓才稍微满意了一点。

正所谓"天道几轮回,报应紧相随,不信抬头看,苍天饶过谁"。就在寇准被贬雷州后不久,丁谓也被贬到了比雷州更远的崖州(今海南省三亚市崖城镇)。

扳倒丁谓的,是寇准的学生,那个眉目如画、言语温和、处事低调,看起来老实没脾气的王曾。宋仁宗即位后,王曾从右谏议大夫升任为礼部尚书,朝廷旧皇下葬、新皇登基、太后听政等一系列大事都需要制定整套礼制,王曾博学多识,曾是金科状元,能胜任这个工作。

新皇即位后,朝廷成了丁谓的天下。丁谓干的第一件事就是加害寇准和李迪。谁让皇帝临死前还对他们念念不忘呢,丁谓实在是容不下这两个人。

派出手持尚方宝剑的天使后,丁谓召集大臣们,商议皇帝、皇太后如何处理朝政,也就是按什么礼仪、什么流程来处理朝政。王曾是礼部尚书,他首先说出了自己的意见:"以东汉为先例,请太后和小皇帝每五天在随明殿上一次朝,处理政务。"王曾考虑得很细致:"皇帝在左,太后在右,与群臣之间以珠帘相隔。"

大臣们都觉得王曾说的符合礼制,纷纷点头,丁谓却不同意。丁谓道:"皇帝太小,太后操劳,如有大事,于每月初一、十五上朝两次即可,如无大事,由入内押班雷允恭传奏禁中,宫中批奏一下即可,其余政务让中书省来处理。"

大臣们一听,这也太霸道了吧?大家都不说话,脸上的表情显然是不同意。王曾道:"两宫分处,宦官揽权,这是祸乱的征兆!"雷允恭是宫里的大太监,谁都知道他是丁谓的亲信。这两个人一个在外一个在内,赵宋不成了他们的天下?

虽然都知道王曾的话有道理,可丁谓却官大一级,他拿出首相派头,道:"列位不必多言,把我的提议直接送到后宫请太后决定吧!"

众人看着丁谓踌躇满志的样子，不敢多说，很快大太监雷允恭送来消息，太后同意了丁谓的提议。群臣难以置信，丁谓则满脸得意。小皇帝懂什么，太后再有能力也是女人，走不出深宫，他们不仰仗他丁谓，还能怎样？

丁谓安排好朝政，接下来就是找人给真宗建陵下葬，这是仅次于新皇登基的紧急事情。

不只宋朝，其实中国历代皇室都非常重视皇陵的营建，以确保国运昌隆、皇权永固。因为营建皇陵一事非常重要，需十分谨慎，所以必定任命首相为修陵使来负责营建事宜。宋真宗在洛阳的永定陵，就是由首相丁谓担任修陵使的。丁谓身为首相，日理万机，分身乏术，就派了他的几个亲信去监工。雷允恭知道修陵既有利可图，又无比风光，便向丁谓和太后哭着请求，要去洛阳亲自负责勘查修陵工作，朝廷便任命他为修陵副使。

这时候的丁谓丁首相，大权在握，说一不二，朝廷内外没有人敢与他争锋，宫中一切赏赐、责罚、提拔等，都是丁相公说了算。

丁谓的一个门生请奏：新君即位，所有官员都加封了，丁谓功劳最大，应该以平章事（宰相）的身份兼职司徒。

在宋朝的所有官职中，司徒的官职最大，是人臣之极，目前本朝只有开国首任宰相赵普一人担任过平章事兼司徒。在任何人看来，丁谓都是不能和赵普的功绩相比的，连丁谓本人也这么认为，然而这又怎样呢？奏章递上去，太后答应了，群臣谁敢多言，丁谓有的是办法收拾反对派。

丁相公一心防着他的敌人，他没想到的是，他的战友正在很奋力地替他挖坑。

雷允恭到达洛阳后，只管贪污渔利，将勘查陵寝位置的大事交给了司天监邢中和。邢中和觉得早期勘查出的陵寝位置不好，建议将陵台位置向东南移一百步，说那里才是"龙穴"。雷允恭新官上任，急于立功，便快马加鞭赶回开封，向太后汇报，太后道："此大事，何轻易如此。"雷允恭道："使先帝宜子孙，何惜不可？"太后道："可与山陵使丁相公商议，看他是否同意。"

至于雷大太监是如何同丁首相商议的，别人不知道，只知道新陵开工不久，就挖出了地下水，地下水不止，工程无法进行，朝廷一片哗然。

丁谓一看不好，急忙补救，私下找太后和仁宗皇帝，建议用加固地基的方式堵水，结果费钱费力，事情依然没有办好，最后还得回原址修陵。

雷允恭当即被撤职关了起来，但没有人敢怪罪丁谓，一个巴结丁谓的大臣甚至说："丁相公得到了先帝的关照和托护，此事他虽然不知情，但却及时采取补救措施……急得他几日未睡……"王曾也道："丁相公身为首相，为此事费心费力……"

这事儿算是平息下去了。有一天，该上朝时，小皇帝突然身体不舒服，赖床不想起来，大臣们已经等在前殿了，刘娥太后传旨，让大臣们先到她那里议事，等皇帝感觉好一点再去上朝。那天丁谓没来上朝，大臣们觉得皇帝还小，不舒服多睡一会儿也不算什么事，便派人去通知了丁谓，准备先去议事。哪知丁谓听说此事后，马上赶到了！丁谓直接令人告诉太后："臣等止闻今上皇帝传宝受遗，若移大政于他处，则社稷之礼不顺，难敢遵禀！"意思是太后想撇开小皇帝独自听政，不可能！

丁谓说着叫回了众大臣，把他们训斥一顿："诸位怎么如此没主意，这样的事情何必等我来，当时就应该直接驳回。"

说完丁谓赶快到后间整理衣帽上厕所去了，可见他来得有多着急。

大臣们被训得不知所措，丁谓走后，冯拯道："这人怕是要自己做周公，却说我们是王莽、董卓。"其实冯拯没有说错，丁谓心里所想，是要当小皇帝的唯一辅臣，太后想管事儿，那怎么行？

一天，王曾愁眉苦脸，赔着小心对丁谓说："我没有儿子，想让弟弟的儿子入嗣。退朝后，请相公和我一起向太后请求一下，王曾一定谨记相公大恩！"

丁谓有种看笑话的感觉："这等小事，你去向太后说说就行了。"

王曾单独进宫去面见太后，很长时间了却还没有出来，丁谓觉得不对劲儿，可为时已晚。这事儿其实也要感谢寇准，寇准一直对丁谓穷追不舍，吸引了丁谓无数的注意力，丁谓根本没把目光聚焦到王曾身上，换句话说，丁谓就没把王曾当回事儿，没有防备王曾。

王曾见到太后，行礼叩拜后，开口就道："丁谓和雷允恭勾结，擅自移动先皇的陵墓，包藏祸心！"太后大惊，王曾接着把丁谓以权谋私的一桩桩恶行全向刘太后说了。他尤其向太后申明了丁谓和雷允恭这次破坏皇陵风水的严重性："风水有凶，坤水长流，恐主国有不测之变。先皇若不能在八个月内下葬，神主就不能进入太庙，不能和列祖列宗相认，这就是谋反。太后，这样的罪行如果能得到饶恕，那还有什么不能饶恕的呢？"

王曾最后道："丁谓阴险狡诈、专权跋扈，这样下去，将会天下大乱的。太后和陛下如果还不当机处置，到时候不但我们这些臣子性命难保，恐怕就连江山都要易主了。"

其实刘娥太后早已对丁谓专权不满了，只是新皇刚刚登基，她势力太弱，正在寻找时机。太后不知道朝中大臣有没有能够帮助她的人，正好王曾就来了。

皇帝和太后把丁谓叫到大殿上问话，丁谓知道皇陵的事情危险，赶紧在太后座前辩解，他口干舌燥讲了半天，不见里面有动静。过了一会儿，一个小太监揭起帘子问道："丁相公您和谁说话？"

帘子内空无一人，太后和皇帝早已离去了。

三十 死雷州

联盟瞬间结成,王曾、冯拯、曹利用等大臣请求严查雷允恭,这一查下来,发现雷允恭盗用朝廷库金三百两、银四千多两、锦帛一千八百匹、珠四万三千六百颗,以及各种珍贵玉器不计其数。这才几天呀,大宋国库都要被他搬空了!

处理丁谓的过程愉快而轻松,大家嬉笑着把丁谓为寇准写的敕书一字一句照搬给丁谓,并且一致同意把丁谓发配到崖州,那又是一个"偏远小州",比寇准待的雷州还要远。而且,去崖州必须要经过雷州,王曾有意把丁谓送到了寇准面前!

相同的剧目重演着,去给雷允恭和丁谓传旨的,是同一个天使,而且这个天使的臂弯里,同样搂着一把如假包换的尚方宝剑。这一次,皇帝叫人带着一把尚方宝剑去传旨,不是故意要吓唬谁,而是真的要杀人。

传旨的太监先抱着宝剑到了丁谓府里,家人们吓得作鸟兽散,丁谓从密室里被拖出来接旨,丁相公比谁都明白尚方宝剑的寓意,太监展开圣旨,刚张开嘴,却猛地捂住了口鼻,太臭了,一股恶臭让他反胃,他把圣旨往丁谓儿子怀中一塞,转身而逃。丁谓胆子也太小了,拉了一裤子,简直臭气熏天啊。

雷允恭被赐死,丁谓被贬斥,王曾替朝廷和百姓拔去了"眼中钉",人人称颂。一些文人还把这件事情编成了著名的"一陵除二奸"的故事,广为流传,真宗要是在天有灵,不知道对他这份死后的功劳做何感想?

丁相公府上,供养着一个叫刘德妙的年轻女子,此女长相妩媚,自称"太上老君",能提前预知人间祸福,懂堪舆之术,是个神人。真宗驾崩后,刘德妙随丁谓来到皇宫，拿着一龟一蛇拜见太后，说是在丁谓家山洞中发现的，还说是真武大帝座前的龟蛇二将。在言谈之中，刘德妙说到皇宫中的大小往事，如数家珍，弄得刘太后很迷惑。丁谓又作《龟蛇颂》一篇，说是太上老君赐给刘德妙的，连太后也分不出真假。等到丁谓事发被治罪以后，官府把刘德妙也捉起来顺带审问了一下，发现她是个受丁谓儿子指使的女巫，企图欺君罔上，这个女人，把丁谓的四个儿子都供了出来。

丁谓被罢相，贬为崖州司户参军，他的四个儿子、三个弟弟全部被降黜。刘娥心有余悸，正是雷允恭的事情，使她决定抄丁谓的家，看看他的家底。抄没家产时，从丁谓家中搜得的各种宝物，不可胜数，这些东西，远远超出了太后和皇帝的想象！

刘娥虽身处皇家，贵为太后，但她一生却从没有享受过豪奢的生活待遇。童年寄养别家，少女时代到处流浪，后来跟了赵恒，却幽居书房十五年，盼到真宗登基，刘娥很长时间只是后宫的四品美人，待遇和宫里的妃子们不能比，她也不敢争。好不容易当了皇后，朝廷一会儿蝗灾一会儿火患，她同皇帝一起为国分忧，在用度上也不好太过分。

俗话说"天上神仙府，人间宰相家"。刘娥知道丁谓十几年来积累了不少财富，可是，她这个大宋国最尊贵的女人，穷尽所有想象力，也还是想象不到，丁谓家里藏着那么多的奇珍异宝、名花异卉。香料、犀角、象牙、茶叶、瓷器、漆器、稻米和丝织品等堆积如山，丁谓小妾的卧房墙壁镶嵌着琉璃玛瑙，窗户以美玉为材，床榻则是水晶造成，比刘娥这个太后的床榻还要宽大！

丁谓外出郊游所乘的轿子，要二十四个人来抬，轿子还分内外两屋，内卧房外书房，和居家一样奢华，一样有人在左右斟茶递水……

直到这些东西被源源不断地运进皇宫，直到展开王曾呈上的抄家清单，刘娥才真正认清了丁谓的贪婪本性。刘娥是那种吃一堑长一智的人，她自此多了个心眼，提拔官员时先派人调查清楚官员本人及其家属的财产情况，生活作风奢侈的一概不予重用。比如眼前这个充满政治智慧的王曾，他就是个生活清贫、两袖清风的君子，府邸小而清静，眷属少而知礼。刘娥很满意，这才是大宋的宰相之才！

三十 死雷州

丁谓是那种为了烤熟自己一根玉米,不惜烧人家一垛柴草的人,他为了一己私欲,不惜害人误国,整天琢磨着算计人,如今没有料想到也被别人算计了。被贬流放崖州,丁谓的行船必须经过寇准被流放的地方——雷州。

茫茫雷州,寇准正在大海边漫步,寇准的心潮,如同那浩瀚的波浪,起伏不平。他面朝大海,吟出《感兴》诗一首:

> 忆昔金门初射策,
> 一日声华喧九陌。
> 少年得意出风尘,
> 自为青云无所隔。
> 主上抡才登桂堂,
> 神京进秩奔殊方。
> 墨绶铜章竟何用,
> 巴云瘴雨徒荒凉。
> 有时扼腕生忧端,
> 儒书读尽犹饥寒。
> 丈夫意气到如此,
> 搔首空歌行路难。

惊涛拍岸,在这荒无人烟的地方,不管你是满腔抱负还是满腹愁绪,都无济于事;无论你是大喊还是狂怒,是悲歌还是欢笑,辽阔的海水都会把你的情绪击碎、消解,然后淹没。京城、故乡,旧友、新臣,任谁也别想再次靠近你、感知你,你已经被时代丢弃,被边缘化,你所要做的,只能是苟且偷生。

寇安和寇珠踏着浪花向他跑来,寇珠隔着老远喊道:"爹爹,爹爹,丁谓那贼子,被朝廷处置了……"雷州衙门来人告知这个大快人心的消息后,寇准的家人随从们听了都非常高兴。当得知丁谓要经过雷州时,众人紧锣密鼓地计算着丁谓的行程,准备在雷州境内截住丁谓,替寇准出口恶气,尤其是寇安,他早就想找丁谓报仇了。

至于怎么报仇泄恨,寇珠的提议是:痛打一顿,扔入茅厕。但大家都觉得这样太不解恨了,有几个当地的小官员,悄悄打算借机杀了丁谓,给寇准报仇。

　　丁谓从雷州经过的那天,寇准起了个大早,天才蒙蒙亮,他就踏出了房门。晨光熹微,远山只能看见朦朦胧胧的轮廓,空气清冷,鸡鸣声断断续续。寇准叫醒迷迷糊糊的寇珠,让他搬张椅子放在院门外,寇珠刚把椅子放好,只听咔嚓一声,紧随其后的寇准将大门从外面锁了起来。

　　寇安闻声起床,在里面使劲儿拍打门扇,寇准坐在外面的椅子上,任谁恳求,他就是不给开门。

　　寇珠听爹爹的话,忍着气给丁谓送去了一只蒸羊。丁谓心中百感交集,问孩子:"恩师还好吗?我能见一见他,当面向他请罪吗?"寇珠干脆地摇摇头:"爹爹说了,他不想见你。你还是赶快走吧,爹爹把大家都锁在家里,你在雷州待几天,爹爹就要把家里人锁几天呢!"丁谓愕然,寇珠道:"寇安他们要来打你,把你扔到茅厕里去。"

　　丁谓没脸对孩子说什么,他匆匆上船走了。岸上的寇珠拾起一块大石头,朝丁谓的小船奋力扔去,水花溅落,溅了站立在船尾的丁相公一身一脸,他羞愧难当,转身进了船舱,再也不见出来。

　　丁谓走了,寇安气愤难平,寇准道:"我心中早已无恨无怨,不计较这些了。何必让这种小人坏了心情。"

　　人常说"宰相肚里能撑船",寇准的内心深处是真的撑住了冤仇这条船。

　　丁谓被贬的消息传到雷州后,官府对寇准宽松多了,不再监视和为难他了。

　　天圣元年(1023)八月下旬有一夜,一块陨石从天而降,坠落在西馆附近的水塘中,激起千层浪花。当地百姓以为是上天降灾,十分恐慌,纷纷围着池塘跪拜烧香。寇准处变不惊,向人解说天降陨石的原因,当地人不信寇准的话。寇准为了求真,亲自带人舀干了池塘水,池塘里现出一块晶莹的黑色陨石,百姓们敲敲打打,并不见石头有什么异样。大家的恐慌情绪慢慢消除,对寇准更加尊重。

　　寇准看这块天降的黑石头形状颇像一只乌龟,即命人在陨石坠落的地方建起了学堂，起名"玄武堂"。

"玄武堂"建好后，寇准当起了教书先生。早在十年前，他就有此打算，如果做官做不下去了，就回家乡教孩子们读书，现在这个想法算是实现了，只是地点改成了雷州。雷州当地人讲的方言与官话相差太多，文化交流非常不便，他便亲自讲授诗词歌赋，讲述中原地区的文化，这个老头子，希望在自己暮年，为当地百姓尽最后一点心意。

自汉代开始，人们就认为"岭南卑湿，丈夫早夭"。又云："南方阳气之所积，暑湿居之，其人修形兑上，大口决眦，窍通于耳，血脉属焉，赤色主心，早壮而夭。"宋代的雷州，被北方人称为烟瘴之地，重重山脉阻碍了岭南地区和中原的交通与经济联系，使岭南地区远不及中原地区文明繁华，这里气候湿热，大雾常年笼罩森林，毒虫野兽出没其间，不适合大面积开垦耕种粮食。

历代统治者对于犯罪之人的流放地点的选择可谓费尽心机：西北绝域、西南烟瘴和东北苦寒之地以及一些海岛都先后成为流放地。当时的雷州农业落后、人口稀少、医药缺乏，北方人到此大半会因水土不服而害病乃至死亡，丁谓把寇准贬到这里，用意非常明显。

然而寇准是一个在哪里都有认同感、归属感的人，他已是风烛残年，虽然思乡心切，但看到雷州百姓如此可怜辛苦，心里便万分不忍，他很快在雷州扎了根，以这里为家，并尽力帮助着当地人。

寇准首先要解决的，是百姓吃不饱肚子的问题。雷州人把中午叫作"日斗"，中午这顿饭，当地人总会说："汝要吃多一些。"因为吃过这一餐，晚上基本就不再吃粮食饭了。中原地区遇到天灾人祸时偶尔闹饥荒，时间基本是在春夏之交，因为那时候青黄不接，人们不免饿肚子。而雷州这个地方闹饥荒，是在三、四、八月，这几个月都被称为荒时暴月，百姓往往会挨饿，而且是经常性的。

白发前宰相带领百姓建渠修堤、引水灌溉，他教当地人农业技术，改善人们的农业耕作条件，还劝雷州百姓从事农桑渔猎业，在雷州大地撒播下文化和经济的种子。

第二年夏收,看到雷州农业欣欣向荣,寇准在给夫人的信中写道:"雷州好,我安然。"

其实寇准此时并不怎么安然,他病倒了,整夜整夜地咳嗽,痛苦不堪。八月中秋,月亮分外明亮,当地很多人都看到一颗星星坠落在寇相公的屋顶,人们预感到了某种不好的事情。

寇准年老体衰,加上生病,身体愈发虚弱。躺卧床榻,有时看月坠大海,有时听雨打芭蕉,疾病往往会打倒人强大的内心,寇准写下了他流落雷州以来最显悲凉的诗句:

病中书

多病将经年,逢迎故不能。
书惟看药录,客只待医僧。
壮志销如雪,幽怀冷似冰。
郡斋风雨后,无睡对寒灯。

一日,寇准叫来寇安,说:"你替我回一次家乡,取来御赐的那根通天犀玉带。"寇安知道那是太宗赐予老爷的一根珍贵腰带,太宗驾崩后,腰带被老爷带回华州老家封存了起来。

"老爷,你现在身子不好,离不开人照应,等你好些了,我再去取,或者让家里人送来。"

"寇安,我这一辈子最放心的人就是你了,别人办事我不放心。这里有一封家信,你带给夫人。放心,珠儿很懂事,他会照料我的。"

寇准说话声音很虚弱,他瘦多了,浑身的劲儿都卸了,整个人软塌塌的,仅有的一点儿生气仿佛只留在了眼里和嘴上。寇安看着难过,不忍违背老爷的心意,他对寇珠千叮咛万嘱咐,便收拾行装上路了。

寇准有两样宝贝,一生颇为骄傲:一样是张咏送他的《老子骑牛像》绣像,一件就是宋太宗赐的那根犀角玉带。老子是掌握自然大道的圣人,牛是最亲近人类和土地的动物,颇有"厚德载物"的象征意义。这幅代表生机、自然

三十 死雷州

之道的绣品非常精致细腻,寇准随身带着走了很多地方,爱不释手。

张咏曾给寇准一一指点:绣布上老子的五官用填充绣法,面容有凸有凹,触感明显;老子的胡须用白色丝线接针绣成,衣纹则用彩线勾勒,牛鼻用打籽绣法,细看粒粒分明;牛毛用细捻丝线勾勒而成,牛尾用双股粗线盘绣,就像真的一样。

看到这幅绣品,寇准就想起了张咏,想起了过往,最近他常常给寇珠讲一些故去的人、以往的事。寇珠真挚,想到爹爹曾为宰相,如今病卧床榻,无人挂心,便问他:"爹爹,你真的不记恨那些害你的人了?大家都说朝廷这样对你太薄情了,你为国家立过大功劳!"

寇准摇头,道:"我现在一个人也不恨,反而要谢很多人。"

"我有什么功劳,有什么高德?人贵有自知之明,我的毛病,我自己知道。"寇准扳着指头数,"我性格刚猛暴躁,无容人之量,偏执、自负、孤傲……"数着数着,寇准笑了,"像我这样的人,在前朝恐怕要死好几回了,可在我大宋朝,却当了三回宰相。"

"我凭什么当宰相、居高位呢?太宗开明、真宗仁爱,他们都看重我的耿直和忠心,他们不计较我两次挽衣留谏的鲁莽,都愿意庇佑我这个罪人。

"还有张咏、毕士安、吕端、王旦……这些人都是科举出身的读书人,他们有操守、重大义、光明磊落,是我大宋官场的气象,他们才是宰相肚里能撑船,有气度,有风度,重视文化,体恤民生,是我大宋江山的风骨。没有他们的维护和宽容,朝廷怎会有我这个莽撞粗人的立足之地。

"我大宋朝开万代之新,重视农耕,开放贸易,息兵养民,取士不问世家,使得百姓安居乐业,读书人热血报国,我朝国泰民安,空前昌盛,我怎会怨恨这样的朝廷呢?"

"爹爹,那你还想再回京城,做宰相吗?"

"哈哈哈,珠儿,爹爹已经老成这样了,就算想回到京城,也是有心无力,还不如在雷州安生。"

"爹爹,那你想让我长大以后当官吗?爹爹,怎样才能当个像你一样的好官?"

"珠儿,爹爹这一辈子,没少树敌,朝廷上下,不知道多少人恨我,有时候我会想,我死了以后,会害得寇氏一门子孙后代无立足之地!你这样聪明好学,将来肯定会出人头地,可是恐怕也会受爹爹连累。你以后当不当官,爹爹都高兴,爹爹希望你不要气馁,以后能多为国家做些事情……

"至于怎样做好官,你记着,公生明,廉生威,做官先立德。有的人为官一场,尽想着怎样保官、升官了,到最后也不知道怎样做个好官。圣人说,'为政以德,譬如北辰,居其所而众星共之'。做官,德行为重。"

一个月后,寇安回来了,带回了那根凝聚着寇准梦想和荣誉的犀带,还带回了夫人的嘱托和族人捎给他的一小袋面粉。寇安给寇准做了一碗素饼(面条)。以往寇准最爱蒨桃做的面食,寇安也跟着学,蒨桃和寇安尽心尽力地服侍寇准,他们做面食没有什么特殊的方法,就是把面团揉了再揉,反复用力。

寇准像突然被南国的风吹干了一般,连胡须也枯燥起来,他吃的越来越少,即使寇安端来他最爱吃的家乡饭,他都没有胃口。

天圣元年(1023)闰九月七日,天气阴沉。京城开封,早朝时,有几位大臣上书:"自祥符以来,谏诤路塞,丁谓乘间造符瑞以欺先帝,今谓奸既白,宜明告天下……寇准忠规亮节,疾恶摈邪。自其贬黜,天下之人弗见其罪,宜还之内地,以明忠邪善恶之分!"

太后虽然和寇准有仇,但她也明白,寇准不是奸佞之臣。王曾极力替寇准争取,于是,太后点头,诏令寇准为衡州(今湖南省衡阳市)司马。

就在同一天,天宁寺一个和尚看到寇准家外面旌旗飘飘,仪仗队整齐排列,和尚惊异,心想难道是朝廷派人来接老宰相回朝了?他走上前去,问那些兵卒,那些人道:"我们来迎王。"和尚大吃一惊,再睁眼看,仪仗队不见了。和尚擦擦额头,虚惊一场,疑惑间走进西馆大门,却听到齐刷刷一阵喊声:"拜见阎罗王。"接着,传来寇珠号啕的哭声。

在开封群臣为了寇准廷辩的时候,寇准在雷州稍恢复了些生气。他起身沐浴更衣,穿上干净朝袍,佩上犀带,向北拜了几拜,然后静卧竹榻,安然辞世!

一代名相,在被贬雷州十八个月后,客死他乡,走完了他彪悍传奇的一

生,终年六十三岁。

和尚回去后,在墙上挂起寇准图像,告诉大家这就是阎罗王的模样。

寇准辞世的消息传开后,来吊唁他的百姓络绎不绝,哀哭声传出十里之外。雷州官民敬爱寇准,"仰其功,而感其德;悼其屈,而哀其忠"。学生王曾得到寇准死讯,哭道:"为子死于孝,为臣死于忠,恩师身虽没而名不没焉。"

丁谓奉命接替了寇准的职位,跨海来到雷州。同样为官,被贬雷州十八个月的寇准深受雷州人民爱戴,被列为"雷州十贤"之首。而在雷州五年之久的丁谓却被雷州百姓唾骂,雷州人对他们二人一褒一贬,爱憎分明。

丁谓和寇准为官最大的不同,就在于当官的目的:寇准爱国爱民,以天下为己任;而丁谓只爱自己的权位,以天下为己有。寇准被贬雷州,始终想着当地百姓的疾苦,力图为他们做些什么;而丁谓来到雷州,首先想到的是雷州能给他带来点什么好处,丁谓满脑子想的是四处活动,每天写信给亲朋好友,希望自己获得同情,重回京城。

历史总是公正的。那些视现世浮华为过眼烟云,心里装着天下苍生的人,尽管他们生前可能穷困潦倒,但在拂尽历史的尘埃后,他们的形象熠熠生辉。

寇准逝世七天后,朝廷的调任诏令来到了雷州,任命他为衡州司马。捷报飞来当纸钱,在场的人无不心酸。

寇准死后,家人穷困,拿不出钱来运回他的灵柩,夫人宋氏进宫面见了太后,苦苦哀求太后恩准寇准归葬家乡,太后无法,只好应允了夫人的请求,命人给了宋夫人一百两银子。

众人抬着前宰相的灵柩,沿着他来时的线路,一程一程往回走,辗转数千里。每过一州一县,都是万人空巷,老百姓扶老携幼,都赶来送他,场面感人,令人肝肠寸断。沿途百姓追赶着灵车,哭着喊着扑跪在地,拜了一次又一次。官道两旁,供桌香案上摆满各式祭品,纸钱随风漫天飞舞!人们痛痛快快地表达着对贤者的敬仰和对奸恶的厌弃。

灵车途经湖北公安县,寇安看到寇准当年在菩萨跟前插的两根竹枝,已是郁郁葱葱,高过房檐。"老爷,你看啊,你插下的竹子,活了!"寇安抱着竹子号啕大哭。

当地有一个习俗：祭拜圣贤时，要砍下竹子，上面挂上纸钱，插在道路的两侧，以示尊敬。寇准的棺椁到来后，老百姓照着习俗，插竹祭拜他。棺椁离开后，这些沿路插的竹子竟然都活了，还长得格外茂盛。当地人认为这是寇相公在天有灵，护佑苍生，于是，他们就把这片竹林叫作"相公竹"，并在这里修建祠堂，安置了寇准的神牌，年年上供，岁岁祈福。

时事艰难，宋夫人日子过得很窘迫，朝廷给的银子只够将灵柩运到洛阳，夫人只得将寇准安葬在洛阳。寇准的葬礼办得很简朴，没有什么隆重的礼仪和烦琐的程序，家人也没有花费太多银子。但寇准下葬当天，从四面八方赶来为他送行的百姓站满了街巷，整个洛阳城一片哀哭声，声震寰宇。中原大地一片素锦，各地的人们也都自发悼念寇准。

在巴东，秋风亭、白云亭前挤满了流泪的人群，寇公祠也拔地而起。

在成安，寇准当年留在城门洞里的那只旧靴子仍然保存完好，供百姓睹物思人。

在邓州，人们齐聚六门堰，为寇准守灵。

……

寇准墓前，接连几个月香烛纸钱不断！

寇准病逝十年后，宋仁宗明道二年（1033）三月，刘娥病逝，寇准终得平反。宋仁宗下令，将寇准的灵柩运回故乡下邽，让他叶落归根。与此同时，朝廷恢复寇准太子太傅、中书令、莱国公的官职。两年后，即宋仁宗景祐二年（1035）七月，宋仁宗正式赐予寇准一个谥号，以表其一生的功绩。

这个谥号叫"忠愍"。根据谥法解释：临患不反曰忠，推贤尽诚曰忠，危身利国曰忠，廉方公正曰忠，事君尽节曰忠，杀身报国曰忠，教人以善曰忠，世笃勤劳曰忠，死卫社稷曰忠……寇准一生对国家、对朝廷、对百姓尽忠职守，始终把国家利益放在第一位，这个"忠"字，寇准当得起。再说"愍"，根据谥法解释：在国遭忧曰愍，在国逢难曰愍，祸乱方作曰愍，危身奉上曰愍。可见这个"愍"字，是为表达对寇准的痛惜之情而起的谥号。

此后百年，大宋边境无战事，"太平日久，人物繁阜。垂髫之童，但习鼓舞；班白之老，不识干戈"。

寇准的一生，还是用他自己的诗文来诠释吧！

述怀

吾家嗣儒业，奕世盛冠裳。
桂籍冠伦辈，天下知声光。
有才无其命，不得步玉堂。
余亦好古者，诗礼承馀芳。
赴义忘白刃，奋节凌秋霜。
垂衣遇圣主，射策遭时昌。
十九中高第，弱冠司国章。
棘寺陪法吏，奉使安殊方。
薄才难变俗，贱节惟勤王。
务简忽兴念，不觉心徬徨。
慈亲违万里，瘴雨悲南荒。
端居增浩叹，离恨销刚肠。
木落多异感，蝉鸣非故乡。
长思千万乘，奉职升周行。
步武亲玉陛，献纳肩忠良。
功成自高退，散发游沧浪。

一个人拯救了国家，润泽了百姓，留下了功绩，后人怎么会轻易忘掉他呢？至今，河南省巩义市、汝州市和宝丰县、通许县，陕西省渭南市这五个地方都出现了寇准墓，纪念寇准的祠庙随着他曾经的足迹一座座立起，关于寇莱公的诗词及故事，千百年来流传不断。人们听到这个名字，心中就会回荡一种凛然正气。其实百姓不是纪念寇准的冤屈，而是纪念他的功绩。有人说，神是后人在所有前人中筛选出来的模范。这一点，与成败无关，只关乎一个人的精神和气节。

三十 死雷州

关帝灵签第八十一签为"寇公任雷阳",这是寇准在雷州任职时的典故。此签的意思是被人欺凌,暂时耐守,自可昭雪,有告诫人们天网恢恢,疏而不漏之意。雷州人民"悼其屈,而哀其忠",把寇准的住所改为寇公祠。如今的寇公祠内,仍陈列着皇帝因寇准而下的一道道诏令。

此后,历代世人,都怀着崇敬的心情瞻仰其矗立在祠前的塑像,噙泪低吟其感人肺腑的遗篇,依恋徘徊在"莱泉井"边——这口寇公饮用过井水的古井,千年不枯,泉水清冽,人称"莱泉"。

比寇准晚生二十八年的宋代政治家范仲淹道:"寇莱公澶渊之役,而能左右天子,不动如山,天下谓之大忠。"

明代文人戴嘉猷路过公安县时,也曾写诗句:"万古忠魂依海角,当年枯竹到雷阳。"

……